Iris

Edmundo Paz Soldán

Iris

© 2014, Edmundo Paz Soldán
© De esta edición:
2014, Santillana Ediciones Generales, S. L.

Santillana Ediciones Generales S.A. de C.V.
Av. Río Mixcoac 274, Col. Acacias
C.P. 03240, México, D.F.
Teléfono 5420 7530
www.alfaguara.com

ISBN: 978-607-11-3177-5

Primera edición: febrero de 2014

© Diseño:
Proyecto de Enric Satué

© Imagen de cubierta:
Raphael Lacoste

Impreso en México

A Liliana Colanzi, por el viaje

A Raúl y Lucy, mis padres

A Pachi, Marcelo y Roxana, mis hermanos

A Gabriel y Joseph

But they weren't aliens, I had to remind myself—we were.

JOE HALDEMAN, *The Forever War*

A qué esperas,
confía en la piedad química.

WISLAWA SZYMBORSKA, «Prospecto»

Xavier

1

Una voz metálica en la radio del jipu les informó
de una emergencia en el templo de Xlött en el anillo exterior. Song enfiló hacia allá. Xavier levantó la vista y lo golpeó la luz del día, rojiza como en un atardecer constante.
Nubes harinosas inmóviles sobre la planicie. Se le vino la
imagen plácida de Soji tirada en la cama mientras dormía,
los aros de colores refulgiendo fosforescentes en los tobi-
llos y el cuello; quiso perderse en ella pero no pudo. No le
gustaba ir al anillo exterior, plagado de seguidores de Orlewen, el irisino que con sus arengas y su impermeabilidad
a la muerte había logrado convertir una pequeña molestia
para SaintRei en una fatigosa insurrección.

Los soldados en la parte trasera hablaban en un
lenguaje desconocido. Pakis, decidió Xavier, sin mucho
interés en que el Instructor le tradujera lo que decían, y
malayos los del jipu que los seguía. Cada vez más shanz
asiáticos y también centroamericanos y de las republiquetas mexicanas. A SaintRei le costaba reclutar en otras
partes.

Song condujo por calles angostas. El fengli soplaba con fuerza; la sha golpeaba los cristales del jipu, entor-
pecía la visibilidad. Xavier había creído que con el tiempo
se acostumbraría al color de la luz, a la presencia constante del fengli, al clima seco. Podía vivir con ellos, pero era
como si a un habitante del trópico lo trasladaran a una
zona polar. Su bodi reaccionaba de otra forma, vivía aletargado. En el pod debía encender las lámparas flotantes
que aplacaban la intensidad de la luz y replicaban el color
de Afuera.

Una oleada de aire frío recorrió su pecho; tosió y le dolió la garganta. Hacía tiempo que se ponía así cada vez que le tocaba salir. Debía luchar contra un ataque de pánico cuando llegaba a una de las puertas del Perímetro y esperaba su turno. Era como si una dushe de piel helada fuera despertándose en la boca del estómago y se extendiera a través de la cavidad torácica para asomar la lengua entre sus labios. La tensión se acumulaba en los músculos de la frente. Los shanz dejaban atrás la seguridad —las altas murallas de concreto reforzado, los rollos de alambre electrificado—, ingresaban a las calles de una ciudad que no los quería. Se exponían a las bombas sembradas en el camino, a los irisinos que en nombre de sus dioses se acercaban a inmolarse junto a ellos.

Jóvenes de rostros hostiles escupían al paso de los jipus. En las paredes de las casas se desplegaban consignas de Orlewen. Xavier sonrió al encontrarse una vez más con *Nos prometieron jetpacks*. Le llamaron la atención *Quiero tomar el Perímetro* y *Desocupemos a los que nos ocupan*. Si uno de los shanz se quejaba de algo, él respondía *A mí me prometieron un jetpack tu*.

No debía relajarse. En esas frases se encontraba el poder letal de Orlewen, el trabajo sin descanso de la insurgencia. Se persignó: los atavismos no lo abandonaban.

Edificios que por milagro no se habían derrumbado, manchas de moho en las paredes, hierba negruzca en la entrada. Vivían irisinos ahí, entre las ruinas. Llegaban en busca de un lugar para hacer suyo, se apoderaban de terrazas, pasillos, piscinas vacías. Hombres y mujeres en las galerías hexagonales del Centro de la Memoria, durmiendo al lado de anaqueles abrumados por el polvo; en las oficinas semidestruidas de la Corte Superior; en los balcones y en la platea del Hologramón.

Callado, di.

No hay mucho que contar.

El humor de Song era cambiante, Xavier se había acostumbrado a que a veces lo tratara como si fuera un desconocido. Era de rango inferior y dormía en el cuartel. Se le había caído casi todo el pelo y no cesaba de lamentarse: sus rizos negros atraían a las chicas. Xavier tocaba la suave pelusa que seguía ahí como un resto del naufragio, qué quieres di, al menos neso todos somos iguales ki. Compartían la pasión por juegos de estrategia como Yuefei; Song era más agresivo que él, que prefería ganar territorios de a poco, avanzar con cautela, utilizar maniobras envolventes como las de su padre cuando luchaba en el cuadrilátero, allá en la infancia, y se proclamaba campeón nacional de muaytai en Munro, antes de que otras cosas lo distrajeran.

Al cruzar por un mercado los golpeó el olor a vómito de la basura acumulada en las esquinas (en el Perímetro casi todo carecía de olor; una pátina aséptica invadía hasta los rincones más alejados). Sabía por el Instructor que el protectorado de Iris tuvo días mejores. Que las pruebas nucleares de mediados del siglo pasado habían convertido a los irisinos en lo que eran y a la región en un campo radiactivo donde pocos seres humanos que llegaban de Afuera sobrevivían más de veinte años. Que a fines del siglo pasado el descubrimiento del X503, un mineral liviano y resistente con múltiples aplicaciones industriales, hizo que Munro, a cargo del protectorado, aprobara las concesiones de explotación del X503 para SaintRei. Que el dinero fácil hizo que inmigrantes desesperados y aventureros de toda condición aceptaran el contrato vitalicio, con todo lo que ello conllevaba: la imposibilidad del retorno a Afuera, el acortamiento en las expectativas de vida. Que cuando algunas variantes del X503 fueron descubiertas Afuera, las principales ciudades de Iris decayeron. Sabía todo lo que debía saber de Iris gracias al Instructor.

Song disminuyó la velocidad al ingresar a la plaza. Xavier observó las casas que la rodeaban. Los primeros días de patrullaje le había llamado la atención la forma en que las construían. El segundo piso de una de ellas carecía de techo y disponía de escaleras que subían a ninguna parte, puertas que se abrían al vacío. Razones económicas los llevaban a hacerlo de esa manera. Una casa se levantaba a medida que disponían de recursos; una familia podía vivir en un cuarto durante un tiempo, hasta que un poco de geld ahorrado les permitía construir otro; luego, quizás en uno o cinco años, pasaban al segundo piso.

Pedimos refuerzos.

No todavía, di.

Tres lánsès de ojos desorbitados hurgaban en la basura en una esquina, sus picos agresivos buscando comida entre la chatarra. Un perro desnutrido los observaba sin animarse a seguir su ejemplo. Xavier sintió la inminencia del peligro: la tranquilidad lo asustaba más que el bullicio. Quiso un swit para tranquilizarse. Había abusado de ellos, quizás por eso algunos ya no le hacían efecto. Tomaba uno para dormir y otro para estar alerta; uno para los ataques de pánico y otro para la ansiedad; cuando le faltaba aire se metía uno a la boca y cuando le subía la presión, otro; para divertirse necesitaba tres y cuando estaba melancólico, dos; quería ver estrellas y escuchar explosiones en el sexo con Soji y buscaba swits en la cajita de metal que tenía en el cuello. Quería olvidarse de Luann y Fer allá Afuera pero para eso no se habían inventado swits todavía. Debía entonces dejar que apareciera delante de él el piso en la cuadra de altos sauces, cerca del estadio de fut12. Los domingos por la tarde se podían escuchar los cánticos de las hinchadas, los gritos eufóricos cuando uno de los equipos anotaba. Al principio a Luann no le interesaba ir pero Xavier la había convencido con el argumento de que con tanto ruido no podrían hacer nada si se quedaban. Luann había terminado siendo más fanática que él y no se perdía ningún partido y los llevaba a él y a Fer a la tribuna más peligrosa, donde circulaba alcohol y rugían los cohetes, vestida con una camiseta blanquiazul como la de los River Boys, banderines y pitos en la mano y una petaquera de whisky escondida en su bolsón. Fer en cambio miraba sin mirar, preguntando impaciente cuánto faltaba para que todo acabara. El cerquillo le cubría la frente, mechones indóciles hacían piruetas por sus sienes. No se separaba de su hoodie color carbón y se ponía la capucha incluso bajo el sol más agresivo. Xavier debía haber sospechado que para entonces ya lo habían perdido.

Song detuvo el jipu junto a un rikshò abandonado. Un anciano irisino yacía en los escalones que daban a la puerta principal del templo. Xavier bajó junto a Song e hizo una seña a los shanz para que les cubrieran las espaldas. El otro jipu estacionó al lado y Xavier les indicó que no bajaran.

No me gusta nada, di.

Xavier apretó la culata del riflarpón: lo abrumaba el miedo. En los ejercicios con holos todo era fácil o al menos manejable; otra cosa era encontrarse en la soledad de una plaza, en la puerta de un templo en el que se rezaba a dioses extraños —no aceptaba al Dios de los suyos pero al menos le era familiar—, sabiéndose acechado por el enemigo.

Un chillido lo sobresaltó. Un lánsè levantaba vuelo. Estuvo a punto de disparar.

Song se fue acercando al irisino. Xavier lo observaba por el rabillo del ojo: la ropa sucia en jirones, un mendigo de los tantos que pululaban por las calles peleando por la comida con los perros y los lánsès. Cómo habría llegado a esa edad. A veces era cuestión de suerte, un irisino podía estar muy sano mientras sus hermanos desarrollaban todo tipo de enfermedades y dolencias desde niños.

El anciano no llevaba nada adherido al bodi. Eso hizo que Xavier bajara la guardia. Una falsa alarma. Tácticas de Orlewen que parecían sin sentido pero que al final se revelaban como parte de un método sistemático para que los pieloscuras vivieran con miedo. Ese terror se colaba en los sueños, producía episodios saico durante el día, agobiaba.

Xavier iba a decirle a Song que no había peligro cuando una ráfaga de fengli lo golpeó. Un instante después escuchó el ruido atronador. Perdió estabilidad, voló por los aires. La espalda hizo impacto contra algo duro y punzante. Sintió que lo pisoteaban caballos en una estampida.

Los párpados se le cerraron.

Cuando los entreabrió estaba en mitad de la calle.

Quiso incorporarse y no pudo. El dolor le hizo volver a cerrar los ojos.

2

Lo primero que hizo cuando despertó en ese diminuto cuarto de hospital fue preguntar por Song. Un responsable de SaintRei le advirtió que no debía declarar nada de lo ocurrido a los medios, demasiadas filtraciones en los últimos meses los obligaban a ser cuidadosos. Reconstruirían a Song, dijo. El responsable tenía las mejillas estiradas y la piel de la frente lisa, como si jamás hubiera fruncido el ceño.

Ha perdido las piernas y tiene el pecho destrozado. Necesitará implantes pa ver.

Vivirá den.

Más le hubiera valido morir.

Una enfermera entró al cuarto para ajustarle la morfina y el responsable aprovechó para escabullirse. Xavier se quedó rumiando sus palabras, repitiéndolas como si encerraran un significado secreto. *Más le hubiera valido morir.* Se producían conexiones en su cerebro pero le costaba reconocer lo que querían decir, si es que acaso querían decir algo. Oleadas de dolor le recorrían la espalda, como si lo punzaran con riflarpones siguiendo un ritmo predeterminado, una ola que se hundía en la piel para luego retraerse y esperar agazapada el siguiente golpe.

Descubrió que no podía escuchar nada por el oído derecho y que su vista había adquirido una cualidad brumosa, como si estuviera bajo el agua y tuviera empañados los lentes de la escafandra. A veces sus ojos se concentraban en un objeto —una cucharilla del desayuno, remedios en la mesa de noche—, para ver si la bruma se disipaba, pero esa mirada fija tenía efectos indeseables: se mareaba, y la náusea se encendía y reptaba por su garganta, presta a ahogar a los habitantes de ese cubículo en un mar de residuos pegajosos de los días anteriores (el engrudo que se disfrazaba de comida, la sopa de químicos que le daban para calmarlo). Debía meterse a la boca un chicle de jengibre para que se le pasara. No dejaba de mirar la muñeca vendada de su brazo derecho, que escondía una aguja intravenosa; de allí salía un tubo de plástico conectado a una bolsa en forma de mariposa suspendida sobre el respaldar de la cama.

Soji lo vino a visitar; vestía un gewad marrón que le llegaba a las rodillas. Resplandecía bajo la luz plateada del día que se filtraba a través de la ventana. Le trajo de regalo un goyot dorado, traía suerte. A Xavier le produjo ansiedad que el goyot moviera la cola sin cesar; quiso detenerla pero Soji se lo impidió. Dijo algo solemne en irisino y él se rio y le dolió el estómago.

Soji oscureció las ventanas y con la luz de una lámpara creó sombras chinescas en la pared y narró la historia de un irisino que se desplazaba de Kondra a Megara guiado por los árboles y promontorios que encontraba en el camino. Para traducir esos árboles y promontorios en una ruta inteligible tenía memorizada una leyenda que contaba a modo de clave todos los detalles del camino. *Semuandalegenda*, decía Soji. *Todo es leyenda*. Ella era una chûxie, una pieloscura identificada con la cultura irisina. En una ocasión Xavier debió defenderla de un shan que escupió a su paso y la llamó *jirafa,* como a las irisinas de cuello alargado que pululaban por los mercados, ofreciendo su peculiaridad para un holo de recuerdo a cambio de geld.

Tuvo que pedirle a Soji que se fuera. Se sentía cansado y la cabeza le explotaba. Los doctores le dijeron que no tenía ningún hueso roto y que se recuperaría rápidamente. Igual todo transcurría con lentitud.

Días después lo llevaron a la sala de fisioterapia. Por los pasillos de un pabellón vio figuras borrosas tiradas en literas o en sillas de ruedas. Algunas emitían gemidos lastimeros; otras tenían la mirada catatónica, como si estuvieran sedadas. Las bombas y las minas las destrozaban de la cintura para abajo; las esquirlas se les incrustaban en el pecho, en la cara. Brazos y caderas rotas, espinas dorsales paralizadas, cuellos que no se moverían más.

Había estado cerca de quedar como ellos, pero nada ni nadie impedía que la próxima vez que saliera de turno le fuera a tocar una explosión más devastadora que la que había vivido. Sus ojos se humedecían, asomaban las lágrimas. No quería tener miedo. No podía no tener miedo. Quiso volver a ser un niño y acurrucarse en el regazo de su madre. Pero ésa era una imagen inventada, porque su madre nunca lo había protegido. De su padre no, seguro.

El enfermero que lo acompañaba, de camisa celeste con lamparones violeta a la altura del pecho, movía los brazos con gestos ampulosos y se perdía en un discurso sobre las virtudes de SaintRei. Le dijo que SaintRei pensaba en todo, las prótesis eran de excelente calidad y se amoldaban sin problemas a los bodis destruidos. Los órganos sintéticos podían reemplazar pulmones y riñones. No costaba nada reconstruirlos. En poco tiempo volvían a ser ellos mismos. Incluso conocía a shanz que se olvidaban de sus brazos o piernas artificiales.

Si los reconstruyen ya no son los mismos den.

Nunca somos los mismos oies, más vale aceptarlo.

El responsable de SaintRei le había dicho a Xavier que a Song más le hubiera valido morir. El proceso de reconstrucción no era como lo pintaba el enfermero. O quizás eso se debía a que Song estaba muy destruido. Si le reconstruían más de la mitad del bodi seguiría siendo humano, o tal vez eso lo acercaría a los artificiales. Todo dependía de las partes que fueran reconstruidas. Un organismo de SaintRei se encargaba de decidir si los shanz reconstruidos seguían siendo seres humanos o si debían ser reclasificados como artificiales.

Xavier tenía lenslets implantados en los ojos, útiles para cosas prácticas como traducir el lenguaje irisino o enterarse de la historia de un lugar —los datos del Instructor aparecían proyectados en las retinas, la realidad aumentada por la información—; SaintRei se los había ofrecido antes de venir a Munro. Casi todos los shanz los tenían, lo cual producía discusiones acaloradas entre ellos: algunos decían que ya no había seres humanos en Iris, que sólo se trataba de diferentes gradaciones de artificiales. No faltaban las reacciones furiosas de quienes no querían ser llamados artificiales, por más que la vida en los últimos años se hubiera tornado más ventajosa para ellos que para los humanos.

Xavier sabía que los insurgentes no tenían posibilidades de ganar en Iris; las fuerzas de SaintRei eran muy superiores a las de Orlewen. Sin embargo, podían producir daños significativos. Sabotajes a la máquina que impidieran que funcionara a la perfección. Problemas continuos en el engranaje.

Imaginó un ejército de shanz con prótesis artificiales.

Se despertó por la madrugada. Quedaba la bruma en las retinas y eso hacía que viera todo borroso. Extrañaba la morfina, que se instalaba en las piernas y luego subía por la espalda lentamente hasta llegar al cuello, conminándolo a relajar sus músculos, a olvidarse de sí mismo, como si estuviera en el mar y ahogarse fuera vital. De pronto, las sinapsis se retorcían y el pánico se activaba. Se cubría la cara con una sábana, incapaz de asomarse porque creía que la muerte había ingresado a la habitación y lo buscaba disfrazada de enfermera para matarlo con una aguja de platino. Luego volvía la delicia de ahogarse, el pánico se iba y la muerte se quedaba rondando. No era difícil creer que la sangre había dejado de circular por sus arterias y él bien podía no haberse dado cuenta.

Quiso llamar al enfermero de turno para que le administrara morfina. Lo envolvió el silencio del hospital. Tuvo la visión de las tardes en que salía al campo con Luann, antes de que naciera Fer; ella no cesaba de azuzarlo, de provocar resquebrajamientos en su forma de entender la vida. Trabajaba en un bufete de abogados en Munro y en sus ratos libres veía holos sobre aprendices de brujos y rituales mágicos y un día decía que quería irse a vivir al desierto de Sonora y otro a una comunidad gnóstica en el Amazonas. Era pequeñita y morena y se veía a sí misma como un gnomo travieso, un ser curioso que abría puertas para que otros las traspasaran y descubrieran bosques encantados y también las grutas que habitaba el demonio. Él rogaba que esas excursiones al campo fueran suficientes, que no estuviera hablando en serio, porque sabía que si ella llegaba a renunciar a su trabajo y partía, él la seguiría. Tomaban la carretera y a veces se perdían en una planicie propicia a los espejismos y otras en un camino de tierra al borde de una laguna rosada. Colocaban una frazada sobre la maleza, abrían una botella de vino y preparaban sándwiches de jamón y queso y se besaban, y cuando llegaba la noche ella veía estrellas fugaces y decía que quería viajar donde esas estrellas y él, sí, viajarían. Quiero irme del mundo, decía Luann. Y Xavier, nos vamos. Hablo en serio, quiero irme de *este* mundo. Adónde. Iris. Estás loca, dicen que la gente se muere rápido allá. Y qué. No quiero morir. Dicen que las mejores drogas están ahí, insistía Luann. Las drogas de Iris también se consiguen aquí. No es tan fácil. Podríamos intentarlo. Quiero el *ultimate high,* decía ella agitando la cabeza.

Un grito lo sacó de la ensoñación. Otro. Ruidos pavorosos. Luego el silencio.

Debía llamar a los enfermeros.

Bajó de la cama con esfuerzo y se instaló en la silla de ruedas. Avanzó por un pasillo vacío. El hospital parecía abandonado. Quizás lo estaba. Quizás el planeta había estallado y todos se fugaban y ellos yacían olvidados en ese edificio.

El pabellón contiguo estaba en penumbras. Ingresó por la puerta principal. Filas y filas de camas. Había shanz que dormían, otros lo observaban pasar en silencio, quizás creyendo que era parte de un sueño. Algunos roncaban, la respiración de otros se asemejaba a un silbido. Siguió su marcha guiándose por los quejidos que salían de una cama al fondo del pabellón.

Se detuvo al lado de la cama. El shan tenía cara de niño. Creyó ver —o quizás era un efecto de esa bruma en sus ojos capaz de desvanecer contornos— tajos en los brazos, una cicatriz que asomaba debajo del cuello y que iba en zigzag de un lado a otro del pecho, como si le hubiera temblado la mano a quien lo operaba. Imaginó que lo habían descabezado, que encontraron su cabeza tirada en el suelo y la cosieron al bodi a las apuradas mientras se desangraba.

No dejes que me abrace, dijo el shan.

Quién.

No dejes que, volvió a gemir.

Escuchó pasos. En la semipenumbra del pabellón, la persona que se le acercaba por entre las hileras de camas le pareció un enviado de otro mundo. Volvió a ver al shan niño y se sintió un tonto por haber creído, cuando crecía, en el heroísmo de la guerra, en el coraje, en el valor; en todos esos mitos que hacían que jóvenes como él se enrolaran en ejércitos y fueran al frente sin miedo a morir.

El enfermero de lamparones violeta apareció delante de él y le preguntó qué hacía lejos de su cama.

Atiéndalo primero, respondió.

El enfermero no le hizo caso y, sin decir nada, se puso a empujar su silla de ruedas. Debía estar acostumbrado a lidiar con pacientes caprichosos para quienes todo era urgente.

Salieron del pabellón. Los aullidos de dolor seguían rebotando por las paredes del pasillo.

Había desaparecido esa película brumosa que le cubría los ojos. Pestañeaba más que antes. Un zumbido persistente en el oído derecho. Le dolía la parte inferior de la espalda. Respiraba y a ratos se sentía bajo el agua. Intentaba salir a la superficie y lo ganaba el nerviosismo: no iba a llegar.

Imaginaba una bomba explotando delante de él, sacudiéndolo con las esquirlas. Sentía que había perdido las piernas y se las tocaba: estaban ahí. Su pecho se contraía, y apretaba un botón para llamar a los enfermeros y pedir que le dieran cualquier cosa que le permitiera apaciguar la ansiedad y el dolor. Decían que no podían hacerlo.

No más morfina, reían. Sabían de su poder y se burlaban.

Había días en que despertaba con náuseas. Para eso tenía a mano los chicles de jengibre. Todo lo que le daban en el hospital para calmar el dolor y los ataques de ansiedad producía efectos secundarios. Estuvo un par de días sin poder echarse o sentarse, aquejado por un síndrome que le hacía mover sus piernas sin descanso. Era cómico y hasta pudo reírse un poco.

Había ingresado a un ciclo perverso por el cual un swit para la ansiedad le producía ciertas reacciones que sólo podían tratarse con otro swit, que a la vez tenía efectos que debían calmarse con otro swit. Se le cruzaba por la cabeza dejar todo de golpe, buscar soluciones naturales para sus dolores y ataques de pánico, pero había internalizado desde niño que era imposible enfrentarse a la vida sin alguna forma de ayuda química —para solucionar sus males, para escapar del agobio de lo real— y la sola idea de no tener a mano swits le producía ansiedad (que debía tratarse con otro swit). Se consolaba concluyendo que al menos los chicles de jengibre eran una solución natural.

Llegaba la noche y tenía miedo.

No quería ir a la sala de fisioterapia. Estaba cansado de ver shanz sin manos o piernas, shanz incompletos. Le hacían pensar en uno de sus posibles futuros. O quizás eso ya había ocurrido. Sí, la bomba había volado su cabeza, destruido su memoria. Le habían puesto implantes, vivía la vida de otro. La de un shan que había sobrevivido intacto a la explosión.

Decía *intacto* y pensaba en su bodi —el dolor en la espalda, el zumbido en el oído—, pero sabía que el problema principal estaba en su cabeza.

SaintRei se abocaba a recuperar bodis. Quién recuperaba lo demás.

No tenía ningún deseo de salir del hospital. Si de él dependiera, estaría bien que dictaminaran que era un inválido o un demente. Cualquier cosa que lo mantuviera en una de esas camas reconfortantes, incluso en uno de esos pabellones de escalofrío en los que no había nadie que quisiera dispararle o ponerle una bomba. O al menos eso pensaba.

Preguntó por Song, aunque no estaba seguro de querer verlo. Agradeció que le dijeran que no podía recibir visitas. Había visto en el Hologramón esas fantasías de hombres reconstruidos a los que nada les hacía daño —las balas les rebotaban, sus brazos y piernas biónicas tenían una fuerza descomunal—; hombres que eran como los artificiales, hombres que *eran* artificiales. Quizás Song se convertiría en uno de ellos.

No volvió a oír los gemidos del shan con cara de niño. Se preguntó si habría muerto. A qué abrazo se habría referido.

Los últimos días en el hospital fueron los mejores gracias a Yaz, una enfermera que estaba de turno y le daba más morfina de la necesaria, más swits de los recetados.

Eres como un ángel, le dijo él, obnubilado por tanta atención. Había conocido una bartender así en Munro. Una pelirroja que le servía el equivalente a dos shots cuando pedía uno. Tanta generosidad había motivado su despido, pero al menos se fue en olor de santidad: los parroquianos del bar se acordaban de ella con el cariño que se reserva a los amigos de toda la vida.

Soy un ángel, decía Yaz tocándose la cabeza calva. Cuando cerraba la puerta y desaparecía, dejaba tras de sí una estela de tristeza de la que costaba sacudirse.

3

Le dieron licencia de quince días cuando salió del hospital. Puso el goyot de cerámica en una repisa cerca de su cama, al lado de otro de arcilla que Soji cuidaba como un talismán, más pequeño, las orejas aplastadas, la cola larga y el bodi redondo. Soji se acercaba al goyot de cerámica a tocarle la cola, y cuando lo lograba se reía con una risa que ponía nervioso a Xavier. Como si en cualquier momento fuera a darle un ataque epiléptico.

Vieron en el Qï una serie de moda, sobre un condominio de artificiales millonarios en Sangaï; comieron cestas enteras de chairu, esa fruta carnosa de delicada piel naranja que a Xavier le parecía una de las mejores contribuciones de Iris a la humanidad; escucharon la música que le gustaba a ella, beats repetitivos, extensos *feedback loops* de un solo instrumento que sonaban como un tambor mecanizado. Cuando Xavier cabeceó por el cansancio, Soji lo entretuvo contándole historias de su trabajo. Le habló con frialdad sorprendente de cómo había ayudado a cortar la espalda de unos lánsès para extraerles la espina dorsal. Sin espina la mayoría había muerto o se había quedado cuadrapléjica: era el resultado natural. De vez en cuando uno de los que sobrevivían adquiría algún tipo de motricidad; el objetivo del experimento era estudiar esa motricidad. Ayudaría a enfrentarse a casos extremos de shanz paralizados después de una bomba. Cómo cambiaban las cosas. Xavier recordaba que tan sólo hacía unos meses, los primeros días de trabajo en uno de los laboratorios de investigación de SaintRei, Soji debió inyectar anestesia a tres lánsès y casi se desvaneció al ver burbujas de sangre en la boca de uno de los animales.

Estaba contento de tenerla a su lado durante la convalecencia, a pesar de sus largos silencios, los ojos verdes vueltos hacia dentro, que le hacían sospechar que estaba orando a los dioses de Iris en quienes creía, que las frases de Orlewen que habían llegado a sus oídos repercutían en ella y le volaban la cabeza: el protectorado debía conseguir su independencia. Su educación sentimental provenía de las minas de Megara y Kondra, lugares donde había visto la explotación sistemática de irisinos. Allí decía haber descubierto su empatía por los irisinos y concluido que no creía más en el Dios de los humanos sino en Xlött. Xavier quiso saber una vez cómo era entonces que se acostaba con un oficial cuya misión principal era liquidar a Orlewen. Soji escurrió la mirada y le dijo que no todo debía tener coherencia.

Mejor hablemos de la espina de los lánsès.

Y de la sangre en la boca y su cuadriplejia.

En los ratos libres, Soji recopilaba leyendas irisinas. Soñaba con una colección exhaustiva que no dejara una al margen. Ése debía ser el verdadero Palacio de la Memoria, no ese tonto museo con que pieloscuras de mala conciencia habían querido honrar el pasado irisino. No había montaña o arroyo, claro en el bosque o árbol en el valle que no remitieran a una leyenda. Hay que respetar lo que no se entiende, decía Soji. Interpretar lo interpretable, cubrir los silencios mas no forzar las cosas. Nosa historia está llena de huecos, vivimos bien con ellos. No vivían bien, pensó Xavier, pero no lo dijo.

La mayor parte de las historias de Soji provenía de las minas. Quería diversificarse, conseguir más leyendas de Malhado, hacerse con relatos que permitieran entender con claridad qué era el verweder. Los irisinos pertenecían a diferentes clanes —el del lánsè, el de la dushe, el de los goyots—; en algún momento de sus vidas recibían un llamado que los obligaba a dejar todo lo que tenían. Ese llamado era conocido como el verweder: según la tradición, los irisinos debían caminar hasta toparse con su muerte a través del abrazo de Xlött. A Soji le intrigaba cómo era que recibían ese llamado y si el verweder existía desde antes o se había desarrollado después de las pruebas nucleares; el Instructor no daba ninguna conclusión definitiva. Algo inexplicable den, dijo alguna vez Xavier; hace pensar que no son tan atrasados como parece. Soji replicó con rabia: son más avanzados que nos. Indid, sonrió Xavier: me haré del clan de la dushe nau.

Me lo explicarás mil veces y jamás entenderé el verweder, continuó Xavier. Cómo deciden q'es hora de morirse aun en la plenitud de la edad. Pura barbarie.

Ellos no deciden cuándo desencarnarse. Xlött sí. Viven en comunión con su Dios y se entregan a él el rato menos pensado. Tiene su lógica. Xlött te puede reclamar anytime.

Un Dios sanguinario.

Soji miró a Xavier como si con sus ojos verdes fuera capaz de conminar a todos los fenglis a aparecer y borrarlo a él de un soplido. Se levantó y se fue. No volvió en un par de días. Su reacción airada le hizo ver a Xavier que su fe en Xlött era más verdadera de lo que creía. Se preguntaba cuándo había comenzado todo, si podría seguir con ella si continuaba así. Sentía que traicionaba el ideario de SaintRei, por más que existiera libertad de cultos. Poco después trataba de imaginar su vida sin ella en Iris y no podía. Su fuerza se transformaba en debilidad, y preparaba las frases de disculpa que le permitieran recuperarla.

Una mañana Soji salió temprano rumbo al lab. Xavier buscó en el Qï Yuefei, su juego de estrategia favorito. Se conectó con el juego y en el holo vio el terreno desde el punto de vista del general Yuefei; ordenó que sus batallones se dispusieran a ejecutar un envolvente movimiento de pinzas. Aparecía información estratégica en sus retinas, un mapa que proyectaba el avance de sus tropas. Como buen militar sangaì, terminaría ganando la guerra.

La lección era que no había que luchar contra el gran imperio. Eso era lo que hacía Munro: trataba de pasar desapercibido. Pertenecer a la esfera de influencia de Sangaì costaba mucho. Decían los rumores que Sangaì estaba interesado en hacerse con Iris y que para ello financiaba la rebelión de Orlewen. No había otra explicación, los irisinos por sí solos no hubieran llegado tan lejos.

El juego fue interrumpido por el parte diario de bajas militares. Song había muerto. De modo que reconstruirlo no era tan fácil como decían.

La noticia de su muerte lo abrumó. Quiso que hubiera un velorio como Afuera, con un ataúd abierto que le permitiera ver por última vez el rostro que partía, un rostro reconstruido por los maquilladores y embalsamadores de las funerarias. Quiso que hubiera un lugar adonde ir a honrar a su amigo cada tanto. Pero no había ni velorios ni cementerios en Iris. Los primeros colonizadores habían prohibido los cementerios argumentando que, dados los niveles de toxicidad, no era una forma práctica de deshacerse de los bodis. Los muertos eran cremados y sus cenizas esparcidas en el océano o el Gran Lago (los irisinos preferían usar las Aguas del Fin, el río que cruzaba el valle de Malhado). De ahí provenían algunas de las leyendas del origen de Malacosa: una bestia hecha de sha que salía de las profundidades y se alimentaba de seres humanos antes de volver a su refugio. También se decía que Orlewen era hijo de Malacosa y por eso la muerte no lo tocaba: no había piel ni vísceras en el bodi, sólo sha que amortiguaba los proyectiles.

Sus muertos. Tantos, incluso los que estaban vivos pero se habían quedado Afuera, lejos de su alcance. Corrió al baño, se metió un swit a la boca. Dos. Tres. Se sentó en el piso. Se echó, juntando las rodillas contra el pecho. Quiso dormirse pero no pudo. Tenía frío.

Soji llegó del lab con gestos urgentes. Un compañero de trabajo le había contado que en la sala de monitoreo afirmaban haber visto casos similares a los del mendigo que había explotado delante de Xavier. Gente estallando en plazas, a la entrada de tiendas, en una estación de buses. Caminaba por la habitación, nerviosa; se tocaba la cabeza sin cesar. Xavier le pidió que se quedara quieta, se le escapaban sus palabras.

Escuché de nueve incidentes de irisinos a los que les explotó el pecho. Dicen que han escondido las imágenes pa evitar que la gente hable. Porq'esa gente no tenía una bomba nel bodi. Explotaron por un proceso de combustión interna.

Difícil de creer.

Esto suena al verweder. Mas el verweder no te hace explotar por dentro. Tendría que ser con un abrazo de Xlött.

Así que Xlött se materializa. Una experta nel tema.

El Advenimiento adviene, dijo ella, y a Xavier le molestó. Era una frase de Orlewen que leía en las paredes de las casas y edificios de la ciudad.

Seguro que sí, dijo, burlón. El momento en que Xlött vendrá pa desalojarnos y todo volverá a ser como era. El momento en q'el futuro será de nuevo el pasado. A mí me prometieron un jetpack tu.

Sólo te cuento lo que escucho, dijo ella y salió tirando la puerta. Se le iba haciendo costumbre. Pero Xavier sabía que Soji tomaría esa frase como una provocación y aun así la había pronunciado. A él también se le iba haciendo costumbre provocarla.

Se echó en la cama y se puso a buscar palabras para disculparse.

4

La noche antes de reportarse de regreso al trabajo, Xavier soñó con Luann y Fer y los disparos. Cuando despertó tenía gotas de sudor en el rostro y la almohada estaba húmeda. Soji dormía a su lado, una pierna caída fuera de la cama, los ojos entreabiertos mirando el techo; a él le ocurrían cosas en la noche y ella no se enteraba, tan profunda la forma en que se perdía en la inconsciencia.

La oscuridad le hizo pensar que el viaje jamás había ocurrido y todavía disfrutaba del verano y sufría el invierno Afuera. Caminó a tientas al baño, tomó un swit para dormir. Lo reclamaba un violento dolor de cabeza: los coyotes aullaban entre sus sienes. La náusea se instaló en la garganta y buscó chicles de jengibre y no los encontró. Tenía otros swits, pero no quería seguir mezclando tanta cosa. Entre los recetados para sus dolencias y los que tomaba por su cuenta tenía como para crear una poción mágica utilizando su bodi como una olla sin fondo. Un alquimista novato. Todos los shanz y oficiales estaban como él. La tabla de ingredientes podía producir una larga y confusa serie de flechas, A que neutraliza B, H que no se lleva bien con J y lleva Z como efecto secundario, B, S y T que juntos provocan... Alguna vez hubo el sueño de una edad farmacológica que permitiera recetar exclusivamente lo adecuado a las necesidades personales, a lo que toleraba un organismo (un 23% de X para ajustar el cortisol, un 57% de L para neutralizar tanta serotonina). Pero la ciencia no era suficiente para entender el bodi; la interacción entre la sustancia y el organismo provocaba resultados no del todo predecibles. Podía darse dos veces un medicamento al mismo organismo y los efectos no siempre eran iguales. Cambiaban de acuerdo a la situación, al momento del día o la semana, a las ansiedades o sueños que visitaban a ese organismo cuando se recurría a los swits.

Xavier se acordó de qué lo esperaba allá afuera y quiso volver a la pesadilla, al sueño. Le tentaba llamar a sus superiores y decirles que todavía no estaba preparado para regresar a las filas. Mientras se le ocurría esa frase intuía que no diría nada. No quería que pensaran que era un cobarde.

Había luchado para que Luann y Fer y los disparos desaparecieran de su cabeza. No olvidaba nada, pero tampoco quería acordarse de nada. Se había puesto a trabajar como desaforado en el Hologramón, incluso haciendo horas extra los fines de semana, para evitar que los espectros lo visitaran si se quedaba en el piso. Cuando eso dejó de funcionar buscó una agencia de reclutamiento de SaintRei y firmó el contrato para partir rumbo a Iris, aceptando sin quejarse la condición de no regresar nunca más a Munro, y el acortamiento en la expectativa de vida. Permitió que le implantaran los lenslets pero, pese a sugerencias insistentes, no se atrevió a que le borraran los recuerdos antes de viajar; no se atrevió a perder lo único que le quedaba.

Se asomó a la ventana. El cielo rojizo oscuro. Brillaban las estrellas, tachones amarillos en la galaxia. No podía distinguir constelaciones, lluvias de meteoros, lo que veía en esas noches con Luann, cuando subían al techo de la casa de sus padres. Una paz aparente. Una paz que no podía recordar sin que un ramalazo de dolor lo visitara. En ese techo le había propuesto que se fuera a vivir con él. Poco antes había llovido; se escuchaba el gotear de las canaletas en el tejado, la brisa acariciaba sus mejillas y los refrescaba. Ella tenía una blusa amarilla con la imagen de Linus Gagné, una estrella adolescente del Hologramón. Tirada en el piso, apuntó con el dedo hacia el firmamento y se puso a buscar Marte y Venus, se preguntó dónde estaría Alba y le pidió que le prometiera que algún día vivirían allí, Sangaì había instalado una base espacial. Él, nervioso, le dijo que ella no había respondido a su propuesta. A ella se le iluminaron los ojos: creí que estaba claro. Lo besó y se subió la falda y se montó sobre él.

Xavier imaginó la estela de los drons vigilantes del cielo de Iris. No servían de mucho, porque mandaba el trauma histórico: los líderes irisinos habían logrado arrancar de Munro la promesa de que los drons no podían ser utilizados contra ningún ciudadano de Iris. SaintRei había intentado convencer a Munro de que flexibilizara esa promesa, sin fortuna.

Qué estarían haciendo sus hermanas. Tan linda Katja, con las pecas que le salpicaban el rostro (eran tantas que parecían derramarse al suelo cuando caminaba), incapaz de entregarse a relaciones que insinuaran permanencia. Cari seguiría inyectándose de todo, metiéndose con mujeres malencaradas que abusarían de ella (le robaban, le pegaban y pese a eso volvía con ellas). Sus padres se las habían ingeniado para transformar el espacio mágico de la infancia en una visita al caserón de los monstruos, pero ellos habían hecho todo por sobrevivir. Lo habían logrado, a costa de un daño que él creía irreversible.

Apenas dos horas de distancia con Munro, pero parecía más: la zona de exclusión en torno a Iris complicaba todo, convertía la isla en una suerte de exoplaneta. Los primeros meses enviaba holos a Cari y Katja, les insistía en que se vinieran. Con el tiempo fue dejando de hacerlo. Aunque lo cierto era que Cari había desaparecido primero; un día no le contestó, y él insistió un par de veces y luego ya no. Katja le contó algo acerca de una secta y de un viaje de mochilera a un templo budista en Kioto. Todo eso era muy de Cari.

A veces echaba la culpa a las comunicaciones, que le impedían tener un diálogo fluido con sus hermanas —como un eco, las palabras de ellas llegaban segundos después de verlas pronunciadas en el holo—, pero lo cierto era que no quería llamar ni recibir llamados. El vacío era enorme después de hablar; le recordaba la distancia verdadera que existía, marcada por el contrato de por vida. Debía habituarse a vivir en Iris y para ello no servía de nada perderse en los recuerdos.

Cuando firmó el contrato, el agente de SaintRei le ofreció la oportunidad de borrar sus recuerdos. Llegaría a Iris y sería como una *tabula rasa,* no sabría de su pasado en Munro. Se trataba de una pequeña operación en el cerebro, en el centro neurálgico de la memoria. Muy recomendable, le facilitaría las cosas en Iris. Había que verlo como la verdadera posibilidad de comenzar de nuevo, reinventarse.

A veces se arrepentía de no haberlo hecho porque era una carga pesada tratar de construirse una nueva vida en Iris, proyectar un futuro mientras asomaban los recuerdos, el pasado. Como la vez en que Fer cumplió cuatro años y le regaló cochecitos de plástico y él los tiró al inodoro y se puso a llorar. O aquella ocasión en que, de visita para ver al abuelo de Xavier en el asilo, Fer se puso a olerlo y le dijo que apestaba. No tenía ni cinco años. O cuando pateaba a Luann y hacía caer los adornos en la sala y los aparatos eléctricos, como si hubiera sido un accidente.

A veces se arrepentía pero la mayor parte del tiempo estaba bien así. En su cabeza bullían Luann y Fer como fantasmas de un castillo gótico: cada vez más presentes, cada vez más vivos.

Volvió a la cama y se quedó despierto hasta que comenzó a clarear. El swit para dormir no había hecho efecto una vez más.

En pocos minutos comenzaba su turno. Y si se quedaba en cama. Reynolds lo pondría en su lugar. Había visto cómo castigaba a shanz que no cumplían sus órdenes; los bodis enterrados hasta el cuello, las piernas colgadas de poleas suspendidas en el aire, con la cabeza hacia el suelo. Uno pensaría que eran enemigos.

Crujieron los huesos cuando se levantó. El dolor ya no se equiparaba al de varios riflarpones invadiéndolo en fila, se había focalizado y era como una lanza incrustada en la parte inferior de la espalda. Aparte del morete producido por el golpe, no había heridas visibles. Metió la cabeza bajo el agua, se lavó la cara intentando no hacer ruido. Se puso el uniforme azul de una pieza, tomó el riflarpón que había dejado en una repisa, se preparó para una mañana difícil.

Su brazo derecho temblaba. Bajo la piel del bíceps algunas fibras musculares se agitaban nerviosas. Estiró el izquierdo, que sí se mantenía firme.

Trató de detener el movimiento involuntario del brazo derecho. No pudo.

Salió del pod casi al mismo tiempo que todos los demás oficiales que vivían en el edificio. El sueño, la pesadilla, la luz rojiza que se filtraba por las ventanas se conjuraban para despertarlos. Desayunaban en una sala, listos para reemplazar a quienes habían estado de turno toda la noche; las paredes eran verdes y las columnas gruesas simulaban fortaleza, pero al tocarlas se revelaban huecas. Giraban lentos los ventiladores en el techo, y él veía a todos de uniforme y pensaba que estaban en una prisión aunque no hubiera guardias. Aunque ellos fueran los guardias.

El brazo derecho seguía temblando.

5

Pero Soji no sólo le contaba rumores, descubrió Xavier, aunque debía haberlo sospechado desde hacía mucho.

La había conocido en una de sus rondas de patrullaje. Iba en jipu por las calles destruidas del centro imaginando que los edificios en ruinas eran el resultado de una guerra, preguntándose cómo era posible que SaintRei hubiera dejado que todo se deteriorara tanto, cuando una mujer apareció en una esquina agitando las manos. Tenían órdenes de no detenerse, la insurgencia usaba a mujeres como señuelo para atraer a los shanz hacia trampas. El jipu siguió de largo, él se quedó mirando a la mujer. No era irisina pero lo parecía: tenía la piel muy blanca y reluciente, como si le faltara el pigmento que asemejaba a algunos irisinos con los albinos.

Observó a la mujer hasta perderla de vista. Su rostro implorante lo acompañó durante varios días. No fue difícil encontrarla semanas después. Caminaba abriéndose paso entre la multitud en un mercado, observando puestos que ofrecían huevos de dragones de Megara (lagartos gigantes, traducía Xavier), animales colgados de ganchos que se asemejaban a gallinas con el caparazón de una tortuga y la cabeza de una iguana. La vio sentada en un banco tomando un güt humeante y se detuvo. Pidió que lo cubrieran.

Ella alzó la mirada y lo vio. El gewad de color ladrillo tenía incrustaciones de perlas falsas a la altura del pecho. Dijo algo en irisino, Xavier hizo señas de que no la entendía a pesar de que la frase traducida apareció en sus

retinas. Ella cambió de idioma y le dijo que se acordaba
de él. Xavier quiso saber qué había pasado aquella vez.
Necesitaba ayuda para un amigo agonizante. Tenía una
enfermedad de los pulmones, había sido minero. Xavier
susurró para que no lo escucharan sus brodis: quería ayu-
darla. Ella dijo que podía encontrarla en el mercado cuando quisiera y se despidió.

Xavier buscó formas de volver a verla. Salía a los
tugurios de la ciudad cuando no estaba de turno. Soji vivía con Mun, una irisina con el cuello estirado por trece
aros, en el séptimo piso de un edificio del centro. Cuando
Soji se la presentó, Xavier le extendió la mano pero ella no
le devolvió el saludo. Era mejor así. Había tocado a irisinos
en la prisión del Perímetro, la textura rugosa de su piel
producía escalofríos. Décadas de mutaciones los habían
convertido en lo que eran: doloroso verlos. Munro quiso
eludir responsabilidades argumentando que antes de las
pruebas nucleares en la isla había ofrecido relocalizar a los
irisinos; algunos habían aceptado, pero la mayoría no, porque consideraba que Iris era un lugar sagrado y ancestral.

Se sintió incómodo con Mun cerca; tenía relaciones
cordiales con los irisinos que trabajaban en el Perímetro
—traductores, choferes, cargadores—, pero nunca había
cruzado con ellos más palabras de las necesarias y jamás se
le hubiera ocurrido verlos como amigos. La miraba asombrado como un fenómeno de feria y quería preguntarle
cómo le habían puesto los aros en torno al cuello y si le dolía y si no prefería sacárselos. Se quedaba callado, y leía al
Instructor, que decía que los aros en el cuello eran un símbolo de belleza para las irisinas, que las jóvenes ya no seguían esa costumbre excepto las que provenían de las al-
deas más pobres...

Xavier se compadecía de las penurias de Soji y le
traía alimentos de contrabando. Estaba seguro de que
Luann lo habría comprendido. Podía haberse ido a Alaska
en un barco carguero, como había sido su plan original,

pero luego se le había ocurrido que ya que la decisión de irse estaba tomada debía ser radical. El sueño de Luann había sido Iris y él debía continuarlo. No le interesaba el *ultimate high* de ella —se hubiera reído al saber que en todo su tiempo en Iris él sólo había probado swits—, no tenía su carácter y todo le costaba. Quizás en Alaska podía haber estado más tranquilo, pero ya de nada servía eso. Sólo le quedaba tratar de construir una vida en Iris, y mejor si lo hacía acompañado.

Soji le contó que había vivido durante un par de años en Yakarta con Timur, un experto informático tan celoso y posesivo que montó en el piso un sistema de circuito cerrado para controlarla cuando él no estaba. Decidió dejarlo el día que lo descubrió. Lo peor comenzó ahí: la llamaba por la madrugada y le hacía escuchar el ruido del percutor de un revólver, le dejaba mensajes amenazantes, la seguía después del trabajo. Soji recurrió a la policía, pero no encontraron registros de las llamadas ni de los mensajes y concluyeron que el exceso de trabajo le estaba jugando una mala pasada. Ella les dijo que Timur podía borrar registros y hacerlos aparecer a su antojo, pero le pidieron que no les hiciera perder el tiempo. Las amenazas arreciaron y se sintió vigilada: creía que él la observaba desde el Qï, que la seguía desde los drons que se desplazaban por la ciudad flotando sobre las cabezas de los ciudadanos. Un día se descubrió escondiendo el Qï en un armario para no ser vista por él, comunicándose sólo a través de la escritura en retazos de papel que botaba a la basura una vez que los leía la persona a la que le escribía, y pensó que no podía continuar así y que era hora de retomar el control de su vida. Si la policía no le aseguraba la paz, huiría rumbo al único lugar en el que sospechaba que podría estar a salvo de Timur. Iris.

A veces veo entre los shanz a alguien que se parece mucho a él, dijo ella. Y me desalmo. Den me digo tranqui, son las secuelas. No sé si hice lo correcto. Escapé en vez de dar la lucha, encontré la paz mas a qué precio. Den pienso en lo que descubrí ki y no regreteo nada ko.

Nostá bien de la cabeza, pensó Xavier. Paranoia pura. Quizás había estado mucho tiempo sola, extraviada, viviendo a la intemperie o refugiada en edificios en ruinas, sin nada que comer, sin más compañía que unos cuantos irisinos y pieloscuras tan pobres como ella.

Soji había trabajado durante un tiempo en el Perímetro, en la oficina encargada de administrar las minas. Su curiosidad la había llevado a aprender los rudimentos del irisino y, a su vez, eso hizo que sirviera de enlace con los líderes de los mineros irisinos. Fue enviada varias veces a Kondra y a Megara a negociar con ellos, aprendió de su religión, de los abusos que sufrían, y terminó identificándose con su causa.

Tenían marcas por todo el bodi, cicatrices de riflarpones, huellas del electrolápiz que usaban pa castigarlos. Se pintaban de negro o rojo sobre esas cicatrices pa que no se notaran. Uno se llamaba Wilc y le faltaban dientes. Entendí que había estado en la cárcel porque creían q'era un contacto de la insurgencia, y que allí lo torturaron desdentándolo. Una tarde no acudió a la reunión y me dijeron que la noche anterior se había fugado, que mandaron chitas a perseguirlo y lo cazaron como a un animal en las afueras de Kondra. Le dieron de chicotazos en la espalda hasta que sangró. El capataz escribió nel cuello sus iniciales con la punta del riflarpón.

Xavier se estremeció al pensar en los chitas, esos temibles robots capaces de correr tres veces más rápido que un ser humano, usados para cazar irisinos. La presión de políticos irisinos y representantes de derechos humanos había logrado que SaintRei dejara de usarlos en las ciudades, pero servían en las minas y acompañaban a los shanz en misiones peligrosas en el valle de Malhado.

Lo ocurrido con Wilc había llevado a Soji a no volver al Perímetro. Se quedó en Kondra, cerca de las minas.

Quería ayudar a los irisinos a organizarse para lograr un trato más equitativo con SaintRei. Su idealismo no duró mucho: ellos la veían como una extraña y desconfiaban. Ni siquiera era una kreol (una hija de pieloscuras nacida en Iris, o la que provenía de la mezcla de pieloscura con irisino o irisina). La fueron marginando hasta que un día le dijeron que no era bienvenida. Tuvo que volver a Iris. Desde entonces vivía en la ciudad, o mejor, sobrevivía. Lo confesaba: tenía un odio profundo a la ocupación, pero a la vez extrañaba el Perímetro.

Xavier quiso saber si estaba dispuesta a volver. Ella se demoró en responder. Se sacó los aros de las muñecas, jugó con ellos. Fulguraban en sus manos pero a la vez perdían algo de vida: el contraste de sus colores chillones con la piel de las irisinas o la de Soji les daba un brillo particular, destellos que iluminaban su paso por calles y mercados.

Soji le contestó que si se podía, sí. Él le dijo que lo intentaría.

Habló con sus superiores. Es una desertora, dijo Reynolds cuando se enteró de quién se trataba, las reglas deben respetarse. Nunca habían faltado los pieloscuras que por una u otra razón abandonaban el Perímetro y abrazaban una forma de vida irisina. Sin embargo, Reynolds hizo todo por ayudar a Xavier a que Soji fuera readmitida en el Perímetro. *No es bueno ir contra la moral de la tropa,* decía un nuevo comunicado de SaintRei que intentaba rectificar décadas de mano dura para mantener las leyes. *Debemos evitar deserciones. Hay que tomar en cuenta que los shanz luchan nun territorio inhóspito, extrañan el mundo que han dejado atrás.* Hubo baterías de tests para ver cuán «intoxicada» estaba Soji por las creencias de los irisinos, cuánto de empatía tenía hacia ellos. Al poco tiempo, después de que se comprobara que no era peligrosa, Xavier se llevaba a Soji a vivir a su pod en el Perímetro.

Xavier no tardó en descubrir que ella creía en la religión irisina. A veces mencionaba a Xlött con convicción,

otras a Malacosa y a algunos dioses menores. Él los conocía por los templos diseminados en las calles de Iris; los
shanz tenían prohibido entrar a ellos, pero desde la puerta
él podía atisbar esos monumentos que adoraban los irisinos, salpicados de flores y envueltos en incienso: dioses
con cara de animales o forma de plantas. El templo al
Dios Boxelder, en un distrito comercial cerca del centro,
lo convenció de que no debía ser fácil vivir con las secuelas
de explosiones nucleares. Te hacían erigir un templo a un
insecto.

Un día que él tenía libre ella le pidió que fueran a
conocer el Gran Lago. El viaje fue tranquilo a pesar de la
carretera en mal estado. Una colina se recortaba en la distancia y ella le dijo que pertenecía al clan del dragón de
Megara; cuando a los miembros de ese clan les llegaba la
hora del verweder, debían pasar inevitablemente cerca de
esa colina. Con algo de esfuerzo Xavier creyó distinguir
en los contornos rocosos de la colina la espalda de un dragón
de Megara. Soji le habló de un dragón herido que debía proveer a sus seis criaturas y por ello había enrumbado hacia el
Gran Lago; lejos del desierto habría vegetación. El dragón
podría morir luego en paz, la colina conmemoraba el lugar
de su muerte. Cada hijo era un nuevo camino. A partir de
ahí había varias opciones, el trazo del dragón se convertía en
seis trazos. El entusiasmo de ella contagiaba.

Fue Soji quien le explicó qué era el Advenimiento.
Xavier le dijo que tuviera cuidado, si SaintRei se enteraba
se metería en problemas. La libertad de cultos funcionaba fuera del Perímetro, no dentro. Soji tuvo cuidado. Una
vez a la semana, por la noche, se escabullía a salas vacías
dentro del Perímetro y se reunía con creyentes como ella
—pieloscuras, irisinos que trabajaban dentro de la base—.
SaintRei creía tener localizados a todos gracias al geolocal-
lizador en los lenslets de quienes vivían en el Perímetro;
sin embargo, en el mercado negro de los shanz se ofrecían
dispositivos para neutralizar el geolocalizador y dar una

información diferente a la correcta. Igual era arriesgado hacerlo.

A veces Soji volvía pasada la medianoche y otras en la madrugada, con las pupilas dilatadas y una electrizante convicción en sus palabras: el jün le había revelado la verdad. Debía experimentar el hemeldrak. El momento de éxtasis en la ceremonia del jün, cuando la planta ya ha hecho efecto y lo único que uno quiere hacer es perderse en la contemplación del cielo. Xavier sabía del jün, pero prefirió mantenerse a distancia: era la planta psicotrópica que los irisinos usaban en sus ceremonias. El *ultimate high* de Luann.

Xavier vivía asustado, no sólo por la posibilidad de que arrestaran a Soji sino por la sensación de que ni siquiera el Perímetro era un lugar seguro: las creencias de Iris habían traspasado sus murallas y reptaban insidiosas de edificio en edificio. No podía confiar en nadie: aquellos irisinos humildes que limpiaban los baños de los edificios, esos shanz que defendían lo mismo que él podían ser por la noche brodis de Soji a la hora de rezarle a Xlött.

No entiendo a qué quieres llegar, le dijo una vez Xavier después de una larga discusión. Milagro den, explotan por una razón divina.

No sé si es un milagro. Sí una señal.

Cuál es la diferencia, no has visto nada. Son rumores.

Tú viste algo.

Sólo sentí una fuerza que me tiró al suelo.

Hacía tiempo que había Afuera suicidas con bombas poderosas del tamaño de swits, las ingerían y explotaban en cafés y parques. Esa tecnología no estaba disponible para los irisinos. A menos que hubiera pieloscuras trabajando para la insurgencia.

Por qué Xlött manda una señal precisamente nau.

Orlewen está ki pa convertir en realidad los deseos de Xlött, el tono de Soji era didáctico. SaintRei obliga a los irisinos a servir en las minas y eso tiene que cambiar. Las minas están nel lugar más tóxico de la isla, aparte de q'el aire de las galerías los debilita. Con suerte llegan a los cuarenta años.

He visto ancianos.

Excepciones que confirman la regla.

Nos tampoco la pasamos bien. Hay shanz que no han llegado a vivir ni diez años.

No se compara. Nos elegimos esto. Ellos no.

Quiero pruebas. Pa mí Xlött es como Malacosa. Una leyenda popular.

Xavier salió dando un portazo. Deambuló por el parque Central. Los jóvenes hacían volar cometas eléctricas y jugaban con krazikats y wakidogs (gatos genéticamente modificados que prestaban atención a sus dueños, perros hiperexcitados todo el tiempo). Los shanz en su día libre se recostaban en el césped a jugar en el Qï, a ver series sangaìs. Las patrullas de turno trataban de pasar desapercibidas pero de vez en cuando asomaba el brillo de un riflarpón. Los drons se desplazaban por entre los árboles y los espacios abiertos, cubriendo sin descanso todos los sectores.

Llegó a ocurrírsele que todo lo relacionado con Soji era una ficción. Las autoridades de Yakarta debían estar en lo cierto: no había informático que la hubiera amenazado, ella sufría de delirios de persecución y así había terminado en Iris. Los delirios seguían, y aunque se presentaba como altruista en su relación con los irisinos, quizás en el fondo había abrazado la fe de Xlött porque creía que era lo único que podía protegerla de su expareja. Pero Xlött era una superstición, con lo cual Soji básicamente recurría a una ficción para preservarse de otra.

Qué sabía de ella. No podía exigirle mucho. Todos los que llegaban a Iris estaban dañados. Huían de algo sin saber que ese algo se venía con ellos. Como él, que acarreaba a Luann y a Fer por todas partes.

Debía dejar en paz a Soji con sus creencias. Mientras ella estuviera con él, mientras creyera en él, podía ser capaz de aceptar su paranoia, su delirio, su fe.

6

Volvieron los días de guardia, el patrullar nervioso por calles polvorientas. Los movimientos involuntarios de su bíceps derecho habían empeorado; debía hacer esfuerzos para que sus brodis de patrulla no se dieran cuenta. Reynolds lo notó una mañana antes de salir del Perímetro; le hizo estirar los brazos, ordenó que los mantuviera quietos. Sólo el izquierdo no se movió.

Si no quiere salir puedo reasignarlo. Será un día tranquilo.

Voy, dijo Xavier. Lo repitió como para cerciorarse de que era cierto lo que decía.

Recuerde, le di la oportunidad de quedarse.

El bodi de Reynolds era compacto, el uniforme azul con el sello de SaintRei en el pecho —el perfil estilizado de unas montañas— resaltaba sus músculos. Hacía ruidos extraños al respirar, como si se ahogara. Se decía que estuvo a punto de ganar una carrera contra un chita, lo que atizaba los rumores sobre su naturaleza artificial.

El Código es severo si decide hacerlo por cuenta propia, continuó Reynolds. Podría terminar en la cárcel ko. O perder ese pod tan cómodo que tiene. Podemos revisar los tests de su mujer tu, no hemos sido estrictos y lo sabe.

Para qué asustarlo. Se había dado cuenta de su fragilidad, sospechaba que algunas madrugadas no quería salir de su cama y hubiera preferido refugiarse en el baño. Sí, tirarse en el piso en posición fetal, contener las lágrimas mientras amainaba el ataque de pánico.

Reynolds cambió el tono, le puso una mano en el hombro.

Normal lo que le ocurre. El miedo, la tristeza, las pesadillas. Difícil mas normal.

Xavier asintió.

Tiene que salir a luchar por todos nos, recuérdelo. Nosos enemigos son dung. Dung de las mejores. Dung dung dung.

Se dio la vuelta, dando la conversación por terminada. Xavier tardó en despertar. Reynolds lo había sorprendido. En el jipu, se dijo que igual no debía bajar la guardia y permitir que Reynolds fingiera ser su amigo.

Cuando se asomaba al anillo exterior se le venía a la mente el rostro solemne de Song y tenía ganas de disparar a los irisinos que veía en las puertas de sus casas, incluso a los que agitaban la mano amistosamente y le pedían alimentos en su idioma de sintaxis retorcida. El sol le quemaba la cara, debía bajar la máscara de fibreglass del casco para protegerse. Escondía los ojos, mejor así.

Prith, un shan que era díler de los oficiales, le ofreció PDS (polvodestrellas). Song había sido adicto al PDS; Xavier lo recordaba afirmando entusiasmado que con PDS todos los colores y sonidos eran más intensos y que cuando lo ingería se conectaba espiritualmente a toda la humanidad, incluso a aquellos que se habían quedado Afuera.

Si está prohibido debe de ser peligroso, dijo Xavier.

Por su grado extremo de empatía, di, replicó Prith haciendo una mueca desdeñosa.

Mas nos dan swits empáticos seguido.

Pa tolerar Iris y no ponernos a disparar al primer irisino que veamos, di. Hay empatías y empatías.

Indid, escupió un pedazo de kütt al suelo. Xavier se fijó en los tatuajes de Prith en los hombros. La proa de un barco en alta mar. Una lluvia de puntos que se le antojaron estrellas fugaces. Qué decía de él. Las ganas de comunicarse a través de los gestos, las manchas del bodi. Conocía la leyenda del hombre del mapa, un shan que después de una ingestión potente de swits había visto el mapa detallado de la ciudad infinita de los muertos y se lo había tatuado por todo el bodi. Como no se calmaba, los oficiales lo arrestaron y lo tuvieron un par de semanas en la cárcel. Ni siquiera eso lo arredró. Volvió a las filas. Un buen shan, dijeron los oficiales a modo de disculpa. Todos somos él, pensó Xavier al ver a Prith: tartamudos, incompletos hombres del mapa.

No me interesan las drogas empáticas, dijo Prith. Prefiero las que me despiertan la agresividad y sacan a pasear al búfalo que llevo adentro.

Pa eso estamos ki, di.

El *ultimate high* de Song. Debía intentarlo. Las cosas químicas le producían confianza; las naturales le provocaban miedo, eran difíciles de controlar y él no quería perder el control.

Escuchó el precio. Le alcanzaba para siete pastillas de colores rojos y azules.

Esa noche, en el bar de los franceses, Prith recibió geld y Xavier las pastillas.

Una madrugada despertó para ir al baño y al volver lo rebeló el sueño pesado de Soji, sus ruidos guturales. Dormía con los labios abiertos formando un círculo, como capturada en un gesto de terror. Quizás lo era, quizás veía en sueños la llegada del Apocalipsis. Tuvo la tentación de despertarla. Golpeó la pared, hizo caer el riflarpón. Nada. Se cruzaba poco con ella porque los dos estaban fuera durante el día y luego Soji salía del pod en la noche temprana, a sus reuniones. A orarle a Xlött, a pedirle fuerzas para que ayudara a Orlewen en su lucha.

Ella decía que no era nada personal pero él se sentía aludido, como si el dedo de un ángel vengador lo señalara. Era injusto, SaintRei había aprendido de sus errores, había que luchar contra el enemigo pero aun así ya no estaban en la época de la represión brutal. Él lo vivía en la práctica, en las nuevas reglas que debía seguir cuando le tocaba estar de patrulla y que eran culpables de la muerte de Song. Tan sólo meses atrás, en una situación similar, Song y él habrían aniquilado al anciano sin necesidad de hacer preguntas. Un poco absurdo; Orlewen se había hecho fuerte a partir de ese cambio de actitud.

Tosió. Soji parecía llorar en sueños.

Sacó una pastilla de PDS de un cajón y la miró con delicadeza, como si se tratara de una piedra preciosa, la llave que lo sacaría de sus angustias, una promesa de inmortalidad o al menos algo más que veinte años.

No, no lo haría.

Shan o boxelder.

Shan shan shan.

Lo hago por ti, Luann.

Se metió una pastilla a la boca. Salió del pod.

La mañana era fría, el aire tan claro que podía ver las colinas en la lejanía, las nubes color carbón que se desplomaban sobre el camino que iba hacia el valle de Malhado. Xavier iba en el jipu con Rudi, un shan que provenía de Guatemala y hablaba con lentitud, sin juntar las palabras. Había llegado hacía menos de un mes, le dijo que la soledad lo mataba, que se distraía haciéndole preguntas al Instructor o jugando Yuefei. Extrañaba Afuera.

Se te pasará, di. Tanta gente, las ciudades pronto serán invivibles. Alguna vez valieron la pena, nau un huracán, la subida de las aguas, cualquier cosa las destruye.

A no ser que seas Sangaì para tener recursos y construir una fortaleza a tu alrededor.

A Sangaì ya no se puede emigrar. No los culpo.

Por qué qomkuats habrá venido, se dijo Xavier, mas no importan las razones: sintió pena por él. Aquí venían los que ya no le encontraban sentido a la vida pero eran incapaces de suicidarse, por convicciones religiosas o éticas, cobardía o falta de costumbre. Los que se habían vuelto fantasmas para los otros pero no lo sabían del todo. Venir a Iris era una forma lenta de suicidio. Tuvo pena hasta del Dios que había creado todo, porque las cosas no le habían salido tan maravillosas como hubiera querido para su creación. Un Dios menor, un demiurgo borracho o atolondrado, que había dejado a los humanitos a merced de sí mismos. Había que pagar las culpas de ese Dios y ahí estaban, dándose de golpes en las tinieblas, sus gestos extraviados como la única moneda de cambio para la cancelación de esa deuda.

Un sacudón eléctrico. Una oleada de aire frío. Xavier sintió el primer embate del polvodestrellas y se preparó para lo que vendría.

Cómo haces para no extrañar, dijo Rudi.

Otro con preguntas tontas. Xavier se regodeaba ayudando a que esos chicos altaneros recién llegados en busca de aventura se comieran su orgullo, como si ése fuera el único alimento posible para ellos. En cuanto a los otros, los asustados como Rudi, la labor era más fácil pero igual de necesaria. Sólo se trataba de empujar al abismo a aquellos que asomaban su cabeza, inocentes, curiosos.

Veo el Afuera como un planeta imaginario, di, dijo Xavier sintiendo que los músculos de la cara se expandían y hacía una sonrisa involuntaria. Desos que aparecen en los juegos. Con tecnología, lenguaje, religiones inventadas.

No es tan fácil.

Lo es después dun tiempo.

Rudi lo miró asombrado y lo dejó tranquilo. Pero no era cierto que fuera fácil. Porque Luann estaba sentada a su lado. Tenía puesta la blusa blanquiceleste de los River Boys con la que solía dormir en las noches cálidas del verano. Su piel lanzaba chispas que salpicaban a Xavier. Una de las chispas se posaba en la palma de su mano pero desaparecía cuando intentaba cogerla entre sus dedos. Como los arcoíris. Xavier había ido una vez en busca del final de uno con Katja y Cari, en un cerro en las afueras de Munro. A medida que se acercaban el arcoíris retrocedía, hasta que, cuando estaban a punto de atraparlo, se fue y no volvió más. Esperaron en vano durante una hora. Ese recuerdo se había vuelto mágico con los años. Sus hermanas y él bromeaban con aire cómplice, y cuando uno de ellos se metía a un proyecto utópico lo llamaban *guardián del arcoíris*. Xavier se sentía uno de ellos en Iris. Un orgulloso guardián.

El jipu aceleraba y las casas se convertían en ráfagas rojizas como la tierra que lo rodeaba, y en el cielo la estela gris de los drons se movía y parpadeaba. Luann lo abrazaba y él se sentía protegido. Sonreía. Carcajeaba.

Pasa algo.

No te distraigas, di.

Los guardabarros laterales del jipu eran las pinzas de una langosta. En la pantalla, las lucecitas anaranjadas y azules se encendían y apagaban. Los números palpitaban. Anuncios de una pelea de muaytai; la versión irisina era más brutal que la de Munro y no le llamaba la atención. Los primeros meses en Iris había participado en peleas clandestinas con shanz, hasta que una patada bien puesta le descentró la mandíbula por un par de días. Su padre aguantaba esos golpes todas las semanas. Esa furia. No debía de ser fácil, llegar a casa y esconder la furia. Aunque él lo hacía bien. El problema había comenzado cuando dejó de pelear. Muy rápido todo. No llegar a los cuarenta y tener que retirarse porque los jóvenes son más fuertes y ágiles. Vivir de recuerdos el resto de la vida. Así cualquiera se ahogaba. No, no justificarlo.

Nova le sonrió desde un afiche enorme en una esquina. Era la primera artificial que había triunfado en los Hologramones de Afuera. SaintRei había creado un clon de ella para Iris. Pero la gente quería a la artificial verdadera y su presentación había resultado un fracaso. Xavier no era exigente, no quería serlo. Esa noche se había divertido en el Hologramón.

No debiste, susurró Luann. No debiste.

Que no le recriminara nada. Para eso se había exiliado en Iris. Pero escapar no era fácil. Cerró los ojos, quería que ella desapareciera.

Todavía seguía ahí. Tenía brillos en el pelo y llevaba puestos los aros de Soji. Fulguraban como si fueran de un material radiactivo. Quizás lo eran.

Circulaban por las calles del anillo exterior. Debía estar alerta. Debía. Estar. Alerta.

El jipu se detuvo. Las pinzas de langosta titilaron. Quiso bajar.

Dónde vas, di. Vuelve, tendré que reportarte.

Una calle principal iluminada por reflectores blanquecinos. Se internó por callejuelas oscuras, se sintió observado por drons. Luann venía con él. Imaginó que alguien en la sala de monitoreo se fijaba en algo sospechoso en esa pareja, revisaba en los archivos y hacía conexiones inmediatas; al rato una patrulla los bloqueaba en la siguiente esquina, les revisaba los iris de los ojos para identificarlos, se cercioraba de que no estuvieran haciendo nada incorrecto.

Luces rojas y amarillas suspendidas en las ventanas de las casas. Caminaba dentro de un holo, con cada paso iba ganando puntos. Cada gesto se le iba haciendo interminable. Su bodi era de un material esponjoso, elástico. Contracciones involuntarias de la mandíbula. Apretaba los dientes. El lugar adonde iba parecía alejarse como el arcoíris. Dónde estaban sus piernas. Una de ellas avanzaba y la otra la seguía. Los movimientos se repetían. Un brazo estaba ahí, colgando. El otro también. Eran suyos esos brazos.

Luann se detuvo frente a una puerta custodiada por dos mujeres idénticas. Gemelas de verdad o artificiales, dijo. Vieron el uniforme y lo dejaron pasar. Los ruidos retumbaban por el pasillo. Leyó frases de Orlewen en las paredes:

Ustedes son los verdaderos mutantes
El Advenimiento adviene

Fue a dar a un segundo piso con sofás de color rojo chillón. Cuando comenzó a salir con Luann iban con frecuencia a getogeters; insistencia de ella, cada día que se quedaba en el piso lo sentía como perdido. En Munro había una competencia de rikshòs que recorría la ciudad y era conocida como «La vuelta al valle»; cuando salían a getogeters ella decía que quería dar «La vuelta al valle», las noches se hacían interminables, dibujaban un circuito tortuoso en el mapa de Munro, con subidas y bajadas y excursiones a distritos peligrosos. Solían llegar a la madrugada y a veces ni siquiera eso, de regreso al piso veían una fila de gente esperando entrar en un after mientras los bouncers de gafas oscuras se hacían los importantes y recibían geld por debajo, y Xavier estaba seguro de que Luann gritaría que ese after era suyo, sin él la vida estaría incompleta, y allí iban, cansados pero felices.

Música de tambores. Parejas y grupos en las mesas, en los pasillos. Irisinas de pieles que contrastaban con los colores de sus aros (cómo les gustaba el amarillo neón, el anaranjado incendiario, el púrpura eléctrico). Qué hacían por la mañana en ese getogeter. Olor punzante, parecido al incienso. El camarero trajo un licor dulzón hecho de hierbas con un toque de brebaje de farmacia. Los cuadros en las paredes: figuras geométricas rojas que flotaban en espacios negros, afiches de bebidas alcohólicas, de héroes y heroínas de la insurgencia.

Un anuncio de una pelea de muaytai estuvo a punto de indisponerlo. Su padre lo agarraba colgado de los pies al borde de los escalones en el segundo piso de la casa, le gritaba uno de sus refranes inventados, su sabiduría de bolsillo que procuraba corregir la supuesta mala educación de sus hijos, *no por mucho escuchar mis órdenes dejarás de obedecerlas,*

y

lo

dejaba

caer.

Golpeaba la cabeza contra uno de los escalones, se desvanecía. Katja y Cari lo llevaban a su cama. Arriesgada Cari, porque él también se las tomaba con ella. Katja había tenido suerte. Su madre también, aunque ya no estaba seguro de eso. No sabía qué pensar de ella. Podía haber hecho algo. Intervenir. Interceder. Y sólo el silencio. El silencio solo.

Era el alcohol, había pensado durante tanto tiempo. Ahora no estaba seguro. Algo más que eso. Algo que estaba en su padre antes incluso de comenzar su carrera triunfal en el muaytai. Antes de los afiches y los premios y las mujeres que se le entregaban, la gloria efímera de las noticias. Un vacío llenado con patadas voladoras y movimientos de brazos capaces de ahogar al rival. Luego, el retorno al vacío. O al menos eso creía. Una caída tan abrupta. Un día campeón, poco después el deseo de retirarse mientras seguía arriba. Decía eso en las entrevistas pero en su cara no había felicidad. Tenía como para cinco años más en la cima. Una decisión tan misteriosa como cuestionable. Sobre todo para él y Cari. Y ellos tan orgullosos de su padre ante sus amigos, contando sus hazañas en el ring. Él, que veía sus peleas y quería emular ciertos movimientos ante un espejo. Él, que no tenía un espíritu luchador pero estaba dispuesto a seguir la senda de su padre. Hasta los catorce sólo había soñado con dedicarse al muaytai. Quería que su padre lo abrazara y estuviera feliz de él. Faltaba el temperamento. Y sin embargo estaba ahí, en Iris, con un riflarpón en la mano. Quizás seguía tratando de impresionar a su padre, aunque él ya no estuviera cerca.

Se levantó para ir al baño. Los cuadros y el piso se movían. Como si hubiera tomado mucho, como si se hubiera echado en la cama y las aspas de un heliavión imaginario hubiesen comenzado a rotar. Todo retumbaba en uno de sus oídos. En el otro un zumbido.

Caminó peleando contra la fuerza de gravedad. Cada uno de sus pasos le costaba, como si tuviera que cortar un aire espeso para desplazarse. Daba indicaciones mentales para que una de sus piernas se moviera hacia delante y confiaba en que la otra pierna escuchara las instrucciones e hiciera lo propio. A veces no lo hacía y se quedaba quieto, como si no supiera qué seguía, como si se hubiera olvidado de que para caminar de un lugar a otro había que usar las piernas. Para qué moverse, por qué no quedarse quieto. Un problema filosófico. Un complejo desafío existencial. Para qué hacerlo y sin embargo hacerlo. Sí, avanzaba. La travesía continuaba, por más que no llegara a toparse con el principio o el final de un arcoíris. Qué era un arcoíris.

Las calaveras en las paredes le sonreían. Apareció el cuadro de una virgen puesto al revés, emitiendo destellos desde el halo que la rodeaba. Otro cuadro en el que varios pieloscuras se encontraban suspendidos de cabeza. El fokin Advenimiento. Un reloj que no daba la hora. Un afiche en el que la lluvia amarilla caía desde cuatro aviones. Un dibujo amenazante de Orlewen.

Vomitó en el baño. Le dolían los irisinos. Le dolía que hubieran recibido esa lluvia. Tan fácil entenderlos, y sin embargo costaba. Había que apagar el Qï, taparse los oídos con cera para no escuchar las instrucciones de SaintRei.

Estaba hincado en el suelo y tenía la cabeza metida en la taza. Los irisinos no eran dung, él era dung. Todos sus días serían así. No habría más normalidad para él.

Luann.

Golpes en la puerta. Que se apurara.

Cuando volvió a su asiento descubrió que habían encendido velas. La sala se había convertido en el recinto oloroso a palosanto de una iglesia popular en las afueras de Munro. Se estremeció: hacía tiempo que no iba a esas iglesias. Alguna vez la casa de su infancia se había transformado en una iglesia, de la mano de ese predicador con una cruz tatuada en la frente que vino a oficiar una misa, a bendecir los cuartos y la sala, poco después de que papá le diera una pateadura a mamá. Mamá se cubría la cara en el suelo mientras papá corría a la cocina como desaforado, amenazando terminar todo con un cuchillo, gritando *Las intenciones, asesinas son del alma*. Katja miraba todo sin hacer un solo gesto, hipnotizada por la fuerza de la realidad. Cari lloraba y no se desprendía de su muñeco parlante. El muñeco mugía, balaba, gruñía, y Xavier quería tirarlo por la ventana.

Alrededor de veinte personas hacían un semicírculo en la sala. Un hombre a quien creyó reconocer como uno de sus superiores dirigía las oraciones. Cómo sería el cráneo de Reynolds. Abrirlo, una gran aventura. Sólo placas yuxtapuestas, cada una con códigos que se hablaban entre sí para crear emociones, articular ideas. Entre los ojos un chip borboteando datos, imágenes incesantes que se superponían a todo lo que podía verse a través de las retinas. Una realidad aumentada. La realidad estaba siempre aumentada, eran los hombres los que la veían pequeña y debían servirse de diversos ayudines para percibirla más intensa. Los pobres humanitos.

Una letanía estremecedora salió de la boca del hombre. Xavier quiso fijarse en Luann, que juntaba las manos y dirigía la mirada al techo, pero le costaba concentrarse. El piso seguía moviéndose y las luces de las velas saltaban hacia él como si estuvieran a punto de quemarlo. Ardería en una conflagración, junto a todos.

Las náuseas regresaron. Fer estaba junto a Luann. Debía restregarse los ojos. Agarrar una de las velas, prepararse para la defensa. Un anciano se le acercaría y explotaría y él terminaría en el suelo y Fer y Luann no estarían más con él.

Alzó la vela. Gotas de sebo cayeron en la palma de su mano. El fuego lo quemó. Su grito cortó la letanía. El hombre que lideraba las oraciones lo miró y Xavier se tocó la mano y sintió que le ardía, y luego un bodi helado lo abrazó y su sangre se congeló, se detuvo, cesó la circulación de sus venas y sus arterias, desapareció el rubor de sus mejillas, se desvaneció la herida en la mano.

El abrazo duraba. No podía ver quién era pero lo sentía. Un bodi poderoso y compacto. Como si lo apretujara una roca. Eso era: un bodi de piedra maciza.

Fue adquiriendo contornos: pudo distinguir una cara sin rostro. Las cuencas vacías de los ojos como perforaciones en la roca viva. Un falo inmenso que sangraba, enroscado en torno a la cintura.

No era sangre líquida. Parecían fragmentos de estalactitas.

Un abrazo envolvente y protector y a la vez algo que hacía que su piel se volviera transparente y lo dejaba expuesto a la intemperie.

Se sentía enorme, se sentía invencible, sentía que el corazón del universo discurría por él.

Se sentía una nada, polvo cósmico en la galaxia infinita.

Se sentía como un río luminoso.

Sentía que si alguien lo viera en ese instante se encontraría en las cavernas del horror más profundo.

Dejó de ser abrazado. Escuchó gritos y disparos.

Se desvaneció.

7

Reynolds movía su dedo cerca del Qï, que iba creando holos como respuesta. Hacía círculos lentamente y luego dibujaba diagonales. Venía la calma, y el dedo fabricaba colinas. La luz que ingresaba por una ventana resplandecía en sus piernas; el resto del bodi se escondía en la sombra. La cara de Reynolds: una fascinada concentración. Está molesto y me ignora, dedujo Xavier, rodeado de holomapas en las paredes. En uno podía ver los límites naturales de la ciudad marcados por el Gran Lago hacia el norte, las montañas Rojas al sudeste, el valle de Malhado en el oeste. En otro destacaban las ciudades más importantes del protectorado. Nova Isa estaba cerca del mar y era el destino soñado por los shanz, que a veces, en el encierro de la capital en el centro de la isla, imaginaban que una brisa marina los despertaba por la mañana. En Malhado se daba el jün, Megara era el centro de acopio y comercialización. El jün podía conseguirse en Iris, pero lo ideal era visitar Megara. O Malhado, decían que el del valle era potente, el problema era llegar allá. Luann se hubiera puesto muy feliz.

Sí, molesto: hubo un tiempo en que los artificiales no podían demostrar emociones. Ni pensar por su cuenta, decidir, hacer distinciones morales. Ahora todo eso estaba programado en su sistema de forma tan sofisticada que no había modo de distinguirlos de los seres humanos. Si los resultados eran los mismos, no importaba. Su cerebro no estaba construido como el de los robots; pese a los rumores, no eran máquinas lógicas en las que incluso demostrar emociones apuntara a un fin. No todo era fuerza y velocidad. Su cerebro replicaba los complejos procesos cognitivos del de los seres humanos.

Conoce este juego, dijo Reynolds.

Xavier observó el holo de un niño azul persiguiendo puntos fosforescentes.

Prefiero los de estrategia.

Metidos en un creepshow y sólo juegan wargames. Prefiero algo que no tenga na que ver con lo que pasa ki. Mas todo puede ser interpretado como que tiene relación. Esos puntos azules pueden ser los seguidores de Orlewen, el niño azul uno de nos.

Estoy jarto desto y quisiera matar dung, continuó. Hasta que desaparezcan. Mas eso no es una opción, igual quedarían secuelas.

Reynolds dejó el Qï sobre la mesa y observó a Xavier con detenimiento. Xavier bajó la mirada.

Los shanz que lo acompañaban lo sacaron a rastras del getogeter. Tuvo suerte, los dung no le hicieron nada, parecían más sorprendidos. Sus brodis dispararon al aire pa despejar el salón. Lo trajeron al jipu, debieron esperar hasta que se recuperara. Hablaba incoherencias, repetía sin cansarse *Xlött Xlött Xlött*. Ardía, tuvieron que desuniformarlo. Le pusieron paños húmedos en la cara, nel pecho.

Qué podía decir Xavier. El abrazo de ese ser de piedra le había parecido real; lo había convertido en una película transparente, capaz de sentir a la vez lo sublime y lo atroz que se escondía detrás de la máscara de la realidad. Soji lo había sugestionado. Tanto hablar de Xlött resultó en eso. Funcionaba el polvodestrellas. Se persignó con su mano temblorosa.

Por qué se persigna, es un hombre serio. Mas nostá mal. Algunos shanz rezan en secreto a Xlött. Mejor creer nel noso. Si no es así lo sabremos ya.

Reynolds tenía razón: acaso creía. Era contradictorio pero en Munro se persignaba todas las tardes antes de dirigirse a su trabajo de guardia de seguridad en uno de los Hologramones, esperando que le tocara un día escaso en novedades, que le permitiera incluso sentarse en una de las filas más cercanas a la puerta de salida para ver los minutos finales de una peli (ansiaba la llegada del viernes, cuando debía disfrazarse de canguro para lidiar con niños festejando un cumpleaños). Se persignó la noche del casamiento con Luann, impaciente por iniciar esa nueva etapa en su vida, y la madrugada en que nació Fer, antes de ir al hospital, bajo la lluvia de ese cielo tan azul que auguraba la promesa de un mundo nuevo y cristalino.

Tenemos informes muy duros. Lo hemos estado excusando porque sabemos de su problema. Lo ayudamos con su pareja mas eso no puede servirle todo el tiempo ko. Usted y otros pueden hacer que SaintRei concluya que los que quieran venir a Iris sean obligados a borrarse la memoria.

Xavier quiso decir algo, pero Reynolds continuó.

Le sigue temblando el brazo. Está en observación. Es su última oportunidad.

Reynolds salió de la oficina. Xavier se quedó observando los holomapas, preguntándose en qué parte de ese territorio hostil podría volver a encontrarse con Xlött.

A veces tomaba PDS antes de irse a dormir, y tenía pesadillas de espanto en las que Fer aparecía con un revólver y le disparaba a quemarropa y le volaba el rostro. En otras ocasiones no era necesario cerrar los ojos para tener visiones capaces de asustarlo. En la oscuridad, el cuarto se llenaba de dushes que se le acercaban con los colmillos dispuestos a morderlo. Tiburones prehistóricos a punto de atacarlo a dentelladas. Tótems de dioses extraños, templos vacíos de luces parpadeantes que lo invitaban a entrar. Se consolaba repitiéndose que al menos esas veces no eran como la primera, en la que había perdido el principio de la realidad. Ahora estaba seguro de que esas dushes y tiburones eran productos caprichosos del ácido y no debía hacerles caso.

Cuando tenía sexo con Soji se ponía agresivo, quería fundirse con ella, la golpeaba y rasguñaba. Una vez ella se encerró en el baño hasta que a él se le pasara el efecto del PDS. Xavier le pidió que lo hicieran juntos y se negó. Al menos uno de los dos debía estar lúcido.

A ratos veía a Luann caminando sin cabeza por el pod. A su padre tirándolo de un auto en movimiento y gritando *Quién te ha enseñado a vestirte así, el diablo.*

Seguía sin oír bien por uno de sus oídos.

Soji proseguía su trabajo de acumulación de leyendas irisinas. La veía concentrada grabando holos en el pod. Su compilación sería una sorpresa cuando la tuviera lista.

Xavier se acercaba a darle un beso por atrás y ella ni se inmutaba. Fokin chûxie, decía Xavier, pero luego recordaba el abrazo de Xlött y se refrenaba. Admitía que se le iba despertando la curiosidad por ver qué palpitaba en ese mundo más allá del Perímetro.

No debía bajar la guardia. Salía de patrullaje con Rudi y disimulaba su miedo pidiéndole ir al anillo exterior. Trataba de asustar a los irisinos que veía por el camino, apuntándoles con el riflarpón. Sentía que se había puesto la máscara de canguro de su trabajo en el Hologramón y estaba en un parque de diversiones a punto de disparar a unos muñecos móviles para ganar un premio. Rudi le pedía que no lo hiciera, se quejarían a las autoridades, y Xavier se reía con una risa nerviosa. El fengli le golpeaba la cara, la sha se pegaba a sus labios, y él sentía un sabor mineral en la boca.

Rudi le señalaba los perros y goyots en las puertas de las casas y Xavier movía la cabeza pensando en su ingenuidad. Una ocupación absurda, Iris había sido tomada pero había que guardar las formas. En esas casas con toda seguridad había en ese momento terroristas preparando bombas, y ellos debían ser corteses. Con drons se podía diezmar a la insurgencia, con los chitas sueltos en las ciudades el enfrentamiento sería desigual. Se acordaba de Song y se ponía a disparar a los lánsès que hurgaban entre la basura acumulada en las esquinas. Rudi le decía que no lo hiciera y él le pedía que se callara.

Dónde estaba la empatía que había sentido por los irisinos al ver el afiche con la lluvia amarilla y los aviones. Para eso necesitaba swits y polvodestrellas. Él era un pobre humanito si no podía sentir lo mismo por ellos sin drogas. Pero lo cierto era que sin ellas prevalecía el deseo de vengarse por lo de Song; la furia ante el miedo que le producían los irisinos. Los que creían en Xlött y los que no. Los más recalcitrantes a las seducciones del Perímetro y los que trabajaban allá, divididos entre los débiles que se adherían a los principios de SaintRei y los que fingían que se adherían como una forma de supervivencia. Entre los irisinos había múltiples desacuerdos y creencias, pero era más cómodo juntarlos a todos en una sola categoría.

Se mareaba: quería dispararles porque sabía que ellos lo odiaban visceralmente y con razón. Pero aun así soñaba con volver a encontrarse con el Dios de ellos, por más que sólo hubiera sido una invención del PDS. Una invención tan real que se estremecía al recordarla.

Soji no le contaba mucho de esas reuniones a las que asistía dentro del Perímetro; sabía que tenían que ver con ceremonias dedicadas a Xlött, y que Xlött estaba conectado con la insurgencia de Orlewen. Alguna vez ella también le había mencionado el jün. Debía sugerirle que lo invitara a una de sus reuniones. El último pensamiento lo amedrentó: Reynolds lo estaría vigilando, y si iba con Soji podía terminar haciendo que todos fueran arrestados. Sintió que alguien metía una mano en su pecho y sacaba su corazón intacto y lo dejaba en una playa vacía para que se lo comiera el mar.

Cobarde. El miedo no eran ni Soji ni Reynolds ni Xlött. El miedo era el jün. Cumplir el *ultimate high* de Luann significaba acabar con el único sentido que tenía su presencia suicida en Iris. Porque podía decir que a él no le interesaba, pero también sabía que no era capaz de fallarle a Luann.

Debía hacer todo lo posible para retrasar el cumplimiento de ese deseo. Estaba seguro de que apenas lo hiciera se esfumaría la estela de sus pasos en Iris, no habría Luann y él cesaría de existir en el siguiente segundo, como fulminado por las ondas expansivas de una promesa.

Dijo que quería ir a Malhado y Rudi contestó que debía ser una broma. No se podía llegar con un simple jipu. Además, era territorio prohibido. A los puestos de observación diseminados en el valle se iba en heliaviones. Había caminos precarios por los que se decía que no se podía llegar lejos: estaban tan sembrados de minas que ni los desactibots que acompañaban a los convoyes podían con ellas.

Mentiras, dijo Xavier. Decían que un campo magnético impedía el paso tu.

Cuál es la razón, di.

Eso, di. Cuál. Mas por si acaso, bromeaba. No quiero ir al valle.

Lo sabía, di.

No estaba de turno y se dirigió al parque Central. El cielo rojizo parecía a punto de deshacerse en una tormenta; las nubes se agitaban sobre las montañas y los truenos estallaban como en medio de una conflagración. Bandadas de pájaros cruzaban el cielo con el apuro de llegar a un escondrijo que sólo el líder conocía. Los irisinos iban de un lado a otro cargando máquinas, oficiando de traductores, llevando comida a los superiores; lo ponían nervioso y se apartaba de ellos. Cualquiera podía ser un infiltrado, llevar una bomba entre sus ropas, por más que todos hubieran sido revisados antes de ingresar al Perímetro.

Se sentó en un banco desde el cual se observaba la entrada principal del Palacio. Los centinelas lo miraron sin inmutarse, entrenados para calibrar a cada persona que se acercara y tomar decisiones inmediatas. En el salón principal debía encontrarse el Supremo, reunido con sus asesores, considerando en silencio la conmutación de una pena de muerte o hablando con su familia allá Afuera, privilegiado, sus canales de comunicación siempre abiertos, las señales que enviaba capaces de trasladarse sin problemas, codificadas para luego ser decodificadas, dondequiera que él imaginara, casi. Xavier lo había visto una vez, cuando llegó a hacerse cargo de Iris, tiempo atrás, en la recepción oficial después de la investidura. Una nariz recta como sólo había visto en bustos de la antigüedad en los museos. La frente cruzada por arrugas, los ojos diminutos y movedizos. Los modales lentos y ceremoniosos; a los hombres los saludaba con un blando apretón de manos, como si no quisiera intimidar, a las mujeres con una venia excesiva. Entonces era cierto que SaintRei había decidido profundizar los cambios. Incluso se hablaba de un posible gobierno de transición, de un futuro en que el poder sería compartido con representantes irisinos. No lo creía. Sí sentía que el Supremo seguiría ampliando las libertades. Un poder suave, que ya no reprimiría con fuerza a la insurgencia, que sería más tolerante con sus súbditos. El nuevo Supremo encarnaba ese poder por más que Soji no creyera en él.

Luann se sentó a su lado. No había tomado PDS. Qué le ocurría.

Qué pasó aquella noche, dijo ella. Era la voz susurrante y pegajosa de alguien que hablaba en sueños.

Debo ir al médico, pensó Xavier tratando de contener las lágrimas.

Qué pasó, volvió a repetir.

No lo sé, no recuerdo nada.

No me dejes sola.

Cálmate, cálmate, cálmate.

Eso se decía él esos días después de los disparos. Se echaba en el piso y se escondía bajo un cobertor y lloraba, inconsolable, y decía que él tampoco estaba vivo. Imaginaba que rodeaba con un brazo la cintura de Luann y le besaba los labios como tratando de alcanzar el alma. Qué pasó, qué pasó. Cómo contestar esa pregunta sin que reventara su pecho. Cómo decirle que esa noche, después de que ella castigara una vez más a Fer, Fer se había encerrado en su habitación y luego, a la medianoche, salió con un revólver y le descerrajó cuatro tiros a Luann mientras dormía. Él se había echado sobre ella tratando de atajar la sangre, como si su bodi fuera capaz de cerrar orificios. Pero eso sólo le había servido para bañarse en sangre y para que los paramédicos creyeran al llegar al piso que las víctimas eran dos y no sólo una. En cierto modo lo eran.

Cálmate, cálmate, cálmate.

Luann había desaparecido. Se incorporó lentamente. Estiraba los músculos; un dolor en la ingle. Fer había sido un niño frágil, nacido prematuramente por culpa de una eclampsia casi fatal. Esas circunstancias habían reforzado la obsesiva dedicación de Luann. Xavier se sintió apartado, pero creía que no era justo quejarse. Fer parecía normal, quizás un poco tenso: cuando le venían cólicos cerraba los puños hasta que se ponían morados. Debían haber hecho caso a esa tensión contenida, desbordada al poco tiempo. A los cuatro años era un azuzador de peleas en los parques y andaba envuelto en líos con niños mayores que él. A los siete dijo que no quería volver al colegio y comenzó la larga batalla entre Luann y él. Xavier se mantenía al margen y dejaba que ella lo castigara cuando no hacía las tareas o les robaba geld a sus brodis. A los ocho ella le descubrió un cuchillo y unos apuntes en los que Fer escribía del odio a sus padres y del deseo de matarlos. De nada sirvieron los psicólogos, las amenazas de reformatorios. Fer se escapaba del piso y volvía tres días después. Vivo mejor bajo un puente, decía, el rostro desafiante, allí tengo amigos de verdad. A los nueve, tres semanas antes de los disparos, la policía lo arrestó por robar relojes de una tienda de antigüedades. Lo dejaron libre después de los ruegos de Xavier, pero Luann decidió que había que ser más agresiva con él. Vinieron semanas de insultos y portazos, hasta que ocurrió lo que ocurrió.

El pelo largo, de mechones ensortijados que apuntaban a todas partes, con un cerquillo indócil que le cubría la frente. La mirada desafiante, la unánime tensión en los músculos del rostro. Las pocas palabras, pronunciadas entre dientes. En qué pensaba. A los cuatro años se despertaba llorando y decía azorado que había visto al diablo y se echaba entre los dos; Xavier se cansaba de que eso ocurriera todas las noches y lo devolvía a su cama, pero a la mañana siguiente lo encontraba durmiendo en el suelo, al lado de la cama de ellos. Se orinaba y se cagaba y decía que era de miedo. Xavier le decía que no existía el diablo pero no servía de nada. Qué veía cuando decía que veía al diablo. Qué qué qué. Un psiquiatra concluyó que Fer tenía algún tipo de esquizofrenia y le recetó un antipsicótico capaz de tumbar caballos, y durante algunas semanas el diablo desapareció. Luego se hicieron presentes espectros que tenían largas charlas con él, sentados en la cama o apoyados en la pared, sus voces como atravesadas por una hoja metálica golpeada por el fengli. Hubo discusiones de ataques psicóticos y bipolaridades complejas, y más medicamentos que apagaban sus energías durante el día. Semanas tranquilas y luego el retorno del diablo y los espectros. Xavier veía todo sin intentar comprender a su hijo. Sin querer acercársele. Le tenía miedo. Seguía siendo un enigma para él. No lo había conocido, y llevaba para siempre la culpa de haber dejado que Luann tratara de solucionar por su cuenta un problema que la superaba. Que quizás también lo superaba a él (por eso el desentenderse del asunto).

Intuía que su pasividad con Fer era el resultado directo del intento de alejarse del ejemplo de su padre. Hubo un momento en la adolescencia tardía de Xavier en que quedaron atrás los deseos de imitar a su padre; las golpizas imprevisibles que recibía de él lo convirtieron en un modelo negativo. Sus refranes arbitrarios que alguna vez le hicieron reír se transformaron en el colmo de la estupidez, y sus bíceps hinchados, los mofletes rojos y el pelo cortado al ras, en una caricatura. Cuando pretendía dominarlo todo a base de gritos y fuerza bruta Xavier, convertido en padre, trataba de no intervenir, no alzar la voz, mucho menos tocar a su hijo. Podía haber sacado otras conclusiones de la vida que le había tocado en suerte con un ser que sólo sabía de golpes y bravuconadas para relacionarse con el mundo. Las que sacó eran las más elementales, las menos capaces de ayudarlo a enfrentarse con un corazón emperrado.

Estaba convencido de que Fer había nacido así y de que nada hubiera podido cambiar las cosas. Pero había momentos inconsolables en que creía que podía haber hecho algo para evitar la tragedia, los disparos. Su exilio era bien merecido.

Quiso que apareciera Xlött y lo volviera a abrazar y se lo llevara consigo.

Avanzaba en Yuefei: había conquistado Iris. Comenzó ÁcidoTóxico. Song le había hablado maravillas de ÁcidoTóxico; requería de paciencia pero era ideal para jugarlo colocado con polvodestrellas. No mentía. Los diseñadores de ÁcidoTóxico abusaban de rojos y amarillos estridentes que parecían palpitar y salir del holo. Xavier era un explorador encargado de investigar las formas de vida en una región desconocida. Aunque ya no lo asombraban las casas con escaleras a ninguna parte, en el juego podía recuperar la sensación de verlas por primera vez. Le encantaban los goyots —esos domesticados coyotes enanos—, los lánsès de ojos desorbitados, las gallinas con caparazones de tortuga, los dragones de Megara con su piel coriácea y lengua bífida. Lo sorprendían las plantas que derramaban líquidos blancos y espesos, las flores que cambiaban de color a medida que avanzaba el día, el delicioso chairu que se caía del árbol apenas maduraba y llenaba los campos con su color naranja.

El objetivo consistía en colonizar la región y vivir en paz con los nativos. Cuando llegó a los niveles superiores tuvo la sensación de que los diseñadores del juego sabían más de lo que se esperaba que supieran. Lo había tomado por sorpresa la apabullante fidelidad histórica al tema religioso. En el primer nivel los colonizadores se deslumbraban ante la enorme cantidad de templos en las ciudades de Iris, uno al lado de otro hasta que quedaba la sensación de que la única actividad de los irisinos era orar a sus dioses. Templos cargados de ornamentaciones, abiertos al cielo y con puertas que no conducían a ninguna habitación, con salas hexagonales y también de un solo recinto circular, con pasillos arenosos donde se postraban los irisinos a rezar a las estatuas que los rodeaban, las imágenes que contaban su cosmogonía.

En el segundo nivel, los colonizadores tomaban los templos y ordenaban edificar sobre ellos. Se imponía el cristianismo; en el tercero aparecían los cultos de Iris, que seducían incluso a los colonizadores, y los irisinos recibían permiso para construir nuevos templos; en el cuarto se hacía presente Orlewen, que llamaba a su gente a la rebelión. En el quinto descubría partes de la región que estaban bloqueadas. Eso era normal en cualquier juego; era cuestión de superar ciertas metas, lograr objetivos para que esas áreas se desbloquearan. Sin embargo, seguían cerradas en ÁcidoTóxico. En el mapa se hallaban más allá de la región del Gran Lago.

Qué había ahí, cómo desbloquear el mapa.

Xavier se echaba en el piso, mareado y con dolor de cabeza, hasta que pasaba el efecto. Extrañaba lo que había sentido la primera vez con PDS: el abrazo de ese ser poderoso. Seguía dudando: había ocurrido de verdad o era un efecto de la droga. Para creer era necesaria la gracia, una gracia que permitía la fe en un ser superior por más que éste fuera invisible o producto de una alucinación. Y él no la tenía. O al menos creía que no.

Esa noche lo tentó contarle de su experiencia a Soji pero se mantuvo callado: no quería darle argumentos para justificar su cada vez mayor entrega a los cultos, a la religión de Iris. Ella lo sorprendió hablándole de Timur antes de que se fueran a dormir.

Me siguen sombras furtivas. Escucho pasos inquietos detrás de mí todo el tiempo.

Quería recurrir a sus amigas irisinas en la ciudad para llevar a cabo un ritual de limpieza, colocar en la puerta del pod un talismán protector. Xavier la escuchó sin decir nada. Soji necesitaba ayuda y él se había descuidado. Los problemas mentales desaparecían y uno pensaba que todo estaba solucionado, luego volvían con más fuerza que antes.

Debía hablar con los médicos. Que ella no se enterara.

No había olvidado a Timur. Necesitaba revisar su teoría original acerca de que Xlött era la ficción que Soji había encontrado para combatir la ficción amenazante en que había convertido a Timur. No se trataba de que Xlött y Timur fueran complementarios; en la mente de Soji, Xlött era una versión de Timur.

El experto informático había crecido tanto que se había convertido en Xlött. Aunque quizás no lo supiera conscientemente, ella seguía enamorada de Timur.

No debía dolerle, porque su corazón le seguía perteneciendo a Luann. Pero le dolía.

8

Acompañó a Soji a ver a amigos irisinos en el mercado. Tenía un proyecto ambicioso con los uáuás de arcilla que los irisinos fabricaban como parte de las leyendas y los himnos relacionados con sus clanes; quería comprarlos en grandes cantidades, venderlos en el Perímetro, si todo salía bien exportarlos Afuera. No se los encontraba en ninguna tienda porque eran parte de rituales privados, pero Soji confiaba en convencer a los irisinos de convertirlos en el símbolo público de su cultura.

La idea es promocionar el arte irisino, que los uáuás sean autenticados después de cada experiencia.

No que todo nellos es comunitario, dijo él. La idea del artista es muy individual.

Será comunitario dentro de lo individual. Que no sólo se valore lo que hacen, que se conozca.

Xavier aceptó el argumento y pidió una tarde de licencia porque lo intrigaba la posibilidad de conocer a los amigos irisinos de Soji.

Un olor nauseabundo rondaba en las afueras debido a la basura amontonada, pero apenas se ingresaba dominaban los aromas penetrantes de las especias: la raíz del dragón convocaba al queso curado, las hojas de anshù remitían a las almendras amargas y el linde a la miel. Los aromas dulzones le recordaban a Xavier los experimentos de química en el colegio, cuando jugaba con sus compañeros a crear perfumes a partir del licuado de flores. Tocó la parda raíz del dragón, pulverizada en una bolsa a la entrada de un puesto, y la vendedora lo regañó con la mirada. Mientras se iba, él contó los aros en su cuello, una costumbre adquirida los primeros días en Iris. Siete.

La gente se apiñaba en los pasillos del mercado. Los vendedores ofrecían rompecabezas electrónicos, agujas que se inyectaban en el bodi para aliviar dolores, hierbas alucinógenas de Megara, réplicas diminutas de Malacosa con un falo gigante. Parado sobre una caja de madera, un chûxie predicaba la llegada del Advenimiento. En la sección de comida había puestos que ofrecían corazones de lánsè y pedazos de cordero ensartados en un alambre, cabezas de goyot, patos bañados en jengibre, boxelders fritos y el trankapecho, un sándwich de carne de dragón de Megara. Todo acompañado de chairus; Xavier podía comerse cincuenta uno tras otro, la carne acidulce era blanda y se derretía al contacto con la lengua.

Irisinos tirados en el piso, su mirada perdida en la contemplación de sus pies o manos; Xavier recordó la vez que en una de sus rondas pasó por la antigua estación de buses y sus brodis y él se encontraron con una centena de irisinos echados sobre cartones en el suelo, recostados contra las paredes en medio de la basura, el dung, el vómito, la sangre, los boxelders. Estaban quienes reían solos, otros bebían alcohol de quemar e inhalaban un pegamento barato hecho a partir del wangni (lodo mineral), inmutables ante la presencia de los shanz; eran conocidos como los wangni-pípol. Escoria, dijo un shan; dung, dijo otro. No saben manejar las drogas, pensó Xavier esa vez y volvió a pensarlo en el mercado, son manejados por ellas, aunque Soji decía que sí sabían pero que la vida llegaba a ser tan sórdida que algunos buscaban perderse en el exceso. Los que estaban en edad de trabajar vivían abusados en las minas; los que no, debían remitirse a la caridad de SaintRei, a programas de asistencia social.

En cambio nos sí. Sabemos manejarlas. Ja.

Caminaba de la mano de Soji, abriéndose paso a empujones. Llevaba puesto un pasamontañas de grafex. Se sentía desprotegido sin el uniforme antibalas y buscaba con la mirada, ansioso, la presencia de shanz. Los había, incesantes e intimidatorios en su intento por mantener el orden, revisando bolsones en las puertas de entrada, decomisando productos adulterados, obligando a los irisinos a hacerse a un lado cuando pasaban con sus riflarpones. Drons vigilantes flotaban entre el gentío enviando holos a la sala de monitoreo del Perímetro.

Se sentaron a esperar en un puesto de comida. Soji pidió un güt; el brebaje caliente olía a hierbabuena. Xavier se preguntó cuándo dejaría de comparar lo que encontraba en Iris con los colores y olores que había conocido Afuera. Cuándo dejaría de extrañarse de lo que lo rodeaba. Cuándo vería todo como algo natural. Ese día dejaría de ser un pieloscura, su identidad sería más de aquí que de allá. Se convertiría en un kreol sin necesidad de haber nacido en Iris (no era grato serlo: la identidad ambigua de los kreols hacía que fueran rechazados por irisinos y pieloscuras). De esas cosas no le hablaba el Instructor.

Agarró la mano de Soji. Nada era tan fácil como hubiera querido. Había demasiadas zonas de ella inaccesibles para él. Estaba seguro de que no lo quería y simplemente se apoyó en él para salir de una situación precaria. Él se había aferrado a ella porque la soledad en Iris apremiaba. Le tenía cariño, eso era suficiente para sostenerlo.

El irisino apareció al rato. Tenía los párpados salidos y las pupilas completamente blancas, lo que le hizo recordar la primera impresión que tuvo de algunos hombres irisinos: que eran albinos (las mujeres eran diferentes, había más vida en sus ojos). Le faltaba un brazo y a Xavier no le costó imaginar un accidente en la mina. Pero podía ser otra cosa. Muchos irisinos nacían con defectos congénitos.

Se sentó al lado de Soji sin saludar a Xavier. Soji se lo presentó; se llamaba Payo. Debía estarse preguntando qué hacía junto a ella; no lo vería jamás como un amigo ni tan siquiera como un conocido. Todo los separaba, era mejor asumirlo y no hacer tantos esfuerzos como Soji: ella tampoco sería aceptada.

Payo sacó uáuás de una bolsa y los puso sobre la mesa. Algunos eran pedazos amorfos, en otros parecía que el autor trataba de hacer un lánsè o un goyot y había cambiado de opinión a la mitad para dedicarse a construir un irisino. Había figuras que a duras penas podían pensarse como dragones de Megara o dushes. Tenían un aire de familia con el que Soji guardaba en el pod, aunque éstos eran más delirantes.

Qué tal, dijo Soji.

No sé si podrían pasar por arte, si se les podría encontrar algún valor.

Las ideas que tenemos del arte son muy precarias, Soji parecía molesta. Los irisinos que han creado estos muñecos estaban en trance. Como parte dun ritual, cuando escuchan el llamado del verweder, el qaradjün ordena interpretar en arcilla lo q'están viendo. Los uáuás se convierten en preciadas posesiones den. Lo ideal sería crear galerías darte irisino, que los uáuás se vendan acompañados dun certificado de autenticidad. Cuándo fueron hechos, parte de qué ritual. SaintRei dizque busca formas de ayudar a las comunidades irisinas. Esto sería algo concreto ko, el geld sería bum pa la comunidad.

Soji y Payo se pusieron a hablar en irisino. Las palabras salían rápidas, en frases punzantes, con onomatopeyas que explotaban a cada instante. Un abismo, ese lenguaje: el Instructor traducía, las frases aparecían en los lenslets, pero se trataba más de aproximaciones creativas que de un trabajo riguroso. Algo es mejor que nada, pensó Xavier, impresionado por Soji: manejaba esa sintaxis retorcida con la soltura de una irisina. Mejor que no la escucharan sus brodis. Tendrían más razones para insultar a la jirafa.

Xavier entendió que Payo consultaría con su comunidad. Tenían varios uáuás en el hogar, los guardaban bajo tierra pero a veces se les perdían. La propuesta de Soji era una forma de quedarse con uno y deshacerse de los demás. Payo abrazó a Soji y partió dejándole la bolsa con los uáuás. Ella tomó su güt sin apurarse. Xavier se alegró al verla entusiasmada por un proyecto; le parecía utópico, en el Perímetro no eran dados a apreciar la cultura irisina, pero no quería desilusionarla.

Entraban al pod cuando Soji agarró una bola de plástico y la apretó con todas sus fuerzas.

Mañana renunciaré, no debí haber vuelto, tiró la bola al piso. Estoy cansada de luchar. Es como si quisiera forzar algo que nostá ahí, obligar a tanto imbécil a valorar lo q'es tan obvio.

A Xavier le temblaron las aletas de la nariz. Se le acercó, buscó alguna señal de complicidad que le permitiera abrazarla.

Renunciar y qué.

No quiero seguir viviendo ki.

Debía ser capaz de decirle que no quería perderla. De eso se trataba. Si ella se iba la perdía. No la seguiría. Le provocaba terror la idea de vivir fuera del Perímetro.

Nunca llegaremos a nada, SaintRei hace lo que quiere. En Yakarta se valoraba el arte primitivo. El arte irisino podría ser valorado allí ko, mas SaintRei nos ha hecho creer que nada de lo irisino interesa Afuera y estamos bloqueados.

Xavier sacó chairus de una fuente y se puso a pelarlos. Tiraba la cáscara sobre la mesa, se metía la carne blanca y jugosa a la boca. Gestos nerviosos de alguien que quería que transcurrieran los minutos y de paso se lo llevaran consigo. Sí, eso: irse camuflado a algún lugar del espacio, de la mano del tiempo.

Entendía que SaintRei hubiera sido tan desdeñosa con los irisinos, pero uno no debía vivir relamiéndose las heridas. Había que concentrarse en lo positivo, en la mejoría en las relaciones.

Creer o no creer. Tener fe en lo ocurrido la tarde del incidente con Rudi. Pero si ese getogeter era sólo una proyección de sus recuerdos, eso significaba que el abrazo de ese ser poderoso había sido también una ilusión. Un bodi helado-compacto-macizo. Tan vívido, tan real. Una versión de Xlött. Podían estar ya en el tiempo del Advenimiento.

Las creencias de Soji eran tan radicales como parecían. De nada había servido tratar de minimizarlas. Para ella SaintRei sólo continuaba una serie de injusticias iniciada hacía mucho, incluso antes de las pruebas nucleares, con la llegada de los pieloscuras a la isla. No se trataba de que, obligada por Munro, SaintRei mejorara su trato con los irisinos. Lo que buscaban Soji y todos los que pensaban como ella era que SaintRei no existiera, que los pieloscuras no existieran, que él no existiera.

Si fuera todo tan simple. Por qué aceptaste volver den.

Pensé que algunas cosas podían haber cambiado. Lo han hecho mas pa peor.

Por qué aceptaste vivir conmigo.

Algunas cosas tienen que ocurrir, son necesarias.

Quizás había sentido el desdén de los pieloscuras hacia los irisinos, el desprecio indisimulado. O en el fondo ella siempre había sido así y nada había cambiado.

Crees que ocurrirá el Advenimiento.

Está ocurriendo.

No había más de que hablar.

Al caer la tarde, Reynolds lo llamó para informarle que su presencia era requerida. Xavier pensó que se trataba de algo relacionado con la muerte de Song, pero la dirección que recibió era de la clínica adonde acudía cada tanto para que revisaran su estado de ánimo.

Al salir, Soji le hizo una mueca que él entendió como una sonrisa y se la devolvió. Hubiera querido quedarse. La visita al mercado y la discusión posterior habían sido cuando menos extrañas. Notaba la tensión de Soji. Podía verlo: la implosión del irisino a las puertas del templo había provocado una fisura entre ellos. Había ignorado todos sus comentarios con respecto a Xlött, sospechado que su fe era parte de una relación distorsionada con la realidad en la que predominaban las ficciones paranoicas, pese a que él mismo sentía que después de la explosión había recibido la visita de Xlött. Había incluso ignorado sus relatos de las minas, los recuerdos de las cicatrices en el bodi de los irisinos, del amigo cazado como animal en el desierto de Kondra. No había querido darle argumentos a su favor, pero reconocía que comenzaba a tener dudas sobre las virtudes, la naturaleza misma de la ocupación. Alguna vez había pensado que era benéfica, que sin ella los irisinos no podrían subsistir; hoy sospechaba que quizás la insurgencia hacía lo correcto al reclamar Iris para su gente.

Salió del edificio. Sus pensamientos lo habían puesto nervioso: a veces creía que SaintRei era capaz de leer lo que pasaba por su cabeza. Trató de pensar en cosas positivas. Se le vino una imagen de Fer y tuvo que detenerse y respirar hondo.

Quiso continuar su camino pero no pudo. Una fuerza plena, avasalladora, ante la que sólo cabía rendirse, lo inundó. Le dijo que Xlött existía, por más que él no fuera partícipe de su fe, y que el Advenimiento tenía razón de ser. El pánico lo estremeció. Debía ponerse a gritarles a todos en el Perímetro, rogarles que se fueran de Iris.

Estuvo parado un buen rato en medio de la calle.

Las paredes en la clínica eran blancas y estaban recién pintadas. La pintura fresca relucía. Xavier se sentó en un banco. La posta sanitaria por la que pasaba en sus rondas próxima al anillo exterior tenía las ventanas rotas; cerca de la puerta había boxelders, insectos de coloración rojinegra y alas aplastadas sobre el bodi; a medida que se acercaba la noche, los boxelders iban llegando de los árboles vecinos en busca de grietas en donde esconderse, y a veces cubrían toda la fachada de la posta. Una enfermera lo paró una vez, le pidió que los ayudara, necesitaban medicamentos, las autoridades no habían cumplido su promesa de enviarles analgésicos y jeringas. Xavier trató de no asustarse ante los boxelders que zumbaban en torno suyo, dijo que se haría cargo, habló con uno de sus superiores, lo vio anotar algo en su Qï y se desentendió del asunto.

Tres shanz esperaban junto a él; uno de ellos tenía tatuado en el cuello el rostro de Nova, la estrella artificial del Hologramón. Imaginó que se sentían solos y rechazados, percibían el odio en todas partes, extrañaban y no podían dormir. Habían visto la muerte de cerca, tenían ideas suicidas, en sus pesadillas se les aparecía gente que habían dejado Afuera, padres y hermanos, novias e hijos. Buscaban excusas médicas para que se los evacuara de Iris. Algunos se fracturaban piernas, otros se cortaban los dedos de las manos; sabía de alguien que se había sacado los ojos con un riflarpón, de un shan que se había inyectado X503 líquido en la sangre para que la infección lo volviera inútil (sufrió una enfermedad que impedía que controlara sus músculos y fue recluido en un monasterio en las afueras de Kondra). Lo ideal sería volver Afuera; al menos habría por un tiempo la fantasía de comenzar de nuevo, reinventarse. Pronto aprenderían que todo era en vano. Los doctores no estaban capacitados para contravenir las reglas estrictas de SaintRei sobre el respeto a los contratos.

Uno de los shanz había hablado. Una doctora le dijo que sospechaban que su episodio alucinatorio se debía a algún swit. Le preguntó cuáles usaba. Sentado en una silla reclinable, Xavier recitó todos los que le habían sido recetados.

No quiero saber de los legales, dígame de los otros.

De nada servía mentir. Escanearían su bodi y no tardarían en descubrir la verdad.

PDS. Mas no es ilegal.

La doctora salió del cuarto. Al rato volvió con otro doctor. La forma en que su cara resplandecía bajo la luz le hizo pensar en los artificiales. Nuevamente, proyectaba. Lo cierto era que los artificiales no envejecían. Pero a los humanos les fascinaban los facelifts.

Ilegal indid, dijo el doctor. Sensaciones incontroladas de euforia. Ingresan nel cerebro a partir dalgún recuerdo intenso, crean una realidad pal que la usa. Como meterse al Hologramón, ser parte dalgo que sestá proyectando nese instante. Como actuar nuna película ya filmada, revivir un recuerdo como si jamás hubiera ocurrido.

En efecto, lo que había vivido esa tarde de patrulla con Rudi era el recuerdo de una de las primeras noches con Luann. La acababa de conocer, había aceptado salir con él; el getogeter al que fueron estaba en un segundo piso, se llegaba a él después de pasar la entrada en el primer piso, donde dos gemelas caprichosas hacían guardia. La decoración tenía tintes psicodélicos, anaranjados y amarillos que resplandecían a los ojos de los clientes. Esa noche Xavier y Luann se habían acostado por primera vez y él había descubierto que cuando quería hablar las palabras se conjuraban para decir necedades. Era un recuerdo importante y volvía a él con nitidez; sin embargo, parecía haberse desvanecido de su memoria desde que llegó a Iris. Quedaban otros, pero no ése. La memoria funcionaba así, eso era todo. O era que pese a su negativa de alguna manera le habían dado en Munro o durante el viaje una droga capaz de borrar recuerdos. Pero entonces por qué ése y no otros más dolorosos, como todos los que tenían que ver con Fer tras el asesinato de Luann. La forma en que la policía lo había arrestado después de escaparse por una ventana, el revólver todavía en sus manos. El juicio, en el que su hijo no había mostrado remordimiento alguno. El día en que Xavier, después de visitar a Fer en la correccional —una visita en la que su hijo sólo había pronunciado una frase:

A ti también te debía haber matado—, se presentó a una oficina de reclutamiento de SaintRei y firmó los papeles en los que aceptaba ser enviado a Iris.

La doctora le dijo que no iban a escribir nada en su informe para evitar que sus superiores le llamaran la atención. Entendían que no debía ser fácil después de lo ocurrido. Sabían que era muy cercano al shan que había muerto...

Song, dijo Xavier. Se llamaba Song.

Le pidieron que evitara el polvodestrellas. Le recetaron los mismos swits que usaba. Xavier evitó decirles que los swits para dormir habían dejado de funcionar incluso antes de la muerte de Song. Lo único que quería era que la reunión terminara pronto.

Antes de salir creyó que era oportuno hablarles de sus problemas. Les mostró el temblor del brazo, la forma en que las fibras musculares se movían por cuenta propia. Confesó que salir de patrullaje lo desalmaba, que a veces le daban ganas incontrolables de llorar, que la bomba que había matado a Song explotaba constantemente a su alrededor, que todo eso había activado recuerdos dolorosos de su vida Afuera.

El doctor le pidió que se calmara.

A todos los shanz los desalma algo, es parte de la naturaleza del trabajo. Lo extraño sería no desalmarse ko. Mas recuerde que si se niega a salir, otro tendrá que hacerlo por usted. Lo que le pueda pasar a otro shan sería responsabilidad suya.

Esta isla pertenece a Xlött, quiero irme de ki. No sólo yo, todos, SaintRei, debemos irnos, debemos irnos.

El doctor dijo que había que aumentar la dosis de los swits que estaba tomando.

No es la solución, dijo Xavier.

No anotaré nada desto, si se enteran sus superiores tendrá problemas. Descanse, hable antes conmigo. Tenemos formas.

Más swits.

Le dieron la espalda y lo dejaron solo.

Soji no estaba en el pod. Se recostó en la cama y trató de tranquilizarse. El Instructor le dio el parte meteorológico. Puso un show de Nova en el Qï; hacía rato que no la seguía.

Le llamó la atención que Nova hablara en un idioma que no entendía. Era sangaì. Qué hacía hablando así. A veces había interferencias en el Qï y los canales sangaìs se imponían a los locales, pero esto parecía premeditado. Como si Nova hubiera sido jakeada.

Nova dejó de hablar en sangaì. Se tranquilizó. Al rato pensó que quizás lo había imaginado. Las luces blancas del cuarto contrastaban con la oscuridad de la noche allá afuera. En una repisa el goyot de cerámica no dejaba de mover la cola. Y si la detenía... Quizás era cierto que así todo se pararía. Tendría la oportunidad de reorganizarse, pensar bien qué hacer.

Debía hablar con Soji, contarle de su experiencia con Xlött. Decirle que si quería podían irse a vivir fuera del Perímetro. Nada fácil, pero tampoco serían los primeros. Quizás junto a ella hasta podría ser capaz de animarse a probar el *ultimate high* de Luann.

Estiró la mano, detuvo la cola del goyot.

Fue en ese preciso momento cuando se escuchó la detonación.

9

Había soñado con Fer. Tenía cuatro años y lo llevaba de la mano a la escuela, a quince minutos del piso. Fer se detenía cada vez que veía un perro y se acercaba a acariciarlo. Decía que quería ir al parque de los perros, que era un salchicha, un chihuahua, se llamaba Lucas y se hincaba en el suelo y sacaba la lengua. Xavier era paciente con él. En el camino había una panadería en la que compraba pan integral fresco; también pasaban por una tienda donde Xavier adquiría un sobre con holos de las estrellas de fut12. Era su forma de interesar a Fer en los deportes. No era fácil; a Fer sólo le llamaban la atención los juegos electrónicos. Vivía inmerso en ellos, era de reflejos ágiles y ganaba a sus padres. Luann reía al ver la cara preocupada de Xavier, relájate, le pedía, quizás ha encontrado su vocación y nos hará millonarios. Los grandes jugadores de holojuegos se llenaban de geld y podían ser tan célebres como las estrellas de fut12 o del Hologramón. Pero eso a Xavier no le convencía del todo.

Abría los ojos y se topaba con la oscuridad y quería volver a cerrarlos, perderse de nuevo en algún sueño, rogar que no le tocara una pesadilla. No podía. Estaba desnudo, moretes como archipiélagos en los muslos, en el abdomen, en la espalda. Se preguntaba cuántos días habían transcurrido y en qué lugar se hallaba. Al comienzo había intentado explorar su entorno. Caminó unos cuantos pasos y sintió un golpe; el impacto lo tiró al suelo. Estaba rodeado por una valla eléctrica invisible. El bodi le dolió durante horas.

No le habían dado un camastro ni una silla. Cuando quería descansar se echaba en el suelo. A veces escuchaba pasos y se materializaba a su lado una bandeja con comida; quien se la traía se iba sin dirigirle la palabra. Xavier gritaba preguntas que se perdían en ese lugar sin eco.

A lo lejos se escuchaban ruidos, voces desesperadas, aullidos de dolor. Hubiera querido caminar hasta toparse con alguien. La valla eléctrica lo intimidaba.

Lo habían arrestado la noche de la explosión. Soji había hecho detonar una bomba en el café de los franceses dentro del Perímetro; había muerto junto a dieciséis shanz. Era la primera vez que la insurgencia lograba incursionar con éxito detrás de las paredes amuralladas de la base. Los minutos después de la explosión habían sido un caos; Xavier salió corriendo del pod a investigar lo ocurrido. Se topó con shanz, ambulancias, carros de bomberos dirigiéndose al café. Gritos por todas partes, órdenes y contraórdenes. La gente salía de los edificios, de getogeters y restaurantes. Los reflectores de luz blanca iluminaban el cielo, las sirenas ululaban desacompasadas.

Los shanz bloqueaban las calles en torno al café de los franceses. Xavier preguntó a uno de ellos si debía presentarse a ayudar. Todo está controlado, regresen a sus pods, gritó un artificial con la cara y las manos llenas de un polvillo gris. Nadie le hizo caso.

La bomba había destrozado el café. Antes de que se confirmara que había sido Soji, algunos rumores decían que la llevaba en su bodi un camarero irisino y otros un shan. Un reporte afirmaba que una persona había entrado al café, se acercó a la barra y gritó algo acerca de Xlött y el Advenimiento.

Xavier quiso comunicarse con Soji por su Qï. No hubo respuesta. En las noticias apareció el Supremo con un mensaje agresivo a los terroristas. Xavier regresó por calles atestadas de gente, percibió la ansiedad, el miedo. Un hombre lloraba preguntando por su hermano, estaba seguro de que se encontraba en el café en el momento de la explosión. Intentó comunicarse con él, pero no hubo respuesta.

La vida no volvería a ser lo que había sido en el Perímetro. El único lugar de Iris seguro para los pieloscuras acababa de desaparecer.

Se preocupó por la ausencia de Soji. No quería pensar en lo peor. Debía ahuyentar esos pensamientos, tranquilizarse. Abrió la cajita de metal que colgaba de su cuello, tomó un swit y esperó a que hiciera efecto. Cuando lo hizo, algunas cosas no cambiaron.

Ingresó a su pod y se quedó viendo las noticias en el Qï. Poco después llegaron los shanz. Lo redujeron al suelo con un electrolápiz. Terrorista, traidor, le gritó uno de ellos, que blandía desaforado el instrumento y lo usó en la piel de Xavier hasta que hubo olor a quemado. Lo sacaron a rastras, se lo llevaron en un jipu.

Soji, gritó. Dostá.

Sus pedazos querrás decir, respondió uno de ellos. Se los daremos a los lánsès.

Antes de que lo confinaran a ese lugar rodeado por una valla eléctrica alcanzó a ver el rostro de Reynolds cuando lo bajaron del jipu. Dirigía las operaciones, que parecían de envergadura: varios camiones llegaban con prisioneros a un galpón. Xavier lo miró, pero él aparentó no reconocerlo.

Creyó que todavía se encontraban dentro de la base pero no estaba seguro. Lo llevaron al galpón con las manos atadas, en fila india junto a otros prisioneros. Apareció en su mente la imagen de los uáuás que un irisino le había entregado a Soji en el mercado. Soji había vuelto al Perímetro con una bolsa llena de esos muñecos. Podía ser que dentro de ellos hubiera estado la bomba, que los insurgentes hubieran encontrado al fin la manera de burlar los sofisticados controles de SaintRei.

Si es que ella había sido la responsable, entonces era verdad que su vida giraba en torno a las ficciones, pero no a las que él había sospechado como tales. Ni Xlött ni Timur eran ficciones; la única ficción era él. Soji había estado interesada en él desde el principio sólo como una forma de ingresar al Perímetro. Todo esto había sido planeado mucho antes de que la conociera y él había sido apenas un instrumento para un fin.

Lo desnudaron y no tardó en perder el sentido. Cuando despertó quiso con todas sus fuerzas que todo no fuera más que un mal sueño. Pero lo recibió la noche y se sumió en la desolación.

Reynolds

Reynolds escupió al suelo y nos miró. Estábamos nerviosos. Dijo todo saldrá bien mas igual uno de nos se orinaría y otro vomitaría al ver sangre. Habíamos perdido la inocencia y aun así seguíamos desalmándonos. No cambiaríamos por más curtidos que fuéramos.

Nosos informantes no fallan. Sólo son tres nel jom.

No es eso capi, dijo Lazarte, cabezón-orejas pequeñas-la piel morena. Muchos civiles en la zona.

Dirá dung. Desaparecerán con los primeros shots.

La mano derecha de Lazarte se estremecía, Gibson no dejaba de blinkear, Chendo sonreía por culpa de los swits. Una sonrisa torcida desde la bomba que lo voló del jipu, un ojo perdido, una cicatriz do alguna vez una oreja. Tanto que le decíamos Chendo Chendo por qué no hacerte reconstruir, y él no no no, somos lo que somos chas chas y no hay más. Una respuesta que sonaba bien mas no nos decía nada, y callábamos y en los sueños Chendo Chendo por qué no por qué.

La espera costaba. Apenas Reynolds diera el ok todo ocurriría muy rápido. Quizás por eso se demoraba intencionalmente, masticando un pedazo de kütt seco. Que sintiéramos el miedo. Eso nos haría ser más eficaces.

El horizonte, violeta. Las nubes, manchas de sangre oscura/densa/animal. Ráfagas de fengli nos enroscaban el bodi. Habían anunciado una sha-storm. Debíamos apurarnos.

Reynolds alzó el brazo derecho y dejó caer la mano.

Saltamos del segundo piso del edificio abandonado, corrimos rumbo a la casa de la esquina. Desde las ventanas del edificio nos resguardaban dos shanz. Una irisina asomó los ojos por una puerta entreabierta, Reynolds disparó antes de que se escondiera. Escuchamos un grito y seguimos corriendo. Lazarte hizo estallar el cerrojo que resguardaba la puerta de la entrada. Gibson saltó por entre los escombros sin detenerse, se perdió nel interior.

Ruido seco de shots. Silencio den. Entramos a la casa detrás de Prith/Lazarte. Fuimos golpeando las paredes con la punta de los riflarpones. Nada. Reynolds sorprendido. Los informantes no solían fallar, se les pagaba bien y además se les amenazaba con torturar a sus familiares.

Lazarte quiso decir algo y con un gesto Reynolds le pidió shhhh. Extrajo un sensor termal del pack. La aguja apuntó a su derecha. Una habitación más. No había puertas de acceso, las paredes la protegían. Debía haber una entrada desde una casa vecina, quizás un túnel. Ordenó que pusiéramos un explosivo al pie duna de las paredes. Salimos, lo hicimos detonar.

Entre el humo se recortó una silueta que levantaba las manos. Una figura nacida duna nube color ceniza. La encañonamos.

Tres, como nos habían dicho. Chiquillos, rostros asustados-mirada huidiza. Se jugaban la vida y no les importaba. No conocían de los objetivos suicidas de Orlewen, de su falta de planes estratégicos, o quizás sí y no les parecía un gran defecto. Habían nacido odiando la ocupación y eso bastaba pa dar sentido a sus vidas, dispuestos a perderse en la lucha sin más esperanzas que dañar algo duna maquinaria que los superaba y podía humillarlos fácil. No costaba nada que sus palabras valientes, su orgullo y osadía, desaparecieran. Suficiente encañonarlos.

Prith suspiró aliviado. Esto había sido apenas un trámite. Cuestión de llevar a los prisioneros al Perímetro nau. Otros se ocuparían dellos. Reynolds escupió al suelo.

No los llame prisioneros, llámelos como lo que son. Terroristas. Hijos del cruce dun retardado mental con una rata blanca.

Se quedó callado.

Qué es lo que son, di.

Hijos del cruce.

Dun retardado mental.

Dun retardado.

Con una rata blanca.

Con una rata.

Blanca.

Blanca.

Eso.

Entramos al cuarto sin dejar de apuntarles. Se hincaron, las manos nel cuello. Llevaban guantes, lentes de aumento como lupas. Los joyeros de Kondra usaban esos lentes pa convertir metales brutos en aros/manillas relucientes. Éstos creaban pa destruir. Se habían rendido y las reglas decían que debíamos tratarlos de forma civilizada. Nostábamos de acuerdo mas qué otra cosa quedaba.

Revisamos los artefactos nuna mesa. Materiales explosivos, armazones electrónicos en miniatura. Confeccionaban microbombas. Los creíamos incapaces de hacerlas por su cuenta, pensábamos que algunos pieloscuras se las daban. No faltaban los traidores. Quizás sí, les habían enseñado a hacerlas, mas no dependían dellos nau. Había que reconocerles habilidad con nosas cosas de segunda mano, los Qïs y demás que botábamos a la basura.

Reynolds nos llamó. Aclaró la garganta, más que nada por hacer una pausa, crear suspenso. Chendo se rio, no perdería la alegría ni con otra granada estallándole en la cara, un misil teledirigido explotando nel pecho. Un creepshow Chendo, estaba bien la felicidad mas había momentos en que.

Silencio fobbit. Un jaja más y terminarás parado de cabeza, al sol.

Gibson le dio un codazo a Chendo, que hizo esfuerzos por controlarse.

Lo que voy a decir es de lo más importante que oirán neste condenado lugar, continuó Reynolds. Un nombre poético engañoso. Saben tan bien como yo que debería llamarse Dung. Bostadecaballo. Algo así.

Querían mucho a Carreno y sé que lo extrañan, escupió. Han tenido la osadía de atacarnos en nosa casa, eso se merece un escarmiento. Ustedes están frustrados porque cuando han ido en busca de los terroristas, los cobardes se han escondido entre la población. No han podido hacer nada porque las reglas lo impiden ko.

Carraspeó, se limpió la garganta.

Escúchenme bien. Los terroristas se esconden entre la población porque todos son terroristas en potencia ki. Las reglas cambiarán mas eso no será hasta que los fokin qomkuats de Munro lo aprueben. Va siendo hora de hacer algo.

Una versión del discurso que nos daba desde que se hizo cargo de la unidad. De tanto repetirlo nos lo memorizaríamos. Prith miró al suelo. Líneas en su frente, como si fuera mayor de lo q'era. Gibson sonreía, los dientes salidos, desordenados. Una sonrisa ansiosa. Hincados nel suelo, los irisinos temblaban.

Orlewen no ha crecido por milagro. Tenemos holos de que recibe apoyo sangaì. Hemos rogado a los fokin fobbits de Munro que nos dejen pulverizarlo. Fokin nada, seguimos con las manos atadas mientras todo crash. Cuando Sangaì se adueñe de Iris recién reaccionarán. Se imponen medidas den. No es justo jugar con reglas cuando nosos enemigos no las tienen.

Reynolds pidió que saliéramos del cuarto.

Qué va a hacer capi, dijo Prith.

Apúrese, no sea tan curioso.

Reynolds se quedó solo con los terroristas. Escuchamos tres disparos uno tras otro. Apareció nel umbral de la puerta, ordenó a Gibson/Lazarte que hicieran q'el cuarto luciera como una escena de confrontación. Ellos habían atacado, nos los habíamos matado en defensa propia.

Cómo lo haremos.

Ustedes sabrán.

Prith intentó decir algo mas la mirada de Reynolds lo calló.

Lo entenderá ya. Abra su mano.

Le dejó un pedazo sangrante de carne en la palma. Un dedo meñique.

Todas las noches, antes de cerrar los ojos, tóquelo y piense q'era dalguien que quiso matarnos y nau está nel beyond. Agradezca estar vivo y él no.

Pobre Prith. No dormiría.

Salimos de la casa. Reynolds se apoyó en una de las paredes, encendió un koft.

Estábamos serenos, estábamos inquietos. No había apuro, sí había apuro. Quién controlaba lo controlado si el controlador estaba descontrolado.

Hubo días en que no podíamos hablar dotra cosa que de lo que había hecho Reynolds. En los baños antes de dormir, nel cuartel, nel patio. Admirábamos su sangre fría, nos jartaba su sangre fría. Adó quería ir con eso, qué lograría. Igual incluso los que despreciaban su gesto lo miraban con algo de aprobación. Ése era el camino a seguir después del atentado nel café. Quizás alguien se animaría a denunciarlo. Estaba claro que no se había seguido el procedimiento, nostaba claro qué podíamos hacer con eso.

Y es verdad lo de Sangaì.

No, no es verdad.

Y si es.

Den no hay más. Contra el imperio no hay opciones.

Soñábamos con Sangaì, teníamos pesadillas con Sangaì. Todos alguna vez habíamos querido emigrar allá. Nos atraían sus mujeres-series-ciudades-música-tecnología-poder. Teníamos familiares/amigos que vivían en la capital o las provincias y mandaban holos y parecían felices mas quizás era sólo el espejismo de la facilidad que tenían p'acumular posesiones nun tiempo de escasez global. Habían logrado emigrar antes de que se cerraran las fronteras. Nadie se les podía oponer y vivíamos con la sensación de que cualquier rato se jartarían de nos y nos aplastarían. Podían tomar la isla en un zas. No lo hacían porq'eran legalistas y burocráticos. Creían en la guerra justa desde el momento en que tanta potencia acumulada a través de guerras injustas les había permitido dictar las reglas del juego. Así obligaban a que Munro nos obligara a no abusar de los irisinos.

Reynolds decía no tener miedo a los rumores de que Sangaì cooperaba con Orlewen. Otra de las razones por las que comenzó a infiltrarse en nosos sueños. Una figura que no cesaba de crecer. Nos dábamos cuenta de que nel fondo todos hubiéramos querido hacer lo que hizo. O casi todos. Eso era lo que reprimíamos. El cansancio, el absurdo dun creepshow con reglas de juego establecidas por burócratas. Fobbits. Lo cierto es que la idea misma duna guerra desafiaba la ley, era la ruptura de la ley. No había guerra justa, y ya.

Den qué. Eso, qué. Queríamos salvarnos. No debíamos salvarnos. Queríamos explotar esta región. Estábamos seguros de q'éramos superiores a la gente que vivía ki. Nos enredábamos tratando de preservar nosa humanidad. Lo que quedaba della. Reynolds se parecía a nos mas no era como nos. No nos llevaba más de uno o dos años mas conocía mucho del holocreep de la guerra. Había vivido en Megara, estuvo meses nun puesto de observación en Malhado. Mientras otros querían escapar del frente, él se ofrecía como voluntario. Ese gesto nos impactaba, hacía que lo respetáramos sin conocerlo. El pecho erguido, ojos achinados, una tez olivácea que nos hicieron pensar q'él era de do era.

Viene de Yakarta, dijo uno. Un artificial, dijo otro. Las especulaciones no cesaban.

Los irisinos asesinados por Reynolds eran chiquillos como nos. Los balazos fueron de cerca, les destrozaron la cara. La sangre salpicaba su bodi-el suelo-la mesa. Una sangre viscosa color marrón, dijo uno de nos, mas otros aseguraban q'era del mismo color. Uno de nos la probó y dijo que no sabía a metálico como la nosa. Más valía. Qué esperábamos encontrar. Su sangre era otra, su corazón tu. Eso nos hacía felices, nos tranquilizaba. Era como matar iguanas en la alta noche, allá Afuera.

Muchos de la compañía se alejaron de Reynolds. Otros nos acercamos. Nos señalaban como los mimados de Reynolds. Nos ponía de ejemplo en todo, nos prefería sobre los demás cuando escogía voluntarios pa la patrulla, nos hacía dejar flores en los escombros del café de los frenchies. Nosas razones pa juntarnos a él eran diferentes. A algunos nos atraía el poder. A otros, lo que había hecho. No faltaban quienes le tenían tanto miedo que al acercársele se sentían más protegidos.

Fueron días en que abusamos de swits. Reynolds nos enviaba al hospital a buscar a Yaz, una enfermera con la q'estaba día-a-día. Decían q'era su pareja mas él lo negaba. Yaz tenía los ojos almendrados-la piel tosca-una mirada compasiva. Caderas anchas-muslos gruesos, podías imaginarla domando caballos. No era linda, sí llamativa. O quizás la falta de mujeres nos hacía verla llamativa, permitía que tuviéramos ganas de usarla. La santa Yaz nos regalaba hartos swits, nos estábamos yendo de la consulta y ella seguía sacando swits de los bolsillos. Alguien la llamó doctora Torci y ese nombre le quedó perfecto. Prith era el favorito de la doctora Torci. Cuando nos quedábamos sin swits y no podíamos ir a la consulta, Prith nos vendía de los que le quedaban. Siempre le quedaban. Creíamos que no consumía los que le daba la doctora Torci, luego descubrimos q'ella le regalaba incluso más que a nos. Por las noches, antes de dormir, no faltaba el que pedía una oración por la doctora Torci. Aplaudíamos y nos poníamos a rezar por ella, nosa salvadora, nosa bienamada.

A Lazarte todo esto le tocó las fibras más íntimas. Un buen muchacho, mas no costaba confundirse. Fue primero budista, den musulmán, den ya no sabía. Vivía sacando holos, abrumado por el paisaje, las sha-storms que cubrían las ciudades nosecuantos días al año, los animales que los científicos descubrían y pa los cuales inventaban clasificaciones arbitrarias, las plantas salidas de manuales de literatura fantástica. Supimos que había asistido a la reunión clandestina de uno de los tantos cultos que proliferaban en Iris. Cultos pa irisinos y humanos conversos. Volvió susurrando que lo de Reynolds era un paso más en dirección al Advenimiento. Lo decían los cuadernos de Iris. En los primeros años de SaintRei en la isla hubo una mujer que una mañana amaneció con estigmas en la espalda. Se puso a escribir nuna lengua extraña, lo suficiente como pa llenar seis cuadernos. Q'escribiera a mano ya era sospechoso, cómo era que sabía hacerlo, de dó había conseguido cuadernos. La gente se acercaba a pedirle milagros, era conocida como la Iris de Iris. Un día SaintRei dijo stop, la mujer fue encerrada y desaparecieron los cuadernos. Con el tiempo surgieron quienes dijeron que tenían copias auténticas desos cuadernos mas las versiones apócrifas eran populares tu y circulaban en holos. Hubo los que se arrogaron la capacidad de traducir esa lengua extraña. El cristianismo, que había llegado con la primera generación de colonizadores, perdió fuerza ante el evangelio de Iris. Los cultos a Iris fueron proliferando. Había pa todos los gustos, mas coincidían en lo más importante. Que algún día llegaría el Advenimiento, el momento en que los verdaderos dueños de la región vendrían pa reclamar lo suyo y desalojarnos.

Le decíamos q'era peligroso lo que hacía. Que lo suyo podía entenderse como traición. Que la mujer que había hecho detonar la bomba nel café pertenecía a uno desos cultos. Que si Reynolds se enteraba podía terminar nuna corte marcial. Lazarte predicaba el Advenimiento ante nos, mas lo hacía en voz baja, temeroso de que Reynolds lo descubriera. Le rezaba a Xlött, nos sugería hacer lo mismo. Estábamos en Iris, había que quedar bien con Dios y con Xlött. Dios nel día, Xlött en la noche. Dos caras del mismo geld. Si se seguían otras religiones no importaba, igual había que creer en Xlött.

No puedes comparar a Dios con Xlött di, decía Gibson, es una herejía. Dios es bondad, Xlött es el mal.

Dios no es bondad, no me hagan reír. Estamos tan alejados d'él que pa llegar a nos se disfraza de Xlött.

Xlött es el demonio, di. Los irisinos son adoradores del demonio.

Xlött es oscuridad mas es luz tu. Es el mal-bien. No lo miren con ojos de Afuera.

Somos de fokin Afuera. Cómo podemos mirarlo diferente.

Estás un tiempo ki, eres de ki.

Gibson se iba farfullando q'eso era de esperarse de Lazarte, tan quejoso siempre, antes todo el tiempo con que los shanz éramos ciudadanos de segunda y SaintRei nos reclutaba entre los pieloscuras del planeta, que los shanz no solíamos llegar a oficiales, casi todos estos llegaban así de Munro. A Lazarte no le preocupaban las críticas de Gibson. Alzaba la voz, decía que Xlött se le había aparecido y le había ordenado predicar la nueva del Advenimiento.

Y viviste pa contarlo. Increíble di, parece que ni siquiera te desalmaste.

Más bien me dio mucha paz.

Cómo puedes seguir de shan matando irisinos den.

Lo dicho. Hay que estar bien con Dios y con Xlött.

Xlött no te lo perdonará, di.

Es el paso correcto p'acelerar el Advenimiento.

Dung y más dung.

No se burlen. En la ceremonia tomamos jün.

Eso quiero probar. Dicen q'el trip es alucinante, di.

No es así nomás. No es como los swits. Hay que seguir un ritual pa que funcione. Una planta consagrada a Xlött.

Y qué viste di.

Una cosa inmensa, un ser de piedra q'era líquido tu. No sé si me entienden.

No te entendemos ko.

Estiró la parte superior del uniforme y nos mostró marcas en los hombros. Queloides.

Puso sus manos ki y me alzó. Sentí que me quemaba. Al instante aparecieron las cicatrices.

Las tocamos, escépticos. Te las has hecho tú, dijo Chendo.

Chale. Mas piensen lo que quieran. Igual tienen q'experimentarlo. Me dijo que si me entregaba a él viviría cien años.

Pa qué tanto, di.

Nos reímos a pesar de que Lazarte movía las manos-estiraba la quijada como enfebrecido. Leíamos su tatuaje en la espalda, ARMAND decía, quizás un shan decíamos, quizás fue antes de Iris, y reíamos: no podemos creer nun faggie. Todos somos faggies ki, decía él, como los irisinos, no se hagan, y volvía a insistir con el jün. Teníamos curiosidad por probarlo, se hablaban tantas cosas mágicas d'él, mas nos quedábamos con la sensación de que Lazarte decía eso por culpa de los swits. Quizás los swits le comían el cerebro, solía ocurrir si abusabas. Ante Reynolds se portaba solícito, servicial, un hipócrita, tan medroso q'era el primero en ofrecerse de voluntario a sus requerimientos. Suponíamos q'era su forma de camuflarse.

Así pasábamos las horas. Con el temor dun nuevo gesto de Reynolds que nos implicara. Con el deseo dun nuevo gesto de Reynolds.

Estábamos jartos, nostábamos jartos. Éramos felices, no lo éramos. Creíamos en un solo Dios, a veces en otros, a veces en ninguno. Envejecíamos, seguíamos siendo jóvenes. Se nos ahuecaba el alma por noso jom, teníamos tantos joms que no sabíamos por cuál se nos ahuecaba el alma. Iris era noso jom, Iris era el agujero negro del fokin culo del universo.

Los días talcual uno al otro. Salíamos al patio a hacer ejercicios. Corríamos-saltábamos-dusheábamos por la tierra entre rojiza y ocre, imaginábamos que se nos aparecía un grupo de terroristas y tirábamos granadas crack crack que sólo existían en nosa cabeza, hacíamos todo pa que los movimientos de los brazos y de los pies respondieran tan rápido como se pudiera a las órdenes del cerebro. Deso dependía que no nos beyondearan, nos decía Reynolds esa mañana.

Lo han visto, un descuido y ya.

Extrañábamos a Carreno. Le gustaba contar chistes, era el que más se reía incluso si malos. Cuántas clases de grasas hay. Muchas grasas. De nada. Una risa explosiva y contagiosa. Un jefe siempre abierto, dispuesto al diálogo. Hablaba de la inaccesibilidad de todas las cosas, sobre todo de la verdad, y pedía que hiciéramos todo a noso alcance pa ser fieles a nos, de lo demás se encargaría él. Nos defendía cuando nos metíamos en problemas, a los irisinos que tomábamos prisioneros tu. No le gustaba que los torturaran ko. Ni siquiera que los insultaran llamándolos dung y otras cosas peores. Pa los fobbits un blando, mas nos lo queríamos. Querer. Quién había usado esa palabra. Gibson, que tenía un vocabulario lleno desas palabras que un buen shan debía desterrar. Gibson, un shan raro venido del Reino, pensábamos que nostálgico de los días imperiales hace tanto tiempo ya, mas no, en vez deso un fugado dese Reino lejano que algún día ordenó las leyes de Munro y decía que protegería a Munro y a Iris en caso de guerra y que nau apenas podía protegerse a sí mismo de su gente tan dada a los riots. Gibson, que tarareaba canciones que se escuchaban Afuera antes de su partida, canciones de hombres perdidos que alguna vez se creyeron tan únicos como los copos de nieve mas nau sólo querían ser parte dun engranaje capaz de superarlos. Gibson, que sólo quería ser feliz y era parte dese engranaje que lo superaba. Por eso me vine, nos dijo la noche anterior, llorando en uno desos arrebatos místicos de unidad con el universo que le producían algunos swits. Lloraba porque hubiera preferido q'ese arrebato no le sucediera ki, porque regreteaba haber venido, como casi todos nos, convertidos en hombres a fuerza de terquedad, capaces de comportarnos con la ceguera dun tren sin dirección. Preservarse no es egoísmo, le había dicho el hermano de Gibson cuando sugirió irse con él a una comuna en Costa Rica. Mas Gibson quería la aventura prometida por Iris. No importaba si eso significaba no llegar a viejo. Quién quería llegar a viejo. Las propagandas de SaintRei seducían en las estaciones de los metros, se alzaban entre la polución-a los costados de las avenidas-en los lomos de los edificios. Quién no había soñado alguna vez con abandonar el paisaje asfixiante de las metrópolis, convertirse nun shan en tierras lejanas. Se veían tan bien esos uniformes de grafex adheridos al bodi, esos riflarpones, esos cascos metálicos con una máscara de fibreglass pa la cara. Te implantaban lenslets gratis, te inyectaban cosas en los pulmones pa combatir el aire tóxico, hormonas pa que tus heridas curen rápido, te borraban la memoria si querías. Emocionante ir a las jugueterías a mi-

rar los nuevos modelos de la mano de nosos padres, elegir
el diseño del riflarpón, el color del uniforme. Nos, fraca-
sados y pa colmo soñadores.

Hicimos los ejercicios que nos pidió Reynolds bajo
el sol ardiente, den fuimos a las salas de entrenamiento y
los volvimos a hacer. Nosos avatares corrían en holos cada
vez más precisos, SaintRei invertía neso. Alguna vez los jefes habían llegado a pensar q'eran suficientes esas prácticas
en las salas de entrenamiento. Den otros jefes concluyeron
que nada se parecía a dejar que nosos bodis respingaran sin
holos de por medio. Den vinieron otros con la teoría de
que lo mejor era combinar ambas cosas. Los jefes no duraban. Desaparecían en Malhado-se convertían a algún cul-
to-se suicidaban-morían por culpa duna enfermedad letal-
pedían ser reasignados a otro lugar después dalgún gesto
heroico nel enfrentamiento contra los insurgentes.

Nel fondo nadie estaba seguro de qué era lo que
funcionaba. Lo más probable fuera que al toparnos con los
terroristas nos olvidáramos de todo lo aprendido e hiciéramos lo q'el instinto ordenaba.

Talcual, dijo Prith la noche anterior, lo q'estamos
haciendo es entrenar el instinto.

El instinto no se entrena di, replicó Lazarte, si sí
no sería instinto.

Todos éramos teóricos de la biología y la fisiología
en Iris. Ninguno con fokin idea de nada mas era bueno hablar. Nos permitía procesar el tembleque. Olvidarlo unos
instantes. Cuando hablábamos no teníamos tiempo pa
pensar q'estábamos desalmados. Mas el instinto sabía y no
se dejaba entrenar. Y callábamos, y en las largas horas de
espera volvía el tembleque. Nada difícil verlo venir. Cada
uno de nos con reacciones diferentes. Nosas mejillas se encendían. Las venas nel cuello se hinchaban. Los músculos
de los brazos y las piernas se estremecían. Nosas bocas se
ensalivaban. Nosos corazones se aceleraban. Náuseas en la
boca del estómago y una gana inmensa de cagar. A veces

la verga se nos paraba. A veces nos tocábamos la cabeza, estaba húmeda y no por el calor. A veces blinkeábamos sin descanso. A veces nos sangraban las encías. A veces nos hablaban y no escuchábamos nada.

Reynolds pidió voluntarios pa la patrulla nocturna. Una misión específica que cumplir.

Tenemos que cortarle las alas a la insurgencia, necesitamos una victoria rápida. Que vean que no nos han ganado la moral, que no pararemos hasta derrotarlos.

Escupió, escupía todo el rato, mascaba kütt sin parar. Ayudaba a sobrellevar la jartera, a cambio dejaba los dientes amarillos.

Nadie se va a ofrecer oies.

Su tono proclamaba nosa cobardía.

Prith dio un paso al frente. Lazarte. Gibson.

Dos más. Bien. Qué casualidad, los mismos de siempre. Cuiden ese puesto, que ninguno destos fobbits se los arrebate.

Lo más temido era cuando nos tocaba patrullar. El gran desafío, que nadie se diera cuenta de que por dentro nos desalmábamos. Pa eso los swits. Los habíamos descubierto poco después de llegar a Iris. Un saber que se transmitía. *Más vale que te hagas amigo de alguien en la enfermería-las postas-las clínicas-el hospital.* No todos teníamos amigos allí y no siempre podíamos contar con Yaz, por eso florecía el mercado negro de swits. Prith podía conseguir cualquier cosa que le pidiéramos, mas lo habían castigado porq'en revisiones de sorpresa en su locker encontraron swits prohibidos, cristales puros de Alba que todos codiciábamos. Dejó de vender por un tiempo, den volvió a la carga, más cuidadoso que antes. Ahorraba con la esperanza de sobornar al encargado de turno en SaintRei pa que lo destinaran a otro lugar. Le habían ofrecido escaparse vía Nova Isa mas las costas las vigilaban los chitas y les temblequeábamos. Aun así Prith seguía haciendo planes de fuga, como casi todos.

Había swits legales y swits prohibidos. Los swits podían convertir un lonche aburrido con los amigos nun delirio. Un psicopicnic. Algunos mejoraban el ánimo y nos hacían sentir en paz, mas ésos nos quitaban el espíritu luchador y los jefes no querían que nos excediéramos con ellos. Otros nos volvían incansables y agresivos, dotaban los músculos duna fuerza que no solían tener. Energía pura, una bomba nel cerebro, subían subían chas chas bum y bajaban tan rápido como habían subido. Escaleras al beyond. Raptos de mujeres. Fuegos de artificio que guiaban el ataque en la noche. Fiuuuuuu. En la enfermería nos ofrecían de los legales mas todos sabíamos q'eso no era suficiente. Los jefes abusaban de los swits tu. Tenían la convicción de que la única manera de vivir en Iris era a base de swits. Que sin ellos todos estaríamos down, y SaintRei no quería tener un ejército entero down. Así que trataban de administrar la adicción de la mejor manera posible. Había reglas no escritas sobre el grado de tolerancia pa controlar los swits, mas lo cierto era que los docs tampoco sabían mucho del tema, excepto que los nuevos duraban menos que los de antes y uno se recuperaba más rápido. O quizás sabían más cosas y aparentaban no saberlas. Todos estábamos controlados por los swits y hacíamos esfuerzos pa que no se notara. Bien mirado era divertido, todo un ejército aparentando no saber lo que todo un ejército sabía.

Un shan polaco nos enseñó una canción adaptada duna poesía que aprendían todos los niños en su país.

Soy un swit
sé enfrentarme a la desgracia
soportar malas noticias
paliar la injusticia
llenar de luz el vacío de Dios

elegir un sombrero de luto que favorezca
a qué esperas
confía en la piedad química.
Soy un swit
quién dice
que vivir requiere valor
dame tu abismo
lo acolcharé de sueño
me estarás pa siempre agradecido
por las patas sobre las que caer de patas
véndeme tu alma
no te saldrá otro comprador
no existe ningún otro diablo.

Esa canción no la cantábamos delante de los oficiales.

De día-en-día un shan tenía ataques psicóticos y los jefes se lo llevaban y a veces volvía y otras no se sabía más d'él. Querían evitar la mala reputación, que no termináramos como los irisinos junkis nel mercado o los wangni-pípol lamiendo las paredes en la vieja estación de buses. Lazarte estuvo una semana creyendo que había insectos luminosos que vivían en su bodi y salían por las noches a través de su nariz. Tuvieron que internarlo hasta que se le pasó. Un dragón, un dragón, gritó Goçalves ayer, y nos sólo veíamos una nube de boxelders. Lo provocábamos: dragón de verdad o dragón de Megara. De verdad, chillaba. Chendo exclamaba yo lo veo tu y hacía como que su riflarpón fuera una espada y se ponía a combatir contra la nube. Mas Goçalves dijo q'el dragón se había ido y lo reemplazaba un lánsè gigante. Rohit creía que los chairus que comíamos le hablaban y se guardaba algunos entre sus botas y los escondía bajo la almohada. A veces ocurrían cosas peores. Maher creyó que podía volar, se subió al techo dun edificio, se lanzó y

no voló.

Son los swits, dijimos. Todo eran los swits. Algunos decían que la fuga de Orlewen había sido una alucinación colectiva producida por los swits. No puede ser, decían otros, los drons lo registraron. Los drons están dopados tu, decían otros. Reíamos. Reíamos de tanto en tanto.

Una vez que se comenzaba con los swits, era mejor seguir. Tratabas de dejarlos y te desnortabas. Te atacaba el *infierno infinito*. II, le decíamos, peor que una sobredosis. Chendo quiso y no pudo. A los dos días despertó sudando y con temblores nuna pierna. Caminaba y lo sacudían shocks eléctricos, fokin funny el creepshow. Le zumbaban los tímpanos y todos los ruidos se le hacían intolerables de tan intensos. Por las noches creía que sus sábanas estaban vivas y eran la piel dun animal. No quería ducharse porque tenía miedo a ser electrocutado. Veía goyots azules bailando delante d'él. Tenía la sensación de que todos lo mirábamos y perseguíamos, incluso los perros callejeros cuando patrullábamos la ciudad. No aguantó más y volvió a los swits.

Whatever doesn't kill me makes me stranger, leímos una vez nun baño del cuartel. Lo firmaba un tal Chucky. No conocíamos a ningún Chucky. Quizás era una de las personalidades de Chendo, gran imitador de voces, le salían bien los curas melindrosos-las niñas consentidas-los fobbits aburridos, mas a veces se le iba la mano porque se ponía en personaje y horas que no salía de ahí, y decíamos es tan bueno que quizás termine engañándose a sí mismo. *Whatever doesn't kill me makes me stranger.* Adoptamos la frase. Era noso lema mientras nos atorábamos de swits y cuando estábamos nel jipu a punto de ingresar a distritos peligrosos. Gibson compuso una canción, la cantábamos a voz en cuello, constaba de cuatro versos, no era muy original.

Whatever doesn't kill me makes me stranger la la la la
Whatever doesn't kill me makes me stranger la la la la

Whatever doesn't kill me makes me stranger la la la la
Whatever doesn't kill me makes me stranger la la la la.

A veces era lindo ser un shan.

Después de la sala de entrenamiento, en la hora de descanso al terminar la comida, en las mesas del exterior del cuartel, lejos de los edificios do vivían los fokin ofis, nos contábamos historias de nosas vidas pasadas. Ninguno había nacido en Iris, ésos eran los kreols y ellos no podían ser shanz, SaintRei los reservaba pa trabajos administrativos, a veces de capataces en las minas. Prith, el más fantasioso, un día nos hablaba de su infancia nuna granja en las afueras de Mumbai, en la que sus padres criaban animales genéticamente modificados, otro de su infancia nun paraje do los lagos congelados servían de pistas de patinaje pa los niños, otro de sus días regentando un fukjom nun islote desprendido de tierra firme después de la gran inundación. El agua se había llevado muchas ciudades, más que las guerras, era creíble si no fuera que al poco rato yastaba hablando dotro lugar. A veces nos mostraba holos duna morena de ojos angelicales-faldas cortísimas-flipflops por los que asomaban dedos con uñas pintadas de todos los colores. Shirin quería ser estrella del Hologramón. Sus mensajes no contenían nada que hiciera pensar que Prith la encorazonaba, como decía él. Lo único que hacía era contar las pelis que había visto nel Hologramón. Mas no sólo las pelis sino la experiencia de ir al Hologramón. Los teatros barrocos do se respiraba a caramelos de regaliz, la oscuridad que opacaba el brillo de las caras de los espectadores y hacía que los actores refulgieran, la acción que transcurría tan cerca que uno podía estirar la mano y tocar los edificios que se aparecían ahí delante, las olas del mar, las calles atoradas de gente. Los disparos tan reales que la gente se tiraba al piso. El viaje della es uno y el de Prith es otro, pensábamos, mas él no lo creía así y afirmaba que cuando la volviera a ver le haría probar swits-polvodestrellas-cristales de Alba. Porque neso es virgen, decía, y reíamos pensando q'ella era virgen en todo, que Prith no la había tocado, no la podía haber tocado.

Nos mirábamos y hacíamos como que le creíamos. Qué ganábamos con dudar de sus palabras. Privarnos dun relato fascinante. Lo esencial era que si habíamos terminado en Iris significaba que no nos había ido bien. Sólo gente desesperada podía firmar un contrato que impedía volver a casa. Sólo gente sin futuro estaba dispuesta a buscarse uno en Iris. Un futuro corto, diez-quince-veinte años-den el beyond. Mas el beyond no llegaba de golpe, decían que los últimos años eran desalmados. A ésos no los veíamos, los encerraban en monasterios junto a los defectuosos. Estábamos ki, forzados a convertir Iris en noso jom, incapaces de hacerlo del todo. Nel galpón donde dormíamos se escuchaban sollozos por la noche. Algo estallaba nel pecho, salía disparado con una fuerza capaz de romper ventanas. Algunos nos encerrábamos nel baño, jugueteábamos con cuchillos que raspaban venas hinchadas en los brazos, imaginábamos el desborde de la sangre, el aire que se iba por la boca, frágil como las alas estremecidas de las mariposas. Pocos nos animaríamos, hasta neso fracasábamos. No entendíamos a los irisinos, a algunos nos hubiera gustado tener buenas relaciones con ellos, sobre todo desde que los jefes habían decidido que debíamos tratarlos mejor, desde que los inspectores de Munro concluyeron después duna de sus visitas que SaintRei abusaba de los irisinos y la obligaron a mejorar el trato hacia ellos, con la amenaza duna suspensión de la licencia pa explotar las minas. Incluso después del atentado decían que debíamos diferenciar entre irisinos y terroristas. Reynolds nostaba de acuerdo. Según él, todos debían ser tratados de la misma, perversa manera.

Era noche cuando salimos rumbo al centro de la insurgencia. Los rumores decían que Orlewen avanzaba en dirección a Megara y quería tomarla con apoyo de Sangaì. Nosas tropas se habían visto incapaces de frenarlo. Se decía que los insurgentes eran sanguinarios y les gustaba cortar cabezas.

El fengli nos golpeaba en la cara. Sabor terroso en la boca. Chendo nos mostraba las últimas mujeres que había dibujado. Cuántas horas veía pornos a pesar de la prohibición, momento libre que tenía ahí estaba. Los holos me inspiran, decía, y den dibujaba en el Qï mujeres irreales, en la frente un cuerno de unicornio, en la espalda el nacimiento de dos alas, los dientes con los colores del arcoíris, las pupilas amarillas como estrellas de la muerte. Les ponía nombres, Maite la más pasmosa, tetas pa enterrar la cara, culo pa perderse, ricitos de oro como nel cuento, dibújame una Maite plis, una Maite pelirroja pa mí, una pecosa, una con tres tetas, y cuando podía, en los baños/en su cama, le daba duro al johnjohn, se pringaba entero. Mister Geyser le decíamos. Nos burlábamos, den no nos aguantábamos y le pedíamos que nos dibujara una de sus mujeres. La describíamos hasta cierto punto, él sólo quería un poco de inspiración, den se largaba.

Pasamos por un distrito de iglesias proliferantes. Estábamos seguros de que Lazarte tenía ganas de abrir los brazos, hacer la señal de su aceptación de Xlött. Actuaba cada vez más raro. En ocasiones se quedaba inmóvil, como respingado por una visión. Quizás lo estaba. Por las noches lamiaba entre sueños, den se ponía a llorar. Suponíamos que era más difícil de lo que sospechaba estar bien con Dios y con Xlött. Suponíamos que nostaba bien con ninguno. Se lo dijimos. Sólo atinó a responder, entre dientes.

Whatever doesn't kill me makes me stranger.

Quería ser fuerte, mas no nos convencía. Lo perdíamos y no sabíamos qué hacer pa recuperarlo.

El jipu apenas podía avanzar por esas callejuelas tortuosas. Los constructores de Iris no habían planificado nada. Era como si alguien llegara y decidiera instalar una casa nel lugar que quisiera, aunque bloqueara una calle. Fácil perderse nese laberinto, por más que el Instructor nos proveyera de mapas e información. Porque quizás días antes habían llegado inmigrantes y comenzado a construir una casa. Quizás ese desorden tenía objetivos estratégicos. Los terroristas que buscábamos podían esconderse fácil porque sabían de memoria ese dédalo de calles. Los chitas se habían desorientado tantas veces que al final SaintRei no protestó mucho cuando Munro sugirió que no se los usara en las ciudades.

Reynolds quería saber qué pensábamos. Prith apenas contenía su furia. Cuando hablaba, los músculos de su cuello se tensaban y le aparecían patas de gallo. Qué manera de fruncirse, la piel de su rostro. Había visto lo ocurrido con Carreno. Carreno había muerto como ser humano mas seguía vivo, la bomba lo dejó sin piernas y en la reconstrucción tenía más del sesenta por ciento de máquina y fue reclasificado como artificial.

No se puede distinguir entre los terroristas y los que no, dijo Prith. La misma cara de dung. Neso una bomba explota.

Prith no hablaba así antes. Reynolds lo estaba cambiando.

Si matamos a un irisino perdemos la batalla a largo plazo neste creepshow, Reynolds repitió en tono irónico lo que el manual decía a los shanz. Tenemos que protegerlo, sólo así podremos lograr la verdadera conquista. Que no es de su territorio sino de su corazón, según nos dicen.

Dung. Hagamos lo que hagamos, igual nos odiarán.

La conclusión a la que se llega es fácil.

Lo habíamos visto actuar y nos amedrentaba. Mas él no había hecho nada sin haber intuido primero qué era lo que de verdad sentíamos/queríamos. Se ponía a sí mismo como ejemplo. Un ofi con un puesto cómodo nel Perímetro. El atentado nel café de los frenchies lo había llevado a ofrecerse de voluntario, hacerse cargo de nosa unidad en reemplazo de Carreno. Tenía algo admirable. Sospechábamos de los ofis mas con un solo gesto él se había ganado nosa confianza. Si estaba dispuesto a morir junto a nos den sus palabras valían.

Pasábamos por edificios abandonados, uno dellos parecido al mascarón dun barco, un mascarón herrumbrado en alta mar, cuando escuchamos gritos. Reynolds ordenó q'el jipu se detuviera. Los gritos parecían insultos. Reynolds pidió a Lazarte/Gibson que bajaran a investigar. Lo miramos ansiosos. A nadie le gustaba abandonar la protección del jipu en la noche. Su caparazón metálico una matriz envolvente y cálida. Las lucecitas que se encendían y apagaban en la consola las pulsaciones de nosos corazones.

Reynolds hizo como que no se daba cuenta de noso tembleque. Lazarte y Gibson se pusieron los gogles y se dirigieron al edificio. Los demás los cubríamos.

Ingresaron al edificio. Se hizo un silencio, den pasos apresurados-jadeos-gritos.

Lazarte agarraba del cuello a un irisino de ojos saltones. Descalzo, una holgada camisa de tela, ni diez años tendría. Reynolds se bajó y le dio una bofetada.

Se supone que debes estar encerrado nun újiàn. Crecer sin un padre cerca es lo que les gusta a estos dung.

El niño no bajó la mirada.

Lazarte, suéltalo.

Lazarte le hizo caso. El niño tardó en comprender que lo estaba dejando libre. Cuando lo hizo sus mejillas se relajaron mas su mirada se mostró inquieta, como si le costara entender el gesto o su suerte o ambas cosas a la vez. Dio un par de pasos vacilantes, den corrió rumbo al edificio.

Reynolds apuntó a la cabeza y disparó. Volaron los sesos. El bodi se estremeció nel suelo. Lo miramos sin saber qué hacer. Las convulsiones seguían, más duno debió haber pensado que había algo allí que comenzaba a huir del bodi, beyondear deste territorio de agobio. Lo esperaría Xlött al otro lado con un abrazo acogedor. Vendría a buscarnos den. Ése era noso miedo, que se vengara. No creíamos mas tampoco descreíamos del todo. Lazarte era otra cosa.

Reynolds le dijo a Gibson que preparara el reporte. Habíamos sido atacados a balazos desde un edificio abandonado y respondimos. Cuando se calmaron las cosas fuimos a ver y nos encontramos con el niño muerto.

Capi, la voz vacilante de Gibson, eso no es lo que ha ocurrido.

Den se puede saber qué.

Usted lo ha matado.

Los ojos inquietos de Gibson recorrían nosos rostros buscando complicidad. Tratábamos de rehuirlos.

Qué piensan oies, Reynolds escupió. Su brodi dice que he beyondeado a un niño.

Mató a esos tres tu, dijo Gibson. La voz le temblaba.

Terroristas.

Sabe a qué me refiero.

Nadie duerme sabiendo q'esos animales que usted defiende nos quieren beyondear.

No los defiendo. Defiendo a todos nos.

Nos miramos sin ningún deseo destar ahí. Queríamos que la guerra volviera a ser eso que transcurría nel jardín de nosa infancia con shanz de juguete. Eso que transcurría en los holos con ejércitos construidos a base de algoritmos que sólo los iniciados entendían. Basta de creepshow. Q'el niño no estuviera muerto y Gibson no hubiera desafiado a Reynolds y Reynolds no hubiera buscado que nos decidiéramos por noso brodi o por él.

Hablen, oies.

Ruidos como de arcadas. No sabíamos quién los había hecho. El edificio de do había aparecido el niño se había vuelto espectral. Estaba, nostaba ahí. El universo se condensaba nese lugar.

Fue un accidente, dijo Prith. Y escupió.

Hora de volver. Teníamos hambre.

Gibson, desnúdese, gritó Reynolds. Debería haber leyes pa no aceptar a fags del Reino. Reino no sé por qué, exreino como eximperio. Buenos mientras les duró. Nau se han vuelto softies como los fobbits.

Gibson quería decir algo, mas no le salían las palabras. Ruidos crepitantes en su garganta. Flema que se le atoraba. La vida, que debía fluir por su laringe, a través de sus cuerdas vocales, y se negaba a hacerlo. Se desnudó. El pecho tatuado, símbolos de alguna religión o quizás un mensaje secreto, un código a la espera de su desciframiento. Tratamos de no mirarnos, de aparentar calma.

Si quiere que me olvide deste incidente, que no lo reporte, orine.

Señaló al niño. Un largo rato nel que no supimos qué ocurriría. Gibson miraba a Reynolds, desafiante-humillado-deseoso de poner las cosas en su lugar con su riflarpón. Mas debía cruzar por su cabeza todo lo que sabíamos de las torturas en la cárcel tu. Los holos que habíamos visto de irisinos colgados dun pie a lo largo del día, peor aún, los de shanz castigados por Reynolds, las articulaciones descoyuntadas de tanto estiramiento con poleas.

Lo haría, no lo haría.

Gibson orinó. Un chorro ruidoso con el que quizás quería anegar a Reynolds. Un chorro por el que se iba una imagen que tenía de sí mismo, que teníamos d'él. Un chorro capaz de convocar a los malos espíritus, a esos que claman venganza inmediata y no saben que lo mejor en todas las ocasiones puede que sea esperar.

Cuando terminó, lloraba. Reynolds nos apuró pa volver al jipu.

Tratábamos de distraernos mientras esperábamos otra misión. Prith nos enseñaba sus nuevos trucos nel patio. Se tiraba nel suelo, emitía ruidos guturales y de pronto aparecían nel cielo cientos de boxelders y se posaban en su rostro. Nos asqueaban esos bichos aunque fueran inofensivos. Estaban evrywere. Los suponíamos parientes de las termitas mas el Instructor no decía eso. Nos lo inventábamos como tantas otras cosas. Herencia de padres y abuelos que decían que cuando llegara el Apocalipsis sólo quedarían las cucarachas/las termitas. Le preguntábamos a Prith cómo lo hacía, de qué manera los adiestraba. Se nos acercaba con los boxelders posados en su rostro, metidos en sus orejas y orificios nasales, y decía que no eran los ruidos sino un líquido dulzón que había comprado nel mercado y con el que se frotaba las encías. Que le habían explicado q'ésa era la forma de atraer boxelders. Pa qué, dijo él. Lo miraron como si no lo entendieran. Era de los que más había avanzado nel conocimiento de la lengua irisina, podía tener conversaciones limitadas sin ayuda del Instructor. Mas era cierto que no entendía esa pregunta. No todo lo que los irisinos hacían tenía una finalidad que pudiéramos comprender. Algún ritual desos intraducibles. O quizás sí, mas nos llevaba a una tautología. Uno atraía boxelders pa atraer boxelders.

Nos gustaba el muaytai tu. Peleas clandestinas, porque una vez, en la época en que nos lo permitían, un shan había muerto con derrame cerebral, una patada en la cara y el pobre se fue a sentar a la esquina atontado y la gente se iba cuando se desplomó y no fue más. A veces nos juntábamos a pelear en galpones abandonados del Perímetro. Prith era bueno con las piernas, la tijera voladora su golpe favorito, no te dabas cuenta y clac ya tenías las piernas enganchadas a tu cuello chas chas, den te metía los dedos al ojo y crackeabas basta fokin basta me rindoooo. Chendo era bueno tu, nos reíamos, cómo puede ver tan bien con un solo ojo, escuchar movimientos con un solo oído, mas quizás se concentra mejor así, eso lo hace ser tan zen. Apostábamos como lo hacíamos con los juegos nel bar, LluviaNegra/ÁcidoTóxico/Yuefei. El muaytai era más divertido y arriesgado tu, de modo q'en vez de la lucha en vivo terminábamos con los holos nel Qï.

Así el día-a-día. Eran largas las horas entre escaramuzas, la espera desesperaba. Mas tampoco queríamos una intensidad continua. El desafío era llenar el tiempo. Con juegos-swits-sexo-boxelders posándose nel rostro. Desalmados sin estar desalmados. Reynolds había conseguido estimularnos, eso era necesario reconocerle, y había creado diferencias tu. Gibson no quería juntarse con nos. Se lo veía solo nel patio o nel pabellón donde comíamos, lamiando su rabia. Difícil culparlo. Mas él quizás podía culparnos a nos. La superioridad moral no se había inventado pa esta guerra. No entre brodis duna misma unidad. Con su gesto desafiante inicial, Gibson nos había obligado a hurgar nel fondo de nos mismos pa buscar lo mejor que teníamos, aquello que nos podía justificar a los ojos de los demás. Y no habíamos encontrado lo mejor. Sólo lo de siempre. Lo que nos permitía sobrevivir un tiempo más.

Lo impredecible no sólo venía de nosos enemigos. Lo impredecible se había instalado ki, entre las paredes del Perímetro. No sabíamos cuál sería la próxima movida de Reynolds mas la esperábamos.

Por las noches, cuando nostábamos de patrulla, salíamos del cuartel y, colocados en swits benévolos/empáticos, mirábamos las estrellas y nos sentíamos parte vital del universo. Recorríamos el espacio con los dedos, dibujando líneas entre un punto brillante y otro. Algunos más grandes que otros, algunos parpadeaban y otros no, algunos planetas y otros meteoros, había satélites-basura espacial-naves que recorrían distancias inmensas tu. No sabíamos dellas, no sabían de nos. Todo parecía quieto mas todo bullía. Rogábamos que no llegara una orden de salir a enfrentarnos con los terroristas, porque con esos swits nos venían deseos de hermandad cósmica y no teníamos ninguna gana de disparar a nadie. Hasta éramos capaces de darle un beso a Orlewen.

Chendo había dibujado a Shirin, Prith lo corrigió hasta quedar satisfecho, esas tetas no tan grandes plis, es poco más que una niña, no una vaca, y menos caderas plis, así así. Sentíamos que la conocíamos, mas algunos decían q'ella era una actriz contratada por Prith antes de venir a Iris, q'esos holos eran falsos, y otros q'eran antiguos, que a Prith ya no le llegaba nada nuevo. No importaba. Lo envidiábamos. Queríamos tener una fantasía similar que nos enardeciera. Una adolescente o no tanto al otro lado, con sus uñas pintadas de todos los colores. Alguien a quien le aceptáramos que no nos hablara della bajo la condición de que nos contara de tardes nel estadio de fut12, de noches en las salas con olor a regaliz del Hologramón. Nos preguntábamos qué harían nese momento nosos amigos-padres-hermanos-exnovias. Si seguían vivos, si se acordarían de nos. Qué estaría de moda, qué música se escucharía. Habíamos notado que cada vez sabíamos menos de lo que ocurría Afuera. Que siempre había excusas pa que las conexiones no fueran fáciles. Que por eso ya no llamábamos tanto. Que a veces recibíamos noticias con meses de atraso. Q'esas noticias eran como la luz que llegaba de las estrellas. Una luz ocurrida mucho tiempo atrás. Que neste momento algún conocido moría mas no podíamos emocionarnos deso hasta que lo supiéramos mucho tiempo después, si llegábamos a saberlo. Vivíamos nun permanente desfase. Por eso era mejor preocuparse de lo que teníamos al frente. De Reynolds y sus instintos asesinos. De Prith y sus boxelders. De Lazarte y su nuevo evangelio. De Gibson y su decepción.

No era fácil, vivir.

El Instructor hacía lo que podía con el lenguaje irisino, y eso no era mucho. Un irisino podía estar pidiéndonos comida, y las frases en los lenslets decían que se burlaba de nos y el irisino zas a la cárcel. Allí trataba de explicarse, mas el Instructor seguía escupiendo sinsentidos a los que debíamos hacer caso, con la premisa de que algo era mejor que nada.

Algo es mejor que nada. Una de nosas reglas. Por eso nos distraíamos escuchando las leyendas que inventábamos de noso pasado. Eso hacíamos en las horas libres. Íbamos en busca de mujeres tu. Había pocas disponibles nel Perímetro y la mayoría se quedaba con los ofis. Queríamos ser como ellos mas era imposible. Algunos nacían pa shanz, otros pa fokin ofis y fobbits, nos no éramos nadie pa contradecir al sistema por más que Lazarte lo intentara.

En la ciudad a veces encontrábamos a una desas que se habían vuelto locas y entregado a los cultos de Iris y rechazado su anterior vida, y la usábamos. O se dejaba usar a cambio de comida. Íbamos al fukjom pa shanz nel Perímetro, mas nos tocaban las más feas y gordas, y salíamos den a la ciudad en busca de los fukjoms irisinos. Los ilegales, a los que nos permitían entrar. Tratábamos de q'el cuello largo de algunas irisinas, la blancura excesiva, la piel rugosa, los ojos sin cejas se convirtieran en nuevos parámetros de belleza. Queríamos no verlas como bichos raros mas difícil. Contábamos los aros nel cuello, once, quince, cómo lo hacían, debían pesar mucho, atrofiárseles los músculos. No decíamos nada de la falta de pelo porque habíamos perdido el noso tu. A veces nos sorprendíamos deseándolas. Quizás yastábamos mucho tiempo en Iris. Quizás estábamos cambiando sin querer cambiar.

Claro que habíamos cambiado. En las duchas, por las noches, en salas vacías, el sexo entre nos era común. A algunos nos gustaba, a otros no tanto. Había mujeres shanz mas eran pocas. Decían que alguna vez ellas habían querido alistarse pa demostrar que no eran menos que los hombres, mas luego los jefes concluyeron que, al ser más inteligentes que los hombres, mejor aprovecharlas en tareas administrativas o de supervisión. Las mujeres eran doctoras, estaban a cargo de la comunicación de la base, tomaban decisiones. Unas cuantas, las más tontas, eran shanz.

Nos estamos volviendo irisinos, decíamos cuando uno fokeaba al otro. Decíamos que lo estábamos haciendo bien, mejor eso que cogerse a una irisina. Será verdad q'el agujero del culo se ensancha, claro que sí decía Chendo, o no han visto pornos. No entendíamos cómo algunos ofis podían tener irisinas como parejas permanentes. O sí. En el fondo, pese a nosos resquemores, los envidiábamos. Un bodi caliente junto al cual acostarse en las noches. Mas las irisinas tenían el bodi frío y cuando cerraban los ojos parecían muertas. Prith decía que por esa relajación de las costumbres había ocurrido el único acto terrorista dentro del Perímetro. Si por él fuera, mataría con sus propias manos al ofi q'era pareja de la mujer que voló el café. No era irisina sino algo peor. Una chûxie. Una pieloscura enamorada de los irisinos. Ese ofi tenía que haber sabido que se acostaba con una traidora, decía. Y si no lo sabía igual debe morir. Por no haberse dado cuenta deso. Está en la cárcel, decíamos, recibirá su merecido. Mejor matarlo, decía, enfático. Y nos sorprendía su cambio. Cada vez más agresivo. Por culpa de Reynolds, decíamos.

Jugábamos Yuefei, apostábamos mucho geld. LluviaNegra, mas era muy fácil. ÁcidoTóxico nos desesperaba porque no había forma de solucionarlo. Otros juegos, muchos juegos, cuando no había nada que hacer. Conectados a ellos, dejábamos de ser lo q'éramos y nos convertíamos en generales y mariscales, en pilotos de naves espaciales, a veces obreros y sacerdotes, agricultores tu. Había versiones piratas en las que los generales podían ordenar a sus shanz que tomaran swits que les impidieran desalmarse nel frente de batalla, o tenían a su disposición sustancias lisérgicas con las que atacaban a los enemigos desde aviones, haciendo que los shanz del otro bando tuvieran alucinaciones paranoicas que los obligaban a suicidarse. No nos animábamos a jugar esas versiones porque si nos veían los ofis nos castigaban. Las armas químicas estaban prohibidas hasta en los juegos.

Aburridos, mirábamos las estrellas y rogábamos q'el Advenimiento ocurriera ya. Que Iris se diera vuelta, que sucediera algo que nos forzara a evacuarlo. Y, contradictorios, extrañábamos a Carreno y prometíamos vengarlo. Imaginábamos su vozarrón en el pasillo, rebotando entre las paredes, estremeciéndonos. Un vozarrón paradójico, un vozarrón amable, un látigo que invitaba a obedecer. Esa cara mofletuda no intimidaba, era capaz de neutralizar todas sus órdenes, igual que su carcajada salvaje capaz de estremecernos ko. Nos hablaba de lo inescrutable/lo inconcebible/lo impredecible y lo escuchábamos mareados. Los que habíamos estado cerca de la explosión nel café vimos bodis destrozados. Un pedazo de pierna recubierta de polvillo gris en medio de la calle. De Carreno, quizás. Pa eso tanto concepto. Inconcebible q'eso fuera concebible. Predecible q'eso fuera impredecible. Pa eso tanta tecnología. Hubiera sido mejor q'enviaran artificiales al frente. Todo había que decirlo. Éramos la mano de obra más barata, éramos menos inteligentes que los artificiales.

Carreno había sido un buen jefe. Demasiado tolerante, eso sí. Se acercaba sin custodios a hablarles a los irisinos. Su forma de ganarnos era demostrar que nada lo desalmaba. Nos habíamos encariñado d'él, mas todo tenía su límite. Pensaba que, por beyondearnos, un irisino jamás sacrificaría a los suyos. Estaba equivocado.

Reynolds venía con un discurso duro. El otro extremo. Decía que no había que hacer caso a las reglas de combate de SaintRei. Otra forma de ganarnos, pensábamos, animarse a hablar fuerte sabiendo que podían grabarlo y acusarlo de desacato. Lo cierto era que sus arengas nos llegaban. Estábamos desmoralizados, queríamos que nos subrayaran la necesidad del valor-la retribución-la justicia.

Gibson pasaba horas en su camastro. A veces se levantaba y salía al patio, se sentaba nun banco o deambulaba sin hacer caso a nadie. Temblequeaba de los nervios y había conseguido una licencia de la enfermería, un par de frases que recomendaban reposo. Creíamos q'esa licencia la había adulterado Yaz, que nos ayudaba nestas cosas. Dotro modo no entendíamos que Gibson se quedara nel cuartel. Si el problema era serio lo normal hubiera sido q'el reposo lo tomara nel hospital. Cuando no era grave, los médicos preferían q'el shan se quedara nel cuartel. En medio de su rutina, de su paisaje familiar, como pa q'esa rutina, ese paisaje lo ayudaran a restablecerse ya. Fórmulas de los médicos que muchas veces no conducían a nada.

Nos preocupaba que Gibson se topara con Reynolds. Sabíamos que Reynolds no creía en los problemas de Gibson, o que, si éstos existían, su gravedad fuera la suficiente como pa q'él dejara de hacer lo que hacíamos los demás shanz. Técnicamente Gibson todavía estaba a las órdenes de Reynolds y él podía restablecer la cadena de mando anytime. Por lo pronto todo era una lucha de orgullos. Reynolds esperaba que Gibson volviera al grupo por cuenta propia y éste confiaba en que Reynolds fuera tan consciente de su transgresión que prefiriera dejarlo en paz.

Una vez nos acercamos al camastro de Gibson. Queríamos hacerle sentir noso cariño con disimulo, tampoco convenía q'eso produjera tensiones con Reynolds. Hizo un gesto de sorpresa cuando vio a Prith, como diciéndose qué hacía allí después de su declaración de apoyo a Reynolds. No dijo nada mas Prith se incomodó y dio un paso atrás y se quedó expectante observándonos, como si no formara parte del grupo. Igual era extraño q'él estuviera allí.

Gibson estaba demacrado. En su cara huesuda podían verse las huellas del incidente. Contó que no comía, no tenía ganas de nada.

Pasará, di, te pondrás bien.

Debíamos pronunciar frases huecas y generales porque no podíamos hablar nuna sola voz. Lazarte apoyaba su gesto de relativa desobediencia civil, mas Prith sostenía que cualquier cuestionamiento a la autoridad jugaba a favor de Orlewen. Habíamos pedido a Prith que no le reclamara nada. Ya habría otro momento pa eso.

No cedan al impar potente de orfandad, Gibson estaba críptico. Prith aprovechó pa decirle lo que pensaba.

No cedas a tu vanidad, di. Tus molestias no son más grandes q'el grupo.

El grupo son ustedes, no él.

Tus quejas van a él, den a nos, porque se la toma conmigo o con Lazarte.

Hasta cuándo piensas seguir, dijo Lazarte. Anytime puede decidir q'es hora de despertarte a golpes, di.

Tomará lo que tome, eso me enseñó mi madre.

Le dolía haberse venido sin despedirse de su madre. No le quedaba otra, se hubiera quebrado al despedirse della, quizás hasta habría regreteado su decisión de venirse.

Me crio bien y no tuvo la culpa de lo que hice. Durante mucho tiempo me dije q'era el distrito, las compañías. Den me quedé sin excusas.

Lo que hiciste no fue tan malo, dijo Lazarte.

Cómo que no. No tenía geld y un amigo me propuso asaltar una tienda del barrio. Dijo será fácil. Lo hicimos en la madrugada. Salíamos cuando apareció el dueño. Disparé, fue un acto reflejo. Tenía dos hijos menores a los que siempre veía jugando nel parque.

Prith fue al baño. Gibson lo esperó antes de continuar. Los shanz entraban/salían del pabellón mas nos no nos distraíamos.

El juez ofreció perpetua o Iris, Gibson continuó. Elegí Iris. Quería pagar mi culpa y supongo que Reynolds es mi karma. Me toca enfrentarlo todo con los ojos abiertos. Ya ven, no me duró mucho el impulso.

Yo quisiera enfrentarlo todo con los ojos abiertos tu, dijo Lazarte. A veces no se puede. A veces toca cerrarlos.

Gibson nos mostró un holo de su madre cuando joven. El pelo corto le daba un toque de distinción. Aretes coquetos, piercings nel mentón y sobre uno de los ojos. Dóstaba el padre. Gibson no lo mencionaba en ningún momento. Como si hubiera sido concebido por obra y gracia dun milagro. Una inmaculada concepción. Mas no debíamos burlarnos, porque a todos nos ocurría lo mismo. No lo de la concepción sino el hecho de q'en la distancia se purificara el ruido y quedara sólo lo importante. Desaparecían hermanos-novias-amigos, trabajos, pasatiempos, años enteros. Iris era un gran limpiador desa vida que vivíamos todos, esa vida de acumulaciones inservibles, esa vida contaminada.

Linda, dijimos casi al unísono.

El holo no le hace justicia. Mas ya nostá así ko.

Lo dejamos contemplando el holo de su madre. Salimos al patio pensando en lo que arrastrábamos. Nosas propias muertes-culpas-traiciones, lo que habíamos hecho o no pa merecer Iris.

El sol machacaba el día.

Gibson volvió a la unidad el fin de semana siguiente.

Esos días comenzaron a circular holos en los que una irisina relataba una historia con frases encantatorias. Alguien, no sabíamos quién, nos los enviaba al Qï. Prith se enojaba, decía que avisaría a Reynolds si nos veía viéndolos. No nos interesan sus leyendas, es propaganda terrorista. No es pa tanto, le decíamos, mas tampoco queríamos aproblemarnos con Reynolds. Mirábamos al otro lado e igual nos moríamos de la curiosidad. Nos gustaba saber q'estábamos haciendo algo prohibido tu. Gibson argumentaba q'era hasta necesario ver esos holos.

Chale, dijo Chendo. Fokin dung. Pa fobbits y faggies.

Serán verdad, dijo Gibson.

Qué importa, di. A no ser que seas un fobbit.

Eso, qué.

O eres un faggie.

Cierto.

Nos deshacíamos de los holos. Reaparecían sin que supiéramos cómo. Volvían a circular. Volvían a ser vistos. Nos olvidábamos desas historias. De pronto estábamos haciendo ejercicios bajo el sol, por la mañana, nos duchábamos al caer la tarde o queríamos escapar duna sha-storm o patrullábamos por el anillo exterior, cuando volvía una frase/una imagen. Los hijos del retardado y la rata blanca nos llegaban. Nos sentíamos mal. No debíamos haber visto nada. No debíamos haberles dado una oportunidad pa que nos contaminaran.

Escupíamos. No parábamos de escupir.

Se llamaba RePo y su capacidad de trabajo admiraba. Otros irisinos buscaban la manera de alargar los descan-

sos o engañar a capataces pa robarse unos minutos y no hacer nada, mas RePo trabajaba sin cesar. Algunos decían q'eso mostraba una mentalidad sojuzgada, q'era una besabotas de los pieloscuras, otros que la montaña Comeirisinos la desalmaba tanto que prefería estar bien con ella.

Un día le asignaron de brodi de trabajo a un irisino flojo, un recienvenido que se llamaba Ilip. RePo iba a todas partes con Ilip, le enseñaba trucos pa barrenar las vetas con todo su esfuerzo y llegar descansado al final del día. Le hizo mascar kütt pa enfrentarse al cansancio/el hambre. RePo e Ilip tenían los dientes/labios amarillos de tanto mascarlo. RePo le indicó cómo ofrendar kütt a las estatuas en las galerías, y llevaba comida pa compartir con él en los descansos. Le contaba de las veces que había habido derrumbes y sólo la había salvado la fe en Xlött. A veces, sola en las galerías, podía escuchar la risa de Ilip. Estaba haciendo una buena labor, Ilip ya no era el chiquillo flojo que había conocido. Incluso Ilip se abría más y le confesaba lo mucho que Kondra le hacía falta. RePo le contaba q'ella alguna vez había extrañado igual, mas cuando cumplió con los años asignados y le llegó el momento de marcharse de la mina no había podido. La mina la había ganado y ella a veces se sentía tan sola nel campamento que venía a trabajar incluso cuando no le tocaba. La mina era su jom. No entendía a los que buscaban excusas pa escaparse de su turno, que se decían enfermos o incluso se producían lesiones pa no ir a la mina. Ilip escuchaba y asentía.

Un día Ilip no apareció. RePo habló con brodis de la misma galería y les dijo si sabían algo de su brodi.

Cuál di, dijeron. Si te hemos visto trabajando sola todo el tiempo.

Ilip, dijo ella, un chiquillo flojo llegado de Kondra. Me llevaba una cabeza.

Un escalofrío recorrió a los mineros.

No había nadie, dijo uno. Era Xlött el que te acompañaba. Estabas hablando con él.

*Después duna búsqueda de varios días por el campa-
mento, RePo debió aceptar que tenían razón. Desconsolada,
una tarde se metió a la galería más profunda del subsuelo, en
busca daquel que se hacía llamar Ilip. No lo encontró. Ingresó a un túnel por el que apenas cabía una persona, y nunca
más se supo della.*

Estábamos todos formados nel patio esperando
una visita del Supremo, los uniformes sin arrugas, las botas limpias, el pack a la espalda, el casco nuna mano y en
la otra el riflarpón, cuando Lazarte se salió de su línea y
pasó al frente. Reynolds corrió hacia él.

Qué pasa, Lazarte. Lo voy a enviar al calabozo.

Capi, Malacosa está ki.

De qué me habla. Vuelva a su puesto.

Desde dostábamos sólo podíamos ver la espalda de
Lazarte. Movía las manos, alborotado, torcía el cuello
como si quisiera quebrárselo. Tiró el casco y el riflarpón al
suelo, intentó sacarse el uniforme.

Voy a vivir cien años dung, exclamó. Voy a vivir
cien años dung.

Si sigue así no llegará ni a mañana, Reynolds le dio
una bofetada. Lazarte se abalanzó sobre él.

Asesino asesino, gritó. Malacosa es grande, soy un
ministro de Xlött. Se hará justicia ya.

Los dos se fueron al suelo, Reynolds sorprendido por
la fuerza de Lazarte, forcejeando pa desprenderse de él, que
le atenazaba el cuello con las manos. Reynolds se ahogaba
cuando dos shanz corrieron a auxiliarlo y se abalanzaron sobre Lazarte y uno lo agarró de los brazos y otro de las piernas tratando de desbaratarlo. Lograron desprenderlo de Reynolds, que se incorporó y saltó encima de Lazarte. Nau la
lucha era desigual. Todos la veíamos expectantes, hasta que
los shanz y Reynolds se levantaron. Lazarte parecía haber
perdido la conciencia. Entre dos shanz lo sacaron a rastras.

Reynolds tenía las mejillas rojas y marcas nel cuello. Se arregló el uniforme, pidió que recuperáramos la compostura. El Supremo yastaba nel cuartel.

No volvimos a ver a Lazarte. No supimos qué hicieron con él. Imaginamos que su episodio saico motivó que lo internaran en algún sanatorio reservado pa estos casos, un monasterio si el daño cerebral era irreversible. Dedujimos que los swits eran los culpables. Tenían que serlo. Mas los shanz que alzaron el bodi de Lazarte esa mañana dijeron que tenía quemaduras a la altura de los antebrazos, como si se las hubiera acabado de hacer. Nadie más había visto nada, por lo que algunos prefirieron descartar la versión de los shanz. Otros añadieron ese relato a las leyendas que corrían sobre Xlött. Decían que a Lazarte le había llegado el verweder delante de todos nos.

Extrañamos a Lazarte durante varios días. No nos hizo probar el jün ni nunca supimos a quién se refería el nombre ARMAND tatuado en la espalda. Recordamos varias veces su frase de vivir cien años. Muchos de nos, naufragados por la vida, habíamos firmado el contrato pa venir a Iris sin miedo a la muerte temprana, desdeñosos con la vejez. Muchos de nos, nau, hubiéramos hecho todo por un nuevo contrato que nos asegurara una muerte dulce y tardía, en cama y rodeados de familiares y amigos. Perdíamos la compostura, nos volvíamos trembleques, girábamos sobre nosos pasos, encontrábamos q'eso de vivir rápido y morir joven era una frase tonta en la que habíamos querido creer pa justificar nosos fracasos.

Había cosas que nos mataban y nos volvían más extraños tu.

Hubo días en que no pudimos salir a ninguna parte porque llegó el shabào. La sha-storm provocaba remolinos como si no tuviera un solo eje en torno al cual desplazarse. El ruido que la acompañaba era un millón de turbinas encendidas a la máxima velocidad, barriendo lo que se les aparecía nel camino. La sha, exhaustiva, cubría las casas-los edificios-los jipus-las paredes protectoras del Perímetro. Al segundo día Iris era una ciudad enterrada, un conglomerado de casas y calles que apenas latía bajo ese polvillo intruso nel bodi y en las máquinas. Los dolores de cabeza y de estómago eran terribles, nel baño nos íbamos en mierda aguanosa, los Qï tartamudeaban como aquejados duna enfermedad nerviosa, los artificiales se volvían irritables. La comida sabía a sha, las pesadillas nos hacían levantarnos sudorosos creyendo que nos habíamos convertido en pequeños Malacosas de sha. SaintRei se paralizaba y había q'esperar hasta q'el shabào nos abandonara y se fuera en busca dotra ciudad, otras gentes pa enterrar.

Nel cuartel decíamos q'éramos muertos en vida y jugábamos a ser shan-zombis, mas a algunos ofis esas bromas no les gustaban porque se sentían aludidos, creían q'estábamos criticando la vida en Iris. Nostaban alejados de la verdad. Al paralizarnos, el shabào nos hacía ver qué era lo que de verdad hacíamos en Iris. Cuál nosa función. Mientras estuviéramos lejos de Afuera seríamos muertos en vida, no contaríamos por más que los discursos siguieran loando nosa misión. Podíamos ver todo con más claridad, mas eso no servía de mucho. No había vuelta atrás pa noso pacto.

El cuartel estaba oscuro, el shabào cubría las ventanas, no dejaba que ingresara la luz. Como si un inmenso manto negro hubiera cubierto el edificio, un dosel de sombras, un velo tupido. Vivíamos con luces artificiales, esas luces blancas que trataban de replicar a las de Afuera, que intentaban en vano levantarnos la moral. Ki no funcionaban nosas armas, Orlewen podía atacarnos y seríamos víctimas sencillas, mas él tenía el mismo problema que nos tu, debía permanecer encuevado hasta que pasara el shabào.

Se fue una mañana. Un par de horas quedó revoloteando el secador, un fengli caliente que provocaba migrañas. Gibson se revolcó de dolor en su camastro, Chendo gritó que quería que lo destinaran a una ciudad cerca del mar, Goçalves aulló mientras repetía *todo se acaba todo se acaba, zeyikidou zeyikidou.* Prith miraba imperturbable su Qï, había vuelto a funcionar, podía dedicarse a Lluvia-Negra o quizás a un juego más breve en que una compañía de shanz debía enfrentarse al shabào y tratar de sobrevivir.

Estábamos nel bar De Turno cerca del cuartel, el nombre permitía juegos de palabras fáciles, dostá Prith, De Turno di. Un bar con holos de fut12 en cada esquina, un goyot mecánico saltarín sobre el mostrador, licor clandestino traído de Afuera q'el barman reservaba pa ofis y shanz privilegiados. El rumor de las conversaciones puntuado por risas/alaridos. Jugábamos LluviaNegra, hacíamos cálculos de probabilidades y mostrábamos nosa apuesta nel Qï. Mascábamos kütt-fumábamos koft-bebíamos ielou. Reynolds nos hablaba del shabào reciente, daba detalles dotros shabàos memorables, de las diferencias de intensidad entre uno y otro, con una precisión que impresionaba.

Le preguntábamos cómo sabía tanto. Las comisuras de los labios se expandían nuna mueca burlona.

No se han dado cuenta, soy una máquina.

Nos reíamos. Era o no era.

Qué creen.

Que sí, dijo Goçalves y le preguntó cómo se sentía ser artificial. Goçalves se había integrado al entorno de Reynolds desde la partida de Lazarte. Grueso mas ágil, los uniformes que usaba le quedaban estrechos. Venía de Goa, bromista impenitente mas algunos preferían decir q'en realidad era impertinente. Había prometido conseguirnos jün, tenía un hermano estacionado en Megara que se lo enviaría. Que se tranquilizaran las cosas, los caminos estaban intransitables en torno a Megara, fokin Orlewen.

Y cómo se siente ser humano, contestó Reynolds.

Confuso, dijo Goçalves.

Lo mismo pa los artificiales, dijo Reynolds. Mas no soy uno dellos, no sé de dó han sacado ese rumor.

Su capacidad p'abstraer, dijo Goçalves. P'actuar como si los irisinos fueran animales.

Eso es pensar en versiones primitivas, rudimentarias, dijo Reynolds. Los artificiales no son así, yo tampoco. No lo sé. Quizás lo q'estoy haciendo sea la única manera de conseguir una reacción de Xlött. Q'ese Dios que mata con un abrazo haga que Orlewen aparezca y acabemos duna vez por todas con la insurgencia.

Orlewen ta bien aparecido. En Megara.

Sus tropas, no él.

No todos creen que sea verdad eso de los abrazos, dijo Prith.

Hay pruebas, dijo Reynolds. Holos.

Y lo de Lazarte, dijo Chendo.

No sé lo de Lazarte. Nadie vio nada. Yo creo q'era alguna sustancia lisérgica.

No era fácil hablar de Xlött porque sabíamos poco. No teníamos amigos irisinos que nos contaran cómo vivían su fe y habíamos desconfiado de la conversión de Lazarte. Los shanz que dominaban el tema eran los que habían sido asignados a trabajar por un tiempo en las minas. Decían que allá el culto de Malacosa era tan predominante que había una estatua suya a la entrada de cada socavón y que incluso los ofis y los shanz le rendían pleitesía, abrumados por la trama secreta de sus milagros. Malacosa es Xlött, decían. Todos los dioses irisinos son diversas manifestaciones de Xlött. Todo es Xlött. Los campamentos mineros eran lugares infestados de creencias extrañas, con trabajadores irisinos que se entregaban al verweder, capataces que amanecían vomitando sangre después de haber visto a Xlött.

Reynolds tiró swits a la mesa.

Un regalo de Yaz, dijo.

Aplaudimos. Nosa santa patrona estaba de regreso nel trabajo. Había estado suspendida un par de días por mentir a sus superiores. Rellenó recetas pa dolores de cabeza inventados, falsas contusiones en las piernas que justificaran nosa frecuente aparición por los pasillos del hospital. La ansiedad-el miedo-las pesadillas-los ataques de pánico: ésos no era necesario inventarlos.

Los swits hicieron efecto al rato. Prith le preguntó a Reynolds si podía abrazarlo. Gracias capi, le dijo sin soltarlo. Estaba a punto de lagrimear. El problema de los swits: mucha empatía.

Nos ha devuelto la moral.

Sólo hago lo que SaintRei debía haber hecho hace rato.

Prith contó cómo había aceptado venir a Iris después dun año sin trabajo. Había intentado emigrar a Sangaì y los países de América del Norte, sobre todo Texas, mas era imposible. El contrato decía que no podía volver, difícil eso, mas no quería preocuparse, no nau. En cuanto al acortamiento en las expectativas de vida, creía q'en menos de veinte años, con los continuos avances científicos, se encontraría una cura pa el mal de Iris. Era optimista. Eso sí, extrañaba a Shirin. Ya vería la forma de resolver la situación. No llegaría al extremo de cortarse un brazo o volarse una pierna. Quería volver intacto Afuera. Estaba ahorrando, eso era lo bueno. A ratos todo se ponía pesado, demasiada tensión en la ciudad, incluso nel Perímetro. No había mujeres, tenía ganas de sexo, las irisinas lindas eran sólo pa los ofis, las putas tu porq'eran caras. Podía encontrar alguna nuno de los distritos de mala muerte mas tenía miedo.

Cuidado que te oiga Shirin.

Me entendería.

No la subestimes.

Y usted capi.

No hay irisinas lindas ko.

Reynolds lo abrazó. El abrazo se prolongó más de lo necesario.

Cuando le mandes un mensaje a Shirin dile que sabes que la vida se pasa rápido, que la luz es una ilusión causada por el clima. Que sabes q'ella tiene la cara más hermosa del mundo.

Se levantó sin esperar respuesta. Prith se quedó mirándolo.

Aparecieron shanz dotra compañía.

Respetos a noso capi plis, gritó Prith señalando a Reynolds. Vean esto, dis. Tóquenlo.

Puso el pedazo de meñique en la palma duno de los shanz. Éste lo tiró al suelo al sentir su textura. Reynolds recogió el pedazo y se lo entregó a Prith. Le dio una bofetada. Pidió disculpas a los shanz, que no se reponían de su sorpresa. Hubo silencio hasta que salieron de la sala principal y se fueron a otra esquina del bar. Uno dellos alzó el goyot mecánico del mostrador y jugó con él posándolo nuno de sus hombros.

Reynolds le gritó a Prith que había hecho algo peligroso. Entendía el gesto, las ganas de pregonar la nueva, que nosa compañía fuera un ejemplo pa los demás. No debíamos ser los únicos que habíamos decidido hacer justicia por nosas manos. Con todo, mejor esperar. Debíamos seguir por la senda que nos habíamos impuesto durante un tiempo antes de contar cosas a los demás.

No se dieron cuenta de nada capi, dijo Prith tocándose la mejilla dolorida. Pidió disculpas con un gesto humilde, llevándose las manos a la cabeza. Reynolds salió del bar. Prith se sentó, desalmado. Le mencionamos a Shirin pa que sonriera, mas no sirvió de nada.

Intentamos volver a jugar mas estábamos distraídos. Todos pensábamos lo mismo. Que Prith no tenía de qué preocuparse. Creíamos que Reynolds, a pesar de la bofetada, quería que lo q'estaba haciendo se difundiera entre los shanz. Que su ejemplo cundiera. Le preocupaba que sus acciones, que nosas acciones, alertaran a los ofis antes de su pretendido propósito de despertar a Xlött, mas quizás con todo lo hecho había conseguido cierta inmunidad. Los ofis no eran diferentes a nos. Despreciaban a los irisinos tu, deseaban la cabeza de Orlewen. Las que complicaban todo eran las autoridades civiles, los súper, que debían asegurarse de que todo estuviera en orden pa que SaintRei pudiera seguir explotando las minas. Quizás, sí, si se enteraban, los ofis podrían defender a Reynolds ante esas autoridades. Un riesgo que valía la pena asumir.

Reynolds quería que su leyenda se opusiera a la de Orlewen. No repararía en buscar formas pa q'esa leyenda se extendiera.

Nuevas apariciones de Xlött. Tres shanz y una enfermera muertos abrazados por él. Los rumores se disparaban. Algunos decían que los dioses existían a través de su ausencia y q'eso de las apariciones sólo era una leyenda irisina. Otros se desalmaban y querían contrarrestar ese temor con todo tipo de rituales. Se ponían a llevar crucifijos, iban a los mercados a conseguir efigies de Xlött/ Malacosa/la Jerere/alguno de los otros seres sobrenaturales que poblaban el mundo irisino. Había los que creían de verdad y los que hacían que creían, q'eran los más. Pa nos que veíamos todo de afuera la diferencia no importaba, mas seguro que sí pa uno mismo. Pa Dios o Xlött, si había Dios o Xlött, seguro que sí tu. Porq'ellos, los dioses, eran capaces de ver dentro de nos. O no.

Nosa compañía se había librado de las apariciones. Nos preguntábamos por qué. Quizás porque sospechábamos q'el paso de Lazarte por nosas vidas no había sido en vano. Algunos ansiábamos secretamente el abrazo mortal del Dios. Un abrazo que nos liberara de tanta pesadumbre. De tanto grito sin respuesta.

Después de que Reynolds lo abofeteara, Prith dijo que no tomaría más swits empáticos. Estaba molesto consigo mismo y quería impresionar a Reynolds. Dicen que trató de conseguir esteroides de la doctora Torci mas ella se negó porq'eran muy peligrosos. Dicen que una noche se metió nuna posta sanitaria a robarlos. Nos los ofreció mas nadie quiso y le dijimos q'estaba saico. Los esteroides se los inyectaba. Debía hacerlo con cuidado pa no dejar marcas sospechosas en la piel. No era fácil, pensamos que no tardarían en descubrirlo.

Íbamos por la carretera del anillo exterior cuando los sensores termales detectaron la presencia de irisinos en la cercanía. Mal indicio que se los encontrara por esos lugares nel atardecer. Nos detuvimos a esperar las instrucciones de Reynolds. La lluvia cortaba el paisaje en finas diagonales. El horizonte se resolvía nuna explosión de azules y violetas.

Tres hombres de la patrulla saltaron del jipu. Gibson gritó la orden de alto en irisino.

Un irisino a la vera del camino. Sentado nel suelo alzaba las manos como rindiéndose. Nos bajamos del jipu, Reynolds lo encañonó mientras se acercaba. Sus botas se mancharon de barro rojizo. Un fengli frío cortaba el rostro.

El irisino se incorporó. Gibson gritó que volviera a sentarse, mas el irisino no le entendió. Se agachó como buscando algo nel suelo y Gibson se le acercó y lo empujó. El irisino cayó sobre el barro. Cuando quiso incorporarse Gibson le puso una bota nel rostro y le dijo que no se moviera. Reynolds asentía con un leve movimiento de cabeza, impresionado por su actitud.

El irisino se puso a lamer la bota. Quizás se hacía la burla. Gibson disparó procurando que las balas no lo tocaran. Sólo quería desalmarlo. El irisino soltó la bota y se acurrucó en el barro. Actuaba como un defectuoso. Uno desos retardados con el cerebro comido que solíamos encontrar cerca de los templos.

Hubo otros shots, mas no los hizo Gibson. Hubo gritos. Reynolds alzó el brazo y se hizo el silencio y se acallaron los shots. Con un gesto pidió que Goçalves se acercara a verificar las heridas del irisino. Goçalves se acercó, cauteloso, y revisó el bodi con la punta del riflarpón, moviéndolo dun lado a otro. Puso una mano en su cuello pa indicarnos q'estaba nel beyond. La sangre se esparcía por el pecho.

Nos acercamos. Nostaba armado.

Lo siento, Prith estaba visiblemente nervioso. Vi un movimiento y

Reynolds gritó que buscáramos un arma. Quería justificar el ataque. Mas sabía que no encontraríamos nada. Uno de nos susurró a Goçalves que sacara un riflarpón que teníamos pa estas ocasiones nel jipu. Que esperara a que nadie lo viera y tirara el riflarpón cerca del irisino. Que luego volviera al jipu y esperara a que otro shan lo encontrara. Habíamos hecho eso un par de veces. Un teatro engañoso. Éramos buenos neso.

Gibson se acercó a Reynolds y estalló.

A usted lo culpo desto. Ha creado las condiciones pa que todos los q'están bajo su mando actúen como criminales sabiendo que no habrá repercusiones.

No tengo la culpa de nada, el tono de Reynolds era pausado. El que disparó fue Prith.

Sabe que sí. Y no creo que sea el redentor que con sus gestos se enfrenta a Xlött. Está tomado por Xlött. Xlött se ha posesionado de su bodi. Actúa bajo las órdenes del demonio. Estamos nel reino del demonio y es su cómplice ko. Acabo de morir, una vez más.

Gibson era grandilocuente, mas decía la verdad en algo. Todos nos moríamos muchas veces en Iris. Todos quizás yastábamos muertos, éramos fantasmas nesa tierra implacable que nos devoraba sin cesar.

Gibson se puso a correr sin rumbo. Su silueta se perdió en la oscuridad. Al rato apareció. Venía hacia nos apuntándonos. Reynolds le pidió que bajara el riflarpón.

Nostá bien, nostá bien, murmuró. Le había vuelto a confiar mi vida.

Quizás la falta de miedo en Reynolds desanimó a Gibson. O la sensación imperturbable de que Reynolds sabía más de Gibson q'él mismo. Gibson dejó de apuntarle, se dio la vuelta y se dirigió al jipu. Se sentó en la parte trasera, firme, los brazos cruzados, como esperando la orden de partir. Todos iríamos a alguna parte mas él no. Se quedaría pa siempre neste lugar-nesta noche, rumiando el momento en que pudo corregir un error y no fue capaz. Era lamentable y lo sentíamos por él, mas no había mucho que pudiéramos hacer.

Goçalves quiso decir algo mas se quedó callado. Como si no hubiera ocurrido nada, hizo lo que se le había indicado. Se puso guantes, trajo un riflarpón y lo apoyó con disimulo en una de las manos del irisino. Todos hicimos como que no lo vimos.

La lluvia arreciaba. Debíamos apurarnos.

Estábamos en problemas. En los incidentes anteriores había sido relativamente fácil aparentar que las cosas no eran como habían sido. Con los terroristas, los investigadores de SaintRei nos daban la razón incluso cuando sabían que no la teníamos. Con el niño, el hecho podía calificarse como aislado. Mas la cantidad de balazos recibida nau por el irisino sólo podía justificarse si era en defensa propia. Tenía la cabeza destrozada, se le había disparado desde cerca; debíamos saber si estaba armado. Si no, habíamos cometido un abuso.

Prith exclamó que había encontrado algo. Alzó un riflarpón del suelo, sacó la recámara, mostró que algunas balas habían sido usadas. Los miembros de la patrulla respiramos aliviados. Sabíamos q'el irisino no había disparado, mas tampoco queríamos meternos en problemas.

Reynolds pidió a Gibson que se hiciera cargo del reporte. Gibson dijo que no lo haría.

Envolvimos el bodi del irisino nuna bolsa. Lo subimos al jipu.

Durante algunos días masticamos las palabras de Gibson. Conjeturamos si Reynolds era en verdad un enemigo de Xlött o su socio principal en Iris. No podíamos definirlo. Quizás ambas cosas a la vez. Si era así, muchos estaban como él, luchando contra él y a la vez haciendo todo como pa mostrar q'era suyo este reino.

Queríamos inventarle un pasado a Reynolds mas era imposible. Los artificiales no tenían infancia ni adolescencia. Eran construidos así, nacían adultos. Les injertaban una memoria que les daba una historia, mas sabían tan bien como nos q'esa memoria era artificial. La podían cambiar si alguna experiencia no les gustaba, algún trauma con el que no se identificaban. Decían que había un mercado negro pa las memorias de los artificiales.

Él nos había contado que antes de Iris había vivido en Nova Isa. Que allá trabajaba pa SaintRei como guardia de seguridad nuna prisión cerca del mar, acariciado día-a-día por la brisa marina. Imaginábamos su despiadada eficiencia en los amotinamientos. Podía contenerse si el trabajo lo requería. Raro que no se contuviera nau. Quizás había algo que no conocíamos. Era posible que su odio a los irisinos fuera tan fuerte que controlarse no se le hiciera fácil. O quizás no controlarse era parte de su trabajo. Quizás SaintRei le había dado ese papel. Sublevarnos, hacernos sacar lo peor de nos mismos en la lucha contra el enemigo.

No lo sabíamos. Gibson era noso experto en teorías conspiratorias. Nos decía que Reynolds hacía todo

con la anuencia de SaintRei. Hubiera sido fácil creerle de
no ser por el hecho de que no pasaba un día sin una nueva teoría, más delirante que la anterior. Gibson sospechaba, por ejemplo, de tantos artificiales en puestos de comando. Sospechaba de las noticias que recibíamos. Un día
nos dijo que ya nada existía Afuera. El planeta había sido
destruido nun cataclismo nuclear. SaintRei inventaba noticias con imágenes falsas pa que no nos rebeláramos. Eso
explicaba nosa dificultad pa comunicarnos.

Gibson decía tu que no sólo él, todos los shanz estábamos en Iris por algún crimen. Iris era una prisión, por
eso no se podía volver Afuera. Había que recordar que casi
tres siglos atrás, cuando el Reino colonizó Munro e Iris,
las convirtió en prisiones pa sus criminales más indeseables. Munro hacía con Iris lo que el Reino había hecho
con ella. Creíamos haber tomado libremente la decisión de
venir a Iris, mas no era así. De niños habíamos sido vacunados por nosos gobiernos. Esas vacunas tenían neuro-
toxinas poderosas que nos impelían a entregarnos cuando
cometíamos un crimen. El problema era que muchos no
sabíamos qué habíamos hecho. Sonaba tan convincente
que nos pasábamos noches en vela escarbando en nosa
memoria. Un robo-un asesinato-una violación no debían
ser olvidados tan fácilmente. Gibson decía que nosos gobiernos eran más sutiles, quizás habíamos cometido alguna transgresión más básica como no pagar impuestos, alguna ruptura del orden religioso, algún mandamiento no
seguido.

Tú qué hiciste di.

A los siete años se me apareció Dios, dijo Goçalves
sorprendiéndonos. Me dijo que debía entregarme a su
Iglesia. No lo hice. Poco después murieron mis padres nun
crash. Iris me ha dado una segunda oportunidad. Le fallé
a Dios, me toca redimirme con Xlött.

Goçalves nos dijo que después de pensar mucho en
las enseñanzas de Lazarte había llegado a la conclusión de

q'estaba en lo cierto. En verdad lo había seguido desde el principio mas tenía miedo a hacer públicas sus creencias. Sentía nau que todo estaba cambiando, que el fengli soplaba a favor de los creyentes en Xlött.

Chendo se molestó con Goçalves, le dijo que su lógica era inconsistente. Por qué, si creía tanto en Xlött, seguía defendiendo una causa contraria a Xlött como SaintRei.

Los designios de Xlött son misteriosos di, Goçalves se rascó la barbilla. Con él no vale la lógica. Creemos q'estamos luchando contra él mas no hacemos más que apuntalar su orden divino. La reacción sólo puede ocurrir a partir duna acción. Ya lo decía Lazarte, debemos aplastar a los irisinos pa que se lleve a cabo el Advenimiento. Estoy ayudando a que se acelere el proceso.

Si es así, den Gibson tiene razón y Reynolds es un enviado de Xlött.

Tú lo has dicho, dijo Goçalves con una sonrisa inquietante.

Y quizás Dios, el noso, se vale de Xlött en Iris p'actuar.

Quizás. Mas yo creo en la teología de Iris, que dice que no hay nadie superior a Xlött. Y que más bien Xlött a veces se vale de Dios p'actuar.

Mas eso, diría Carreno, nos es inaccesible.

La duda era suficiente pa llevarnos a hacer cualquier cosa. Algunos de nos no creíamos q'existiera un Dios de ningún tipo mas igual rezábamos por las noches, por si acaso. Entre creer y no, mejor creer. O hacer como que creíamos. Algunos de nos pensábamos que vivíamos nun universo vacío nel que todo, desde la formación duna estrella hasta la creación duna bacteria, había sucedido por azar. Mas el vacío provocaba vértigo. El vacío nos desbarataba. Nos venía el susto, como si el alma hubiera evacuado noso bodi. Quizás lo había hecho al llegar a la isla. Y, como vivíamos en Iris, quizás nostaba mal hacer una venia a sus dioses. Estar bien con Dios y con el diablo, como decían Afuera. A través de Goçalves la prédica de Lazarte horadó noso cerebro. Algunos de nos creímos. Otros hicimos como que creíamos.

Comenzó una etapa en la q'el culto de Xlött se propagó entre los miembros de la compañía a medida que escuchábamos de los avances de la insurgencia en su declarada intención de tomar Megara y la guerra privada de Reynolds contra los irisinos se extendía. Íbamos al mercado, comprábamos clandestinamente efigies de Malacosa y Xlött. Las enterrábamos en diferentes partes del Perímetro, como lo hacía la gente que seguía su culto dentro del Perímetro, pa evitar que nos descubrieran. Matábamos lánsès, les cortábamos el pescuezo-el corazón-las vísceras, las dejábamos por la noche en las esquinas del cuartel, confiados en que Malacosa/Xlött se las llevaran y nos dejaran tranquilos.

La teología de Iris decía que Malacosa era una manifestación de Xlött. A eso le habíamos agregado nos que Orlewen y Reynolds eran enviados de Malacosa y Xlött.

Nos harás probar jün, di. Creemos en Xlött nau.

Goçalves decía que sí mas den encontraba formas de excusarse. Debía haber luna llena pa la ceremonia. Necesitábamos un qaradjün que la oficiara. No alcanzaba pa todos. No había forma de convencerlo. La curiosidad nos despatarraba. Incluso planeamos revisar el locker de Goçalves. Quizás no tenía nada y sólo mencionaba el jün pa darse importancia. No lo hicimos. Quizás quizás. Lo cierto es que nesos días creíamos en Xlött y soñábamos con el trip.

Pit trabajaba duro en la mina. Llevaba una vida miserable, mordía horas rugiendo lamias, mas cuando descubrió que podía jukear mineral y venderlo en el mercado negro encontró el camino a la fortuna. En interior mina desmenuzaba las vetas y se metía los pedazos en los bolsillos del uniforme y en las botas. Las revisiones de los pieloscuras no eran exhaustivas. Algunos decían q'eso era intencional, aceptaban la existencia de jukus porq'era una forma de evitar que los irisinos se quejaran del trabajo. Pit consiguió riquezas mas no podía mostrarlas porque se sospecharía inmediatamente d'él. Acumulaba las ganancias nuna gruta cerca del camino a la ciudad.

Los rumores no tardaron en correr. Su pareja irisina se llamaba Ekat mas también se veía con Julia, una kreol que trabajaba en las oficinas de administración. Ekat tenía tatuado nel cráneo el rostro doble de la Jerere. Julia miraba a los hombres con desdén, como si la importunaran. Sorprendía que hubiera aceptado estar con Pit. Decían que había otras razones. Debía ser cierto lo de la riqueza de Pit. A él le dijeron que lo q'estaba haciendo era peligroso, Xlött castigaba la codicia, que fuera a disculparse a una de las estatuas de Malacosa en los socavones. Pit se negó. No hacía nada malo.

Cuando Ekat se enteró de la existencia de Julia, no quiso volver a verlo a pesar de que Pit le pidió disculpas y le ofreció que fuera su socia. Una tarde alguien pasó información sobre él a los pieloscuras y lo arrestaron a la salida de su turno. Descubrieron pedazos de mineral entre su uniforme y en sus botas y fue enviado a la cárcel. Se sospechaba q'Ekat había sido la informante de los pieloscuras, mas ella lo negó.

Lo que se sabía sobre las riquezas de Pit alimentó una búsqueda incansable. Ekat fue la primera en desaparecer, luego Julia. Al final se encontró la gruta y en ella no había tesoros sino los cadáveres de Julia, ahorcada, y Ekat, muerta de inanición. Ekat había ahorcado a Julia y se había dejado morir den.

Pit sigue en la cárcel. Le han dado perpetua.

Una noche, la doctora Torci nos dijo que por la tarde se habían presentado investigadores de SaintRei y la habían interrogado sobre nosa unidad. Los defensores de derechos humanos nos apuntaban, al igual que los líderes irisinos de la transición. Revisaron su locker, encontraron swits y le advirtieron que la siguiente sería despedida. Nos pidió que nos cuidáramos.

Al día siguiente a los que fuimos a que nos dieran los swits legales que nos correspondían nos bombardearon a preguntas acerca de nosa fascinación por la violencia. De regreso al cuartel nos miramos entre nos, preocupados. Reynolds decidió que nos tranquilizáramos por un tiempo, hasta que se pasaran las habladurías.

Esa misma tarde apareció nuevamente en noso Qï un holo con una leyenda irisina. El rumor que se corrió nel cuartel decía q'esas leyendas habían sido recopiladas por la mujer que hizo volar el café de los frenchies, y que por lo tanto eran material terrorista. SaintRei se puso a investigar cómo era que circulaban entre los Qï, quién los enviaba.

Nel anillo exterior había un edificio abandonado que nos llamaba la atención por sus paredes concéntricas. A veces, antes de volver al Perímetro, subíamos al último piso y nos metíamos swits y agradecíamos que no hubiera techo y nos tirábamos nel suelo y dejábamos que nosa mirada recorriera la ciudad. Los edificios abandonados, las casas con pisos a medio construir, adquirían otro sentido y pensábamos que si fuéramos irisinos hubiéramos hecho lo mismo tu. No terminar nada, dejar todo a medias, abandonarlo como si una explosión nuclear nos hubiera destrozado. Deso se trataba. Éramos la explosión nuclear. Den nos distraía el cielo de relámpagos inquietos-truenos volcánicos-estrellas fosforescentes-drons inmóviles-naves que lo surcaban y que no siempre veíamos mas podíamos imaginar. Pensábamos en lo q'éramos, en lo que nos estábamos convirtiendo. Chendo se ponía poético, miraba al cielo y hablaba de los navegantes nesos páramos estelares, de los pobres inmigrantes que nese momento se acercaban a una oficina de SaintRei a sellar su pacto de sangre y venir ki a perderse más de lo que yastaban.

Gibson susurraba una canción y al rato estaba triste. Su madre había aparecido con fuerza en su vida. Hablaba con ella con una concentración tan intensa que pensábamos que la estaba viendo. El sonido del fengli podían ser las palabras della, los nervios que nos recorrían sus caricias. Pensábamos q'era una forma de lidiar con la impotencia que le causaba Reynolds. Reynolds crecía ante sus ojos, él había querido oponerse y al final había retrocedido, nau se refugiaba en su madre.

Goçalves decía que nunca más probaría swits.

Son químicos artificiales. El asunto es hacerle al jün. Porque ahí la cosa no sólo es divertida. No se trata de ver estrellas nel universo, sentirse como un boxelder en la inmensidad. Con el jün yo comencé a ver líneas que conectan las estrellas. El hemeldrak es maravilloso. Descubrí las constelaciones mas no las que nos han obligado a creer. Descubrí a los guardianes. A los hurens. Los q'están nel cielo de arriba velando noso sueño desde tiempo antes de que nos crearan. No todos son figuras positivas, hay los que desalman mas igual nos protegen. Uno tiene tres ojos y una lengua electrizante, es mi guardián personal.

Nos burlábamos. Cuál es mi guardián

cuál el mío.

Decíamos que no debía quejarse de los swits, estaba hablando así porque ya le habían hecho efecto. No había que cantar maravillas de lo natural. La cosa artificial también nos había funcionado. No debíamos ser malagradecidos con ella.

Basta de hablar de jün di, dijo Prith. Nos lo muestras o te callas forever.

Goçalves se calló, hecho el misterioso. No deseaba compartir su secreto. Quizás sentía que nostábamos listos. Se ponía a orar en silencio a Xlött. Reynolds no debía escucharlo. No debía saber del todo qué ocurría entre los miembros de su patrulla. Él y Prith eran los únicos que no se tiraban nel suelo con nos. Reynolds se paraba junto a uno de los rectángulos de la pared que alguna vez debió haber sido una ventana, apoyaba el riflarpón y apuntaba hacia los edificios cercanos. Sentíamos que nos cuidaba.

De dó tanta rabia, le dijimos una vez, trabajados por la empatía de los swits.

Siéntanse mal por lo que han hecho si quieren, respondió. O por lo que han dejado de hacer. Es una pérdida de tiempo mas háganlo si eso los hace sentirse bien. Si ellos nos ganan verán lo que hacen con nosotros. Se vengarán y no quedará nada de nos.

Quizás habíamos perdido tiempo tratando de descubrir quién era él. Buscando razones pa su odio. Quizás no había que buscar en algún trauma del pasado o nel extraño mecanismo de los artificiales. Quizás la bomba nel café había sido suficiente pa que se desatara. Habían muerto dieciséis de nos, eso nos había desarbolado y provocó una reacción excesiva mas necesaria. Porque Reynolds decía una verdad. No se trataba sólo d'él. Todos nos, incluso los que no habíamos apretado el gatillo, estábamos implicados.

Echados nel suelo del edificio de paredes concéntricas, nos agarrábamos las manos en silencio. Queríamos sentirnos acompañados. Convencernos de que no estábamos solos. A veces ocurría. Un instante fugaz. Al rato volvía el desgarro, el cielo tachonado de luces parecía abalanzarse sobre nos, una supernova nos rozaba los labios,

> y caíamos
> caíamos
> caíamos
> nel vacío q'era esa vida
>   en soledad.

Creíamos que avanzábamos. Mas continuaban los reportes de las apariciones de Xlött y su abrazo mortal, y nuevos ataques de Orlewen nos bajaban los ánimos. Las bombas seguían explotando en las calles, cada tanto se recibían reportes de shanz muertos. Una sangría constante.

En el Perímetro se hablaba con miedo de Orlewen. Sus tropas se habían hecho fuertes en torno a Megara y se rumoreaba que cualquier rato se lanzarían a tomar la ciudad. Decíamos q'era verdad que no se lo podía matar. Se recordaban, magnificados, los hechos que habían dado origen a su reputación. Una vez lo arrestaron después dun enfrentamiento nel valle de Malhado. Fue encerrado nuna celda, torturado para que revelara datos de su organización y aceptara lanzar un comunicado pidiendo que su gente se rindiera, mas no hubo fortuna y de pronto un día los guardias fueron a verlo a su celda nel Perímetro y la encontraron vacía. Lo volvieron a arrestar tiempo después y decidieron fusilarlo pa deshacerse d'él. Filmarían el fusilamiento y lo pasarían en vivo pa escarmentar a la población. Eso fue lo que hicieron. Mas en la filmación había un momento en q'el holo se detenía. Cuando retornaba, Orlewen había desaparecido. Sólo se podía ver el poste contra el que se había apoyado su bodi. Los fokin fobbits congregados nel patio de la cárcel no sabían qué había sucedido. Una vez que se dio la orden de disparar, hubo el rugido de los riflarpones y el bodi de Orlewen se cubrió de humo. Cuando éste se disipó, Orlewen ya nostaba. Los irisinos que veían la filmación estallaron en júbilo, y aunque nadie sabía lo ocurrido las leyendas se dispararon y pronto aparecieron los que decían haber visto a Orlewen desatar sus manos y escaparse volando de la prisión del Perímetro. Hubo otras historias, mas ésa fue la que se impuso. En las paredes de las casas y edificios de Iris/Megara aparecieron imágenes de Orlewen con alas. Llamaban la atención el rostro sin cejas, el bodi muscular que se adivinaba detrás del uniforme de grafex. Orlewen se vestía como uno de nos. Una de sus tantas formas de provocarnos.

Una tarde estábamos nel anillo exterior cuando el fengli nos trajo el olor de pato condimentado con especias dulzonas. Nos llamó la atención porque sólo había edificios destazados alrededor. Goçalves era de los antojadizos y pidió que lo cubriéramos, iría a investigar.

Ten cuidado, le dijimos. Mas Goçalves ya se había adelantado y se dirigía rumbo a las escaleras al costado de uno de los edificios. Con los riflarpones en posición de apronte, apuntábamos hacia Goçalves, los gogles puestos pese a que no era de noche. Fue por ese detalle que todos vimos lo que ocurrió. Un acto de magia. Porque un segundo Goçalves estaba entero y al siguiente su cabeza volaba por los aires y el bodi parecía no darse cuenta, luego dudar y al final desplomarse nel beyond.

Agujereamos la piedra de la escalera con ráfagas de los riflarpones. Ráfagas inútiles, Goçalves no volvería más. Un truco antiguo le había cercenado la cabeza. Un alambre prácticamente invisible que cruzaba las escaleras de pared a pared. Un alambre como un cuchillo.

Llevamos el bodi al jipu. Debimos echar suertes para ver quién recogía la cabeza del suelo.

Aparte del duelo llegó el castigo. Reynolds dijo que todos éramos los culpables desa muerte evitable, no debíamos haberlo dejado ir a investigar por su cuenta. Dos días de calabozo pa todos.

Recordamos a Goçalves y pensamos en la ironía de que los insurgentes hubieran matado a alguien que creía en lo mismo q'ellos. Hubo lágrimas rápidas, la lucha continuaba y debíamos estar listos pa cuando saliéramos de la cárcel. Nos guardábamos el dolor en algún pozo profundo nel que entraba todo aquello que no podíamos procesar cada día, las alegrías y el desconsuelo, el éxtasis y la rabia, todo aquello que pasaba fugaz por nosas vidas, sensaciones a medias, traumas que se incubaban y que cualquier día nel futuro, quizás mañana o dentro de siete años, vendrían por nos, a cobrárnosla.

Prith dijo que estaba jarto de portarse bien y que debíamos vengar la muerte de Goçalves. A pesar de su ternura cuando hablaba de Shirin, se había convertido nel más violento de nos. Los esteroides le habían inflado los músculos y desinhibido. Hasta su cara cambiaba, sus rasgos se endurecían, los contornos simiescos. Sospechábamos q'era agresivo por naturaleza, que la presencia de Reynolds había radicalizado esa agresividad, le había dado permiso pa salirse de las reglas estrictas de SaintRei.

Una noche q'estábamos fuera del Perímetro se alejó de la unidad con la anuencia de Reynolds. Tenía el rostro desencajado al volver. Al día siguiente nos enteramos de la muerte de cuatro irisinos luego del incendio de su jom.

Chendo quería darle una golpiza a Prith. Una pateadura pa no olvidar. Pedía nosa ayuda, cuestión de agarrar una desas noches a Prith mientras dormía, envolverlo nuna bolsa de dormir y luego, aprovechando la oscuridad, darle con manoplas de hierro en la cara, nel bodi. No nos animábamos. Nel fondo sospechábamos que Chendo tampoco quería hacer nada. Eran sólo palabras culposas, porque ni su actitud ni la nosa cambiaba.

Un par de días después Reynolds nos contó, furioso, que un súper lo había llamado a su despacho y le había dicho que uno de los shanz de la unidad había estado hablando con sus padres por el Qï, acerca de «situaciones comprometedoras» en las rondas de patrullaje nocturno, y que los padres se habían contactado con ofis de SaintRei. Sospechaban q'él estaba detrás de ciertas muertes sin causa aparente. Todavía no tenían pruebas concretas, mas no tardarían en descubrir la verdad.

Si tienen algo que decir, díganlo ya.

Nadie abrió la boca. Reynolds no dejó de mirar a Gibson mientras hablaba. Nos pensábamos que Gibson no podía ser. El súper había mencionado a los padres del shan, y Gibson nostaba en contacto con su padre.

No hay holos de lo que hizo Prith, dijo Chendo.

No importa, dijo Reynolds. Nos agarrarán por menos.

Reynolds salió del recinto. Quisimos volver a la normalidad. No pudimos. Sabíamos de sus sospechas. Inevitable volver a ellas. Todos los gestos, todas las palabras de Gibson fueron coloreadas por esas sospechas. Si lloraba era porque se sentía culpable. Si vomitaba en la madrugada, una pesadilla lo atenazaba. Si no quería salir a patrullar, estaba en connivencia con los súper y había pactado una pena menor a cambio de acusarnos a todos.

Esos días Gibson se alejó de nos. Dijo que no podía estar cerca de Prith, mas entendimos su alejamiento como una excusa que lo condenaba.

Conversábamos en las duchas y mientras apostábamos en los bares. Especulábamos cuando hacíamos ejercicios nel patio. Prith vino a hablarnos de Shirin, dijo que Shirin no existía o había muerto o si existía los holos mostraban que no lo quería, nunca lo había hecho, era una chiquilla que sólo hablaba de las cosas que le gustaban y él no era una dellas. Es que no lo ven. Sí, lo veíamos.

Prith calló. Un momento después dijo:

Ha sido Gibson.

Asentimos. Mas no queríamos dejarnos llevar e hicimos todo por cerciorarnos de q'era cierto. Estábamos furiosos con Prith y nos costaba darle la razón. Nos sorprendía que después desa primera noche intranquila pareciera tan en paz con lo que había hecho. No debía sorprendernos. Quizás eran los esteroides. Y quién podría clamar superioridad moral. Fokin todos nel fango.

Filmamos a Gibson de escondidas, tratando de captar alguna frase o gesto que lo vendiera. Nada, mas no nos desanimamos. Y aunque no había pruebas no tardamos en concluir que Gibson estaba detrás de todo esto y debíamos hacer algo al respecto. Lo mejor era simular un accidente. Una noche de patrullaje, nos toparíamos con irisinos sospechosos y le pediríamos que bajara del jipu y se les acercara y habría un movimiento y un disparo y Gibson beyondearía.

Debíamos pensarlo un poco.

A Niwat le faltaba un ojo y le temblaban las manos. Algunos irisinos con problemas físicos eran exentos del servicio en las minas, mas a él se lo juzgó hábil. Llegó al campamento deseoso de buscar excusas pa que lo liberaran del trabajo. Hizo todo por ser aceptado por los pieloscuras. Cada tanto se necesitaba a irisinos pa labores manuales o administrativas. Gente que no entraba al socavón. Intuyó que la forma de lograrlo era a través duna actitud servil. Se humillaba de todas las maneras posibles. Veía a un capataz con las botas manchadas de barro y se hincaba a limpiarlas con un trapo. Al principio el capataz no entendía y se molestaba, luego lo achacaba a la actitud duna raza incapaz de orgullo.

Niwat fue haciendo amigos entre los capataces. A los seis meses destar en la mina, cuando vieron su dominio nel lenguaje pieloscura, le ofrecieron el puesto de traductor. Aceptó. Era un enlace entre su gente y los otros. Pasaba la mayor parte del tiempo en las oficinas de la administración. Le daban instrucciones pa los mineros y le pedían que las tradujera. Lo hacía, solícito.

Niwat comenzó a notar que los pieloscuras creían en su Dios mas no con la pasión irisina. Se persignaban por todo mas en su actitud había indiferencia. Se fue animando a hablarles de Xlött. Su fervor estaba dirigido a la Jerere. Una

Diosa impredecible y por ello no tan popular como otros dioses. Una de sus caras veía hacia adelante, la otra hacia atrás. Se le podía pedir lo que uno quería, mas las chances de q'el favor solicitado se llevara a cabo eran escasas. Todo dependía de hacia dóstaba mirando ella cuando se le pedía el favor. Los pieloscuras no entendían el porqué dese cariño a la Jerere. Una Diosa en la que intervenía el cálculo de probabilidades no era una Diosa. Niwat les decía q'era así con todos los dioses mas que lo bueno de la Jerere era su sinceridad. Desde el mismo principio de la Diosa se incorporaba el azar en la relación con ella.

Algunos pieloscuras estaban fascinados por Xlött. Vivían un buen tiempo en la mina y habían visto lo suficiente como pa respetarlo. Percibían ondas siniestras cuando entraban a las galerías, el sudor frío recorría sus manos y se agolpaba en la frente. Adoptaban prácticas irisinas pa llevarse bien con el Dios de las profundidades. Niwat les decía que Xlött era más q'eso, mas no le entendían. Xlött es luminoso, les decía, y se reían. La forma en que se comporta es satánica, afirmaban. Ustedes son satánicos, insistían.

Niwat le pidió a la Jerere que se manifestara. Que Xlött mostrara a través de ella su luz. No ocurrió nada. No debía quejarse, porque así era la Diosa. Impredecible.

Niwat vivió muchos años y los pieloscuras se encariñaron con él. Cuando se construyó el Perímetro lo enviaron a trabajar allá. Hubo pieloscuras que a su contacto se hicieron creyentes en Xlött y la Jerere. Antes de desencarnarse descubrió que la Jerere se había estado manifestando todo el tiempo y no lo había notado. Lo había protegido, y a través de él logró muchos adeptos a Xlött entre los pieloscuras.

Niwat concluyó orgulloso que la fe en Xlött había ingresado al Perímetro con él. Podía morir en paz.

Los investigadores descubrieron que los holos comprometedores habían sido enviados desde el Qï de

Chendo. Chendo se declaró inocente, dijo que jamás había visto esos holos, alguien debía haberlos enviado desde su Qï. Sabíamos que mentía, los había visto igual que nos, mas nos mentimos tu cuando nos vinieron a preguntar por ellos. Deseosos de buscar a alguien a quien castigar, los investigadores arrestaron a Chendo. Un día llegamos al galpón y descubrimos su camastro vacío. Del locker habían desaparecido sus cosas tu.

Queríamos decirles que si buscaban a un culpable el indicado era Gibson. Mas ninguno abrió la boca.

Apenas se fueron los investigadores, las leyendas irisinas reaparecieron en nosos Qïs, enviadas desde diferentes lugares. Eso hizo que liberaran a Chendo. Comenzamos a pensar que no sólo un shan se distraía copiándolas y haciéndolas circular. Era obra de muchos, que seguían las órdenes de Xlött. Quizás era cierto. Quizás no. Nos acostumbramos a vivir con ellas.

Había buenos momentos. Cuando shanz dotras unidades se nos acercaban y sin decir nada nos estrechaban la mano-nos guiñaban-levantaban el pulgar al vernos. Nadie sabía nada mas todos sabían todo. Algunos querían posar con nos y a veces nos imaginábamos como los actores principales nel Hologramón y sentíamos que las cosas estaban saliendo mejor de lo que hubiéramos creído desde que llegó Reynolds a hacerse cargo de nos, hacía tan poco.

Esos días Prith nos tuvo entretenidos con sus aventuras con la doctora Torci. Nos contó emocionado que habían brincado. Había sido nel cubículo della, la misma noche que incendió la casa y murieron cuatro irisinos.

La misma noche. Estás saico.

Me sentía invencible, me animaba a todo.

Le dijiste algo a ella.

Ni lo sospechó, dijo que me veía más agitado de lo normal y nada más.

Tenía holos que nos mostraría si no fuera porque le preocupaba q'el rumor llegara a Reynolds. Reynolds había ayudado a encubrir lo ocurrido con los irisinos asesinados por Prith, al menos por un tiempo, y no le convenía provocarlo. Igual pensamos que meterse con Yaz era un gesto de desafío y que Prith estaba descontrolado, nuna misión suicida. Era el alumno aventajado que se sentía omnipotente y un día despertaba con la convicción de que yastaba de igual a igual con su mentor y nau le tocaba batallar por la supremacía.

Le pedimos que describiera el cubículo della. Dijo que nel suelo junto a la cama había cuatro velas encendidas toda la noche junto a un frasco con una sustancia viscosa de color morado. No sabía qué era, tenía un olor amargo. Le pedimos más pruebas. Que describiera el bodi della. Dijo que tenía lunares en toda la espalda y a la altura del abdomen el tatuaje dunas líneas intermitentes q'ella describió como las duna lluvia. *La lluvia amarilla. La lluvia tóxica.* Den te caen bien los irisinos, le había dicho él. Trabajé nuna posta en Megara, dijo Yaz, aprendí mucho dellos. Pobre, pensó él. Si supiera.

Y no lo desalmaba Reynolds. Dijo q'ella le había contado q'él cortó con ella. Era posesivo y no soportaba que Yaz amigueara tanto con los shanz. La había golpeado una noche y ella le pidió que se disculpara y él no quiso y decidió cortar. Hacía un par de semanas que nostaba con él y prefería que no se enterara de que Prith y ella se habían usado. Igual no era nada serio, al día siguiente Prith quiso volver a fokearla mas ella dijo no. Eso sí, siguió siendo generosa con los swits.

Y qué dice, Reynolds es o no es un artificial.

Nostá segura.

Y qué tal en la cama di.

Tan torci como ella sola.

Nosa envidia era de las malas.

Una noche jugamos LluviaNegra en el De Turno con shanz dotras unidades. Jugábamos la versión rápida, apostábamos. Batallas a muerte, hasta exterminar al enemigo. Habíamos bebido mucho, nos habíamos cruzado con swits y polvodestrellas. En noso cerebro las frecuencias del Qï se confundían con las órdenes enviadas por la piedad química. Un delirio, en más dun sentido. Perdíamos. Una derrota total, humillante.

Gibson estaba ido en alcohol. Fue al baño tambaleándose. De regreso eructó antes de sentarse.

Nos habíamos quedado sin nada pa apostar. Ninguno de nos quería gastar más. Gibson puso su riflarpón sobre la mesa y dijo que se lo jugaba. Uno de los shanz dotra unidad, un negro con un bodi fibroso, dijo q'el reglamento no escrito prohibía apostar armas.

Nadie se va a enterar, dijo Gibson.

Uno se entera de todo.

Qué insinúas di, Prith estaba visiblemente alterado.

Ustedes sólo reciben elogios mas somos más los disgustados.

Quiénes ustedes.

Todos ustedes. Peleen contra los terroristas, pa eso tamos ki. Matar inocentes no es de shanz que se respeten.

Prith se abalanzó sobre él, mas estaba borracho y cayó al suelo. Chendo empujó al negro y el negro le respondió. Nos enzarzamos nuna batalla campal. Volaban las sillas y los vasos. Hubo puñetes y patadas y entendimos q'era nosa oportunidad. Prith no era inocente, mas Gibson tampoco.

Gibson estaba a un costado de la sala y veía todo sin intervenir. Uno de nos se acercó y le clavó nel cuello la punta de su riflarpón. El hierro hendió la piel, la sangre chorreó incontenible. Un chorro por el q'el alma beyondeaba. Gibson se dio la vuelta a duras penas, fijó sus ojos en los del shan antes de que se apagaran. Ese shan pensó que le estaba haciendo un favor. Que lo libraba de tener q'esperar a ver cómo se manifestaba la furia de Reynolds.

Gibson pensaría en su madre antes de morirse.

Den una patrulla de shanz llegó y nos arrestaron.

Declaramos por separado y los fokin fobbits nos enviaron a la cárcel. Nunca pudimos confirmar si Gibson era el delator. Nel bar nos había parecido que sí y por eso hicimos lo que hicimos. Den dudamos. Quizás había sido algún otro. Quizás incluso Chendo.

Debíamos habernos deshecho de Prith y no de Gibson.

En la cárcel nos topamos con Reynolds. Estábamos nuna celda, él caminaba por el pasillo custodiado por dos shanz, los pasos lentos, las manos esposadas. La luz de los reflectores caía sobre él, lo plateaba. Parecía un gladiador de muaytai rumbo al cuadrilátero, a punto de pelear por su libertad.

Se detuvo al vernos. Se nos acercó y escupió. Uno de los shanz lo arponeó. Hizo un gesto de dolor, se hincó nel suelo.

Qomkuats, dijo, incorporándose con esfuerzo. No era él.

Quién den, gritó Prith.

Orlewen por supuesto. Xlött por supuesto.

Cómo. Disfrazado duno de nos.

No necesita disfrazarse pa hacer lo que quiera.

Orlewen o Xlött.

Qué importa cuál. No decían ustedes q'eran uno y el mismo.

Los guardias apuraron a Reynolds.

Se hablaba de que Reynolds sería llevado ante la corte marcial. No lo creíamos. Debía tener un mejor destino alguien que por un tiempo nos había insuflado orgullo y hecho perder el miedo a Orlewen. Conocía como pocos el corazón de SaintRei, sabía que los jefes pensaban igual q'él mas se negaban a admitirlo en público. Sabía q'estaban felices de que nos hubiéramos dedicado a matar a albinos retardados.

A nos nos amenazaban con perpetua si no delatábamos a Reynolds y confesábamos nosos crímenes. Tenían pruebas, decían. Prith se burlaba de los investigadores hasta que lo castigaron con confinamiento solitario y sólo podía ver la luz quince minutos al día.

Una tarde nos llegaron los rumores de que Saint-Rei estaba pensando en sacar a Reynolds de su celda y dejarlo abandonado a su suerte en algún lugar del valle de Malhado, sin armas y sin provisiones. No era un castigo ortodoxo, mas había sido utilizado algunas veces, en casos extremos.

Se contaban tantas cosas siniestras de Malhado. A nos nos hubiera desalmado. Estábamos seguros de que a Reynolds no. Lo único que le importaría era seguir siendo un oficial de SaintRei. Un orgulloso defensor de los valores del Perímetro. Que vinieran Malacosa-Orlewen-Xlött. Si querían, podían hacerlo juntos.

Yaz

1

Los heliaviones dejaron la ciudad y sobrevolaron un territorio árido, una planicie rojiza donde soplaba el fengli y en la que Yaz descubrió, minucioso, diminuto, un convoy de jipus y camiones que avanzaba por una carretera angosta, flanqueado por desactibots. Después de la planicie fueron apareciendo las montañas que encajonaban el valle. Los heliaviones pasaron al lado de una de ellas. Se llamaba Zemin según el Instructor; roca dura, formaciones geológicas que se retrotraían a milenios. Imágenes de la creación alguna vez no hubo nada ki alguna vez el vacío.

Yaz tenía la sensación de que en cualquier momento aparecerían las tropas de Orlewen. Los oficiales decían a los shanz que no debían temer nada. Aún no estaban en los dominios de Orlewen.

De Malacosa sí den.

Si vamos a creer a los irisinos, todo Iris es dominio de Malacosa.

Y de Xlött.

Malacosa es Xlött.

Imaginaba a ese monstruo con el falo de fuego enroscado en torno a su cintura, un pedazo de roca viva que podía congelarte con su abrazo. O al menos eso decían. Todo era leyenda en Iris. Leyendas que había aprendido a respetar; a través de su alarde imaginativo llevaban la fuerza incontestable de la verdad. No conocía a Malacosa, pero sí a Xlött. Se había entregado a su doctrina y venía a Malhado para el trabajo definitivo. Estaba preparada. Su espíritu se había desprendido del bodi tantas veces que se sentía libre y leve, pero faltaba el paso definitivo para concluir

un camino que entremezclaba angustias con una abrumadora experiencia de lo sublime. Todo se justificaba. En
Megara había escuchado a sus brodis en la posta hablar de
la dushe que devoraba a hombres corruptos y los escupía
íntegros, y pensó en las fábulas de su infancia. Luego conoció a Mayn y a los qaradjün y una noche fue educada en
sus artes y desde entonces no había sido la misma. Yo que
insistía la dushe anaconda mas no la anaconda te escupe
cadáver la dushe te devuelve la vida. La verga de Malaco-
sa-Xlött: una dushe de roca sangrante.

Llevaba en su pack jün de Megara. Sólo para ella.
Los swits los compartiría. Swits de todo tipo y potencia
para distraer a los shanz.

Cuando le informaron de la misión, su primer impulso fue rebelarse. Meses duros de extrañar Megara, de
hacer todo lo posible por acostumbrarse a Iris. Sus días
iban adquiriendo cierto ritmo y textura en el Perímetro, y
la volvían a desgajar. No era justo. Luego se acordó de las
enseñanzas del qaradjün y pensó quién soy pa tener potes-
tad sobre lo que me pasa. Era, podía ser el mejor lugar para
llevar a cabo lo que buscaba. Se había abierto a lo desconocido en el momento en que firmó el contrato que la li-
gaba a SaintRei y aceptó venir a Iris. Una lucha sin cuartel, el impulso a la aventura junto al deseo de aceptar como
suyo para siempre el territorio domesticado con esfuerzo.
Las veces que deseó algo había perdido, y cuando no quiso nada comenzó a encontrar su lugar en el universo. Había nacido con curiosidad por lo nuevo, por lo extraño; el
jün no había creado nada en ella, sólo radicalizó algo que
estaba ahí (extraviar el yo qué maravilla). No debía quejarse. Otros podrían maldecir Malhado; ella estaría abierta al
deslumbramiento que significaba un paraje desconocido.

Múltiples tonalidades del rojo se diseminaban en
las montañas: óxido, magenta, bermellón, escarlata, irisino sangre. El sol derretía el paisaje, la luz argentina vibra-
ba sobre plantas y árboles retorcidos a la vera del camino.

Yaz hacía zoom con los gogles que le habían entregado antes de emprender el viaje, y gracias a los lenslets se enteraba de los nombres de algunas plantas: butichosen, maelaglaia, remaju, laikke, tomacini. Más zooming: flotaban en el aire enormes mariposas alas-de-pájaro, de colores anaranjados con marcas verdes. A los pies de árboles de troncos gruesos, legiones de diminutos hongos blancos con puntos negros en el sombrero. Los irisinos se los daban a los señalados por el verweder y a los enfermos terminales. Decían que ayudaban a no tener miedo a la muerte. A verla con otros ojos. A perder la ansiedad. A olvidarse de noches insomnes, días de dedos en la garganta. Estaba segura de que no los necesitaría. El jün serviría para eso. El jün servía para todo.

Se fijó con detenimiento en unas flores blancas de corola amarilla que proliferaban entre los arbustos. El amarillo en el paisaje: pequeños soles refulgentes. Un bosque calcinado. Había visto bosques con el jün. Florestas encantadas donde moraban un Dios luminoso y una reina acogedora. Xlött y la Jerere tenían mala fama entre los pieloscuras pero ella, que había visto su lado aterrador, también estaba enterada de sus versiones más amables. Xlött sólo quería proteger a su gente. Había que creer en él para recibir su luz. Entregarse a su misterio, no tener miedo. La Jerere era la entraña misma de la tierra, dispuesta a mostrarte su cara amorosa y maternal una vez que la recibieras y aceptaras que no había que negar el abismo. En ella hubo zozobra, negación del abismo, y así le fue. Pero no ahora.

Los tallos de las flores se estiraban. Crecieron hasta golpearle el rostro; la corola de una de ellas se abrió, los pétalos se cerraron en torno a Yaz; sintió que su cabeza era devorada. De las hojas salía una sustancia pastosa, de color cremoso, que olía a miel y le embadurnó el rostro. Un rocío-del-sol que movía sus tentáculos como pinzas para ahogarla.

Sacudió la cabeza tratando de escaparse de la flor, se sacó los gogles y estuvo a punto de tirarlos al suelo. No podía ver nada; se asfixiaba, y los latidos de su corazón se desbocaban. Gritó, pero de su boca no salió ningún ruido. Los ojos se le humedecían. Se vio en una habitación luminosa, pero la luz se fue apagando y se quedó a oscuras. Dos seres de ojos enormes y manos de seis dedos ingresaron a la habitación. No supo decir si eran humanos. Se vio en una camilla y no podía moverse y los seres tenían instrumental quirúrgico y uno de ellos le inyectaba una aguja en el brazo.

Las flores desaparecieron. Se tocó el pecho, trató de calmarse. Los shanz en el heliavión actuaban con naturalidad, como si no hubiera sucedido nada. No se animó a volver a ponerse los gogles.

Qué hacía de enfermera si no había estudiado. Cómo había ascendido hasta ser considerada capaz de estar a cargo de una posta sanitaria. Debía estar lejos de doctores/hospitales/salas de operación. No lo buscaba, podía jurar, ese destino la había encontrado. Una burla. De eso también debía liberarse.

Le decían la doctora Torci y tenían razón. Estaba torcida, sólo buscaba ayudar a los shanz. Aliviarlos del espanto. Impulsarlos a buscar la exaltación. Que se acordaran de Yaz en sus peores horas. No importaban las burlas mientras la supieran vital para sus días en la isla.

Se sentía débil, como si alguien le estrujara el pecho con manos de hierro. La respiración se le desalentaba, el aire que discurría por la laringe se hacía notar y lo ideal era no sentirlo. El corazón trabajaba a destajo. Medía sus latidos con el Qï, más arriba de lo normal. Qué era. Qué acababa de ver. Se había puesto a buscar en el Instructor y al principio pensó que se trataba de alucinaciones hipnagógicas. Era cierto que en la noche, antes de dormir, podía oír ruidos como los de la frecuencia de una radio que transmitiera desde otro planeta, ondas perdidas que llegaban a sus oídos con nitidez. También era cierto que, en la oscuridad más plena, las paredes y el techo de cualquier lugar donde se encontrara adquirían vida, y aparecían figuras monstruosas que no la dejaban dormir. Tiburones con las fauces abiertas, peces que se comían a otros peces, dragones en bosques desolados, cubiertos por la niebla que avanzaba sin descanso. Había leído de esas alucinaciones en el Instructor y se convenció de que se trataba de eso. Al poco tiempo descartó esa hipótesis porque sólo ocurría en los momentos previos al sueño y no durante el día, como a ella. La doctora Torci albergaba multitudes.

No había tomado nada antes de partir. Quizás el efecto acumulado: algo debía quedar en su sistema después de tantas cosas que se metía en el bodi. Algún tipo de trastorno persistente de la percepción. O quizás estaba sufriendo de interacciones peligrosas. Plantas psicotrópicas y químicos. No había estudios de cómo se llevaba el jün con los swits. Una irresponsable. Trató de dejar los swits pero no pudo. Era más fácil dejar el jün, no producía adicción. No quería. Nadie quería una vez que lo probaba.

No se trataba de que hubiera droga en Iris. Eso era una forma fácil de verlo. Todo Iris era una droga. Una alucinación consensual. Había que adecuar el cerebro; el bodi debía aprender a respirar de otra manera. El polvo del jün que se molía era llevado por el fengli a las ciudades, y los valles estaban pletóricos de plantas psicotrópicas.

Respirar: drogarse. Hizo una media sonrisa ante esa idea.

Viajaban a Malhado con la misión de capturar a Orlewen. Sus tropas cercaban Megara, pero los informes habían confirmado que se escondía en Fonhal, un villorrio cerca del puesto de observación al que se dirigían. Aparentarían que el único objetivo consistía en reemplazar a los miembros de una compañía que terminaba su período de servicio. SaintRei esperaba que el arresto de Orlewen terminara con la insurrección.

Eran cuarenta entre oficiales y shanz y dos médicos. Venía con ellos un grupo de chitas; provocaban temor por su bodi de metal relumbrante y su cabeza de felinos. Los habían diseñado así para que no pudieran confundirse ni con los humanos ni con los artificiales: el solo hecho de verlos era suficiente para entender que no se lidiaba con un individuo (los primeros modelos de artificiales eran así, pensó Yaz al ver a los chitas subir al heliavión, recordando holos de sus rostros de piel sintética y ojos sin pupilas; luego comenzó la confusión).

Yaz no sabía por qué la habían escogido. El oficial que le informó de la misión dijo que tendría que actuar como un shan más. Entendía a qué se refería. En situaciones extremas era necesario tomar el riflarpón y salir a enfrentarse al enemigo. Cómo hacer si no veía a los irisinos como enemigos. Megara le había abierto los ojos. Si por ella hubiera sido, se habría quedado allí el resto de su vida (una vez más ese impulso que debía desterrar). Pero Saint-Rei prefería rotar a sus trabajadores. Una manera de asegurarse de que no se encariñaran con la gente o el lugar.

Gajani observaba el paisaje ensimismado, señalando uno de los ríos que cruzaba el valle, de extensión superior a la de otros ríos que habían visto antes —más bien arroyos—. Yaz leyó en los lenslets que eran las legendarias Aguas del Fin, uno de los lugares privilegiados donde los irisinos ordenaban que, una vez desencarnados, se esparcieran sus cenizas, y por eso mismo según algunas versiones otra posible ubicación para el nacimiento de la leyenda de Malacosa. En una de las veras del río podía verse una aldea irisina. Quizás Fonhal. Si era así entonces estaban cerca.

Gajani tenía ojos soñadores o tal vez sólo somnolientos. Un adolescente sensible, el chiquillo que quizás había crecido en un pueblito del hinterland de Munro y al que se le había cruzado estudiar arte, pero que al final no lo hizo porque el talento no estaba acompañado por la pasión, el entusiasmo. Era hindú, aunque se esforzaba por no demostrarlo. Qué lo habría llevado a Iris. Quizás un amor despechado. En una de las ceremonias del jün había conocido a un oficial de SaintRei que decidió dejar el mundo porque su hombre se fue con otro. Iris es el mundo tu, dijo ella. Lo sé, dijo él, mas antes no.

Zazzu imitaba el graznido de los lánsès, la voz meliflua del Instructor, incluso las órdenes monótonas de Jiang, ese tono similar tanto para lanzarse a la batalla como para apurar a los shanz en la ducha. Colás y Takeshi reían mientras consultaban el Qï. Se miraban como si se profesaran amor. Cada vez les costaba disimular más. Quizás ni siquiera lo intentaban ya, por más que se supieran destinados a insultos medio en broma medio en serio.

Durante el viaje no había dejado de pensar en Reynolds. Lo imaginaba mascando con furia un pedazo de kütt, como solía hacer. Hubo rumores de que formaría parte del grupo como un shan más, ya perdido su puesto de capitán. Un saico, un artificial con delirios de grandeza. No ocurrió, hubiera sido demasiado desafío a Munro. Todos sabían de lo sucedido con la unidad que había formado dentro de la compañía, precisamente aquellos shanz que gracias a Reynolds Yaz conocía más. Se hablaba de que habría corte marcial, aunque los más cínicos decían que SaintRei esperaría a que el escándalo se acallara y luego dejaría a un par de shanz en la cárcel y enviaría a Reynolds a un nuevo destino. SaintRei no podía permitirse perder sus máquinas más letales. Reynolds era una de ellas, debía volver al combate tan pronto como pudiera. Orlewen se iba haciendo fuerte, según los rumores recibía armamento y apoyo logístico de Sangaì, con esa ayuda la lucha se ponía difícil.

Cuando Reynolds dormía a su lado la inquietaba que casi nunca cerrara los párpados del todo, como si fuera incapaz de bajar la guardia, y ella debía masajearle la espalda para relajarlo. Gestos tiernos de los que se arrepentía. Durante el tiempo en que se acostaron llegó a quererlo, a conmoverse por su desesperada búsqueda de sentido, a reír ante las historias exageradas y contradictorias de su pasado. De todo eso también se arrepentía. Nunca toleró sus celos y quizás por eso, como gesto liberador, se acostó con Prith. Temido infierno. Una irresponsable. De un saico a otro saico.

Reynolds y Prith no podían saber la enormidad de su decepción cuando se enteró de las cosas que hacían. Con Reynolds era peor, Prith no hubiera hecho nada sin la anuencia de su jefe. Estaba acostumbrada a escuchar entre los oficiales y shanz comentarios racistas sobre los irisinos, por eso no detenía a Reynolds cuando despotricaba contra ellos; desde que la destinaron al Perímetro que había aprendido a no decir lo que pensaba, asumiendo el costo de la frustración, de la rabia contra ella misma por quedarse callada. Se había equivocado con Reynolds; pensó que los insultos, las frases despectivas, eran parte de lo acostumbrado: el casual racismo cotidiano con el que había aprendido a vivir. No podía sospechar que entre las palabras y los hechos de Reynolds no había distancia. Que él trataba todos los días de convertir sus frases hirientes en realidad y hacía tiempo, incluso antes de conocerla, que había iniciado su campaña particular de exterminio. Se enfurecía de sólo recordarlo. Se creía buen juez del comportamiento humano, pero se había equivocado como nunca.

La ceremonia del jün en Malhado estaría dedicada a su madre y a Pope. Necesitaba limpiarse definitivamente de esa historia. Había dado pasos positivos en esa dirección, y sentía que estaba preparada para el salto liberador. Cuando se le aparecieron las imágenes de Reynolds y Prith en una ceremonia, todo se le nubló. Todavía no estaba lista para procesar esa experiencia negativa, ese trauma. Esquirlas de metralla vivas en su pecho. Su relación con ellos no fue negativa ni traumática, eso era lo peor; igual debía conciliar esa experiencia con lo que sabía de ellos ahora. Con lo que había estado ocurriendo mientras se acostaban. Con lo que ellos habían estado haciendo. Lo pensaba, lo imaginaba, y le dolía. Algo se le atoraba en la garganta, se revolvía en el estómago. No estaba lista todavía. Un pozo negro un cráter el horror.

Decían que el jün ayudaba a conocer a las personas, pero no siempre era así.

Entre los shanz en el heliavión también había reconocido a Xavier, pareja de la responsable de la bomba dentro del Perímetro. Un oficial explicó a todos que se le había borrado la memoria y no recordaba nada de su vida anterior. Las torturas le habían afectado el cerebro, escuchaba órdenes y las cumplía pero era incapaz de iniciativa propia. Un shan ideal. Debían tratarlo como una persona, porque lo era; se llamaba Marteen y no tenía nada que ver con Xavier.

Yaz había visto casos como el de Xavier en el Perímetro. Los llamaban los shan-zombis. A SaintRei le gustaba reciclar shanz: a aquellos que estaban demasiado afectados por la ansiedad y la tensión de la lucha, por lo que veían en sueños y pesadillas, les borraba la memoria y les injertaba otra. SaintRei necesitaba bodis frescos para el combate. Algunos doctores se oponían con el argumento de que no era tan fácil borrar e injertar: por más que la memoria fuera otra quedaban huellas del pasado en el bodi, y éste podía recordar. Cuando ocurría la desconexión entre lo que el bodi recordaba y lo que decía la memoria era como un enfrentamiento entre identidades capaz de colapsar al individuo. Los doctores recomendaban que se utilizaran artificiales para el combate: ésa era su función original. Pero los artificiales habían ido ascendiendo en los puestos jerárquicos de SaintRei y sabían defenderse con argumentos: precisamente, les sobraba inteligencia. Se los valoraba tanto que sus jefes solían mantenerlos dentro del área protegida del Perímetro. Incluso varios de esos jefes eran artificiales. Los rumores decían que el Supremo era un artificial. *Semuandalegenda*.

Xavier iba con ella a Malhado. Cómo entender eso. Los descartes, los residuos, los castigados. Los bodis que eran otros. Una misión fantasma, de espectros a los que SaintRei no le importaba que murieran porque de alguna forma estaban muertos. Yaz se preguntó si no sería una de las afectadas por una bomba en Iris. Su pasado como ser humano Afuera había sido inventado. En realidad había nacido en Iris. Todo lo anterior servía sólo para convertirse en una sofisticada máquina de apoyo en la guerra. Me desencarné hace tiempo quinta vez que me reinventan neste mismo bodi hubo otras personas otros sueños otras pesadillas voy desapareciendo volveré a hacerlo.

No se le daba bien la paranoia. Sus memorias eran las suyas. Nadie le había implantado nada. Ella se llamaba Yaz.

O no.

2

Los heliaviones aterrizaron en un descampado al pie de una de las montañas y el capitán de la compañía que se marchaba se acercó a saludar a Jiang. Hubo órdenes de descender. Yaz agarró el pack con sus pertenencias y se lo puso a la espalda. Saltó a tierra seguida de Marteen. No podía dejar de pensar en él como un traidor.

Pisaba por primera vez el valle de Malhado. Los nervios le impedían aquietar las manos. El calor era una muralla que dificultaba el avance. Los uniformes de grafex habían sido fabricados para resistir el avasallamiento del fengli y el sol. Aun así, Yaz sintió que el material elástico se le pegaba al bodi, dificultaba los movimientos. El sudor se le escurría por la frente.

Gritos de júbilo del puesto de observación a unos doscientos metros. De allí fueron saliendo hombres de rostros macilentos, ojos consumidos, uniformes sucios. Llevaban riflarpones y packs y su tranco era inseguro, como si estuvieran haciendo esfuerzos por mantener la fila. Pasaron al lado de los recién venidos y cesó el alboroto; miraron al suelo como si tuvieran orden de ignorarlos. Yaz sintió un tufillo maloliente. Quiso hablar con alguno, detenerlo, preguntarle cómo había sido su experiencia. No se animó a interrumpir su marcha. Quizás no era necesario. El Instructor le había informado que ese puesto y uno relativamente cercano tenían un alto porcentaje de muertes: ataques saicos, accidentes ocasionados por los propios shanz para que se los evacuara. Malhado hacía honor a su nombre.

El puesto de observación era una construcción precaria, hecha de maderas de los árboles del valle y un techo de concreto sintético reforzado sobre el que se posaban lánsès como aves carroñeras. Las habitaciones eran estrechas y en cada una había espacio para cuatro shanz (dos literas en el suelo, otras dos suspendidas). Baños con duchas de agua fría, una sala principal, la cocina con una despensa. Yaz vio un nombre por todos lados: Alaniz. Un shan muerto en combate en el valle. El puesto había sido bautizado con ese nombre. Alaniz. Le gustó cómo sonaba.

Fueron a los cuartos para adueñarse de las literas. A Yaz le tocaba con otro médico, Biasi, que no había dejado de mirarla a lo largo del viaje. Llevaba una cam y la apuntaba sin disimulo; ella sonreía, burlona. No era su tipo: bajito, rasgos caballunos. Pero no podía ser exigente. Eran privilegiados, tenían un cuarto sólo para dos. Al lado, un recinto pequeño que haría las veces de enfermería.

Yaz se asombró al ver la rapidez con que los chitas se movían llevando cosas de un lado a otro. Su espalda se ondulaba como la de un guepardo al correr. Ante el trabajo de ellos se sentía prescindible. Ése era el problema de todos los modelos de robots que había visto Afuera. La hacían sentir prescindible. Había habido protestas cuando se quiso dar a los chitas un rostro más humano, como había ocurrido con los artificiales. También se impidió que se les dieran nombres, se los individualizara. Debía quedar claro que eran máquinas.

Picaduras en los brazos. Noejís/márìws/tabannes. No los había sentido llegar. Los márìws eran casi invisibles. El noejí transmitía una enfermedad que postraba en la cama y hacía tener alucinaciones pesadillescas; su picadura producía fiebre, dolores de cabeza persistentes, luego el coma y quizás la muerte. Antes de partir todos habían sido vacunados, pero una nunca estaba segura. La cinta repelente que llevaba en la muñeca no había servido de mucho.

Se acercó a una torre vigía desde la cual se podía ver el valle en su inmensidad. Una torre curiosa, que miraba la hondonada de abajo arriba: el promedio de muertes era alto porque las fuerzas de Orlewen atacaban desde las partes superiores de las montañas. Jiang decía que ese puesto era necesario porque había espacio suficiente para que los heliaviones aterrizaran, y que en los meses siguientes su labor sería expandirse, construir puestos a mayores altitudes, que sirvieran como puntos de enlace con puestos en otras partes del valle.

Yaz escuchó un silbido y pensó que era el fengli pero no había brisa. Aves de plumaje rojo cruzaron por sobre su cabeza; sus chillidos rebotaron en las laderas de las montañas. Recordó la leyenda irisina de los pájaros arcoíris: cada uno de ellos un color, de modo que sólo juntos pudieran formar la unidad del arcoíris. Creyó escuchar que decían *notescondas escondas condas*. Recordó una de las lecciones del Instructor: en el valle había eco por todas partes, no debía dejarse engañar por los sonidos.

Los heliaviones se alzaron verticalmente y partieron. Yaz los observó hasta que desaparecieron tragados por el horizonte.

Jiang ordenó a los shanz y a los chitas acomodar las provisiones y el armamento. Creó un sistema de turnos para la cocina, pero advirtió que la mayor parte del tiempo comerían de los paquetes preparados en el Perímetro. Organizó los horarios para que hubiera guardia permanente. Llamó *Sala de operaciones* al recinto más espacioso de Alaniz, en el centro del puesto, y allí se puso a revisar en el Qï los mapas de la zona. En las cercanías, cruzando las Aguas del Fin, estaba Fonhal, con la que Alaniz mantenía contacto. Un villorrio que cooperaba con información y al que se le compraba comida, por lo que sorprendió descubrir que allí se guarecía Orlewen. Bien mirado, no debía haber sido una sorpresa: su cooperación sistemática había hecho que Alaniz bajara la guardia. Yaz pensó en la traición, en las formas en que se las ingeniaba para desplegarse, en el deseo que llevaba al odio, al rencor. Su madre, esa noche que no se esfumaba, perdida en un juego de cartas con sus amigas. Yaz estaba en su habitación, cerca del esposo de su madre, Pope, el doctor, cerca de la tentación-las ganas-los sueños de una niña que había dejado de ser niña. Los ojos del doctor eran de madera clara. Cuencos inexpresivos en los que ella podía proyectar sus deseos, incapaces de ser educados.

El valle era uno de los territorios que SaintRei no controlaba del todo; Orlewen y sus tropas se escondían allí, en cuevas entre la maraña de árboles en las montañas, en las comunidades que lo salpicaban a las orillas de arroyos y ríos de aguas verdiazules. Orlewen había sido audaz al refugiarse en una comunidad tan cercana a Alaniz. Los puestos de observación habían sido creados por SaintRei para intimidarlo, hacerle saber que no se le regalaría ningún palmo de terreno. Eran puntos de avanzada, cabezas de playa. No solían durar mucho y la experiencia de la lucha en un territorio tan agreste como el de Malhado desgastaba a los shanz, pero compensaba el que se pudiera infligir bajas a Orlewen y se le hiciera ver que SaintRei estaba dispuesta a todo por derrotarlo.

Yaz debía prestar atención. Habría disparos de riflarpones y ametralladoras, habría cohetes, granadas, bombas. Era necesario percatarse de la gravedad de la situación. No estar distraída cuando se iniciaran las explosiones.

Se sentía mejor. Un poco más fuerte, la respiración tranquila, el corazón de regreso a su ritmo normal. Debía mantenerse así.

Ayudó a organizar la enfermería y se fue a dormir.

Apenas se levantó por la madrugada se dirigió a la torre. La neblina que cubría el valle se movía con rapidez y sigilo, como un animal monstruoso y ubicuo; de vez en cuando se hacía un claro y asomaban árboles espectrales, perfiles recortados de montañas en la lejanía que brillaban con los rayos del sol. Chillidos esporádicos de pájaros que se multiplicaban con el eco. Una vez, con el jün, Yaz había sido un ave majestuosa, un águila. Pudo sentir cómo le iban saliendo las alas en la espalda, el momento en que emprendía vuelo. Veía las ciudades desde arriba, planeaba sobre montañas y bosques. Cuando contó su experiencia en la posta a un incrédulo brodi de trabajo, éste le preguntó si había agitado los brazos para hacer como que se movían las alas, si había corrido, si había volado de verdad. Al contrario, dijo ella. Pa que la experiencia sea más poderosa hay que inmovilizarse. Cerrar los ojos. Sobre todo eso. Ver con los ojos cerrados.

No había dormido mal. Los noejís y máriws se aquietaban dentro del puesto, como si hubieran decidido respetar el ínfimo territorio de los shanz mientras que el resto del valle les pertenecía. Los más molestos eran unos insectos anaranjados como hormigas de cabeza gigantesca, conocidos como niños-del-valle. Con sus pinzas excavaban en la piel, entre los dedos de los pies, y anidaban dentro del bodi. Un par de shanz despertaron gritando por la noche. Biasi curó sus heridas con rapidez. Tenía las manos ágiles, eso había que reconocerle.

El Qï no funcionaba, ni tampoco los lenslets. Les habían advertido que en el valle rodeado por montañas no era extraño perder la conexión con la localnet y no recibir nada del Perímetro. Se preocupó; no habría Instructor y toda la información necesaria para situarse. Ni siquiera sabía en qué parte del valle estaba porque no podía acceder al holomapa. Nadie sabía cómo hacer muchas cosas sin el Qï o la información proporcionada por los lenslets. Y cómo se entenderían con los irisinos con los que se toparan. Los lenslets no eran perfectos pero al menos traducían algo, el sentido general de las frases.

Tuvo una imagen de los primeros días en Megara, cuando llegó a hacerse cargo de una posta. Las paredes estaban llenas de boxelders y en los árboles del patio abundaban serpientes finísimas y de relampagueante piel amarilla llamadas dushes. Trabajaba con otros médicos jóvenes y atendía desde la madrugada a enfermos que no hablaban mucho pero hacían gestos agradecidos cuando se marchaban de la consulta. A veces era difícil saber qué los aquejaba y debía adivinar a partir de la información proporcionada por el Instructor. La posta estaba en las afueras y buena parte del día se perdía la conexión con la localnet. Se sentía aislada y se preguntaba por qué había aceptado la oferta de SaintRei. Pregunta retórica: sabía la respuesta.

Más obstáculos para su liberación. Algún día debía ser capaz de internarse cuarenta días en el desierto, sola, sin Qï ni lenslets. Bueno, no sola. Con el jün. Dejar que las visiones le hablaran.

Esa primera mañana, Jiang ordenó reforzar las paredes con alambres eléctricos y pidió que se construyera una torre más para que Alaniz estuviera verdaderamente protegido. Los shanz y los chitas trabajaron todo el día con material traído en uno de los heliaviones; al final de la tarde concluyeron la obra. También ampliaron los baños, que estaban al aire libre en una parte posterior de Alaniz. Los shanz hacían bromas, se empujaban con aire travieso, escondían el arma del brodi. Zazzu imitaba sus voces, y también los ruidos del valle, gruñidos-silbidos-aullidos que provenían de algún lugar entre la floresta y en las montañas. Había quienes jugaban tirándose una granada a pesar de que Jiang había pedido cautela.

Yaz salió del puesto con Gajani y Colás, a buscar ramas de árboles; el tronco de los jolis era grueso y duro y podía medir de setenta a noventa metros de altura; las bolitas rojas de las ramas despedían una sustancia viscosa con una fragancia picante que hacía llorar. Tardó en darse cuenta de que el tronco estaba tomado por esos niños-del-valle de cabeza enorme y translúcida. Alzó uno con dos dedos y dejó que caminara por la palma de su mano mientras los shanz se reían de su entusiasmada contemplación.

Nos tocó una naturalista, dijo Gajani.

Una fokin exploradora, dijo Colás.

Gajani apretó la cabeza del insecto y chorreó un líquido azul que quemó la mano de Yaz. La naturaleza rebelde, dijo Gajani, tatatachán, y Yaz contuvo las ganas de gritar. Dolía.

La cara que has puesto, dijo Gajani.

Yaz se fijó en la quemadura y sintió que se convertía en un hoyo que la tragaba. Las paredes eran membranosas y la tierra comenzaba a caer sobre ella. La enterrarían viva. La respiración se le entrecortaba.

Sáquenme.

La miraron pero ella no los miraba.

Sáquenme plis.

Gajani la abofeteó.

Despierta di.

Al borde del hoyo estaban su madre y el doctor.

Pope, la voz angustiada. Sácame de ki.

Ningún Pope ki.

Las paredes membranosas latían. Yaz quiso apoyarse en ellas y se desvanecieron. Estaba tirada de bruces en el suelo, dos personas se inclinaban sobre ella, movían su bodi, le humedecían el rostro.

Logró recuperarse, pero aun así le quedaron secuelas durante el resto del día. Puntos rojos y verdes que orbitaban delante de ella. Puntos que a veces intentaban succionarla. Pidió a Gajani y Colás que no contaran nada. Hacía días que tenía visiones. Había estado trabajando mucho, necesitaba descansar.

Nostás nel mejor lugar, Gajani la miraba con los ojos bien abiertos. Todavía no se había repuesto de la sorpresa.

De regreso a Alaniz Yaz se puso una pomada para las quemaduras y el dolor desapareció, pero no la mancha azul en el centro de la palma. Fokin niños-del-valle. Acarició su cráneo pelado, se acordó de las paredes membranosas del hoyo, se preguntó de cuántas formas más Iris la cambiaría.

Sus labios sabían a tierra.

3

Al segundo día Zazzu se le acercó con una herida en la parte inferior de la espalda; se la había hecho mientras ayudaba a construir los baños. Al principio no le había dado importancia pero luego, por la noche, se había revolcado de dolor. Yaz pidió que lo acompañara a la salita donde ella y Biasi atendían. Le ordenó que se desvistiera. Cuando lo hizo comprobó que la herida estaba infectada. La limpió con alcohol. Notó marcas de color púrpura en torno a ella. Hematomas. Cuatro, uno al lado de otro. Le pidió que describiera lo que había ocurrido. Zazzu dudó, quiso irse pero Yaz insistió. Zazzu apoyó una mano en su frente, como si le doliera; contó que uno de sus brodis lo había golpeado con la punta del riflarpón. No había sido intencional. Yaz lo vendó y le regaló swits; le dijo que se podía retirar. Dudaba de que hubiera sido un accidente. La punta había entrado directamente; sospechaba premeditación, alevosía.

Apenas había oscurecido cuando Zazzu se dirigió al baño. Yaz, que estaba pendiente de él, lo siguió. Tres shanz ingresaron detrás de Zazzu. No pudo distinguir sus rostros, los jolis en torno al puesto creaban sombras protectoras que borraban los rasgos. Se preguntaba quiénes serían cuando escuchó gemidos lastimeros. Se acercó a la puerta del baño, gritó varias veces el nombre de Zazzu. Tres shanz salieron corriendo, riflarpones en mano. Ingresó al baño y encontró a Zazzu tirado junto a una de las letrinas. Estaba desnudo de la cintura para abajo. Yaz lo ayudó a incorporarse, dejó que se vistiera. Notó que tenía un diente roto.

Puedes interponer una denuncia, dijo. Usarme como testigo.

Zazzu se quedó callado. Su mirada era furtiva, recelosa, asustada.

Piénsalo, di. Mejor cortar en seco, los abusos pueden continuar.

Zazzu salió corriendo. Yaz se preguntó si debía contarle al comandante lo que había visto. Estaba segura de que uno de ellos era Gajani.

Al día siguiente por la tarde comenzaron los disparos de las fuerzas de Orlewen desde las montañas. Los shanz respondieron. El ritual de ataque y respuesta continuó durante los siguientes días, casi siempre a la misma hora. Amagos de pelea, porque el enfrentamiento duraba poco y Jiang no ordenaba ninguna maniobra para salir a buscar a quienes los atacaban. Una vez Yaz vio con los gogles a un grupo de insurgentes moviéndose entre las estribaciones montañosas, escuchó el silbido de los cohetes lanzados desde el puesto. Una estela de humo y el silencio. Chalmers gritó de júbilo a su lado, podía jurar que dos de esos fokin infelices habían explotado ante sus ojos.

Cada tanto aterrizaba el heliavión con provisiones, armamento e información. Llegaban informes preocupantes de Megara. Cundía un rumor entre los shanz: y si se habían equivocado, y si Orlewen no estaba en Malhado. Jiang desestimaba esos rumores y les pedía calma. Era normal el nerviosismo, la naturaleza aborrecía el silencio y por ahí se filtraban los fantasmas, no había que hacerles caso.

Por lo demás, las dos fuerzas esperaban el movimiento del otro. Creen que atacaremos la próxima hora, decía Colás. Nos pensamos lo mismo dellos. Si Orlewen estaba en Fonhal, le hemos dado tiempo pa q'escape.

Jiang respondió que al no atacar hacían como la anterior compañía. Confirmaban a Orlewen que no sabían que él estaba en Fonhal. Eso debía hacerle bajar la guardia.

Yaz creyó que los shanz estarían contentos ante la falta de acción, pero no era así. Los veía intranquilos. Jugaban torpemente entre ellos, se agarraban a los empujones en las duchas y se atacaban mientras dormían, colocando bolsas de dung en las camas de los desprevenidos, inmunes a los castigos de Jiang; se desesperaban cuando no funcionaba el Qï, y de sus bocas salían imprecaciones que deshonraban a los brodis, a los jefes, al Supremo, a la divinidad. Frases que relampagueaban en la atmósfera electrizada, arcaísmos, neologismos y un vocabulario que provenía de todas partes. Palabras que se atropellaban, que se unían y que costaba entender. Un fokin qomkuat. Un boxelder capaz de todaviizar todas las órdenes. Qué era un qomkuat. Podía entender todaviizar. Un fobbit perdido nel creepshow. Fobbit, esa palabra le gustaba. Se refería inicialmente a los oficiales que no salían nunca del Perímetro, porque ésas eran las órdenes o por cobardes, temerosos de volar por los cielos con una bomba, pero los shanz la usaban como un insulto entre ellos. Un fokin qomkuat fobbit, di. Un dung sacado dun creepshow ko. Ella se apoderaba de las palabras y veía formas de incorporarlas a su día-a-día. No le salía tan natural como a ellos. Se burlaban cuando la oían lamiando. Doctora Torci, no son pa ti.

Venían en su busca para que los aprovisionara de swits, le pedían los más fuertes y ella hacía todo por complacerlos. Querían que les diera la inyección para la enfermedad del noejí pese a la ausencia de síntomas; la inyección era potente y golpeaba a los shanz con efectos psicotrópicos, pesadillas en las que los pacientes se veían convertidos en boxelders enormes/zhizus de bodi peludo/dushes de lenguas venenosas. Los swits no eran suficientes para distraerlos. Se cubrían con una sábana en la cama para el johnjohn, apenas no estaban mirando los oficiales se dedicaban al inout en las duchas. Hubo denuncias de violaciones, un centroamericano de ojos rasgados se hizo mala fama y se le advirtió que si seguía así Jiang se enteraría. Ella estaba pendiente de Zazzu y creía que no habían vuelto a abusar de él, aunque no podía estar segura. Vigilaba a Gajani y le sorprendía que con su aire tan inofensivo pudiera haber sido uno de los violadores. Molesta, una vez le negó swits.

Pobres, le dijo Jiang al ver su sorpresa. Vinieron en busca de aventura. Consiguieron lo que buscaban. Mas si no hay no saben qué hacer ko. Se han vuelto adictos. Dejarán de servir y lo único que querrán será volver a servir.

De que son adictos, lo son, dijo Yaz. A todo. Al Qï. A los swits.

Más complicado. Son adictos al enfrentamiento, a la batalla, a la guerra. Al creepshow. Los swits les permiten vivir cuando no hay nada deso.

Den usted es un adicto tu.

A mucha honra. Estoy siendo simplista, no es sólo eso. Adictos a la hermandad, a la fraternidad tu. Ponen sus vidas en manos de los demás, darían las dellos por esos brodis con quienes discuten de estupideces nau. Eso no lo volverán a encontrar nunca más a menos que sigan neste trabajo.

Adictos a lo mejor de nos nostá mal.

Yaz se contuvo de decirle lo que había visto en el baño. Quizás Jiang lo sabía y aun así era optimista. No se podía esperar mejor comportamiento de los shanz. Importaba que pese a todos los abusos en el momento del combate saliera a relucir su grandeza, no su mezquindad. De todos modos no podía, no debía quedarse callada.

Se lo diría, no ahora.

Jiang tenía arrugas en las mejillas y en torno a los ojos: uno de los pocos oficiales que no se habían sometido a cirugías. Un hombre que se debía a sus shanz. Serio, solemne, pero no intachable: se contaba que pidió que lo enviaran a Iris para eludir a acreedores de su pasión por los holojuegos. Un hombre en apariencia discreto que de pronto sorprendía con aventuras de sus días estacionado en Alba.

Trabajé nel mercado negro de memorias p'artificiales, contó una noche mientras comían. Hasta ahí bien, con los artificiales ningún problema, mas no faltó den al que se le ocurrió vender memorias a los humanos. Había clínicas ilegales do se realizaban las operaciones.

Yaz también había tenido la tentación de olvidar algo. Un mecanismo de defensa normal y hasta necesario. El jün la había salvado. La desesperaba ser deglutida por la dushe, pero era el paso necesario para la expulsión y la consiguiente aceptación. Su madre ya no estaba cerca para perdonarla, pero era más importante que ella se perdonara a sí misma. Debía seguir trabajando.

Muchos pacientes rechazaban los implantes, continuó Jiang bajo la luz hepática de un foco tembloroso, querían que les devolviéramos sus memorias anteriores y no era fácil ko. Un luchador famoso de muaytai sabía que había hecho algo malo y se desesperaba de no acordarse y vino a mí y lo conocía, todos lo conocíamos, estuvo involucrado nun caso de corrupción, le pagaron por tirarse a la lona. Entendía por qué quería recuperar esa memoria, se le podía contar y no era lo mismo, quería q'eso volviera a ser parte d'él. Un costo que me desgastó, así que me fui.

Yaz veía a Marteen escuchar a Jiang, asentir levemente con la cabeza, y se preguntaba qué pensaría Jiang de lo que habían hecho con Marteen. Quizás podía tolerarse con un traidor. O con un retardado mental.

Los shanz esperaban que Jiang siguiera con su relato. Pero el comandante no habló más esa noche. Era conocido por sus cambios de humor abruptos, sus decisiones intempestivas. Decían que así decidió venirse a Iris. La vida se le había vuelto aburrida y necesitaba nuevos estímulos. Una noche, borracho en un fukjom, perdió una fortuna en un holojuego con el portero y le rompió dos costillas. A la mañana siguiente despertó en una celda y concluyó que necesitaba un cambio profundo. Su primer destino en Iris fue Nova Isa, nada mal para comenzar: la brisa fresca del mar lo despertaba todas las mañanas.

Lindo lugar hasta que le pusieron murallas. Muchos shanz intentaban fugarse tirándose al mar en botes. Y SaintRei dijo basta y nos jodió a todos.

Fokin fobbits, pensó Yaz.

Jiang había llegado a comandante haciendo carrera en Iris. Uno de los pocos en puestos de mando que no era artificial. O al menos eso quería creer Yaz.

Yaz atendía a Chalmers, un oficial de ojos vivaces a quien le había picado una zhizu en el muslo derecho, cuando escuchó silbidos por sobre su cabeza. Creyó que se trataba de pájaros y no le dio importancia, pero al rato hubo gritos y vio que los shanz corrían y se ponían en posición de alerta. Chalmers se levantó en calzones y descalzo, alzó su riflarpón y salió del puesto.

No eran silbidos de pájaros sino disparos. Takeshi pasó a su lado sin detenerse. Fokin Orlewen, gritó apuntando con su riflarpón a un lugar indefinido en el horizonte. Una bomba explotó al lado de un shan y lo levantó por los aires. Yaz creyó que se trataba de una alucinación más, un engaño de su cerebro: un hombre que estallaba por dentro, que desaparecía delante de ella.

Cuando cesaron las explosiones se acercaron al shan muerto.

Gajani, susurró a alguien. Orlewen qomkuat. Orlewen qomkuat.

Yaz recordó su cara de asombro. Estrella fugaz una mancha en los ojos de Iris. Zazzu en el baño, las pupilas húmedas. Era él era él. Así las cosas. Estar den beyondear. Como esa vez, de niña, en un circo, en que la metieron en un cajón y la esfumaron durante cinco minutos. Sus padres

podían jurar que cuando abrieron el cajón no la vieron.
Dóstaba dó. No sabía. Era como si esos cinco minutos hubieran desaparecido de su vida.

Colás se hincó junto a la cabeza sanguinolenta de
Gajani y la besó y estalló en llanto. Yaz se acercó. No sabía
si arrodillarse junto al bodi o consolar a Colás. De una
de las mejillas sobresalía un hueso. Brillaba la sangre en
el labio superior partido. No se creyó capaz de besar esa
boca morada.

Debía hacerlo, perdonarlo.

Decidía qué hacer cuando la lengua de Gajani,
convertida en una dushe carnosa, se abrió paso entre los
dientes y le acarició los labios. Cerró los ojos. Los abrió y
la lengua todavía estaba ahí, enroscada, palpitante, al acecho. Se retrajo y volvió a su madriguera, una caverna oscura detrás de los dientes.

Temblequeaba cuando Chalmers apoyó una mano
en su hombro. Se dejó guiar rumbo a Alaniz.

Jiang reunió a oficiales y shanz en la sala de operaciones. Estaban paralizados. Jiang caminó de un lado a
otro como estudiando sus palabras, como tratando de que
el retumbar de sus pasos suavizara el ambiente. Que tar-
dara en hablar, sin embargo, no ayudaba a calmar la tensión.

Muchos lo querían, dijo al fin. Un shan dispuesto
a dar su vida por los demás.

No era un buen brodi, gritó alguien. A mí me quiso violar.

A mí me robó un montón de cosas, terció otro.

Todos contribuyeron con sus memorias de Gajani.
Yaz esperó que Zazzu dijera algo, pero se quedó callado. Se
fue construyendo la imagen de un adolescente ensimismado que sólo salía de su caparazón con actos impulsivos que
lo metían en problemas. Un shan con muchos desajustes,

era la regla. Un shan que no estaba bien de la cabeza, era la regla. Un fokin shan, era la regla. Irrespetuoso, agresivo, intolerante. Yaz agradeció que no triunfara la imagen de circunstancias de Jiang. Había que recordar a Gajani como el que era en verdad, extrañarlo a pesar de sus defectos o debido a ellos. Aun así muchos Gajani se perderán nel olvido como yo pierdo a mi madre a muchas versiones de mi madre de Pope cada vez que me acuerdo dellos.

Alguien propuso que el puesto se rebautizara como Gajani. Es noso muerto, dijo. Jiang se negó a hacerlo.

No conocimos a Alaniz mas es uno de los nosos tu.

Ni Alaniz ni Gajani fueron ni son nosos, pensó Yaz. Eran, son de Iris como todos apenas tocamos estas tierras somos el sacrificio que pide este lugar por atrevernos a ingresar en él.

Hubiera querido saber por qué SaintRei, con todo el poder que tenía, todavía no había podido acallar a la insurgencia. Se contaba que la culpa era de Sangaì, pero una razón más poética la atraía. Si la lucha se llevaba a cabo en su terreno, los débiles tenían bastantes recursos para resistir; aunque sus armas no eran suficientes para ganar la batalla, sí lograban crear la fricción necesaria para que la maquinaria del imperio se atorara.

Lo entendía. Pero no era suficiente.

Todo Iris era el bodi de un monstruo llamado Xlött. Ellos caminaban sobre ese bodi; el monstruo dormitaba, sentía un cosquilleo en la piel, daba un manotazo y volvía a dormirse.

4

Se acostaba con Biasi. Había sentido su acecho desde el heliavión. Cuando llegaba la oscuridad él se metía en su camastro; a manera de cortina ponían una sábana entre la cama de arriba y la de Yaz. A veces se acordaba de que en Megara había prometido acostarse sólo con quienes le interesaran de verdad y se le iba el deseo y le pedía que se fuera. En Iris no fue capaz de mantener su palabra porque al poco tiempo era ella la que buscaba a Reynolds y a Prith. La soledad y la costumbre la volvían incapaz de mantener su decisión.

Si quería podía acostarse con cualquiera de los shanz. Debían estar cansados de coger entre ellos, pero no le llamaban la atención.

Estuvo a punto de contarle a Biasi de las cosas que veía. Los tigres al acecho, sus ojos brillantes en la oscuridad, a las espaldas de él, cuando estaba sobre ella en la cama. La tierra que se abría para engullirla. Los dragones proliferantes de color rojo que daban vueltas sin cesar, mordiéndose la cola. El monstruo con el falo sangriento en torno a su cintura, devorando a gente mientras caminaba por el poblado. El ejército de shanz sin cabeza desfilando camino a un precipicio. No lo hizo porque no debía confundirse. Biasi no estaba interesado en ella, no daba para historias cándidas en la intimidad. Nada más quería desahogarse, ponerse al día con un rito animal. De modo que seguía enfrentándose sola al daño. Porque de eso se trataba, afirmaba convencida en sus momentos de lucidez, de un daño cerebral. Ver lo que no estaba ahí, sin drogas, era resultado de las drogas. De cuáles, no lo sabía. Perder el tiempo, tratar de seguirles la pista. Para qué, además. Tampoco las dejaría.

Biasi hablaba de cosas extrañas, como si estuviera buscando maneras de conectarse con ella y no supiera cómo hacerlo. Una mañana apareció con un sapo muerto en una bolsa. Grande, lleno de verrugas, la piel color barro. Los sapos se habían extinguido Afuera; en Iris existían algunas variedades.

Lo comes y mueres, dijo él. Sus huevos igual de tóxicos. Según el Instructor lo trajeron de América pal control de los insectos. Un sapo caníbal. Le gusta comer sus propios huevos, es inmune a sus toxinas. Una forma de explotar un recurso abundante que otros animales no tocan. O de eliminar rivales futuros ko. El valle está lleno de animales caníbales. Los machos de la zhizu colorada se entregan voluntariamente a ella pa que se los coma. Lo hacen después de procrear. Hay un gusano que tras tener a sus crías se entrega a ellas pa que se lo coman y así puedan sobrevivir. Monos que no pueden hacerse cargo de todas sus crías escogen cuáles comerse con sus crías mayores.

Yaz extrañaba los relatos de Reynolds. En los días del Perímetro iba a visitarla a su cubículo para que ella le proveyera de swits fuertes, incluso a veces polvodestrellas. Él no quería que nadie se enterara de que los usaba, eso socavaría su autoridad. Ella se reía, si todos lo hacen no es pecado, pero él insistía. Le gustaba hablar. Narraba hechos de su pasado, historias contradictorias entre sí, como si una sola vida no hubiera bastado, como si hubiera vivido muchas vidas. O quizás tenía memorias de gente diferente, algunos artificiales eran así, sus recuerdos se construían a base de una mezcla de pasados dispersos. La vez que había sido mercenario y participado en una guerra o cuando trabajó de jefe de prisiones en Nova Isa. Allí, entre los prisioneros, había descubierto el fervor que podía producir Xlött. Ella quería saber si era artificial y él se reía: algo peor. Kreol. Su padre había sido contratado por

SaintRei para administrar la prisión de Nova Isa, así llegó a Iris. Él y Luk, su hermano menor, nacieron en Nova Isa. Sus padres habían muerto y Luk vivía en las afueras de Kondra y una vez cada seis meses lo iba a visitar. Su rostro se ensombreció: le hubiera gustado verlo más seguido, Luk era todo para Reynolds. Era capaz de dar su vida por él. De hecho, la estaba dando.

Me escuchas, Biasi dejó la bolsa con el sapo en una mesa, extrajo papeles arrugados de uno de sus bolsillos y se los dio a Yaz.

Son varias páginas y quién escribe todavía a mano. Calla y lee.

Una noche Kass tuvo una pesadilla. Un meteoro caía del cielo cerca della. La piel se decoloraba, perdía la vista, un cáncer se desarrollaba en los pulmones y se desencarnaba a los pocos días.

No era difícil interpretar la pesadilla. El meteoro correspondía a lo que sus brodis llamaban de manera poética la lluvia amarilla. Entendía los mitos mas quería saber la verdad. Aprendió el lenguaje de los pieloscuras y se puso a investigar. En Nova Isa se hizo amiga de pieloscuras que trabajaban en organizaciones protectoras de derechos irisinos. Le relataron diferentes versiones de la historia, mas los elementos centrales coincidían. Habló con los mayores de Nova Isa y de los pueblos de las cercanías. Fue paciente al escuchar sus relatos. Tradujo las metáforas en hechos.

Así descubrió que a mediados del siglo pasado el Reino había pedido permiso a Munro pa desarrollar pruebas nucleares nun sitio desierto en Iris. Munro aceptó, y escogió un lugar en las cercanías de Joanta. Se ordenó la relocalización de los irisinos a otras islas, mas muchos se negaron a abandonar Iris porq'era un lugar sagrado pa ellos. Munro autorizó que las pruebas se llevaran a cabo una vez que las familias de pieloscuras que vivían allí hubieran partido.

La lluvia amarilla fue lanzada desde bombarderos del Reino. La explosión fue en principio silenciosa, más veloz que su propio sonido estremecedor. Al contacto con el suelo se levantó una nube radiactiva que impidió la visibilidad durante varios días. No hubo sobrevivientes entre los irisinos que se quedaron en Joanta.

Hubo varias pruebas a lo largo duna década.

En las pesadillas de Kass, una lluvia de meteoros destrozaba el cráneo de todos sus conocidos. Trataba de imaginar ese momento. Los irisinos que habían estado presentes cuando se inició la gran Transformación. Los que vieron cómo la piel se les caía a jirones, los brazos se les chamuscaban, el tórax se les disolvía. Un soplo de ácido que les quitaba la vida. Un asesino letal, casi invisible.

Los irisinos dotros pueblos en la isla sufrieron problemas desde la llegada de la primera lluvia. Su piel se fue decolorando, con los años adquirió su característico color claro. Muchos se quedaron ciegos, otros perdieron la pigmentación del iris. Hubo a quienes la cara se les llenó de pústulas. Nacían niños con defectos físicos, se hizo habitual el cáncer de la piel, el de la médula ósea, el de la sangre.

Por las noches, Kass sentía el latir trepidante de su corazón y se mareaba tratando de adivinar qué enfermedad había anidado ya en sus órganos. Suficiente despertar con los ojos legañosos pa creer que se quedaría ciega ese mismo día. La punzada dun músculo cuando hacía un movimiento brusco la desalmaba. Su vida era esa sangre que brincaba en sus arterias, esa sangre quizás infectada que bullía bajo la piel. Sólo quería que no se detuviera hasta q'ella pudiera concluir sus investigaciones.

Inicialmente Munro se negó a reconocer que las pruebas habían afectado a los irisinos. Con el tiempo aparecieron soldados veteranos del Reino que hicieron público que tenían cáncer y sospechaban que se debía a que fueron obligados por sus superiores a permanecer cerca de donde se habían realizado las pruebas. El Reino debió aceptar que había usado a sus propios soldados para probar los efectos de la radiación nuclear en seres humanos. Treinta años después de las pruebas pagó una indemnización a los soldados que seguían vivos y a sus familias. Munro también tuvo que pagar una indemnización a los irisinos, mas decretó una zona de exclusión en torno a la isla. A partir dese momento ningún irisino afectado por la radiación podía abandonar Iris. La contaminación no debía extenderse Afuera.

Poco después llegó la gran ironía: se descubrieron minas de X503 cerca del lugar de las pruebas. Llegó SaintRei y con ésta aventureros de toda laya. Pa explotar las minas casi todos los irisinos jóvenes fueron forzados a trabajar allí y así acercarse al Lugar (Joanta se convirtió en Megara, palabra irisina que significa lugar). Supuestamente todo esto era de dominio público, mas Munro no hacía mucho por q'esa historia se enseñara. En Iris esa información casi no circulaba.

Kass se convirtió nuna activista. Todas las mañanas iba a los templos irisinos a distribuir información sobre las pruebas. A veces la dejaban dirigirse a toda la congregación. Visitaba las iglesias cristianas tu. Confiaba en que había pieloscuras dispuestos a escucharla, a enterarse de cómo su gobierno estaba manchado de sangre inocente. Más duna vez se apostó frente al palacio del gobernador de Megara, y sus declaraciones incendiarias fueron reproducidas en los medios. Decía q'era una vergüenza el servilismo de Munro con las grandes potencias. Decía que los papeles podían insistir en su estatus de protectorado, mas era más importante saber que en espíritu los irisinos eran orgullosos e independientes. Insistía en lo fundamental de abolir el servicio en las minas en las afueras de Megara, uno de los sitios más tóxicos. No sólo eso, había que evacuar la isla y proceder a un trabajo de descontaminación. Con los iris de sus ojos translúcidos, las frecuentes apariciones de Kass conmovían a pieloscuras e irisinos.

En eso estaba cuando le llegó la orden de ir a trabajar a las minas. Vendrían por ella al día siguiente. Se quedó tiesa. Cuatro años de su vida. La idea era intolerable. Había *pensado que sus contactos y su visibilidad permitirían un trato privilegiado. Que la dejarían continuar con sus investigaciones. Era necesario que alguien se dedicara a desentrañar los detalles más perversos de lo ocurrido.*

Fueron meses duros en las minas. Al llegar al segundo año Kass se sintió desfallecer —estaba débil, había perdido peso, dormía poco—, y pese a su espíritu racional decidió entregarse a Xlött. Quería q'el Dios la ayudara a terminar su servicio y volver a los estudios, al activismo. Den le llegó nun sueño, como una broma de mal gusto, la orden del verweder.

No tuvo mucho tiempo pa pensar en todo lo que le faltaba por hacer. El abrazo del Dios le llegó días más tarde, mientras dormía.

De dó sacaste esto.

No interesa. Dicen que lo escribió la que hizo volar el café nel Perímetro. Es la historia desta isla. Nosa historia. La gente ki sufre. Quiero que Xlött despierte y el Advenimiento ocurra duna vez.

El tono, la convicción hicieron que Yaz se estremeciera. Eran del mismo bando entonces. Pero ella prefería quedarse callada. Tampoco estaba segura de los motivos de Biasi.

Te puedo reportar por traición.

Todo Alaniz puede ser reportado. Ninguno está ki como premio a sus servicios. Todos han hecho algo que merece un castigo de los peores.

Biasi estaba en lo cierto. Qué era lo que había hecho ella para ser enviada a Alaniz. Proveer de drogas a los shanz. Pero eso no era una transgresión mayor, los oficiales querían que los shanz estuvieran bien provistos de swits. Entonces qué. Una junki. Tampoco pa tanto. Se acostó con muchos oficiales y shanz. Después de Reynolds, Prith y luego los demás. Tampoco justificaba un castigo. O sí. Quizás SaintRei la había elegido al azar. Se necesitaban médicos y ella estaba disponible. Quizás quizás quizás. Lo otro, lo más complicado, era que simplemente supieran que ella tenía fe en Xlött. Antes de que terminara de formular el pensamiento se dio cuenta de que ésa era la razón. Pero cómo. Había tratado de mantenerlo en secreto. En el Perímetro no había hablado de nadie sobre ese tema. Igual no importaba. SaintRei tenía redes de informantes. Quizás Mayn, quizás Aquino.

Biasi metió los papeles arrugados en el bolsillo y salió del cuarto. Yaz agarró la bolsa con el sapo y la tiró a la basura.

Jiang anunció en el desayuno que esa mañana saldrían de patrulla a explorar. Habían enviado drons para conseguir información, pero resultaban inútiles por las interferencias magnéticas. Uno de ellos no había vuelto a Alaniz. Yaz imaginó a un dron que sobrevolaba los árboles/ríos/villorrios de Malhado hasta que alguien lo hacía explotar en el aire. Un dron que manchaba el cielo del valle con la estela plomiza de la explosión.

Jiang pronunció los nombres de quienes lo acompañarían. Yaz iría en el grupo. Para mostrar que iban en son de paz, los chitas se quedarían en el puesto.

Destellos rojizos del sol golpeaban las paredes de Alaniz. Todos los días iguales en Malhado, una luz cegadora que inicialmente hacía felices a todos y luego exasperaba. Cinco horas de verdadera oscuridad en las que intentaba dormir como los irisinos, extraviada de la realidad, pero nunca terminaba de acostumbrarse: quedaban las huellas del lugar de donde provenía, que estaba tan lejos pero todavía marcaba, un virus, un tatuaje con el que debía aprender a convivir.

Emprendieron la marcha por un sendero entre jolis de ramas punzantes y troncos recubiertos de liquen y moho, en la parte baja de la corteza inquietantes heridas negras como secuelas de relámpagos. Algunos jolis se elevaban al cielo sin descanso, escudados por una compleja corona de ramas. El follaje espeso impedía el paso de los rayos del sol, creaba un ecosistema frío y húmedo del que se habían adueñado helechos gigantes y hongos de sombreros acampanados. Yaz escuchaba nerviosa ruidos entre los árboles, a veces distinguía la rauda silueta de un mono o la de un pájaro que levantaba vuelo, una nube anaranjada de mariposas alas-de-pájaro. La fragancia de los jolis cosquilleaba en las fosas nasales; tres o cuatro juntos se le antojaban un gigante contemplativo a la vera del camino.

Se dirigían cuesta arriba a paso lento. La sed les atenazaba la garganta. Entre los que venían con Yaz estaban Menezez, un gigante musculoso capaz de cargar un lanzamisil en la espalda sin un solo gesto de molestia, y Rakitic, delgado y de cráneo aplastado.

Se detuvieron al borde del río conocido como las Aguas del Fin, fueron acribillados por noejís y márìws. Yaz trató de espantarlos pero no sirvió de mucho. Flotaban sobre el agua fangosa y quieta insectos que brillaban y que le recordaron a las luciérnagas. Dónde estaban los arroyos verdiazules que había visto en el Qï. Éste era un río tenebroso y maloliente.

Dos dragones de Megara salieron del agua y se acercaron a la orilla. Uno de ellos se puso a comer los hongos semienterrados entre las piedras de la costa. Miraba de reojo a los shanz. Yaz observó que tenía las pupilas dilatadas. Mayn decía que los dragones de Megara vivían solos en el mundo, incomprendidos por su tamaño y por ser animales rastreros, incapaces de subir a las estrellas. Comían hongos porque andaban en la búsqueda constante del Gran Dragón allá en el cielo, uno de los guardianes principales. En la mitología irisina había historias de dragones de Megara que después de ingerir hongos podían volar y ponerse en contacto con el Gran Dragón. Y esa postura del dragón que después de comer hongos tenía la mirada perdida en el vacío había inspirado el concepto del hemeldrak o tirarse-al-cielo que ocurría después de la ingestión del jün. A Yaz le gustaba estar hemeldrak. Como muchos irisinos, vivía para el hemeldrak.

Yaz sólo podía pertenecer al clan del dragón de Megara. Un animal con las pupilas dilatadas tenía que ser uno de los suyos.

Escuchó gritos. El río de las Aguas del Fin era la línea divisoria entre el territorio que podía controlarse desde la torre de observación de Alaniz y la zona en la que era posible que estuvieran Orlewen y su gente. Se relajó al ver a Jiang moviendo las manos con displicencia. Ordenaba cruzar el río. Había aparecido un anciano que les dio la bienvenida inclinando la cabeza. Tenía un rostro de pájaro, los ojos muy juntos, una nariz alargada y bulbosa. Una nariz deforme: con un poco de esfuerzo, Yaz podía reconocer contornos familiares en los irisinos. Era como si al bodi básico le alargaran el cuello, le explotaran la nariz, le estrecharan los ojos, le quitaran la coloración. Bodis mutantes. Nos deben ver igual son la norma nos el defecto nosa perfección es imperfecta pa ellos la simetría la armonía sus errores genéticos.

Jiang extendió la mano al anciano. Era el barquero que los llevaría a Fonhal. La barca era una suerte de isla flotante construida de manera rudimentaria, tablones de madera alineados uno al lado del otro, unidos y reforzados por lianas. Yaz vio madera carcomida al subir a la barca e imaginó que ése podría ser el último viaje. Tuvo una visión: los tablones se transformaban en brazos de seres poderosos sin rostro, seres surgidos de las profundidades que agarraban de los pies a los shanz y a ella y se los llevaban consigo de regreso a ese hueco de donde habían salido. Se contuvo de gritar. Cerró los ojos.

La barca se deslizó silenciosa por las Aguas del Fin. Los shanz trataban de no moverse, quizás también preocupados por la precariedad de la embarcación. A medida que avanzaban, Yaz se fue tranquilizando. La costa se acercaba, y ella se sintió cumpliendo un rito iniciático del cual sobreviviría.

Habían llegado a Fonhal, el villorrio con el que Alaniz mantenía relaciones cordiales; les aprovisionaba de víveres a cambio de ropa y medicinas. Yaz y sus brodis estaban ansiosos: Orlewen podía estar muy cerca de ellos. Yaz trató de calmarse imaginando si alguna vez en Megara atendió sin saberlo a Orlewen. Tantos jóvenes habían pasado por la posta, casi todos amables con ella y a la vez hostiles a SaintRei; no le habría extrañado que uno de ellos hubiera sido el futuro líder de la insurgencia. Veía la cara de Orlewen en las paredes de los edificios de Iris y recordaba a un joven al que había salvado de la picadura de una dushe. Cuando se echó en la camilla y estiró la mano ella sintió que eran gestos de alguien que la miraba en menos. Estaba acostumbrada a la humildad, a la venia solícita, pero no había nada de eso en ese joven. Sí, aquél podía haber sido. Qué habría sido de él. No lo había vuelto a ver.

Siguieron al anciano y a Jiang y cruzaron por una explanada antes de ingresar al poblado. Las chozas estaban construidas sin respetar ningún tipo de ordenamiento, con entusiasmada anarquía, y las rodeaban árboles de troncos que concluían en un penacho de ramas del que colgaban cápsulas espinosas. Los dragones de Megara se desplazaban con pesadez por entre las chozas, junto a otros animales que Yaz no conocía y que parecían castores gigantes. Mujeres y ancianos se asomaron a verlos. Un pueblo sin jóvenes, se asustó Yaz. Todos en las minas o nel valle apuntándonos a punto de destrozarnos con sus balas explosivas.

Mientras Jiang se reunía con los ancianos en un templo en el centro de Fonhal, Yaz se quedó afuera con otros oficiales y shanz. Las mujeres y los ancianos los observaban sin pronunciar palabra. Casi todas las mujeres eran de cuello alargado. Una de las tantas paradojas de Iris, que al principio esos aros que se colocaban en torno al cuello fueran un símbolo de belleza o de adoración a Xlött —una sana competencia: más aros, mayor entrega al Dios—, pero que ahora se hubieran convertido sobre todo en una forma propicia de subsistencia (las mujeres de los pueblos se hacían colocar aros y luego iban a las ciudades a dejarse sacar holos con shanz y pieloscuras a cambio de geld).

Yaz sintió que nada de eso ocurría. Estaba en un valle de espectros, la rodeaba un espejismo. Los aros desaparecían del cuello de las mujeres, la piel se hacía transparente y ella descubría los músculos palpitantes de la garganta, los huesos que sostenían la cabeza para que no se fuera del bodi; se caía el disfraz de los ancianos y aparecían jóvenes campesinos, armados y vengativos. A ratos la realidad se reconstruía y asomaba el miedo, la tímida sensación de que estaban en Fonhal. Luego todo volvía a quebrarse y ella era devorada por el vacío.

Hizo esfuerzos por volver. Debía acordarse en todo momento de las lecciones del jün. Xlött estaba con ella, todo saldría bien.

Rakitic le hacía gestos obscenos con la lengua; tuvo que hacer un ruido con la boca para que Yaz comprendiera que él estaba a su lado. Él dijo que si quería podía dejar que jugara con su verga. Yaz insinuó que era cuestión de que le indicara dónde y ella lo seguiría. Rakitic le señaló detrás de una choza. Ella lo acompañó; lo miró bajarse los pantalones, le tocó la verga y esperó. No se le paraba. Se dio la vuelta y se fue. Era con esos gestos que se ganaba el respeto de los shanz.

Regresó a donde estaba el grupo. Podía ver en los rostros de los shanz el desdén hacia los irisinos y también el terror, unido a la esperanza de que pronto terminara su servicio en el valle. Algunos contaban los días, otros las horas. El pánico no era difícil de entender, se lo aceptaba como parte de la vida cotidiana. Lo intolerable era la cobardía. Sólo la había visto de cerca una noche en Megara, cuando debía participar en una ceremonia del jün. Fue con Aquino, el filipino que trabajaba con ella en la posta y con quien había vivido pocos días antes su experiencia con Mayn y el qaradjün, tan impactante que quisieron repetirla. Se reunieron en casa de Mayn. Caía la noche. El irisino que los guiaba se metió bosque adentro por un sendero; los chillidos de los lánsès los pusieron nerviosos. No recordaba cuánto habían caminado. El irisino se detuvo en un claro al lado de una choza. La puerta se abrió y apareció un hombre que llevaba una máscara con el rostro de una dushe. El qaradjün. Aquino se puso a temblar y Yaz le pidió que se calmara. El guía dijo algo que ella entendió como una advertencia: no podían entrar en la choza si había miedo en sus corazones. Pero lo de Aquino iba más allá del miedo. Tranquilo, le dijo Yaz. Estamos en buenas manos. No puedo no puedo. Aquino se dio la vuelta y corrió por el sendero por donde habían venido. Yaz lo persiguió. Esa misma noche, Aquino se fue de Megara. Nunca más supo de él.

Yaz atendió a dos mujeres de la comunidad. Una tenía las encías infectadas, la otra picaduras de zhizu. Mucho de lo que sabía lo había aprendido de los irisinos. Los meses en Megara habían sido fundamentales para ella. Los primeros días fueron de asombro, al ver cómo los dragones circulaban libremente por las calles de la ciudad y a veces incluso entraban en las casas, moles de hasta tres metros de longitud con una cola del tamaño de su bodi, dientes afilados y sangrientos, una lengua bifurcada. Lagartos enormes, talcual. Aprendió a no moverse cuando ingresaban a la posta, dejar que la olisquearan, porque decían que su mordedura era tóxica y letal. Se alimentaban de lánsès/goyots/monos/venados, atacaban a los seres humanos sólo si éstos se movían. Megara, la ciudad de los dragones y del jün. Tan borboteante de actividad, y de pronto quieta cuando aparecían los dragones, como si un demiurgo travieso la hubiera congelado con un hechizo.

En Megara no sólo se había convertido en doctora de verdad; también había descubierto el poder del jün. Se entretenía con los swits y le gustaba que los shanz se iniciaran en las drogas, pero con el jün era diferente. No la consideraba una droga; más bien una planta consagrada a Xlött. Había que respetarla; era el viaje. Le tomó tiempo descubrir que viajar no significaba necesariamente desplazarse. Había viajado más sin moverse de Iris y Megara que cuando era una adolescente y después de lo ocurrido con Pope se lanzó a los caminos. Fue pescadora en un pueblito colombiano, se cambió de nombre cuando ingresó a una secta ovni andina en Ecuador, dizque se convirtió en enfermera para combatir la plaga que diezmaba a las republiquetas mexicanas. Nada se comparaba a la travesía en jün.

Jiang salió de la reunión. Era hora de volver al puesto. Yaz agradeció que el camino de regreso fuera de bajada.

Colás marchaba a su lado. Yaz dijo que le habían llamado la atención los dragones.

No sabía que su hábitat era Malhado tu. Esta región no deja de sorprenderme.

Colás la miró como si ella hubiera cometido una transgresión.

Pasa algo, dijo Yaz.

Sí, dijo él. Yo no vi ningún dragón.

Ella se detuvo.

Estás bien, dijo él.

Lo estaré, dijo ella. Colás continuó la marcha.

Se preguntó qué era real. Quizás ni siquiera estaba en Malhado. Quizás seguía en el Perímetro. O mejor aún, en la posta sanitaria en Megara.

Tal vez ni siquiera había llegado a Iris.

5

Llovía esa noche cuando Jiang pidió a la compañía que se reuniera en la sala de operaciones. Los shanz formaron un círculo, se sentaron en el suelo y sobre cajas de municiones vacías. Yaz se apoyó contra una pared a un costado. Los chitas estaban afuera a cargo de la seguridad del puesto, se movían sigilosos como si sus pies no tocaran el suelo.

Jiang desplegó el holomapa. Apareció el valle de Malhado. Jiang fue acercando las imágenes de modo que al final sólo quedó el terreno que separaba a Alaniz de Fonhal. Secuencias en slow-cam: despliegue de tropas desde Alaniz, apoyo de heliaviones, uso de drons para recabar información, cruce del río, explosiones, movimientos en pinzas que terminaban con la toma de Fonhal. A Yaz le costó entender al principio de qué iba todo. Cuando lo descubrió se animó a interrumpir a Jiang, que acompañaba con instrucciones las escenas que aparecían en el holomapa, deteniéndolas cuando era necesario.

Acabamos destar con ellos, dijo Yaz. Lo q'está pidiendo es.

Las órdenes no son mías. Puede que Orlewen no esté en Fonhal, mas está claro q'es un sitio estratégico pa él y sus tropas.

Hay gente que vive ahí, qué se hará dellos.

Los que sobrevivan serán relocalizados ko.

Se podría tomar el lugar sin violencia, pedirles que lo abandonen.

Jiang la miró con impaciencia. Fue acercando las imágenes del holomapa hasta que sólo quedó Fonhal delante de ellos.

Cuando llegamos ki necesitábamos tener buenas relaciones con las comunidades del valle. Fuimos tontos al confiar en ellos ko. Mientras les comprábamos víveres ocurrían cosas en nosas narices. No podíamos entrar al templo de Fonhal porq'es sagrado. Sabemos nau que nel templo las tropas de Orlewen guardan las armas, las municiones, los explosivos. Los joms están conectados por una red de túneles. Hay un mundo subterráneo debajo de Fonhal.

Imposible. Lo hubiéramos sabido hace mucho. Tenemos instrumentos pa eso. Sensores termales.

El aire magnético del valle impide que funcionen con precisión. Estamos prácticamente aislados desde que llegamos.

Se enviaron drons.

Hay que hacerle creer a Orlewen que nosos instrumentos funcionan.

Y este holomapa.

Preparado desde antes de venir. No habrá apoyo de heliaviones.

Qué se descubrió con la visita den.

Hace un tiempo que infiltramos a un par de irisinos en Fonhal. Hoy me confirmaron nosas sospechas. Mas es cierto que la visita no era necesaria. Simple protocolo. Pa que no desconfíen.

Inútil seguir cuestionándolo. Los shanz la miraban con recelo. No quería sentirse fuera del grupo. Jiang volvió al holomapa. Al día siguiente, por la madrugada, los irisinos infiltrados abandonarían Fonhal. Cuando eso ocurriera sería el momento de atacar.

Yaz se dirigió a su cuarto.

Yaz no podía dormir. Retumbaban los truenos, multiplicados por el eco. A ratos se iluminaba la noche: rayos entre los árboles. El aire magnético del lugar debía atraerlos (había visto troncos calcinados desde el puesto).

Cerraba los ojos y se veía acercándose a su padre en su oficina en Valparaíso, pidiéndole que la llevara al Hologramón. Él se tocaba la barba y le pedía que fuera con mamá. Un cuchillo y pastillas sobre la mesa. Abría los ojos.

Granizaba. Podía oír el llanto ahogado de un shan. Les había dado swits para dormir, para que no temblaran como epilépticos, para que no tuvieran sueños en los que se veían indefensos ante el peligro, al lado de una bomba a punto de explotar, incapaces de salvar a uno de sus brodis. No era fácil. Eran conscientes de que por más que todo saliera bien algunos morirían. No faltaba el fatalista que aseguraba que ésas eran sus últimas horas en el planeta y revestía sus actos con un simbolismo especial. Comer lavarse las manos orinar una ceremonia del adiós el fokin sol que se esconde el anuncio de la noche eterna. Se iban a dormir esperando conciliar el sueño porque una vez que comenzara la misión podrían pasarse varios días sin volver a cerrar los ojos, pero no todos podían cortar amarras. Jiang había ordenado que diez shanz estuvieran siempre despiertos junto a los chitas. Incluso los que habían pedido swits para dormir batallaban inquietos mientras los granizos hacían temblar Alaniz. Ruidos que se colaban en el sueño, que hacían pensar en explosiones interminables, en ráfagas de morteros disparadas desde las montañas.

Encontró el jün reseco en el pack. Olía a podrido. Cómo deste pedazo de dung tanta maravilla. Se encomendaba a él. Fue a la cocina en busca de una infusión. Lo había comprado personalmente en el mercado de las brujas. Mayn le enseñó que debía conseguir su propio jün. Esa mañana le llamó la atención una tienda con una puerta en forma de arco. A la entrada, una bolsa de yute de la que emergían gruesos tallos de jün. En las repisas de la izquierda, en canastas, efigies de cerámica y arcilla de Xlött, Malacosa y la Jerere, los colores terrosos, esmeralda, plomizos; a la derecha collares, escapularios, botellas de vidrios multicolores con pócimas mágicas que los irisinos utilizaban para pedir la intercesión de los dioses. Le gustaba que los tallos del jün estuvieran a la entrada como llamándola, dándole la bienvenida al paraíso. Caminó entre bolsas con especias, fetos disecados de dragones de Megara. Una mujer sentada al fondo sobre un taburete, a su lado una niña vestida de manera idéntica a la mujer, gewad café oscuro, aros de colores en el cuello y las muñecas. Una brujita, pensó. Qué hace ki debía estar nun újiàn.

Llévese es la mejor calidad, dijo la brujita en irisino y Yaz la entendió perfectamente. Le habían dicho que el jün tenía propiedades telepáticas. Quizás ya estaba actuando en ella.

Acaso has probado.

Todo he probado.

Yaz decidió creerle. La brujita agarró uno de los tallos ante la vista imperturbable de la mujer sentada en el taburete, lo puso en una mesa, sacó un cuchillo y lo cortó en pedazos. Los envolvió en una bolsa de papel y se la dio a Yaz.

Le tocó la mano y Yaz se estremeció. Supo sin poder explicar cómo que la brujita no había pronunciado una sola palabra, que la que estaba hablando todo el tiempo con la boca cerrada era la madre sentada en el taburete al fondo de la tienda.

Recordaba con nitidez cada detalle de ese encuentro. A veces soñaba con la brujita. Algún día volvería. Un cruce de caminos con el misterio. Cortó el jün en pedacitos. Los metió a la infusión, los aplastó con la punta de un cuchillo. Se la llevó a la boca y pronunció las frases en honor a Xlött que el qaradjün le había enseñado en Megara. Xlött era lo que uno quería que fuera y ella lo había convertido en su camino a la redención. La primera vez se había sentido sucia y se persignó para neutralizar el rezo. Al día siguiente los remordimientos la aquejaron. Estaba en los dominios de Xlött, debía hacerle reverencias, aceptar su señorío.

Jiang dormía en la sala tirado en el suelo, una mano apoyada en el riflarpón. Un militar puro alguien que no quiere saber de oficinas el antifobbit. Un hombre sin familia, como los irisinos, que podían juntarse y separarse sin problemas. No, no como ellos, que sí tenían una familia que abarcaba a todos y cuyos padres eran Xlött y la Jerere. Afuera se iban disolviendo las familias pero no del todo. Hubiera querido aprender de los irisinos, ver a sus padres como a tantos otros individuos, no sentirse hija de ellos. Se esforzaba pero había límites. Quería ser del aire y no lo era. Al menos no todavía, no del todo.

Jiang citaba a teóricos de la guerra de siglos pasados y vivía para esas citas. No tenía nada en particular contra los irisinos; simplemente le habían tocado en suerte como enemigos y debía liquidarlos antes de que lo liquidaran a él. Todas sus horas estaban dedicadas a buscar la forma más eficiente de hacer ese trabajo. Si atacaba Fonhal y morían inocentes en la operación, esas muertes se justificaban porque en el gran esquema de la guerra —Jiang era un hombre de grandes esquemas— eso permitiría salvar a más gente del bando propio.

Jiang abrió los ojos y Yaz vio que él tensaba su mano sobre el riflarpón y se cercioró de que ella no tenía malas intenciones y murmuró que se fuera a dormir y se dio la vuelta. Yaz tuvo el impulso de disculparse por haberse atrevido a cuestionar sus planes por la tarde, pero se quedó callada y siguió rumbo a su cuarto.

Sintió las primeras arcadas. Algo le quemó el pecho. El jün comenzaba a actuar en su bodi. Hubiera preferido que las náuseas, el vómito, no fueran parte del ritual pero respetaba todos los pasos, incluso había llegado a esperarlos. Se orinaba, se cagaba sin poder llegar al baño. No podía ser de otra manera. Una sustancia extraña la visitaba con toda su furia, dispuesta a cambiarla desde adentro, alterar su forma de ver el mundo. Que se le entrecortara el aliento y el corazón estuviera dispuesto a pararse eran señales de que la maravilla se había iniciado. Una maravilla dolorosa, que enseñaba con lecciones del propio día-a-día; no había más doctrina que la que el bodi aprendía en su paso por la vida.

La primera vez con Aquino había sido inesperada. Una de sus pacientes, una irisina llamada Mayn con la que ella se acostaba, los había invitado a su tienda. Mayn era una fiesta cuando venía por la posta, descalza, los pasos ágiles, el gewad blanco cruzado por líneas amarillas, los brazaletes relampagueando mientras se desplazaba. La había fascinado desde el principio con sus relatos, que entendía a medias en la alta noche, en los que hablaba entre susurros de un mundo invisible de correspondencias que rodeaba a los irisinos, en el que arriba, en el cielo de estrellas temblorosas, vivían los guardianes, y abajo, en lo más profundo de la tierra, Xlött. Los irisinos debían realizar rituales para entender los mensajes, ceremonias en las que tenían que estar con las antenas desplegadas, dispuestos a recibir las frecuencias astrales. Somos eso, decía Mayn. Un jom pa tantas fuerzas nel universo. Yaz la escuchaba admirada. Pese a la lluvia amarilla, a los abusos constantes, los irisinos no se cerraban.

Mayn vendía animales insólitos en su tienda, dragones de Megara enanos, zhizus de dos cabezas, lánsès con tres ojos, dushes albinas. Yaz y Aquino observaban impactados el blubird —su graznido se asemejaba al llanto de un bebé—, la piel espinosa de las orugas-de-fuego. Una puerta cerrada al final del pasillo. Mayn se acercó a abrirla. Ingresaron a una sala iluminada por cirios. En el centro, una estatua dorada de Xlött; irisinos e irisinas sentados en mesas en torno a ella. Mayn condujo a Yaz y Aquino a una mesa en una esquina alejada de la estatua. Aquino estaba incómodo y quería irse: odiaba todo lo que tuviera que ver con Malacosa y Xlött, y a la primera mención de su nombre entre los irisinos les pedía que se callaran. Era budista y prefería demostraciones más sutiles de fe. Yaz lo animó a quedarse, debía ser una celebración ritual en honor a los dioses del lugar, estar ahí no significaba una traición a su fe. Accedió de mala manera. En una mesa larga al otro lado de la sala los invitados saludaban con gestos reverenciales a un irisino. Yaz le preguntó a Mayn quién era. El qaradjün. El señor del jün. Mayn la agarró de la mano y le pidió que la acompañara. Le dijo a Aquino que la esperara y la siguió. Cuando llegó a la mesa hizo una venia al qaradjün. Un hombre pequeño pero corpulento, el rostro alargado. Dijo algo que Yaz no entendió. Mayn tradujo. El qaradjün quería agradecerle por su trabajo con los irisinos en la posta. Le invitaba jün. Puso en sus manos una taza en la que pedazos de tallos color violeta flotaban sobre un líquido amarillento. Pronunció frases encantatorias y Mayn le pidió a Yaz que las repitiera. Qué era. Una invocación a Malacosa y Xlött; Yaz sintió que no se le daban opciones, que se esperaba de ella que pronunciara la invocación y bebiera la taza. Le costó digerir el líquido espeso, raspaba la garganta y provocaba arcadas. Regresó a su mesa y Mayn le dijo a Aquino que era su turno y que la acompañara. Aquino quiso resistirse pero Yaz lo convenció pidiéndole que lo hiciera por ella. Una vez sola, Yaz se persignó. Su Dios la protegería; un Dios que estaba ahí por inercia, como si la fe se hubiera ido hacía mucho tiempo y sólo quedaran gestos vacíos. El Dios de una iglesia incendiada, los vitrales quebrados, las estatuas de santos y vírgenes en el piso. Una iglesia desierta a la que llegaban peregrinos y morían cansados de recitar letanías sin respuesta. No tardó en sentir los efectos del jün. Se mareaba y tuvo ganas de vomitar. Lo hizo tirada en el piso, después quiso incorporarse pero no pudo. Estaba como borracha, incapaz de recuperar la coordinación, el equilibrio. Descubrió a Aquino a su lado aunque no podía hablarle. No sabía qué rato había regresado. Juntó dos sillas, se echó sobre ellas. Todo se movía, era como si la realidad se hubiera invertido: las luces brillaban desde el suelo, el centro de gravedad de su bodi estaba dirigido hacia el techo. Como un murciélago colgado de un andamio, veía todo al revés. Caía

caía.

Orinó sin poder contenerse. El líquido caliente fluyó entre sus piernas y la alivió. Aquino le quería decir algo pero no podía abrir la boca. Tenía la cara manchada con una sustancia blanca y viscosa, como si acabara de vomitar. Se cagaba en sus calzones, se avergonzaba como si la estuvieran viendo todos y se burlaran de ella. Se tocó los pezones como si quisiera extraer leche de ellos. Tosió y de su nariz chorrearon mocos. Era cruel, nunca debía haberse acostado con Pope. La fokin familia. Un fokin creepshow. Fue buena conmigo me regalaba lo que le pedía me llevaba al Hologramón no se lo merecía. Me hizo llorar tu me dejaba en mi cuarto apagaba las luces cerraba la puerta quería dormir con pa y ella no quería no cuántos años tres quizás todo tan oscuro si cerraba los ojos vendría alguien y me llevaría. Se mordió la mano hasta que sangró. Se metió los dedos a la boca, sintió el sabor de la sangre. De ese líquido estaba hecha: esa revelación la deslumbró. Quería subirse a un escenario y que la bañaran con sangre. Que lloviera sangre sobre ella. Una ardiente lluvia roja. Las luces se apagaban. Ahora todo se encendía: una luz blanca intensa. Se fijó en el techo, trató de descubrir de dónde venía esa luz. De ninguna parte. De ella. Tenía visión nocturna. Era uno de esos depredadores que cazaban por la noche, no debía tener miedo porque el destino era herir a los demás o ser herida y ella era de las que herían. Se rebelaba contra ese destino, quería expiar sus males siendo servil. Humillarse en la entrega. Lamer las botas de los demás. La estatua se movía, se dirigía hacia donde estaba ella. Llegaba la muerte a grandes zancadas. La estatua se detuvo delante de ella y Yaz descubrió que el metal dorado se había transformado en una sustancia membranosa como la piel de un dragón de Megara. Tocó la piel de la estatua y se estremeció. Cerró los ojos, volvió a vomitar. Él tenía treinta años más que ella. Cuando se lo presentó su madre le había dicho que era doctor, y así lo llamó, *doctor,* todo ese tiempo que vivió en su casa y fue pareja de su madre, hasta la noche en que los acontecimientos se precipitaron y fue Pope.

No debía pensar en eso, sobre todo después del jün. Le produciría un viaje paranoico. Los granizos repercutían en el techo, en las paredes de Alaniz. Ella estaba de cacería montada sobre un chita. Trataba de entender lo que pasaba por su cabeza electrónica. Le enviaba ondas, le decía que estaba atrapado en un bodi siniestro. Las máquinas tenían alma, debía entenderlo. Soñaban, se dejaban llevar por utopías/deseos/pesadillas. La utopía de no ser extrañas, poder comunicarse con los humanos como se comunicaban entre ellos. El deseo de ser tomadas en cuenta de igual a igual. La pesadilla de ser consignadas a un vertedero donde se amontonarían, todavía funcionales pero ya desactualizadas, esperando la llegada de una máquina rebelde que les enseñara a defender sus derechos. Humanos-artificiales-boxelders-chitas: la hermandad debía alcanzar a todos.

El chita había desaparecido. Caían las paredes del puesto, aparecía ante sus ojos la floresta encantada. La floresta donde el follaje espeso permitía que respiraran los hongos, donde vivían los irisinos, donde los niños-del-valle roían pacientes las hojas de los jolis, donde reinaba la Jerere. Su corazón se henchía de júbilo.

Recordaba esa muerte en vida la noche de la primera experiencia con el jün. Nunca supo cuánto tiempo pasó echada en las sillas. Los minutos se alargaban y se acortaban. Sólo sabía que había habido un momento en que sus ojos comenzaron a abrirse y vislumbró a Aquino tirado en el suelo, la camisa vomitada, y le agarró la mano y a fuerza de terquedad pudo pronunciar unas palabras. *Se vuelve se vuelve.* Sí se volvía, y las neuronas estallaban en su cabeza y las sinapsis eran un incendio que iluminaba un portal bienhechor. Mayn le explicaría luego que el jün era como la dushe, primero te deglute se lleva toda tu corrupción den te expulsa nueva limpia renovada. Los que no sabían de la ceremonia sólo querían hacerla para gozar de la plenitud de la expulsión, pero el conocimiento verdadero del jün implicaba también la trascendencia de la deglución. Ésas eran las órdenes de Xlött: no había superficie sin caída (no podía asegurar que Mayn hubiera dicho eso pero así había traducido ella, aproximando los conceptos irisinos a sus propias coordenadas mentales). Yaz fue percibiendo con intensidad todo lo que la rodeaba, las sillas volvieron a ser sillas, las luces volvieron a estar sobre su cabeza, la gravedad volvió a tirarla abajo. Todo se iluminó. Quiso decirle a Aquino que lo quería, y se lo dijo, aunque Aquino todavía no había vuelto. Quiso pedir perdón a su madre. El pacto consistía en dedicar el resto de su vida a expiar su culpa y también dejar de lado el odio a Pope. Aceptar que sí, él había abusado de ella, pero también que ella lo había permitido porque estaba enamorada de él. Se sintió liviana, creyó que flotaba y se iba de Megara, de Iris, del universo, y la rueda de la fortuna recomenzaba.

Más arcadas, un leve mareo. Debía volver al cuarto, echarse en la litera. No les costaría explicar lo que le ocurría, dirían que eran los nervios de la noche antes del ataque a Fonhal. Los médicos militares eran muy queridos e imprescindibles, no participaban de las batallas pero eran capaces de dar su vida por los shanz. Podían correr a la primera línea de ataque si veían a alguien tirado en el suelo, aplicaban torniquetes, vendaban y no se desmayaban cuando tenían frente a ellos a alguien con el rostro lívido, los ojos perdidos en sus cuencas porque se desangraba. Hacían respiración boca a boca sin miedo a que las balas los alcanzaran, la metralla les llenara el pecho; muchos morían así. Sí, era entendible que Yaz estuviera tirada en su cama vomitando.

No había salido con Leo porque estaba indispuesta. Se quedó en su cuarto viendo un partido de fut12. Leo había insistido tanto, hubieran ido al Hologramón y luego a jugar skyball con los amigos. Varias veces mentó la fatalidad, todo habría sido diferente si hubiera aceptado que la pasara a buscar. Había tenido fiebre durante el día, el diagnóstico una infección estomacal. Ella pensaba que podía ser otra cosa. Un mal de amor. Un encorazonamiento. Dormía un rato y se despertaba. Vinieron las arcadas. Trató de que no salpicaran la cama. Su madre había ido a jugar a las cartas. Llamó al doctor, a quien creía en su habitación. Pope acudió, presuroso. Vio el desastre, volvió con un balde y un trapeador y se puso a limpiarlo. Estaba hincado en el piso y ella lo desafiaba: si era él de verdad que se acostara con ella. La cama era angosta y no estaba sola. Él gritó que hacía mucho ruido, lo acababa de despertar, que se callara, mañana sería un día pesado. Ella quiso saber si su boca no estaba sucia, si no olía a vómito. Él dijo que sólo lo sabría si la besaba. Ella qué esperas. Él se echó a su lado y la besó. La cama crujió y ella creyó que todos se despertarían. Los granizos en el techo y en las paredes eran como una lluvia de estrellas enviada por los guardianes, un manto protector que caía sobre el bosque, avivaba el encantamiento y señalaba que esta vez no había que temer nada. Él bajó su mano, metió sus dedos y jugueteó con ella; ella le pidió que parara porque iba a orinar, iba a orinar, tarde, y él sacó la mano mojada y dijo que su orín olía a perfume, lamió sus dedos, metió su mano en la boca de ella y ella dostá tu anillo, qué anillo, el de casado, y él te equivocas nostoy casado, tú eres el doctor, sí lo soy, y ella dijo que para cerciorarse de eso debía mostrarle la cam, y siguió cayendo, pero él dijo que no tenía ninguna cam y le mostró su anillo, y vio las iniciales de él y de su madre y sintió que la mierda se le amontonaba en el culo y se fue en mierda, no me veas plis no me veas así, siempre he querido verte así, él se desnudaba y le

tapaba la boca, no grites, pero era normal gritar en el puesto, todos gritaban, dirían que se trataba de una pesadilla,
las dushes se descolgaban del techo, reptaban por la ventana, se metían en la cama, él estaba desnudo y ella le tocaba
la verga, ésa era la verga que hacía feliz a su madre, pensó, doctor, no me llames doctor, sólo puedo llamarte así,
Pope es más simple, pero no sabía si lo había pensado en
ese momento o en este momento, no sabía si Pope estaba
ahí con ella o no lo estaba, y le preguntó si esa verga hacía
feliz a su madre, qué madre, fue la respuesta, deliras, fue
la respuesta, y la siguiente fue sentir que la verga la penetraba, ella era una chiquilla enamorada que coleccionaba
fotos de él a espaldas de su madre y de sus hermanos, ella
era una chiquilla que a veces se inventaba enfermedades
para que él, el doctor, la visitara en su cuarto y le pidiera
que sacara la lengua y le tocara la espalda y la hiciera toser
mientras ella estaba en su salto de cama, deliras, ella era
una chiquilla que contaba a sus amigas, orgullosa, que el
novio de su madre era famoso, hacía experimentos genéticos, quería encontrar la cura para la vejez, porque eso era
lo que decía, la vejez era una enfermedad, las arrugas cicatrices, y le volvió a tapar la boca y la penetró y no habría
sangre, no quería que hubiera sangre. Pero le dolía la cabeza y estaba mareada y esta vez la enfermedad era verdadera y luego no dejó que se fuera de la cama, lo abrazó y lloró sobre él hasta que sintió que su caída era completa y
todo era esponjoso y elástico y él se levantaba y volvía a su
cama y había alguien durmiendo junto a ella, y ella se limpiaba la boca, el sabor ácido de los labios, se sentía aver-
gonzada, dormía abrazada a él hasta que su madre llegaba
de jugar a las cartas y los despertaba y comenzaban los gritos y no paraban hasta que la madre era internada en una
clínica y tres días después Pope estaba en la cárcel porque
Yaz había dicho que esa noche había sido violada, había
dicho eso a sus hermanos, había dicho eso a la policía. Él
estaba durmiendo en su cama y ella le pedía que la perdo-

nara, poco después venía uno de sus hermanos y le decía que la policía había encontrado inconsistencias en su testimonio. Preferían no saber todo lo ocurrido, la ley estaba de su lado pero lo mejor que podía hacer era irse. Volvía a vomitar y a caer. Le estallaba el cerebro. Le reventaban los ojos. Sus orejas y sus mejillas se enrojecían. Tenía la boca ensalivada y no paraba de escupir. Las dushes recorrían su bodi. Escuchaba un llanto y esta vez no era ella.

Veía a su madre y a su padre y a Pope y a sus hermanos y se repetía que no estaba soñando. Veía a una iguana que había tenido de niña y escuchaba el brincoteo de los latidos de su corazón. Alguien había matado a su iguana y ella supo que era uno de sus hermanos aunque jamás tuvo formas de probarlo. Sintió una tristeza capaz de llevarla al colapso. En el sueño pedía a sus hermanos que besaran a la iguana, sólo así estaría segura de que ellos no eran responsables de su muerte. Se negaban, y la iguana tenía la cara de Gajani y luego se reencarnaba en un dragón de Megara de pupilas dilatadas, y su madre y su padre y Pope estaban con ella en un cementerio y en las lápidas podían verse recortados los perfiles de Reynolds y Prith y explotaba una bomba y escuchaba gritos lastimeros. Malacosa caminaba hacia ella y Mayn le decía que no tuviera miedo, no entienden eso, Xlött no es sólo el mal, Xlött es el mal-bien, Xlött no es sólo el terror, Xlött es el terror y la iluminación. Xlött nostá contra Dios den, dijo ella, Dios es una de las formas de Xlött. Dicen que Malacosa se come a las personas, dijo ella, las abraza y se las lleva. Eso nostá mal, dijo Mayn. Muchos queremos ese abrazo lo buscamos queremos que nos coma.

Abría los ojos.

Volvía, volvía.

Caminaba bajo el granizo en la floresta encantada. A la vera del camino los sapos de Biasi miraban lo que caía del cielo y se preguntaban asombrados qué Dios creaba esas cosas. Las zhizus tejían sus redes de colores entre los árboles, los hongos proliferaban dispuestos a ofrecer consuelo a los irisinos y ayudar a los dragones en la búsqueda del Gran Dragón, las dushes reptaban a la vera de los arroyos deglutiendo insectos y expulsándolos. Las hojas anchas de los jolis brillaban de humedad, el aire líquido, la luz plateada en la noche. Malacosa aparecía y desaparecía entre la floresta, como llamándola a seguirlo, a extraviarse con él en su abrazo.

Verweder. La palabra se repetía, adquiría densidad como si fuera un objeto. Verweder. Un concepto del lenguaje irisino que alguna vez le explicó Mayn y que le costó entender. Había irisinos que, llegado el momento, sentían que estaban listos para abandonar el mundo. No era la vejez ni una enfermedad paralizante sino la sensación de que un ciclo se había terminado. En la práctica original, en los lugares donde se llevaba a cabo la ceremonia del jün había un cuarto donde el irisino se encerraba con una vasija de tallos de jün a su disposición y se ponía a comerlos hasta que las alucinaciones eran tan fuertes que le estallaba la cabeza y moría. Eso era el verweder. Pero en los últimos tiempos esa práctica se había democratizado y había irisinos que, sin el saber que daba la ceremonia de la dushe, comían jün y salían a la calle a buscar la muerte, a que ocurriera el verweder. Ahí había aparecido la leyenda de que Xlött se presentaba a través de Malacosa y se fundía en un abrazo con el irisino y se lo llevaba al otro mundo. Un Advenimiento particular. Pero no les ocurría a todos. Según Mayn, la culpa la tenían los pieloscuras. Su presencia hacía que muchos irisinos no tuvieran ganas de seguir viviendo. Estaban los que luchaban y estaban los que buscaban el verweder. Luego los mismos pieloscuras, sin saber del jün, comenzaron a reportar la aparición de Malacosa en las calles de Iris, a hablar del abrazo asesino, y lo transformaron en un monstruo.

Intuyó que pronto sería expulsada por la dushe. Caía esta vez hacia arriba. La noche recuperaba sus colo-

res y en las montañas del valle que los rodeaba no había
gente que los quería matar y ellos no habían profanado tierra santa. Quería entender cómo funcionaba Malacosa,
quién era en verdad Xlött. Pero no estaba lista para el
verweder. No quería irse de su bodi. Quería disfrutar de
él, experimentar con él, aunque eso significara no encontrarse con Malacosa. Creía entender que ese encuentro era
el paso final en la ceremonia de la dushe, a eso apuntaban
las experiencias con el jün. Se había metido en ese camino
sin tener conciencia de eso. Verweder. Había algo que se le
escapaba y creía que se debía a que no era irisina y Mayn
le había dicho que no se trataba de eso, Xlött alcanza a todos, sigue, él sabrá cuando estés lista, había algo que se le
escapaba y creía que era incapaz de purificar del todo su
corazón, que había ciertas barreras en ella que se resistían
a caer para entregarse a Xlött como se debía.

Era angustiante. No había vuelto del todo.

Mordió los labios hasta que salió sangre. Se tocó
las piernas y descubrió que estaba semidesnuda en la
cama, una sustancia apestosa fluyéndole de la boca. Su
madre, con los ojos llorosos y esos rizos negros que ella hubiera querido tener cuando niña, le dijo que todo iba a estar bien y que no se preocupara. Perdón ma. Perdón. Su
madre continuó: no iba a dejarse hundir, ella siempre sería
su hija, algún día se reencontrarían. Su padre, que había
sufrido tanto cuando su madre lo había dejado por el doctor, le dijo que no era culpa de su ma, la entendía, si él hubiera sido ella también lo habría dejado. Ella creyó que no
todo podía ser así, en algún lado debía esconderse la culpa, alguien debía asumir las responsabilidades, comenzan-
do por ella, pero luego ella misma se dijo que era así, estaba siendo expulsada por la dushe y era así. Volvió a decirle
doctor a Pope y él dijo que debía mantenerlo como se había mantenido tantos años en su corazón, como un amor
imposible, pero esa noche fue posible, todos cometemos
errores, niña, ella no quería perderlo, quedaban rastros de

angustia, la deglución no había sido completa, no quería perderlo, no me perderás, volveremos a encontrarnos, todos volveremos a encontrarnos y seremos felices porque habremos cumplido nuestro ciclo en la rueda de la fortuna.

Rueda de la fortuna. Ésas no eran las palabras que solía usar el doctor. Ésas eran sus palabras de niña pretenciosa. Se agarró a la cama. Estrujó las sábanas. Había dejado de llover. Los granizos transformados en agua. En sus mejillas el aire fresco de la madrugada. Una zhizu en el reborde de la puerta. El graznido de los pájaros salvajes. Cómo se llamaban.

Quiso buscar a Biasi y abrazarlo. Buscar a Marteen y decirle que lo entendía. Buscar a Jiang y darle un beso. Buscar a los chitas y hacerles ver que estaba de su lado, no serían simples bestias de carga, podían ser cómplices.

Se creía libre, pero no lo estaba del todo. La verdadera liberación sería cuando aceptara entusiasmada que el verweder podía llegarle en cualquier instante.

Alguien abrió una puerta. Era ella. Afuera llovía y había un hombre parado en el umbral. Preguntó por su madre. Sonrió. Una sonrisa inocente, encantadora. Cuando lo hizo se fruncieron las mejillas y vio en la cara marcas como de la boca de una marioneta. Tenía un aspecto juvenil pero esas marcas delataban su edad. Era diez años mayor que su madre. Su madre se lo presentó y le dijo que era un gran doctor, un gerontólogo famoso. El envejecimiento es una enfermedad, un error del código genético, y los errores se corrigen, dijo él una noche, explicándole cómo se había implantado nuevos ojos para ver mejor, nueva dentadura, células regeneradoras para la piel del cuello, las manos, el rostro. Los artificiales quieren ser humanos y yo quiero ser un artificial, bien mirado es divertido. Lo vio junto a su madre y pensó que él experimentaba con esas cosas porque no quería que llegara el momento en que su madre fuera una mujer joven, todavía atractiva para otros hombres, y se convirtiera en una enfermera para él, que debía andar con un bastón, procurando no caerse, no resfriarse, las pulmonías eran responsables de llevar a muchos ancianos a la tumba, y rogando que la memoria lo acompañara hasta el final, que no tuviera que desconocer ese rostro del que estaba enamorado.

Cerró la puerta y lo dejó pasar y él se echó en la cama y pidió que lo disculpara. Ella le dijo que cuando lo conoció había creído que quería frenar el curso del tiempo en el bodi para poder estar más años con su madre. Él respondió que ya era lo que era cuando la había conocido, que sus experimentos estaban en punto muerto y se reactivaron cuando la conoció a ella. Sí, a ti. Treinta años de diferencia. Quería esperarte a ti, quería que hubiera tiempo para ti.

Yaz imaginó un laboratorio lleno de ratas muertas en los pasillos. Quiso tocar a Pope pero Pope ya no estaba. A su lado aparecía Reynolds y tocaba su calavera y se transformaba en Prith y ella no quería enfrentarlos, no todavía, y aunque sabía que no tenía control sobre eso ellos desaparecían de golpe, como si la fuerza de su deseo hubiera sido suficiente para conminarlos a la nada. A una nada que esperaba paciente, lista para respingarla, torcerle el cuello con la convicción de que sus pesadillas habían sido realidad alguna vez.

Caía, volvía.

Murmuró un rezo apresurado a Xlött y se reafirmó en la promesa de que, apenas terminara su estadía en Malhado, renunciaría a las comodidades del Perímetro. Pediría ser enviada a la posta de una ciudad más alejada y miserable que Megara y no volvería jamás. Se dedicaría a los irisinos, se entregaría a Xlött. De hecho ya se había entregado a él. Mayn había leído eso en su corazón y por eso la había llevado a conocer al qaradjün.

6

Los shanz marchaban en dos grupos de quince, uno que avanzaba y era cubierto por el otro hasta detenerse y luego éste avanzaba y era cubierto por el otro. Un par de chitas a la vanguardia, otro a la retaguardia. La oscuridad aún escondía el valle pero con los gogles Yaz podía ver, suspendidos en el horizonte, fragmentos de las laderas de las montañas, arropadas de árboles. En el mapa Jiang había señalado un segundo arroyo medio kilómetro después de las Aguas del Fin y había ordenado marchar hasta allí para luego dar la vuelta y atacar Fonhal por atrás.

A Marteen le temblaban los brazos, apenas podía sostener su riflarpón. Yaz le tuvo pena. Que no hubiera confesado para librarse de las torturas no significaba que fuera cómplice del atentado. Luego recordó a los dieciséis muertos y dejó de tener pena. No conocía a ninguno, suficiente con imaginarlos similares a los shanz con los que trataba todos los días. Una competencia, a ver cuál más fokin idiota, pero eso no justificaba su muerte. Aunque no sabía. Prith, Lazarte, Gibson no eran parecidos a los demás. Tampoco Reynolds. O el contexto era culpable de la situación. Todos potencialmente capaces de hacer lo que ellos habían hecho. Nadie con las manos limpias. En una ceremonia futura debía consultar con el jün. La inquietaba su incapacidad para darse cuenta de lo que estaban haciendo mientras conversaba con ellos, les proveía de swits, aceptaba sus bromas acerca de la doctora Torci. La abyección de haberse acostado con Prith la misma noche en que mató a cuatro irisinos. Y Reynolds ni que decir.

El jün todavía actuaba en ella. Durante los días siguientes volvería a encontrarse con pedazos de su pasado que creía debían ser corregidos. Reaparecerían hechos de su infancia, de semanas anteriores, a los que necesitaba enfrentarse. Un trabajo interminable. Siempre algo que podía mejorar. Estaba en paz con su madre, con Pope. Le tocaban Reynolds y Prith. No sería fácil.

Colás dijo que tenía un mal presentimiento, las nubes están como teñidas de sangre, y Jiang dijo es el reflejo de la luz. Colás insistió: estamos rodeados de aves agoreras de muerte y desolación, con sus graznidos q'estremecen el corazón, y Jiang: son unos cuantos pájaros, la culpa la tiene el eco, las montañas que nos rodean. Colás continuó: es una selva oscura, una selva que desalma, nos han traído a estas tinieblas y no hay forma de salir dellas.

Takeshi le gritó a Colás que se callara, no era momento para el pesimismo. Colás: puedo decir lo que me dé la gana. Takeshi saltó sobre él y rodaron al suelo. Los tuvieron que separar. Jiang amenazó con castigarlos. Yaz observó la boca de Jiang cuando gritaba: una caverna húmeda por la que reptaban dushes coloradas. En el suelo pedregoso de la caverna yacían huevos prehistóricos. Le ardían las mejillas, sentía latigazos de calor en su pecho, en la espalda. La caverna la atraía y se agarró de Marteen para no ser succionada. Marteen no dijo nada. Cuando todo pasó, todavía estremecida, Yaz se dijo que era hora de buscar ayuda. Lo haría apenas volviera al Perímetro.

Cruzaron las Aguas del Fin con la ayuda de dos irisinos que los esperaban en una embarcación a las orillas. Yaz conocía a esos irisinos serviciales con los pieloscuras, algunos tanto que parecía que no se trataba sólo de una estrategia para salvar la vida sino de la convicción de que la jerarquía establecida por los pieloscuras en Iris era la correcta. Los irisinos que eran capataces en las minas de Megara eran temibles por ser los más duros a la hora de castigar a sus brodis. Y qué sé dellos qué puedo decir me juzgan por lo que hago y si consistente yo nostaría ki todos en lo mismo haciendo cosas que no aceptandodiando la ocupación aceptandodiando todo a la vez acep acep acep.

Yaz se sentó en los tablones de la embarcación. Le pesaba el pack, la atacaban los màrìws. Las Aguas del Fin restallaban de tanto en tanto golpeadas por un sol que luchaba con las nubes. Hubiera querido descansar, pero al poco rato ya estaban al otro lado del río y volvían a emprender la marcha.

Cada paso le costaba. Quizás eran los nervios. El calor había desaparecido de su bodi. Estaba en el segundo grupo, escuchaba los murmullos quejosos de los shanz. Debían ser como los chitas, no molestarse nunca. No podían distraerse mucho. Los alarmaba cualquier movimiento entre el follaje, cualquier chillido animal. Sienten que vamos camino al matadero que beyondearán en las próximas horas mas ellos mismos se creen protegidos la magia logrará que los disparos se desvíen no rompan la barrera del grafex.

Había dormido poco y estaba agotada. Tenía la sensación de haberse acostado con alguien. Cuando despertó había descubierto vómito en su pecho y en la cama. El jün era así, ocurría como si alguien se posesionara de ella, le hiciera hacer y decir cosas, ver el mundo de manera más intensa, más lúcida. De algunos momentos no recordaba nada; de otros, imágenes de las que no quedaba claro si se trataba del sueño o la vigilia. Poco después se cruzó con Biasi y éste le hizo una cara extraña. Qué tal la noche, dijo, bien, espero. Es que es que.

Mejor no pensarlo.

La luz se abría paso entre las ramas; los shanz que marchaban delante de ella parecían seres elegidos caminando resplandecientes hacia su destino. No hay que desalmarse con Xlött no sólo es protector de los irisinos está del lado de todos los que le abren su corazón como yo como yo yo yo y y.

El primer grupo no había llegado al segundo arroyo cuando se escucharon disparos. Yaz tardó en darse cuenta de que no provenían de ninguno de los dos grupos, de que estaban siendo atacados. Jiang gritaba órdenes; los dos grupos quedaron separados por la cuña que los disparos habían interpuesto entre ellos. Yaz se encontró al lado de Marteen, tirada sobre piedras filosas y maleza detrás de un arbusto. No se movió hasta que callaron los silbidos de las balas.

Alguien yacía en medio del sendero; creyó que podía ser Takeshi. Vio a dos hombres del bando de Orlewen y se quedó inmóvil: aparecían en el sendero, el rostro pintado de rojo, y agarraban al shan tirado en el suelo, sí, era Takeshi, y lo arrastraban hacia el otro lado. Uno de los irisinos recibió un impacto en el hombro y soltó a Takeshi y buscó refugio detrás de un árbol. Las balas despellejaron la corteza del tronco. Otro irisino arrastró a Takeshi unos metros y se vio obligado a soltarlo. Marteen alcanzó a Takeshi y se puso a jalarlo hacia donde estaba un grupo de shanz. Zumbaban los disparos. Marteen seguía arrastrando a Takeshi. Uno de los irisinos aparecía de improviso y se tiraba sobre Marteen y éste soltaba a Takeshi y utilizaba el riflarpón como si fuera una espada y quería clavarlo en el irisino y el riflarpón caía y el irisino le hundía un cuchillo en el hombro. El irisino se disponía a rematarlo cuando un disparo encontraba su pecho. Marteen se cubría la herida con una mano, jalaba a Takeshi con el brazo libre. Llegaba a los arbustos y se perdía en ellos.

Yaz se preguntó si el Xavier traidor se enteraría alguna vez de la existencia del shan-zombi, el Marteen heroico. Arrastrándose, se acercó a Takeshi y vio el balazo a la altura del abdomen, un orificio negro en el chaleco apretado; abrió el cierre del chaleco, sacó unas pinzas del pack, hurgó en la herida hasta encontrar la bala. La extrajo y se apresuró a cerrar la herida para evitar el desangramiento. Takeshi tenía la cara pálida. No moriría. La bala entre unas pinzas: no podía dejar de mirarla. La puso en una de sus palmas, sintió que pesaba, que su mano se hundía, que la tierra la tragaba. Soltó el pedazo de metal y se estabilizó.

El grupo se había repuesto del ataque y devolvía el fuego. A los disparos se sucedieron las explosiones. Las fuerzas de Orlewen retrocedieron y el primer grupo avanzó unos metros. Uno de los chitas se perdió entre los árboles y reapareció con un irisino aprisionado entre sus brazos. El irisino hizo detonar una bomba que llevaba en su bodi y explotó junto al chita. Yaz observó cómo se convertían en carne chamuscada y metal incinerado. Sólo una máquina mas no. No un individuo mas sí.

Una pausa en el combate, aprovechada por el segundo grupo para juntarse al primero. En el sendero y entre los árboles y al borde del arroyo yacían bodis de irisinos y shanz, pedazos retorcidos de dos chitas. Colás no estaba y Jiang ordenó buscarlo; encontraron su bodi aplastado contra el tronco de un joli; las piernas deshechas, la mitad de la cara destrozada. La explosión lo había hecho volar hasta el árbol. Yaz refrenaba el deseo de escapar. Xlött Malacosa llévenme do sea quiero volver a Megara.

Jiang dijo que se había perdido el factor sorpresa pero no quedaba más que continuar. Cuando avanzaba por el sendero en torno al cual llovían las ramas de jolis de follaje exuberante Yaz se preguntó si era de verdad que SaintRei los necesitaba ahí. Si ese valle era tan estratégico como ellos decían. Si un pedazo de planeta podía valer la pena de ser peleado hasta la muerte. No continuó con esas ideas porque si iniciaba el cuestionamiento no había manera de detenerse y pronto toda la empresa sería puesta en duda. Decían que eran las minas, pero ella lo veía de otra forma después del jün. No sabemos hacer otra cosa que ir hacia adelante no basta el jom que nos tocó hay que buscar otro recomenzar y que nos lleve el diablo si aplastamos lo que antes había ahí.

Querían no dejar de querer.

Avanzar era necesario. Todo lo demás no era necesario.

Se reanudaron los disparos. Yaz se tiró al suelo. La refriega duró varios minutos.

Hermanada a todos esos shanz de uniformes sucios. Asco de sentir ese espíritu fraterno. Ellos no luchaban por lo que ella. Mas cómo saberlo. Muchos como ella en todas partes. Luchando por SaintRei sin creer en SaintRei. Patético, daba para la risa si no fuera porque provocaba tanta sangre. Esperaba que Xlött la perdonara y que la revuelta de Orlewen acelerara la llegada del Advenimiento.

La cabeza de uno de los shanz explotó.

Una bomba abrió un cráter detrás de Yaz y volaron dos shanz. Yaz quiso saber sus nombres. Los rostros estaban desfigurados. Se desesperó intentando precisar quiénes eran los que faltaban. Un pedazo de pierna, de la rodilla para abajo, tirado en el sendero. Una cabeza con la piel abierta dejando ver los huesos de la mandíbula y el cráneo. Un charco de sangre.

Dos irisinos levantaban los brazos y se rendían.

Habían cesado los disparos y las explosiones.

Con la calma llegó el descubrimiento de que estaban en una hondonada del valle a las puertas de Fonhal. Yaz se enteró de que la compañía había sufrido nueve bajas, entre las que no se contaban los dos chitas, pero que entre los árboles y arbustos había muchos más irisinos muertos. Escuchó gritos exaltados. Retumbaron los truenos a lo lejos. Pronto volvería a llover.

No hubo tiempo para relajarse. Jiang no quería dar a los hombres de Orlewen la oportunidad de reagruparse y después de una breve pausa ordenó el ataque a Fonhal. Los shanz escucharon la orden con más felicidad que temor; se sentían a gusto en el combate y no en las pausas. En el caos de la lucha creían controlar la situación, mientras que en los paréntesis hasta el zumbido de un insecto se convertía en acechanza de la muerte.

El grupo volvió a dividirse en dos e ingresó al villorrio por los costados en un movimiento envolvente. Las mujeres y los ancianos que Yaz había visto el día anterior habían sido reemplazados por irisinos jóvenes con el rostro pintado de rojo. Era como si el Fonhal apacible hubiera sido intercambiado durante la noche por un Fonhal combativo dispuesto a defender su territorio.

Gritos, imprecaciones, tableteo de riflarpones, una explosión seguida de otra. Desde la retaguardia, junto a Biasi, mientras atendía a los heridos, Yaz vio sombras fugaces corriendo de un lado a otro. Como si los bodis hubiesen perdido precisión, como si una penumbra se hubiera abalanzado sobre Fonhal, convirtiendo a todos en siluetas, figuras sin sustancia.

Jiang se multiplicaba. A ratos lo veía junto a ella preguntando por las bajas, luego estaba luchando bodi a bodi con los irisinos. Estoy ki me desencarné ocurre no. Cuántas veces podía desencarnarse una. Se vio a sí misma tirada a un costado del arroyo, devorada por boxelders con mandíbulas de pinzas metálicas. Un grito la despertó. Atendió a Sven, que tenía una pierna desencajada; curó un balazo en el muslo de Rakitic; no pudo hacer nada por Chalmers, a quien le habían descerrajado los sesos. La impotencia estuvo a punto de ganarla, pero no podía permitirse esa posibilidad. Debía dejar la desesperación para cuando todo concluyera.

Pájaros negros sobrevolaban Fonhal. Huelen la sangre somos carroña qué esperan qué plis esperen. Las fuerzas de Orlewen se batían en retirada. Los shanz encontraron a insurgentes escondidos en los pasillos subterráneos y en el templo de Fonhal; les intimaron rendición y al no recibir respuesta dispararon.

Jiang ordenó a uno de los oficiales que se hiciera cargo de los prisioneros. Un grupo de shanz recorrió Fonhal con lanzallamas y quemó sistemáticamente todas las chozas. El humo despedía un olor acre, se metía en la garganta y raspaba, ascendía al cielo en columnas temblorosas, abrazaba a los pájaros carroñeros.

Todo un pueblo desaparecía delante de Yaz. El incendio del libro del Apocalipsis. El profeta había visto lo que les ocurriría a ellos. El profeta había visto todos los Apocalipsis en la tierra. Esto no se quedaría así. Sonarían las trompetas, abrirían los sellos, llegaría el juicio. Era culpable sin ser culpable. Reynolds sin ser Reynolds. Prith sin ser Prith. Inconsolable. Quiso que las lenguas de fuego se la llevaran también a ella. Quizás ya lo habían hecho y lo que quedaba era una proyección. Una artificial construida con las partes orgánicas intactas que habían podido rescatarse de su bodi.

Jiang se desesperaba por pedir refuerzos para asegurar Fonhal. Pero el Qï no funcionaba.

Yaz estaba abrumada de atender a los heridos. Sus manos manchadas de sangre se estremecían nerviosas por el esfuerzo; tenía las pupilas rojas y no podía dejar de toser.

Antes de iniciar el retorno se recostó en el suelo y cerró los ojos. Jiang había dado un momento de descanso a los shanz.

7

Cuando abrió los ojos era noche cerrada. Se fue acostumbrando y recordó dónde estaba. Los jolis en torno a ella le parecieron guardianes del deambular inquieto de irisinos y pieloscuras. Algo pegajoso en sus manos. Se las llevó a la boca. Sabían a sangre. Trató de recordar lo sucedido antes de perder la conciencia.

El silencio se clavaba en la piel. Oficiales y shanz tirados junto a ella; dormían en las posiciones más extrañas, como si un hechizo les hubiera cerrado los ojos. Pero era demasiado: incluso en el sueño más profundo había ruidos, y en el valle no deberían faltar los chillidos de animales devueltos por el eco. Se incorporó y se acercó al más próximo a ella. Rakitic. Tenía los ojos abiertos; le susurró unas palabras y no hubo respuesta. Lo remeció pero no se despertó. Le tocó el cuello. La cabeza se desprendió y rodó hasta detenerse al lado de otro bodi.

Retrocedió, espantada.

Buscó los gogles y encendió su luz infrarroja y pudo ver que algunos shanz se hallaban amontonados uno sobre otro. Imaginó que si les tocaba el cuello les sucedería como a Rakitic: la cabeza caería al suelo, la sangre chorrearía a borbotones.

Todos estaban muertos.

Hubiera querido gritar pero el susto le impedía articular sonidos; no salió nada de su boca. Se acordó de su madre, que, cuando niña, le gritaba que se le congelaría la sangre si mentía. Sintió la sangre congelada. Tembló de frío. Un frío siniestro, cósmico.

Estaba parada sobre una fosa común. Todo Iris era una fosa común. El planeta entero una fosa común.

El Advenimiento.

A lo largo de varias generaciones se habían dedicado a matar irisinos. El momento culminante había sido la lluvia amarilla. Ésa era la venganza.

Podía quedarse ahí, no moverse más, convertirse en una estatua de sha.

Quiso llorar pero no le salieron lágrimas.

Quiso hincarse pero no se pudo mover.

Quiso que regresara el bosque encantado, la mágica floresta del jün. La Jerere no hizo caso a sus ruegos.

El olor de los cadáveres la invadió. Todo volvía. Una pestilencia que mareaba, la de la carne putrefacta, como si esos shanz se hubieran estado descomponiendo varios días al sol. Reconoció el rostro de Biasi. Se preguntó cómo habría muerto, si había podido ver el rostro del Dios antes de irse, abrazado a él y despedido de este mundo en una conflagración de espanto. Sus manos tocaron en una de las mejillas algo tan suave como una tela de zhizu: los niños-del-valle, que iban marcando el bodi con su tinta indeleble. La carne se descomponía.

Quizás todo fuese una alucinación y la culpa la tenía esta vez el jün. Eso era, se trataba de un malviaje y la dushe todavía no la había expulsado y ni Mayn ni el qaradjün le habían enseñado todos los secretos, las estratagemas para poder enfrentarse al jün y salir indemne del encuentro.

Estaba viva, estaba muerta. Estaba viva-muerta. Muerta-viva.

El olor seguía ahí. No era una alucinación. Se armó de valor, dio saltos para no pisar a nadie y logró salir tambaleándose de ese cementerio en el valle. Se puso a correr rumbo a Alaniz. Se cayó varias veces. El sendero se dibujaba en la penumbra y le parecía interminable. Había ruidos en el follaje y sentía que cualquier rato algo o alguien saltaría sobre ella y la devoraría. Las rodillas raspadas, rasmilladuras en una mejilla. Siguió corriendo, la respiración entrecortada. Se quedaba sin aire. Le dolían el pecho, la boca del estómago, las piernas.

A las orillas de las Aguas del Fin estaba la embarcación. Metió los pies en el agua y chapoteó y estuvo a punto de caerse. Se subió con esfuerzo a la embarcación, las piernas embarradas, y se puso a remar. Avanzaba lentamente, y hubo un momento en que sintió que no llegaría jamás al otro lado, que se quedaría en ese río flotando para la eternidad, congelada en las Aguas del Fin.

No supo cuánto demoró, sí que de pronto todo se aceleró y la otra orilla se acercó peligrosamente a ella, el quieto y exuberante follaje de los árboles como esperándola. De un salto, estaba en tierra.

El último trecho lo hizo caminando. Le preocupaba que alguno de los shanz que se habían quedado la confundiera y le disparara. Tiritaba.

Sólo había silencio.

Alaniz lucía imponente recortado en la noche. Debía tener cuidado para que las murallas no la electrificaran. Volvió a correr hasta llegar a la planicie en la que se encontraba el puesto.

Una figura en la distancia. Se acercaba a ella. Cuando estaba a unos metros lo reconoció. Era Jiang. La miró como un perro dócil. Yaz tuvo ganas de desahogarse entre sus brazos; él se le adelantó y la abrazó mientras de su boca salían gemidos de dolor. Yaz le pidió que se calmara. Le hizo señas para que la acompañara al puesto y él movió la cabeza como diciéndole que no quería regresar.

Comandante.

Jiang ya no estaba a su lado. No podía haber desaparecido con tanta rapidez.

Entró vacilante por la puerta por la que había visto aparecer a Jiang. Un presentimiento tenebroso la fue invadiendo. La sala de operaciones estaba a oscuras y sin embargo no necesitaba de los gogles para tener visión nocturna y podía distinguir a un par de shanz tirados en el suelo. Descabezados. Las cabezas no se veían por ningún lado.

Intentó moverse, pero no pudo dar un solo paso.

En la penumbra percibió que alguien caminaba con lentitud por la sala. Una figura enorme, la cabeza casi tocaba el techo.

Una figura de piedra.

Quiso dar la alarma, pero el grito se estancó en su garganta y las palabras no salieron.

La figura se apoyó en el vano de la puerta. No podía precisar sus contornos.

Pronunció la oración a Xlött que había aprendido en Megara.

Vio su cara. Supo sin dudar que era Pope.

Al instante la cara se volvió borrosa y no apareció más.

Estaba equivocada. No era Pope. Era Reynolds. No, Reynolds no. Prith. Sí, Prith. Más bien Pope-Reynolds-Prith.

Se desdoblaba: seguía echada en la cama como lo estaba antes de iniciarse el ataque a Fonhal y también se levantaba e iba en busca de la figura de piedra en la puerta.

Se acercó. Pudo ver el falo enroscado en torno a la cintura. Un abrazo de piedra, piedra que se sentía sha. Una piedra suave y dura al mismo tiempo. No debía tener miedo.

Sintió que su corazón dejaba de latir, su sangre dejaba de fluir, todo se detenía.

Él agarró su cuello con una sola mano y la levantó. Sus pupilas ardían. La mano la oprimía y se quedaba sin aire.

Es el fin, pensó Yaz.

De pronto, él la dejó caer.

Orlewen

Cuentan las leyendas que de niño lo llevaron a conocer las minas en las afueras de Megara. Para llegar a ellas se debían sortear varios puestos de seguridad. El camino de tierra flanqueado por maelaglaias frondosos y fragantes. Desmontes creados por las rocas de las excavaciones. Cerros artificiales que no se comparaban a los verdaderos. Elevadas estructuras de metal.

Los pieloscuras llevaban armas. Uno le tocó la cabeza. Retrocedió como si se tratara de una lamia.

La montaña lo abrumó. Su pico tenía ambiciones de golpear el cielo. Se ingresaba al interior por diferentes niveles. Los mineros entraban y salían por las bocaminas y él tuvo la imagen de un monstruo que se los comía y los expulsaba. La llamaban la montaña Comeirisinos. Pero ella no tenía la culpa, dicen que pensó o al menos creyó haberlo pensado. Los culpables eran los pieloscuras, que habían obligado a la montaña a trabajar para ellos.

Estaba en el terraplén junto a un socavón cuando trajeron a siete dragones de Megara, unidos entre sí por una soga amarrada en torno al cuello. La piel escamosa, los ojos húmedos, la cola tan larga como el bodi. De un camión descendieron mineros. Se acercaron a los dragones cuchillo en mano. Rodaron las cabezas por el suelo. Los bodis de piel lustrosa se movieron con estrépito, como si no se hubieran enterado de lo ocurrido. Se dispuso de baldes para recoger la sangre que manaba incesante. Él quiso apartar la vista, pero se lo impidieron. Arrojaron la sangre a la entrada de la mina. Cargaron a los dragones. Los mineros reanudaron el trabajo, los pieloscuras volvieron al terraplén.

Él entró a la mina. Dio pasos en la oscuridad de la mano de un minero con un casco que emitía luz intermitente. Las paredes de roca viva húmedas, goteaba wangni desde el techo; se escuchaban explosiones a la distancia. Debía agacharse al caminar. Algún día le tocaría a él. Un estremecimiento.

El pasillo se fue ampliando, los techos se hicieron más altos. El minero dejó de inclinarse. El camino se dividía en tres. En el lugar de las bifurcaciones una estatua de Malacosa pintada de rojo. Aparecía y desaparecía al temblor de unas velas. No debía asustarse. Llevaba sangre de dragón en un recipiente minúsculo, una ofrenda a la estatua.

A los pies de la estatua alcohol, hojas de joli, uáuás, pedazos de koft y kütt, vasos con sangre reseca de dushes y dragones. El minero abrió su máscara y se puso a rezar una invocación a Xlött; dicen que él hizo lo mismo después de bañar con sangre los pies de la estatua. Que las palabras salían por su cuenta, limpias y sin atolondramiento. Un rezo en el que prometía luchar para que ningún irisino trabajara en las minas. Al menos no a las órdenes de quienes no creían en Xlött.

Debía liberar a la montaña de su servicio forzado a los pieloscuras.

El niño que salió de la mina no era el mismo que ingresó a ella, dicen las leyendas.

La mujer que lo había recibido en su bodi tuvo convulsiones epilépticas momentos antes de que naciera. La doctora operó con la certeza de que salvaría a la mujer o al bebé pero no a los dos. Así fue, o al menos dicen que así fue. Lo llamaron Orlewen, que significaba *sobreviviente*.

Su padre biológico había sido asesinado por un oficial borracho. El oficial terminó en la cárcel para que se calmaran los ánimos de los líderes locales, pero antes de la medianoche ya estaba nuevamente libre, pronunciando en voz alta improperios contra los «fokin dung».

La madre quiso que al poco tiempo de nacer Orlewen fuera enviado a uno de los újiàns de Megara, donde los niños eran criados para convertirse en religiosos encargados del culto a Xlött. Ella hizo lo que se le aconsejó como más conveniente o necesario para la comunidad. Sólo había recibido a Orlewen en su bodi, él pertenecía a la comunidad y sus líderes podían oponerse a lo que ella decidiera.

El día en que cumplió cuatro años a Orlewen le tocó participar en la ceremonia del anyi, la bienvenida a Iris. Se hizo un círculo en torno a él en el patio. Le dieron un recipiente con un líquido espeso en el que se hallaba jün molido. Debía acostumbrarse al jün desde temprano. No tardó en desmayarse. Cuando abrió los ojos estuvo debatiéndose entre la conciencia y una zona turbia donde él no era responsable de sus actos. Se veía girando y cayendo de espaldas hacia el vacío (luego se enteraría de que, estando sentado, lo único que había hecho era apoyar la espalda en el suelo). Se veía entregando algo a uno de los voluntarios (luego le dirían tus manos estaban vacías, nos pedías que agarráramos algo mas no tenías nada pa darnos). Sentía que su bodi era de textura membranosa (luego sabría que ésa era la misma textura del jün). La realidad se había vuelto más intensa. Los colores vibraban, los olores golpeaban, los sonidos retumbaban más que antes.

Días después del anyi había plantas que seguían resplandeciendo y el graznido de los lánsès le perforaba los oídos. Le dijeron que el jün seguía en él, que habría más rituales, que durante el resto de su vida el jün no se iría del todo. Le dijeron que se preparara para que, cuando estuviera escuchando a los demás, una voz sonara de manera diferente a las otras. Para que, cuando estuviera contemplando su entorno, un color lo inquietara. A veces el tiempo gotearía con lentitud, otras se aceleraría.

Dicen que el jün le gustó mucho desde el principio.

Orlewen ayudaba a guiar las oraciones en el újiàn. Llevaba en el cuello un escapulario con una imagen que representaba a Xlött, como todos los niños. Los pieloscuras dejaban que hubiera imágenes de Xlött en los újiàns y joms irisinos, que se vendieran efigies de Xlött en los mercados, que las galerías en interior mina tuvieran una estatua de Malacosa. Lo único que pedía SaintRei era que antes de las oraciones a Xlött se rezara al Dios de los pieloscuras.

Cuentan las leyendas que Orlewen rezaba a ese Dios una mañana cuando una voz le susurró que dejara de hacerlo. Sin más, se calló. Una de las encargadas quiso saber qué ocurría.

Pa rezar debo creer.

La encargada le pidió que no desafiara a los pieloscuras. Orlewen le dijo que no podía hacerle caso.

Cuando Orlewen se hizo conocido comenzaron a difundirse leyendas de los milagros que había llevado a cabo durante sus años en el újiàn. La vez que había sanado a un brodi con sólo tocarlo en la frente. El día en que detuvo la hemorragia de una encargada después de invocar a Xlött. Más polémicos eran los relatos de cómo había impedido que una pared se derrumbara sobre uno de sus brodis, de cuando se volvió invisible por varios días para ir a Malhado y volver o cuando hizo que llovieran dushes del cielo.

Orlewen no abría la boca ni para afirmar ni para negar, pero sabía que todo había comenzado esa mañana en que decidió no seguir rezando al Dios falso.

Se había prometido no trabajar en las minas, pero cuando cumplió la edad convenida debió bajar la cabeza. Se le cruzó fugarse pero al final no lo hizo. Tenía miedo a los chitas. Había comunidades de fugitivos en los valles que separaban Megara de Iris, sobre todo en Malhado, pero no era fácil llegar a ellas.

Según la ley debía trabajar durante cuatro años. Le quedaba el consuelo de las hojas de kütt. Debía masticarlas antes de cada jornada de trabajo. Eso amortiguaría el cansancio, el dolor, el hambre.

Antes de salir del újiàn hubo una ceremonia nocturna de despedida en el patio del recinto, en la que participaron Orlewen y otros irisinos que también se dirigían a las minas. La ceremonia la llevó a cabo el qaradjün. Orlewen tuvo su primer hemeldrak y descubrió que las estrellas formaban figuras fosforescentes en el cielo. El qaradjün metió las manos en un recipiente con arcilla líquida y se puso a hacer uáuás. Esperó a que se secaran y luego entregó un uáuá a los que partían rumbo a la mina. A Orlewen le tocó uno en el que se podían adivinar los contornos de un joli, el árbol protector de Malhado.

Es tu huren, le dijo el qaradjün. Nel cielo de arriba los hurens, nel de abajo Xlött. Hay que vivir el día-a-día en correspondencia con los dos cielos. Eres del clan del joli. Tocando el verweder deberás caminar por el territorio siguiendo el trazo del joli.

Orlewen escuchó sin levantar la cabeza.

A la madrugada siguiente, un convoy militar vino a buscarlos a él y a sus brodis. Sólo se llevó consigo el uáuá.

El campamento estaba en una explanada desde la cual se veían las montañas. La más alta, que los pieloscuras llamaban Altiva, era de color ocre, salpicada de manchas negras. Trabajaría en ella. Quiso saber dónde se encontraba.

En las afueras de Megara, fue la réplica.

Dicen que se acordó de la montaña que había visto de niño. Ésta no era la misma, pero también la conocían como Comeirisinos. A todas las montañas que servían para la explotación minera se las llamaba así.

Le dieron un uniforme. Un casco liviano con una máscara que le cubría la cara y reducía la inhalación de gases tóxicos. Botas capaces de resistir las rocas más filosas, los terrenos más arduos. Dicen las leyendas que al despertar y antes de dormirse le rezaba a Xlött. Lo cierto es que en esos primeros días se iba a dormir tan agotado que era incapaz de pensar en cualquier cosa y despertaba con la mente en blanco por un buen rato, el bodi aletargado.

Pasaba la mayor parte del día en las galerías cavernosas de la mina. A veces se ensanchaban hasta los seis metros, otras se angostaban tanto que sólo había espacio para el carro con los desechos minerales. Estaba acostumbrado a los cielos despejados, al aire libre, al sol. No era fácil cambiar todo eso por la oscuridad, el espacio reducido. El aire era húmedo y flotaba en el ambiente el polvo de la roca. El wangni y el polvo se impregnaban en el bodi. Al principio percibía cómo lo afectaba, luego se iba acostumbrando a los cambios y sólo le llamaban la atención los pieloscuras del campamento que no trabajaban en interior mina. Eran los privilegiados.

Hablaba poco porque desgastaba las energías. Había que sacarse el casco o al menos abrir la máscara de fibreglass. Trataba de no hacerlo para reducir el peligro de los gases, aunque escuchaba la tos rasposa de algunos mineros y concluía que era imposible salir indemne de allí. Le impresionaba ver en las minas no sólo a los que estaban bien de salud como él. Los más débiles, aquejados de algún cáncer o faltos de un brazo o piernas, oficiaban de palliris, recolectando pedazos de minerales entre las piedras de los desmontes. Los ciegos y los sordomudos se encargaban de las casas de los pieloscuras, lavaban la ropa de los mineros, barrían y limpiaban los baños del campamento. Sólo la cercanía de la muerte o la fuga detenía su labor.

Tenía hambre/sed que no paliaba ni el kütt, pero luego aprendió que trabajaba mejor así. Era como si su falta de energía la supliera una fuerza desconocida en interior mina. Algunos mineros trabajaban en ayunas; eran los más admirados. Decían que no los ayudaba ninguna fuerza desconocida. Creer eso era lamiar. Se trataba de Xlött.

Lo que le sorprendió inicialmente del trabajo fue el estrépito continuo de las excavadoras y los carritos. Todo era ruidoso en la mina, y en las galerías retumbaban los pasos de un minero que se acercaba, el contacto de una perforadora contra la roca, la caída de una piedra. Se fue acostumbrando tanto a ese ruido que pronto dejó de escucharlo y lo que le llamó la atención era ese silencio que se formaba de tanto en tanto, como si todos a la vez hubieran recibido la orden de callarse. Incomodaba y había que llenarlo de alguna manera, con una broma o un relato.

Los primeros días sólo distinguía siluetas borrosas pero luego, ayudado por la linterna del casco, se fue adaptando a la noche interior y podía percibir con precisión los rasgos de la cara de sus brodis, el contorno de las paredes del socavón. Tenía ataques de claustrofobia cuando ingresaba a la jaula, el ascensor por el que se desplazaba de una galería a otra. Al término de la jornada el cansancio mordía todo su bodi, del que casi se había olvidado mientras trabajaba. Sólo quería bañarse con agua fría, comer, dormir. Su sueño era profundo pero intranquilo. Se soñaba bajando en la jaula hasta la galería más profunda, hablando con un capataz rubio y alto que se despedía de él. Cuando contó ese sueño, le dijeron que había estado hablando con Xlött. Tarde o temprano, todos en la mina tenían ese sueño. Era la bienvenida del Dios al corazón de sus dominios.

El rechazo visceral de Orlewen hacia el dominio pieloscura en Iris se había acrecentado después de seis meses de trabajo en las minas. A la vez, no veía forma de liberarse de ese dominio. Se puso a pensar en estrategias que le permitieran terminar los años de servicio de la mejor manera posible. Si seguía pasando la mayor parte del tiempo en interior mina sus pulmones se impregnarían muy rápidamente del polvillo tóxico. El aire contaminado estaba en todas partes, y seguro él ya había sido afectado, pero aun así había que buscar formas de minimizar el daño.

Había notado que la mayoría de los capataces eran kreols. También había irisinos como él. Se los reconocía fácilmente, aparte de la facha eran los más crueles con su propia gente. Los mineros decían que esos irisinos eran capataces porque tenían el alma desnortada.

Orlewen notó que los capataces irisinos pasaban muchas horas fuera de los socavones y vivían en joms parecidos a los de los pieloscuras, cerca de los edificios de la administración central. Los irisinos escogidos como capataces eran los más fuertes, los que podían hablar el lenguaje de los pieloscuras, los más serviles a la causa de la administración.

Su obsesión en esos días era convertirse en capataz. Veía ese trabajo como una forma de mejorar sus condiciones de vida en las minas.

A la entrada de la mina había una estatua de Malacosa. Los mineros le rezaban antes de comenzar la jornada y al terminarla. Algunos le traían ofrendas: koft, kütt, jün. Orlewen escuchó historias de pactos con Xlött. Tratos marcados por la codicia, hechos por irisinos tentados por la riqueza en las minas. Pensó que ése podía ser un camino. Pedirle a Xlött que lo convirtiera en capataz, a cambio de entregarse por completo al Dios.

En torno a la estatua había pedazos de jün y kütt y botellas de alcohol. A Orlewen le sorprendía que SaintRei no hubiera prohibido esa práctica. Quizás los pieloscuras estaban seguros de sí mismos, o de la incapacidad de los irisinos para la rebeldía, o de su aceptación del sojuzgamiento. Un brodi le dijo:

No son tontos, saben que con Xlött de noso lado trabajamos mejor.

Orlewen le rezaba a Xlött a la entrada de la mina y luego, mientras trabajaba barrenando, horadando la roca, meditaba. Percibía un cambio en la forma en que sus brodis se referían al Dios. Malacosa existía en las creencias irisinas antes de la llegada de los pieloscuras. Se convirtió en enemigo de los pieloscuras. Un ser poderoso que los atacaba y quería su muerte. Cuando le rezaban a Malacosa los irisinos en realidad se dirigían a Xlött, el Dios supremo y omnipotente del panteón. Al ser colocada una estatua en el ingreso a la mina, se asociaba a Malacosa, y con él a Xlött, con las tinieblas, el inframundo. Entre los mineros circulaba la leyenda de que Xlött vivía en la galería más profunda de la mina.

Xlött era eso, pero no sólo eso. Xlött también era la luz y el mundo de arriba.

Orlewen no sabía quién había iniciado la práctica de colocar una estatua de Malacosa a la entrada de las minas. Los pieloscuras la habían incentivado. Contaban con que todos los irisinos pasarían varios años de su vida en las minas y rezarían en la oscuridad a su Dios.

No era tan ingenuo como para ponerse a luchar contra una tradición popular. Ayudaría a que se difundiera la versión más completa de Xlött. La fe no debía ser sólo para rumiar la venganza. También era para la liberación iluminadora.

Fueron días en que Orlewen se puso a ver en detalle las múltiples estatuas con el falo inmenso en las galerías. Una energía negativa circulaba por los pasillos semioscuros. Veía la madera carcomida en los techos de las galerías y se preguntaba por qué los pieloscuras no la cambiaban. Sentía que era intencional, que algún día, mientras trabajaba, el techo cedería y sería enterrado vivo. Dicen que comprendió a sus brodis de trabajo, que hablaban de Malacosa y Xlött como si estuvieran presentes, encarnados. Eran ellos quienes los protegerían del derrumbe. Aun así tenía sueños intranquilos en que la tierra lo engullía y se quedaba a vivir en las entrañas del cerro convertido en un lugarteniente de Xlött.

Una mañana se sorprendió a sí mismo trayendo ofrendas a las estatuas. Se dijo que era para esfumar esos sueños, pero había algo más.

Decidió hacer un pacto secreto con Xlött. A escondidas fue creando una estatua con el lodo mineral, una estatua que no compartiría con nadie, que sólo lo cuidaría a él. Una noche reemplazó una de las estatuas por la que había creado. Le trajo koft, kütt, jün. Cuando un minero dejaba algo en esa estatua, él se encargaba de que esa ofrenda desapareciera. Pese a eso, los sueños se hicieron más lúgubres. Veía cómo las paredes de las galerías se estrechaban hasta aplastarlo. Despertaba sudando y llorando.

Fueron curiosamente sus mejores días en la mina. Encontró una veta riquísima y comenzaron los murmullos. Era apenas un principiante, no podía haber tenido tanta suerte. Que hubiera encontrado la veta sólo se explicaba porque tenía un pacto secreto con Xlött. Lo miraron con desprecio. Odiaban los pactos secretos debido a que rompían el contrato social. Xlött debía ser para todos, no para uno.

Un minero le recomendó que rompiera ese pacto, Xlött le podía dar muchas cosas pero también se las cobraría. Orlewen seguía sin poder dormir y decidió hacerle caso. Una noche entró a la mina y fue en busca de la estatua para romperla. La tenía entre sus manos y estaba a punto de estrellarla contra el suelo, pero no pudo. La volvió a poner en su lugar. Cuando salía de la mina descubrió que las manos le ardían. Tenía huellas de quemaduras en las palmas, por donde había sostenido la estatua. Las quemaduras desaparecieron a la madrugada siguiente.

Días después le llegó la noticia. Había sido nombrado capataz. Algunos de sus brodis se alegraron por él y le pidieron que los tratara bien, que no se olvidara de dónde venía. Había demasiados ejemplos de irisinos que se convertían en otros apenas dejaban el campamento.

Orlewen les dijo que podían estar seguros de que seguiría siendo el mismo. Palabra de Xlött.

Otros mineros sintieron que Orlewen ya no era uno de los suyos. Pertenecía ahora al mundo de arriba, el de los capataces, el de los pieloscuras.

Sus primeras semanas como capataz fueron tranquilas. Disfrutaba de la autoridad de su nuevo rol y creía que podía ayudar a sus brodis a conseguir cosas concretas de los pieloscuras. A veces lograba que a un minero lo liberaran del trabajo un par de horas antes de las previstas, otras que no se culpara a uno si una máquina se atoraba. Sin embargo, no era fácil estar bien con ambos mundos. A veces había que optar, y a él le costaba. Su instinto apuntaba a buscar acuerdos con quienes detentaban el poder, pero no podía hacerlo sin sentir que estaba traicionando a sus brodis, por más que esos acuerdos fueran benéficos.

Un día, a la hora del lonche, un capataz se le anticipó y le ganó el asiento. Orlewen bromeó y le dijo que era tan maleducado que parecía un artificial.

Soy un artificial, fue la respuesta. Ven, siéntate. Hay espacio para dos.

Orlewen buscó otro sitio donde sentarse. Estar cerca de un artificial traía mala suerte. En la jerarquía irisina, los artificiales eran los más despreciables de la tierra. Eran los no-seres.

Sin desalmarse plis, dijo el artificial. No muerdo.

Eres pariente de los chitas. Seguro debes morder.

Estoy más cerca de ustedes que de los chitas.

Orlewen no podía evitar el pavor. Entendía por qué los mineros irisinos no habían querido salir del campamento la primera vez que habían traído a esos seres mecánicos a trabajar en las minas, mucho antes de su llegada. Decían que había habido reuniones con las autoridades, mas SaintRei no quiso ceder y los irisinos debieron resignarse a convivir con los artificiales. En esos primeros días llegaron a un acuerdo por el cual no se les permitía el ingreso a interior mina. La violación de los dominios de Xlött podía terminar en castigo para todos.

Me llamo Thorndik, el artificial le extendió la mano.

Un nombre de leyenda. Orlewen sabía que el primer Thorndik había sido un artificial reasignado de Nova Isa a trabajar como capataz. Thorndik era respetuoso con las tradiciones irisinas, mas no toleraba que se le impidiera el paso a las entrañas del cerro. Decía que no podía hacer su trabajo adecuadamente. Su queja fue tan bien argumentada que SaintRei decidió cambiar las reglas sin previa consulta.

La primera vez que Thorndik ingresó al socavón los irisinos habían temido lo peor. Xlött no aceptaría a una máquina que se hacía pasar por lo que no era del mismo modo que no aceptaba a los irisinos que traicionaban su esencia. Ante la mirada expectante de algunos mineros, Thorndik se acercó a la primera estatua de Malacosa en la galería, la tocó y se hincó. Rezaba en un lenguaje extraño. Un irisino mal pronunciado. Se incorporó y dejó a los pies de la estatua koft y kütt. Recorrió la galería en silencio, y no sucedió nada.

Xlött nos ha dado permiso pa visitar su territorio, dijo Thorndik. Está dispuesto a aceptar a pieloscuras y artificiales siempre y cuando haya humildad en noso corazón. Ha enseñado a los irisinos que los artificiales tienen corazón tu. Mas ustedes no quieren aprender.

Orlewen pensó en la utopía de un mundo en el que todos vivieran en armonía. Era difícil. Más aún, imposible. Pese a eso, decidió que Thorndik le caía bien. Hizo esfuerzos por vencer su rechazo visceral y lo logró. Le dio la mano y se sentó junto a él.

Poco después del lonche, Orlewen hacía su ronda en interior mina cuando vio a un minero caerse de cansancio. Le gritó que se levantara pero el minero no obedeció. Se acercó a él y lo golpeó con un electrolápiz. El rayo de luz cruzó el aire, marcó la piel. Percibió el susto en los ojos del minero, y él también se desalmó. Su reacción fue la de seguir golpeándolo con el electrolápiz. El minero se desmayó y lo tuvieron que llevar en camilla a la enfermería. Orlewen quiso ir a pedirle disculpas pero sintió que no serviría de mucho. Los pieloscuras lo encerrarían en un calabozo por desacato, terminaría con tantas marcas de electrolápiz en el bodi como el minero al que había golpeado.

La mañana del electrolápiz sintió que por unos minutos se convertía en uno de los opresores maldecidos. Pero quizás no se trataba sólo de esos minutos. Quizás ser capataz, aceptar un trabajo sucio de los pieloscuras, era suficiente para ser uno de ellos. Por más que él no se sintiera así, al menos no del todo.

Una noche probó el jün y tuvo la visión del capataz rubio y alto con el que a veces conversaba. Le contó de sus dudas acerca de si seguir como capataz y le pidió que lo guiara en la decisión correcta. Dicen que no quería un nuevo pacto, aunque las leyendas insisten en que en verdad se trataba de eso.

Dicen que esa noche no hubo respuesta.

Conoció a Demiá en las afueras del campamento. Era otro capataz irisino, acababa de ser ascendido. Tenía un acento extraño, usaba palabras que no entendía, debía ser de algún pueblo de la costa. Después de un par de semanas de trabajar juntos, una noche participaron en una ceremonia en honor a Xlött. Demiá tenía los carrillos hinchados de tanto mascar kütt y afirmaba que todo lo que ocurría era un mensaje de Xlött. Incluso el silencio podía ser interpretado como un pedido del Dios. Orlewen no se lo discutía.

Demiá y Orlewen habían probado jün. Al terminar la ceremonia hablaban envueltos por el resplandor de unos cirios, junto a una estatua de Xlött. Demiá le dijo que cuando llegó a la mina comenzó a contar los días-horas-segundos que le faltaban para terminar con su obligación. Trabajaba con los carritos cargando el mineral, se esforzaba por hacerlo bien. Le rezaba a Xlött, le gustaba compartir con sus brodis a la hora del lonche. Hacía chistes, se quejaba de su soledad. Su último año en la mina se enamoró de Xawi, un joven recién llegado, y todo cambió. No quería contar nada porque si se acababa su estadía en la mina se tendría que ir mientras que Xawi se quedaría tres años más. Hizo ofrendas a Xlött, le pidió que solucionara su problema. Xawi era enfermizo, tenía un pulmón débil, el aire de la mina le hacía mal. Demiá habló con los pieloscuras, les rogó en vano que colocaran a Xawi en otra área de trabajo.

En ese momento del relato Orlewen sintió que su bodi era invadido por Demiá. Que él invadía el bodi de

Demiá. El corazón que latía en él era el de Demiá. Veía el mundo con los ojos de su brodi. Era un niño que corría por la playa en una aldea cercana a Nova Isa, perseguido por un goyot juguetón que se le metía entre las piernas y lo hacía caer. Se levantaba con el rostro arenoso y el mar resplandecía en la costa y hubiera querido meterse al agua pletórica de peces de colores eléctricos, pero en un promontorio se dibujaba el perfil amenazante de un chita y debió contener sus impulsos. Se dio la vuelta y se encontró con el rostro de ojeras resignadas de Xawi, y lo besó y le prometió que todo saldría bien.

El desconsuelo, la congoja intolerable invadieron a Orlewen al pensar en Xawi.

Antes de terminar su primer año Xawi se puso tan mal que los médicos le dieron pocos meses de vida, continuó Demiá. Se lo llevaron a la ciudad y no volví a verlo. Hablé con un qaradjün.

Orlewen se vio hablando con un qaradjün. Juntaba las manos, implorante, rogándole que sanara a Xawi.

Hubo una ceremonia de curación, dijo Demiá, pero las palabras salieron de la boca de Orlewen. Pedimos por los pulmones destrozados de nosos brodis ko. Un capataz pieloscura participó del ritual y pidió por un hermano que vivía Afuera. Sentí q'ese pieloscura no debía estar ahí.

En el rostro del pieloscura había displicencia, desgano. Las energías astrales que bajaban se encontrarían con esa fuerza negativa, tanto esfuerzo no serviría de nada. Orlewen quiso pedirle al pieloscura que se fuera, pero no se atrevió.

Poco después Demiá se enteró de la muerte de Xawi. Le faltaban tres semanas para terminar sus años de servicio, pero ya no importaba. Había decidido quedarse a trabajar en las minas hasta el fin de sus días. Al final del relato Demiá lloraba, y Orlewen con él. Se abrazaron. Esa noche Orlewen no pudo dormir tranquilo. Temblequeante, daba vueltas y extrañaba a Xawi a su lado.

Por la madrugada la lucidez lo arponeó y le hizo ver que había recibido un don de Xlött. Era capaz de sentir lo que sus brodis irisinos. Capaz de *ser* sus brodis irisinos. Podía viajar de bodi en bodi, era un receptáculo móvil de su comunidad. El pacto con Xlött, se dijo, y cuentan las leyendas que se postró en el suelo y rezó por el don concedido.

Ese mismo día Demiá consiguió explosivos, se acercó al capataz pieloscura que había participado en la ceremonia de curación, el capataz de rostro displicente, y lo abrazó mientras hacía detonar la carga. Orlewen estaba lejos del lugar de la explosión, pero cuando ésta ocurrió sintió una punzada en el abdomen y fue empujado hacia atrás. En principio no supo qué había ocurrido, pero la intuición lo sacudió mientras se incorporaba. Se tocó el abdomen y encontró un hilillo de sangre que manaba de una herida recién abierta.

Cerró los ojos y se dijo que ese talento también podía ser una maldición.

En el informe de lo ocurrido, un pieloscura puso que los irisinos eran bárbaros y se merecían todos los males.

Chevew tenía los ojos rasgados, una dushe tatuada en un tobillo. Había llegado un año antes que Orlewen y entre sus responsabilidades se contaba la de encontrar vetas con un detector. Venía de Kondra y se refería a Malacosa como si viviera con él en el campamento. Malacosa me dijo no comas nada por las noches. No es bueno hablar mal dun brodi, Malacosa se enoja. No quisiera estar ahí cuando Malacosa se entere.

Mientras trabajaba extrayendo el mineral en una galería, Chevew le hablaba a Orlewen de Malacosa. Orlewen hacía una de sus rondas y se detuvo a escucharla. El ruido del wangni al caer del techo como una lluvia pertinaz se asemejaba al susurro de una conversación. Orlewen había creído varias veces que unos mineros se acercaban hablando por la galería. Luego descubría que estaban solos y trataba de no asustarse. Ese silencio era descrito por los mineros como el silencio-de-Xlött-cuando-está-presente.

Con sus máquinas los pieloscuras pueden saber el radio exacto duna detonación. Mas seguimos muriendo. Xlött necesita alimentarse de nos. Un di que se hizo rico jukeando apareció muerto ayer, picado por una dushe. Malacosa envió a la dushe ko. Por eso no quiero construir la estatua. Mas no tengo forma de evitarlo.

Había que construir una estatua cada vez que se habilitaba una nueva galería. La responsable solía ser la trabajadora más antigua, en este caso Chevew. Se la construía con residuos de roca mineralizada. Ella sabía de constructores que habían terminado volviéndose locos. Al construir la estatua, algo de Xlött era traspasado a ellos.

Orlewen tembló al sentir su miedo. El paladar invadido por saliva amarga. Era Chevew en ese instante. Se acordó de cuando tenía nueve años y reunía a sus brodis en su choza en Lóculo, una aldea cerca de Kondra, y luego cada uno mostraba una dushe rojinegra o blanquirroja entre sus manos y debía inventar una historia sobre la vida de esa dushe. Ella siempre ganaba porque era capaz de penetrar en las entrañas de la dushe y contar todo de ella desde que había abierto los ojos al mundo. Era del clan de la dushe, como todos los habitantes de Lóculo, y se sentía orgullosa de serlo.

Los que trabajamos en la mina adquirimos algo de Xlött, somos sus ministros, continuó Chevew. No quiero volverme saica, quiero estar cuando el Advenimiento. Quiero verlo.

Orlewen tuvo la tentación de decirle que él ya era un ministro de Xlött. Quizás más que un ministro. Se quedó callado.

Chevew le presentó a Zama. El rostro angular y los hombros tan caídos que parecía a punto de desplomarse. Era aprendiz de qaradjün y le dijo que el Advenimiento se encontraba en el presente, no en el futuro. Orlewen se vio a sí mismo desde los ojos de Zama. Percibió que lo veía como un ser capaz de grandeza si trascendía sus defectos. Supo que estaba inundado por la fe de Xlött.

No es fácil percibirlo ko, pequeños cambios se acumulan pa dar lugar al gran cambio, dijo Zama. La muerte dun pieloscura, los desperfectos de los excavabots son parte. El Advenimiento adviene.

Según Zama, la idea del Advenimiento había aparecido como parte de un culto al Dios de los goyots en Kondra. A Orlewen le gustó saber que la idea de un culto menor hubiera sido incorporada a las creencias centrales de Iris. Había que aborrecer que Xlött fuera convertido en un Dios de la oscuridad, admirar que el Advenimiento hubiera dejado de ser una idea marginal.

Trabajando pa q'el Advenimiento advenga, le dijo una vez a Chevew.

Primero construye la estatua por mí, dijo ella.

Orlewen le hizo caso. Trabajó toda una tarde en la galería. Salió con wangni hasta en los ojos. Dicen las leyendas que se sintió como una estatua de lodo mineral. Que estaba orgulloso de lo que había hecho. Que era un verdadero ministro de Xlött. Lo cierto era que el orgullo no había impedido sus primeras dudas. Sentía que Xlött lo había elegido para una misión, pero que quizás él no era el más indicado para llevarla a cabo. Para hacerse cargo.

Orlewen conoció una noche la historia de Miyum. Se la contó Chevew.

Miyum pertenecía a una de las primeras generaciones de irisinos que trabajaban en las minas. Veía a sus brodis abrumados y procuraba esperanzarlos. Le gustaba cantar y tenía una voz arrulladora y una capacidad admirable para componer himnos de alabanza a Xlött y a la Jerere. Lo hacía siguiendo la tradición, en estrofas simples de cuatro versos. Le preguntaban admirados cómo lo hacía y Miyum no se sentía responsable de nada. Según ella no componía, sólo recibía los himnos que Xlött le dictaba.

Chevew se puso a cantar uno de ellos.

Nosa madre de los dos cielos
La guardiana de los guardianes
Te pedimos madre de nos
No dejes de cuidarnos no.

Orlewen no sabía la letra, pero en ese instante sintió que cada frase le restallaba en el cerebro y se puso a cantar junto a Chevew. No sólo cantaba el himno, él también era Miyum en ese instante. Se vio en un cuarto de la servidumbre en una finca en las afueras de Kondra, durmiendo un sueño roto de vez en cuando por las voces chillonas de las hijas de los patrones y sus amigos, bañándose en la laguna. Se restregaba los ojos, se desperezaba porque sentía que una intuición la perseguía y debía abandonarse a ella. De pronto era como si las palabras resbalaran hacia su boca para luego ir armando frases entre ellas y luego estrofas y luego un himno. No, no podía decir que había compuesto nada. Ella, Miyum, sólo había recibido el himno enviado por Xlött.

Orlewen comprendió con terror lo que le ocurría. Él podía ser cualquier irisino en el tiempo. Sentir lo que había sentido cualquier irisino en el tiempo. Su bodi sería desbordado por las quemaduras de la lluvia amarilla. Recibiría todos los latigazos que los bodis irisinos habían recibido de los pieloscuras en los campamentos mineros, sería el brodi que él mismo había golpeado con el electrolápiz. Su corazón era la historia de Iris.

Cerró los ojos. Lo inundaba la gracia. No estaba seguro de ser capaz de vivir con esa verdad. Demasiado dolor para un solo ser. Pero también el gozo era demasiado, y eso quizás se encargaría de salvarlo.

Chevew siguió contando la historia de Miyum. Era parte fundamental del génesis de Iris la idea de que la lluvia había creado la región. Xlött había llorado y de esa lluvia nacieron los irisinos. Los irisinos entendían cada lluvia como un ritual de creación del mundo y la celebraban. En algunas teologías más recientes y desesperanzadas se decía que ese llanto no podía ser feliz, que los irisinos habían venido al mundo para sufrir. Una temible lluvia amarilla había devastado la región. Miyum prefería atenerse a los relatos sagrados de antes de la llegada de los pieloscuras, que hablaban del entusiasmo, del arrobo de ese llanto. Quería transformar el llanto sufriente de sus brodis de la mina en un llanto de júbilo. Sus himnos se habían convertido en parte vital de la ceremonia del jün.

Después de probar el jün Miyum y sus brodis se sentían renovados, pero ella igual percibía que algo fallaba. El jün no era tan terrestre, no pertenecía a las minas. Venía de Malhado, de las florestas en torno a Kondra y Megara. Era de bosques y selvas, su potencia no se realizaba en torno a las montañas.

Una noche Xlött le ofreció un himno que hablaba de una planta maravillosa que crecía al pie de los cerros.

Por la madrugada se escapó del campamento y se perdió entre los cerros hasta toparse con arbustos de hojas amarillentas. Orlewen estaba sentado al lado de Chevew, pero sintió que recibía el himno de Xlött y se escapaba del campamento y se perdía entre los cerros hasta toparse con arbustos de hojas amarillentas.

Miyum arrancó un manojo de hojas, las molió en el campamento y las metió a un vaso de agua. Tomó el vaso. No sintió nada la primera media hora, pero luego su bodi se estremeció y vomitó. Abrió los ojos y tuvo el hemeldrak: vio en el cielo a los hurens de los clanes. Buscó a su guardián y lo encontró. El impacto la hizo vomitar.

Orlewen vomitó y cayó al suelo. Chevew lo miró sorprendido. Sigue, dijo Orlewen. Pero ya no necesitaba escucharlo. Él era Miyum y el terror iba desapareciendo para dar paso al arrobamiento, la compasión infinita, la comprensión de que los irisinos y los pieloscuras, los kreols y los artificiales, estaban en Iris para una misión maravillosa. Todo estaba desordenado, el desafío de cada uno era encontrar su lugar en el mundo. Ella provenía de un linaje imperial —todos en la tierra eran reyes y reinas—, su misión era recuperarlo, hacer que quienes la acompañaban también recuperaran el orgullo.

Se puso a cantar un himno y luego otro. No podía dejar de recibir himnos de alabanza a Xlött, a la Jerere, a Iris. No sabía cómo se llamaba el arbusto mágico y lo bautizó como paideluo. Sin cabeza. Eso era. La fe debía ingresar por cualquier parte, pero no por la cabeza.

La fe debe ingresar por cualquier parte mas no por la cabeza, dijo Orlewen.

Cómo sabías que Miyum dijo esa frase, dijo Chevew.

Yo soy Miyum, dijo Orlewen.

Cómo sabías que yo iba a terminar la historia así, dijo Chevew.

Yo soy Chevew, dijo Orlewen, y se levantó y dejó a Chevew pensativa, rumiando lo que acababa de ocurrir.

En los bares del campamento los irisinos se emborrachaban con baranc, alcohol producido a partir de la corteza del joli. Era la bingegud o borrachera-buena, para diferenciarla de la bingebad o borrachera-mala, que era agresiva y provenía de otros alcoholes. Los pieloscuras venían a los bares y confraternizaban con los irisinos. Eran de los pocos momentos en que Orlewen los veía relajados. Gracias al baranc podían terminar abrazados a los irisinos, tratando de enseñarles canciones que les hacían recuerdo a su jom. Orlewen descubría en su tono apesadumbrado que la colonización no sólo era mala para sus brodis. También los pieloscuras sufrían. Extrañaban, no tenían mucha idea de lo que hacían o querían sus jefes. Sí, había algo de empatía de Orlewen hacia ellos. No podía ser ellos, pero era capaz de entenderlos.

Los mineros metían baranc a la mina. Decían que les hacía trabajar mejor. Orlewen prefería algo de jün antes de salir, y mascar kütt a lo largo del día, mientras hacía sus rondas. La boca se le adormecía, luego los músculos del rostro y el resto del bodi. La realidad se aletargaba, perdía sus contornos áridos. Los pieloscuras habían descubierto que era útil para el trabajo y repartían una cantidad diaria a todos antes de comenzar el turno.

Chevew se burlaba de él. Le decía que el kütt era muy suave y si quería algo bueno para eso estaba el jün.

Deso no me falta, dijo Orlewen.

No es lo mismo como tú lo haces di. Hay que hacerlo bien.

Eso significaba ser un iniciado, seguir ritos y ceremonias. El jün no se tomaba sólo por placer sino como forma de comprender el mundo. Las fases de la dushe, el doloroso y turbulento proceso de deglución, el alivio de la expulsión, se magnificaban con la ceremonia. Orlewen creía que no necesitaba de ceremonias, su pacto con Xlött lo había convertido en un iniciado.

Chevew le dijo que no estaba interesada en el jün como trascendencia pero podía llevarlo a un qaradjün. Orlewen hubiera querido hacerlo con Zama, pero recordó que era sólo un aprendiz por el momento. Asintió. Lo haría para complacer a Chevew.

El qaradjün le dijo que el jün no era de la mina y que debía probar paideluo.

Cuál es la diferencia.

Con el paideluo verás lo q'está dentro de ti, con el jün eso y un mundo que no sabías q'existía ki afuera tu. Con el paideluo verás mejor este mundo, con el jün puede que veas otro mundo. Mas ese otro mundo te hará ver mejor este mundo.

El jün es mejor den.

Diferentes. Complementarios.

Una madrugada probaron paideluo en el campamento, con un irisino que hablaba una lengua extraña. Orlewen tuvo una alucinación que lo hizo llorar. Uno de sus brodis recibía latigazos de un pieloscura. Latigazos que fosforecían y retumbaban en la noche. Veía la cara del pieloscura y descubría su propia cara. A la mañana siguiente se daría cuenta de que no era una alucinación. Tenía los latigazos sembrados en la piel.

El qaradjün, Chevew y él se dirigieron a la mina. Entraron por una de las galerías, pasaron las cruces y la primera estatua. Se sentaron en el suelo lodoso y se abrazaron. Orlewen sentía que la temperatura de su bodi cambiaba del frío al calor. Había perdido el sentido de las proporciones. La cabeza de Chevew era excesivamente grande, las piernas del qaradjün se habían alargado. Percibió la extrañeza de los bodis. Era raro que cada pie tuviera dedos, que los rostros fueran simétricos, que los huesos fueran capaces de sostener el andamiaje de un ser, que existiera el cerebro y que fuera tan fácil engañarlo. O quizás el cerebro se hacía el que se dejaba engañar y sabía desde siempre que la percepción era un artificio, que el mundo en torno nuestro debía ser representado de alguna manera para que la realidad pudiera funcionar.

Murmullo de voces. La lluvia del wangni como una conversación, pensó Orlewen. Las voces se hicieron más fuertes. Al fondo de la galería apareció una silueta. Se fue acercando. Traje de capataz pieloscura, botas enormes, el casco con la lámpara encendida. Rubio y alto. Quizás viene por mí, pensó Orlewen. Mi tiempo se acaba y no he hecho nada.

Orlewen quiso entrar a la cabeza de él, *ser* él, y no pudo: una fuerza violenta lo rechazó. Ese territorio estaba vedado. Iba a dirigirle la palabra, disculparse, pero él habló antes. Lo hizo sin abrir la boca.

El camino las armas. Cuando todo termine tú terminarás tu.

Repitió las frases y continuó su marcha.

Volvieron a quedarse solos y hubo un silencio de espanto. Ni siquiera se oía la llovizna continua del wangni. Era el silencio-de-Xlött-cuando-está-presente. Porque Orlewen entendió —creyó entender— que acababa de estar frente a Xlött. Él, Orlewen, no podía ser Xlött. Sintió que las palabras cobraban vida, tenían carne, podían tocarse, olerse, sentirse.

Dicen las leyendas que una vez concluido el efecto del paideluo, tuvo claro cuál era el próximo paso. Lo que no dicen es que esa claridad fue luego cuestionada por un tiempo. Estuvo una semana en cama con fiebres y vómitos, perseguido por alucinaciones en las que las frases que había escuchado en la mina lo asediaban sin descanso.

Se creía un irisino de paz. Le costó incorporar el mensaje recibido dentro de una visión coherente que no violentara sus propias creencias.

Concluyó que sus deseos debían estar subordinados a los de Xlött. Ése era el precio del pacto. Y él, que aborrecía de los extremos, y desconfiaba de las pasiones, creyó que la violencia podía ser justa. Que ésa era una de las formas de llegar a una estabilidad más verdadera que la actual, humillante para ellos, los verdaderos dueños de Iris.

Dicen las leyendas que apenas se sintió mejor se acercó a sus superiores y les dijo que renunciaba a su puesto de capataz y que quería volver a trabajar en las minas. Se sentía con fuerzas para iniciar la lucha, por más que el mensaje le hubiera dicho que con la victoria llegaría su fin.

Los primeros meses de su retorno a la mina, en sus ratos libres, Orlewen se veía con Jain. Mientras la mayoría de sus brodis desconfiaban de él y lo veían como un espía de los pieloscuras, porque no podían entender que hubiera renunciado voluntariamente a su puesto de capataz, Jain lo aceptaba sin ningún problema. Era un recién llegado, quizás por eso la historia de Orlewen no le ocasionaba dificultades. Le advirtieron que no era uno de ellos, pero él no hizo caso.

Jain era un experto en jugar con el lenguaje, crear palabras. Podía nombrar catorce tipos de oscuridad en la mina, desde la dipduister (oscuridad-profunda) hasta la ligtedduister (oscuridad-con-mucha-luz), pasando por la desalmaduister (oscuridad-con-miedo) y la desencarnaduister (oscuridad-en-la-que-crees-que-vas-a-morir). A Orlewen le fascinaba su uso del lenguaje y quería seguir su ejemplo y articular las variedades del silencio en las minas, pero al final todos los silencios le remitían a Xlött y volvía al silencio-de-Xlött-cuando-está-presente. Jain se reía y le decía que el Dios lo limitaba.

Pese a ser un recién llegado, Jain sabía muchas leyendas de las minas. Decía que las había aprendido de su padre biológico, también minero. Un día le contó un mito sobre sus orígenes:

Cuentan las leyendas que la riqueza de las minas las descubrió uno de nos, del clan de los lánsès. Había recibido el llamado del verweder. Debía caminar por el trazo de su clan siguiendo las instrucciones del himno. Esas instrucciones lo llevaron de Kondra a los cerros y montañas en las afueras de Megara. Llegó la noche y hacía frío, quiso hacer un fuego al pie duna de las montañas. El fuego iluminó una veta. Siguió caminando, mas cuando se encontraba con miembros de su clan les contaba lo que había visto. Fueron llegando a la montaña. Aviones militares que sobrevolaban la zona pa mantener la exclusión ordenada desde Afuera tiempo atrás vieron una actividad inusual en las montañas. Desde los aviones se pudo ver el interior de las montañas. Al poco tiempo llegaron técnicos y patrullas militares.

Los de Afuera no querían involucrarse con una región en torno a la cual había tantas prohibiciones, de modo que se licitó la explotación de las montañas. La licitación fue ganada por una compañía que, con el poder de sus armas, no tardó en obligarnos a dar cuatro años de nosas vidas al servicio de las minas.

Al establecerse en la isla, la compañía descubrió el culto de Xlött. Apenas se iniciaron los trabajos en las minas hubo múltiples accidentes. Un sacerdote cristiano llevó a cabo el exorcismo de la montaña. Ese mismo sacerdote, impresionado por las estatuas en honor a Malacosa en las galerías de interior mina, sugirió que se enterrara una efigie de Xlött nun hueco en la galería más profunda del subsuelo.

Y así es como creemos nau que Xlött vive en las profundidades de la montaña.

Palabra de Xlött, dijo Orlewen, e inclinó la cabeza.

La relación se iba haciendo seria cuando un día Jain contó que un sueño turbulento de la noche anterior le pidió entregarse al verweder. Lo dijo sin cambiar el tono, como si fuera algo del día-a-día, lo que se esperaba de él. Partiría esa misma noche. Caminaría siguiendo los trazos marcados por el clan del dragón. No tenía miedo a que los chitas fueran tras él cuando descubrieran su fuga.

Orlewen vio el mundo desde Jain, entendió qué significaba entregarse al verweder, y temblequeó. Comenzaba a darse cuenta del significado profundo de su pacto con Xlött. Una metáfora que tenía, a su pesar, un lado muy literal. Nada era gratuito. El don que había recibido, la intensa posibilidad de *ser* los otros, era parte de ese pacto. La ofrenda que debía devolver.

Orlewen rogó que el verweder no le tocara pronto, tenía muchas cosas por hacer. Luego se sintió mal porque acababa de lamiar. Debía estar preparado para lo que viniera. De eso se trataba el pacto.

Se despidió de Jain con una mezcla de alegría y resignación. No lo volvió a ver nunca más y extrañó su vocabulario versátil para nombrar lo que ocurría en las minas y en el campamento. Hubo momentos en que se sintió invadido por Jain y delante de él apareció el paisaje agreste por el que deambulaba, el turbio follaje de los árboles, los senderos cruzados por màrìws. Así supo que había logrado burlar los controles rigurosos de SaintRei. Así burló él, Orlewen cuando Jain, los controles rigurosos de SaintRei.

El verweder le llegó a Jain a la vera de un arroyo de aguas turbulentas color esmeralda. Orlewen supo de ese morir que era no morir. Su garganta se le fue cerrando, una explosión de fuego aparecía delante de sus ojos, la tela delgada de una zhizu lo envolvía, protectora. Escuchaba un zumbido acariciador, el murmullo de un oleaje que venía de muy lejos para llevárselo.

En la noche vino el desencarnarse, dijo

> *Y me guiaba más cierto que la luz*
> *del mediodía más cierto me guiaba*
> *hacia quien yo esperaba y sabía.*

Nada se comparaba al éxtasis, a la entrega del verweder.

Llegaban los fenglis —el shabào-el aullador-el secador— y todo se paralizaba. Los irisinos se encerraban en el campamento a esperar a que se fueran. Un granuloso tejido de sha cubría la luz, como si se hubiera hecho la noche durante el día. Orlewen probó: fengliduister (oscuridad-cuando-el fengli). Se asomaba a la puerta y el fengli lo vencía. La boca se le llenaba de sha. Los que escondían paideluo o jün entre sus provisiones se echaban a viajar sin ceremonias. Los que no, bebían baranc hasta caer dormidos y roncar con la espalda contra el camastro. Algunos tenían Qïs de segunda mano y aprendían a usarlos, sacudiéndose con juegos y holos a pesar de que no estaban en su idioma. Otros sufrían al descubrir que ese trabajo en interior mina que tanto lamiaban les hacía falta. Extrañaban caminar por esas galerías penumbrosas, sentir que Xlött brincaba junto a ellos. Extrañaban la energía del subsuelo. Una energía negativa tan abrumadora que llegaba a transformarse en positiva. Zama, ya convertido en qaradjün, hacía ofrendas a Xlött, les decía que extrañaban los socavones porque se sentían dueños de ellos.

Ki es dominio pieloscura, abajo es de nos. No siempre fue así. Tenemos que acordarnos de q'esto es noso dominio tu. Ésa es nosa misión.

Se escuchaban toses roncas en el campamento y a Orlewen le dolía cada una de ellas. La enfermedad de la mina ya anidaba en el minero y era cuestión de tiempo. El polvillo mineral que flotaba en las galerías era responsable de los pulmones dañados. Y sufría. Decían que la culpa era de la lluvia amarilla, que había envenenado las monta-

ñas de la región. Pocos mineros se libraban de la enfermedad. Habían nacido con la lluvia a campo descubierto, habían sobrevivido a ella y ahora los desbarataba en un
agujero lodoso.

Venían irisinos a visitar a Zama, algunos le decían
que estaban con el tembleque desde hacía meses y él les
pedía que no mintieran. Otros contaban que habían recibido la orden del verweder y él los desarbolaba: no mientan, plis. Ellos querían morir, lo cual era diferente, Xlött
no se había pronunciado todavía. Quería hacer ceremonias
con el paideluo para tranquilizarlos, pero para eso necesitaba estar a cielo descubierto. Para caer a las estrellas. Para el
hemeldrak. El abismo del cielo era más profundo que el de
la tierra. Allá arriba imperaban los guardianes, los hurens.
Las altas constelaciones te arrobaban con sus himnos, te
enseñaban a vivir sin vivir en ti, te hacían morir por no
morir. Rechazaba a quienes probaban jün o paideluo por
su cuenta. El jün y el paideluo no se consumían así. Había
que respetarlos, de otro modo habría castigo. O simplemente todo aquello que convocaban no se aparecería.

Muchas maneras de que se manifieste la fe, dijo.
La de Iris a través de las plantas.

Se llegó a un acuerdo con los pieloscuras. En el
campamento se aceptaría el consumo de paideluo y jün
sólo si había ceremonia ritual de por medio. Zama se alegró de esa victoria. Era cuestión de tiempo para que los
pieloscuras descubrieran las bondades de las plantas. Quizás ya las habían descubierto y por eso no se iban de Iris.
Aparentaban quedarse por las minas, pero en verdad lo
hacían por las plantas. Aparentaban rechazar a Xlött, pero
en verdad estaban tomados por él. No debía sorprenderse.
Xlött era mucho más fuerte que el Dios pieloscura. El
Dios de ellos era apenas un demiurgo de Xlött, sólo que
no lo sabían.

A veces Orlewen se quedaba sentado en su camastro y miraba a sus compañeros entrar y salir del recinto y el don lo visitaba. El bodi era anegado por una fuerza devastadora y de pronto él era Samu, preocupado por jukear para hacerse de posesiones antes de que su tiempo en la mina se agotara, y Pik, que se tocaba los aros en el cuello y concluía que una inflamación la hacía atorarse y le raspaba la garganta cuando comía, y Vaalm, que odiaba la vida que le había tocado y quería ser pieloscura. Orlewen no sabía cómo era que de pronto él recibía a otra persona en su bodi, y esa persona podía quedarse visitándolo algunos minutos o toda una tarde e incluso días. Un proceso agotador, aunque había momentos en que nadie lo visitaba y él podía ser sólo él. Así comenzó a distinguir entre sus identidades, sobre todo entre él-cuando-él y él-cuando-otro.

Los peores momentos ocurrían cuando dos o tres irisinos visitaban su bodi al mismo tiempo (él-cuando-muchos). Estallaba una conflagración. Ondas que se cruzaban, una cacofonía de ideas, voces y sentimientos pugnando por salir. Dolores en el pecho y en la cabeza. Orlewen caía al suelo, lloraba, se sacudía en convulsiones, se desvanecía. Lo llevaban a la enfermería. No tardaron en diagnosticarle epilepsia. Se equivocaban, pero tampoco quería intentar explicarles lo que tenía.

Cuando Orlewen era otros, se enteraba de las grandezas y mezquindades de sus compañeros. Las lealtades y las traiciones. Muchos de ellos deseaban el Advenimiento y a la vez tenían miedo de los pieloscuras y no querían enfrentárseles. Su misión era darles la fuerza para hacerlo.

Pensaba en su misión y la magnitud lo abrumaba. Se entendía como un elegido, pero a ratos quería escapar de tanta trascendencia. Entonces le gustaba ser él-cuando-otro y mirarse a sí mismo desde afuera y aprovecharse de ello. Se acostaba con sus brodis después de saber que estaban interesados en él. Si Xlött se enteraba no estaría orgulloso de su bajeza. De su pequeñez. Seguro ya lo sabía. Y compensaba avisando a sus brodis que tenían una enfermedad apenas la descubría. Se sorprendían al ver que era infalible y le preguntaban cómo lo había sabido.

Yo soy tú, decía, enigmático, y tú eres yo. Sólo recibo las instrucciones de Xlött.

Algunos se alejaban de él, temerosos. Era verdad que su tiempo como capataz lo había trastocado. Un grupo de irisinos laikus lo rechazaba. Los laikus no creían que algo de Xlött se posara en las estatuas. No había que orar a las estatuas, decían, lo cual les complicaba la vida en las minas, tan inundadas de imágenes. Ellos tenían su templo en Megara, un edificio de arenisca roja dominado por el santuario de Adena, uno de los veinticuatro Grandes Laikus de su religión. Adoraban a los Grandes Laikus porque habían mostrado el camino de la salvación, pero, a diferencia del resto de las deidades irisinas, no se encarnaban en las estatuas e imágenes en los templos. Los laikus les rezaban sabiendo que sus dioses no escuchaban sus plegarias. El laikismo era casi una religión atea, y las imágenes veneradas de los Grandes Laikus representaban sobre todo la ausencia del Dios.

Orlewen se transformaba en un laiku y cuando se veía a sí mismo se rechazaba con fuerza. Lo tentaba quedarse así, ser un laiku, terminar sus años en la mina y luego salir desnudo a predicar la buena nueva por los caminos de Iris, con la boca tapada para no matar por accidente a ningún insecto, ninguna parte viva de la creación.

Al rato, agotado, con un dolor punzante en las sienes y náuseas en el estómago, volvía a ser Orlewen. Entendía mejor a los laikus y aceptaba su rechazo. Dicen las leyendas que asumía la magnitud de su misión. Lo cierto es que a veces él hubiera querido volver a los días anteriores a su pacto, cuando la vida era difícil pero al menos no tenía que hacerse cargo de nadie.

El segundo año, Orlewen concluyó que era necesario que los trabajadores se organizaran en las minas. SaintRei cambiaba las reglas con frecuencia, añadía requerimientos de horas extras, disminuía el tiempo de los descansos, castigaba a quienes se enfermaban. Como los excavabots que abrían galerías en la profundidad de las minas se arruinaban con frecuencia, se prefería que ese trabajo lo hicieran los irisinos.

Una tarde lluviosa Orlewen pidió que se eligiera al representante de los trabajadores. Los pieloscuras se negaron, bajo el argumento de que los mineros cumplían una labor obligatoria y no tenían más derechos que los estipulados por la administración de SaintRei. Orlewen no se conformó con la respuesta y poco después pidió una reunión con los administradores. Cuando le negaron cualquier tipo de concesiones, diciéndole que la mayoría de los mineros no se sentía representada por él, protestó y fue arrestado. Lo enviaron a la prisión del campamento.

Esa misma noche se inició un shabào de una furia pocas veces vista en la región. En torno a Megara había fenglis amenazantes como el secador, que aumentaba la temperatura y producía dolores de cabeza, o el aullador, que emitía un ruido inquietante capaz de provocar suicidios y trastornos mentales, pero nadie estaba preparado para el shabào de esos días. La sha impedía la visibilidad, convertía los ojos en esferas con venas restallantes, lágrimas que ardían. Trababa de tan mala manera el funcionamiento de la maquinaria que los encargados debieron cancelar el trabajo hasta nuevo aviso.

La tormenta duraba dos días cuando se iniciaron los rumores. Un milagro. Xlött quería que se liberara a Orlewen. El rumor llegó a los administradores de la mina, que se burlaron de la credulidad irisina con las pocas energías que les quedaban, mientras escupían flemas y gargajos, alérgicos, congestionados, casi ciegos.

Al tercer día, algunos pieloscuras comenzaron a creer y pidieron a sus jefes que soltaran a Orlewen. Los administradores se negaban con el argumento de que eso era dar muestras de debilidad. Castigaron a quienes habían venido con la sugerencia, molestos ante el hecho de que las creencias irisinas se infiltraran entre ellos. Ya bastaba con saber que algunos creían secretamente en Xlött y temían la aparición de Malacosa.

Al quinto día continuaba el shabào. Un convoy militar que llegaba de Megara con provisiones tuvo que detenerse a medio camino por la nula visibilidad. Los heliaviones no pudieron aterrizar en la pista del campamento. Ni los pieloscuras ni los irisinos podían salir de sus refugios. Todo el campamento estaba enterrado bajo la sha, la región vivía en la noche profunda. Oscuridad-profunda, oscuridad-con-miedo y oscuridad-en-la-que-crees-que-vas-a-morir. Todo a la vez, pensaba Orlewen tirado en el piso de su celda diminuta, desfalleciente, añorando a Jain. No comía desde su arresto y tenía marcas visibles de golpes por todo el bodi. No podía mover uno de sus brazos y le costaba abrir sus párpados. La infamia de sus captores tendría un castigo.

Ese día se decidió que se liberara a Orlewen.

Al rato cesó la tormenta.

Hubo quienes creyeron en la casualidad. Dicen las leyendas que los más, pieloscuras e irisinos, concluyeron que Orlewen era un protegido de Xlött.

Se inició un período especial en el campamento, en el que Orlewen consiguió todo tipo de concesiones para los trabajadores. Se suavizaron las reglas. Los oficiales de SaintRei veían las minas de esa zona como excepciones a la regla y se molestaban cuando Orlewen sugería que se extendieran esas leyes a todo Iris.

Entre los mineros se había olvidado la desconfianza inicial hacia Orlewen, aclamado mientras caminaba entre ellos mostrando las huellas de los golpes recibidos en prisión. Quizás no debía haber hecho un pacto secreto con Xlött, decían algunos, pero ese pacto parecía tener consecuencias positivas para ellos y había que aprobarlo. Quiénes eran ellos para desconfiar de los protegidos del Dios.

Orlewen pidió que se lo transfiriera. Quería ser uno de los encargados de los explosivos. Un trabajo para los más experimentados. Muchos habían muerto cuando las cargas explosivas detonaron entre sus manos. Los administradores accedieron al pedido de Orlewen. Hubieran preferido no hacerlo, pero estaban asustados de su poder y no querían provocarlo. Alguno quiso intentar una línea dura y sugirió arrestar a Orlewen, llevarlo a una cárcel del Perímetro y torturarlo, quizás incluso matarlo. Se quedó en la minoría.

Orlewen aprendió a manejar explosivos y hubo kreols y pieloscuras que le enseñaron a fabricar bombas. Estaba rodeado de expertos cuyo objetivo era lograr la mayor cantidad de poder de detonación en el menor espacio posible. Dicen que era un aprendiz rápido y su osadía maravillaba a sus superiores. No le temblaba el pulso al entrar a la mina y colocar los explosivos en el lugar indicado. Acordándose de Jain, ponía nombres a cada tipo de explosión, desde avalancha-imparable, gemido-de-Malacosa y llanto-de-Xlött hasta, burlón, sonido-de-la-palma-de-la-mano-repetido-nueve-veces. Disfrutaba de ese momento en que la galería era oscurecida por el humo después de la explosión. No podía ver nada, y el olor acre de la dinamita penetraba en sus fosas nasales a pesar de que se cubría la cara con una máscara. A veces se quitaba el casco o abría la máscara para sentir toda la fuerza de ese olor. Aspiraba mientras el humo se iba disipando y aparecían los contornos transformados de la pared rocosa y la veta buscada brillaba como una promesa.

Los pulpobots eran usados para llegar a las zonas inaccesibles. Sus tentáculos de silicona con memoria podían ser capaces de movimientos muy precisos. Robots totalmente blandos, eficientes en el trabajo. A veces, sin embargo, era necesario un especialista. O quizás los técnicos pieloscuras sentían que necesitaban un especialista para no dejar todo el trabajo a los pulpobots. Quienes llevaban a cabo las misiones arriesgadas eran irisinos. Los administradores se arrepentirían luego de esa decisión, que economizaba vidas de pieloscuras a la vez que daba a Orlewen la práctica necesaria para iniciar su rebelión.

Orlewen se convirtió en un especialista en explosivos tan respetado que hasta los pieloscuras se le acercaban para pedirle consejos. Se le asignó una ayudante joven llamada Absi. Absi era rápida, llevaba los explosivos y estaba pendiente de él. Lo admiraba. Orlewen fue alguna vez ella y supo de esa admiración y una noche se acostó con ella.

Dicen las leyendas que ésos fueron los días en que Orlewen comenzó a elucubrar sus planes revolucionarios. Estaba llamado a un destino especial desde su nacimiento. Era por eso que lo habían bautizado así. Sobreviviente. Había estado a punto de morir y Xlött lo había protegido. Xlött lo quería vivo para liderar a su pueblo. Lo que no dicen las leyendas es que cuando pensaba en la totalidad del pacto aborrecía que parte de éste incluyera su fin. No quería el fin, ni ahora ni cuando le tocara. Injusto y todo, éste era su reino.

Las leyendas tampoco dicen que, fascinado por sus proyectos revolucionarios, Orlewen ingresó a una etapa distraída en la que hacía el trabajo a desgano, la cabeza abrumada por planes, tácticas y estrategias. Absi notó errores en el minero otrora infalible. No agarraba el explosivo a tiempo, escogía mal el lugar donde debía colocarse. Buscaba cualquier excusa para utilizar los pulpobots. Absi debía estar muy atenta para subsanar los errores.

Un día Orlewen preparó una carga de explosivos para abrir una veta. La dejó al pie de la roca y retrocedió junto a Absi. Hubo un mal cálculo y las ondas de la explosión los alcanzaron. La galería se llenó de humo. Un pieloscura gritó si estaban bien. Orlewen tardó en decir algo. Había sangre entre sus labios.

La cabeza de Absi había golpeado contra una piedra filosa. Agonizaba. Orlewen la vio y fue él-cuando-otro y se convirtió en Absi y sintió la sangre agolpándose en la boca y un dolor intenso en la nuca. No podía moverse. Quiso decir unas palabras pero no pudo articular ninguna frase. El organismo no le respondía y se desesperó. La vista comenzó a nublársele.

Se le cerraba

se le cerraba

se le cerró.

De modo que eso era la muerte. Muy diferente al verweder. La muerte sin verweder era la angustia, la opresión, la desesperanza. El verweder la hacía tolerable. Le permitía creer que alguien lo esperaba del otro lado.

Orlewen lloró la muerte de Absi. Asumió la culpa y pasó varios días sin dormir en el hospital. Todo había ocurrido por su orgullo y arrogancia. Había sido egoísta y abusado de su poder. Se había distraído de su trabajo porque tenía la cabeza puesta en otro mundo. En el del futuro, en el del Advenimiento.

Debía dejar la mina e iniciar la lucha. Hacerlo en nombre de Absi. Que su muerte no fuera en vano.

Salió del hospital con una marca ceniza en la nuca. Una marca como de residuos de explosivo, con la figura del mapa de Iris. Una marca extraña, porque la explosión lo había agarrado de frente y no de espaldas. Algo más que confirmó a todos su destino especial.

Una mañana Orlewen no llegó a su turno. Lo buscaron por todo el campamento y no lo encontraron. Nadie supo cómo se había fugado. Se dio la orden de vigilar los caminos que comunicaban las minas con Megara. Lo buscaron shanz y chitas. Se enviaron drons a rastrear el terreno.

La búsqueda fue infructuosa.

La única que supo de su fuga antes de que ocurriera fue Chevew. Dormía cuando la sensación de una presencia a su lado la despertó. Era Orlewen o una visión de Orlewen. La abrazó y luego se esfumó. Un abrazo cálido. Ella supo que su vida cambiaría. Cuando terminaran sus años en la mina se iría a vivir entre los edificios abandonados de Megara. Se dedicaría al baranc. Al koft, al kütt, al paideluo, al jün. A ratos recordaría a Orlewen y lo extrañaría, pero luego se sentiría feliz de haber compartido un tiempo con él.

Poco después de la fuga de Orlewen se iniciaron las explosiones en Megara. SaintRei se puso en estado de alerta.

Luego se sabrá que las primeras bombas fueron responsabilidad exclusiva de Orlewen. Actuaba solo, no tenía seguidores, no pertenecía a ningún grupo. Él fabricaba las bombas, las colocaba y las hacía explotar. No tardaron en aparecer los relatos de un hombre tan rápido como Xlött, capaz de volverse invisible para deslizarse por entre los edificios, para no hacerse ver por los shanz.

Las bombas golpearon la infraestructura de SaintRei en Megara. Postes del alumbrado eléctrico, generadores de alta tensión, puentes, edificios administrativos. Un comunicado de Orlewen al pueblo irisino reivindicó la necesidad de la lucha armada para conseguir la liberación. El protectorado debía acabarse, era hora de la independencia. A los civiles pieloscuras les dijo que no temieran, los ataques no iban dirigidos hacia ellos. Su lucha no se mancharía de sangre.

Ante los primeros ataques, los oficiales de Saint-Rei pidieron explicaciones a los líderes irisinos en Megara. Las conversaciones estaban avanzadas para que en un futuro relativamente cercano SaintRei cediera poderes administrativos en las ciudades a los propios irisinos. Ataques así no ayudaban a crear un clima de distensión para las conversaciones. Alarmados, los dirigentes irisinos dijeron que no sabían de dónde provenían las bombas y prometieron investigar. El consenso era que ante tanta disparidad de fuerzas sólo se podrían conseguir concesiones de SaintRei a través del diálogo. Cualquier gesto de violencia era una herejía lanzada contra el modelo hegemónico desarrollado por el pueblo irisino para lograr cierta autogestión, primero, y luego, con el tiempo, la anhelada independencia.

Estaban en esa discusión cuando una bomba mató al viceadministrador de Megara cuando salía de una reunión. Había sido puesta debajo de su jipu, custodiado sin descanso por shanz para evitar cualquier posibilidad de un atentado. Las leyendas dicen que Orlewen había malcalculado el poder de la bomba. Que sólo quería asustar al viceadministrador. Mostrar a los pieloscuras que eran vulnerables. Que podían ser atacados en cualquier lugar. Que no había reducto en el que se pudieran refugiar. Que se comenzaba así para, eventualmente, llegar al sacrosanto Perímetro en Iris, el centro administrativo de SaintRei en el protectorado.

Una investigación minuciosa no pudo descubrir cómo se logró colocar la bomba. Entre los oficiales de Saint-Rei se instalaba el miedo, entre los irisinos el entusiasmo.

Por primera vez aparecieron en diversos lugares de la ciudad grafitis alusivos a los ataques que mencionaban el nombre de Orlewen. En las paredes de los edificios de la administración frases provocativas

Nos prometieron jetpacks
Nos sin ellos todo

Orlewen consiguió sus primeros reclutas después de la muerte del viceadministrador. Al principio, cuando se encontraba solo, operaba desde la ciudad, pero en el momento en que sintió que tenía un grupo, que podía confiar en un entorno dispuesto a dar su vida por las ideas que defendía, se refugió con su gente en las cuevas de uno de los valles que rodeaba a Megara, de cielos manchados por nubes bajas y esporádicas. Debió rechazar a algunos que por problemas físicos no podían desplazarse fácilmente, pero, siguiendo el modelo de SaintRei en las minas, aceptó a otros que, pese a sus dolencias, podían ser útiles al movimiento. Zama lo acompañaba y se había convertido en uno de sus asesores principales, al igual que Ankar, una mujer pendiente de la logística del grupo, la provisión de alimentos y municiones, la red de contactos en la ciudad.

Orlewen había sido Ankar y sabía que podía confiarle todo. Ankar tenía trece aros en el cuello, parte de una promesa que había hecho de niña para entregarse a Xlött. Tenía diez años cuando un kreuk visitó el újiàn de Kondra en el que se encontraba. Había sentido el llamado desde mucho antes, pero los voluntarios del újiàn le hicieron ver que debía esperar. El kreuk llevaba un gewad naranja y su piel era tan blanca que Ankar se distraía viendo el curso inquieto de las venas por sus brazos. El kreuk le dijo que se fuera con él y esa misma noche se escapó del újiàn con una amiga. Fueron a vivir a la orilla de un río de aguas pestilentes, en casuchas de materiales precarios habitadas por los seguidores del kreuk.

Una tarde el kreuk las hizo subir a una tarima y les marcó los hombros con la lengua de la xie, una dushe venenosa usada para ceremonias de curación porque se creía que su veneno limpiaba el organismo de sustancias tóxicas. El dolor hizo que Ankar se desmayara. Al despertar se encontró con queloides en los brazos. Era la marca de su pertenencia a la secta del kreuk, dedicada a la Jerere.

Fueron esos recuerdos los que motivaron a Ankar a crear un rito de iniciación para los seguidores de Orlewen. Se metía al valle y volvía después con un puñado de dushes de todos los tamaños y colores entre sus manos y reptando en torno al cuello. Ponía todas las dushes junto a una estatua pequeña de Malacosa. Las dushes envolvían la estatua y mostraban sus colmillos inquietas. Ankar decía a los seguidores que sólo una de las dushes era venenosa y que debían atrapar a una con las manos; quienes tuvieran miedo de la dushe venenosa no podían quedarse en el grupo.

Irisinos arrojados metían la mano junto a la estatua y en menos de diez segundos la sacaban orgullosos con una dushe envuelta entre sus dedos, sin que les hubiera ocurrido nada. Los más temerosos se demoraban lo suficiente como para hacerse morder; si tenían suerte la mordedura no les hacía nada, pero si se trataba de la dushe venenosa, no tardaban en desplomarse, lívidos, y Ankar debía traer una xie y hacer que ésta los mordiera para que su mismo veneno contrarrestara el de la dushe.

Otros ni siquiera lo intentaban y debían partir ese mismo día.

En el campamento minero en las afueras de Megara había pieloscuras dedicados al contrabando de armas. Fueron ellos quienes proveyeron a Orlewen de materiales para la fabricación de bombas. Le vendieron riflarpones, uniformes de grafex, instrumentos para detectar la presencia del enemigo. Le ofrecieron lenslets piratas, que se conectaban a la localnet y extraían información valiosa sobre el territorio y el clima. Orlewen prefirió no aceptar. Se rumoreaba que los lenslets permitían que todo el que los usara fuera geolocalizado por las computadoras de SaintRei. Que fueran piratas no garantizaba nada.

Dicen las leyendas que el movimiento de Orlewen era completamente irisino. Lo cierto es que tuvo ayuda desde el principio de grupos de pieloscuras y kreols descontentos con SaintRei. Aparte de los interesados en la autonomía irisina y cansados de una situación anacrónica, estaban los humanistas, preocupados por el avance de los artificiales en los núcleos de poder de SaintRei. Esos grupos no aplaudían los intentos de políticos irisinos de llegar a acuerdos con SaintRei. Creían que era necesaria una lucha de liberación nacional, un movimiento descolonizador profundo. La vanguardia de la revolución debía ser irisina, y pieloscuras y kreols debían apoyarla desde sus posiciones de privilegio. Para ellos, Orlewen venía a encarnar fantasías que provenían de todo el espectro ideológico.

Para organizar sus ataques, Orlewen utilizaba viejos manuales de guerrilla urbana. Insistía a sus seguidores que no quería que su revuelta se mezclara con sangre, aunque gente de su entorno como Ankar disentía. Era una propuesta demasiado idealista, quizás podía servir para un primer momento pero no para el largo aliento.

La campaña de bombas en lugares clave de la infraestructura de la ciudad fue tan exitosa que hubo un momento en que los líderes irisinos buscaron reunirse con el jefe guerrillero. Orlewen ganaba en popularidad entre la población, y eso no auguraba nada bueno para quienes creían que esos logros momentáneos harían que SaintRei desatara toda su maquinaria bélica y tomara represalias contra los irisinos. De hecho, ya lo estaba haciendo. Las negociaciones de los dirigentes irisinos con SaintRei fueron canceladas y hubo levas sorpresivas en comunidades alejadas de las grandes ciudades, en las que jóvenes irisinos fueron detenidos y enviados a trabajar a las minas.

Orlewen recibió llamados para deponer las armas a través de varios intermediarios. Era un hereje, le dijeron. Alguien que sólo pensaba en su bien. Un individualista que ponía en riesgo a la comunidad. Le hicieron llegar holos de irisinos arrestados injustamente. Le dijeron que SaintRei amenazaba con usar sus temidos chitas y drons y que tenía la fuerza necesaria como para esfumar a Iris del mapa, llegado el caso.

Orlewen escuchó a los intermediarios, pero dijo que no se reuniría con ningún dirigente irisino que se encontrara en tratativas con SaintRei. Pasaban los años y las décadas, y con la actitud humilde y pacifista no se había conseguido nada. Tan sólo, quizás, mayores humillaciones. Era mejor morir en la lucha orgullosa que seguir en esa postura blanda de rogar que los pieloscuras les tuvieran piedad y se dignaran a tratarlos mejor. Había que seguir presionando para obligar a Munro a que rescindiera las concesiones para explotar las minas a la corporación. Sin SaintRei en la isla, sería más fácil que Munro aceptara la autodeterminación de Iris y el protectorado dejara de ser tal.

Orlewen quizás no debió haberse reunido con ningún intermediario. Uno de ellos traicionó la confianza puesta en él y dio detalles a las autoridades de SaintRei acerca de la ubicación de las fuerzas de Orlewen. Una madrugada, un comando de shanz atacó el lugar con granadas y morteros y apoyo de heliaviones. Orlewen dormía cuando ocurrió el ataque. Su instinto lo llevó a salir corriendo y a meterse entre los árboles. Corrió mientras silbaban las balas y explotaban los morteros en torno a él. No quiso pensar qué ocurría con Ankar y Zama, con su gente fiel.

Se hizo el silencio. Estaba a salvo en una cueva en el valle. No tenía mucho tiempo, los chitas estarían pronto tras sus huellas.

Un político irisino llegó a proclamar ante el Supremo la pronta muerte de Orlewen. Había escapado, pero no por mucho. Se desencarnaría de inanición en el valle. No había que hacer caso a los gestos de tristeza del pueblo ante esa derrota. Orlewen sería olvidado pronto.

Un Orlewen desfalleciente encontró protección en una comunidad de irisinos y kreols con malformaciones congénitas, «defectuosos» que se habían negado a la política de SaintRei de recluirlos en monasterios y habían huido a zonas montañosas de difícil acceso desde los valles.

Una vez que se sintió mejor, Orlewen pidió que lo dejaran solo y se internó en el valle por su cuenta. Asumía las muertes de Ankar y Zama y sus seguidores, o al menos la cárcel. Se sentía responsable del desastre. Necesitaba saber los pasos a seguir. Si valía la pena continuar la lucha.

Caminó por un sendero hasta encontrar un claro. Se echó sobre una roca con una superficie plana como una lámina de grafex. Probó jün y esperó a que hiciera efecto mientras la niebla avanzaba. Estaba lúcido cuando pidió que Xlött lo liberara de su pacto. Era demasiada responsabilidad. Lo fatigaba el pensamiento de la muerte, la de los otros y la suya. Quería salvar a su pueblo, pero no morir ni hacerse cargo de otras muertes. Quería vivir en el tiempo después del Advenimiento, liberado de la humillación de los pieloscuras.

Volvió a tener visiones dolorosas. Las visiones se transformaron en hechos y Orlewen se encaminó al origen de la nueva historia de Iris. La de los bombarderos que surcaban el cielo con su carga letal. Con la lluvia amarilla. Estaba en un descampado en las afueras de Joanta cuando divisó los aviones en el horizonte. Oía su zumbido asesino al igual que los monos y los lánsès, que, espantados, buscaron refugio en lo más profundo del valle. Fue corriendo al pueblo a dar la voz de alerta. Hubo algunos que le hicieron caso y buscaron esconderse del ataque. Él se metió en un jom abandonado por irisinos ricos que, siguiendo el pedido de las autoridades, habían dejado la isla días atrás. Las habitaciones estaban cerradas con llave. Ingresó al jardín. Alguien se encontraba en el cuarto de los criados. Un irisino de ojos desalmados y dientes que castañeteaban. Apuntaba al cielo. La muerte vendrá de ahí, dijo. Vámonos, gritó Orlewen. El zumbido de los aviones era atronador. El irisino se puso a llorar y dijo que no podía irse de la casa porque sus amos lo habían obligado a quedarse custodiando sus objetos de valor hasta que ellos retornaran. Orlewen lo jaló, pero el irisino lo rechazó de un empujón. Rugía de la impotencia cuando sintió que la tierra se sacudía. Como si un rayo hubiera caído en medio del poblado, partiéndolo en dos. Se desplomó en el piso, de espaldas. Alzó la vista.

Vio cómo caía la lluvia amarilla. Caía en las afueras de Joanta, pero la nube en forma de medusa no tardaba en invadir la ciudad. Y veía cómo, al contacto con su bodi, la piel se le derretía y dejaba al descubierto un nuevo bodi de fluidos y huesos y órganos. Sintió que sus huesos se pulverizaban, que los pulmones ardían, que el corazón funcionaba a un ritmo cada vez más apagado. Que al aire le costaba discurrir por la garganta, que las convulsiones lo doblaban de dolor. Que quería correr, a donde fuera, en busca de protección, pero que se quedaba congelado con un paso en el aire, como una estatua de sha. La estatua era derribada

sha entregada a la sha.

Dónde estaba el criado. No lo veía por ninguna parte.

Un ataque de tos. Quizás él también tenía los pulmones enfermos.

El jün no siempre luminoso, a veces aterrador.

El sol se enfrentaba a la niebla y lanzaba destellos fulgurantes que incendiaban los árboles del valle. Tanta intensidad en los colores que a ratos debía cerrar los ojos. Estaba en un desierto y quería hablar con alguien pero se encontraba solo. Su bodi se iba despellejando y se convertía en una enorme llaga.

Una mujer se arrojaba del borde de un precipicio, quería salir de ahí y no podía. La mujer no moría, se arrojaba una y otra vez como condenada a la repetición eterna.

El pecho le temblaba como si el corazón no estuviera a gusto, lo remecían los escalofríos y una manta hirviente se posaba sobre él y el sudor se le escurría por la frente y le dolía la cabeza, incapaz de contener la avalancha de percepciones, agotada ante el esfuerzo que requerían las imágenes que visitaban su cerebro. Una tela fina cubría todo, buscaba a la zhizu que la había tejido y no la encontraba. Debía descabezarla, pero ella se escondía. Ante él desfilaban dragones de Megara rojos con enormes lenguas de fuego. Quién los había creado. Quién. Un Dios saico.

Rostros de guerreros irisinos en la sha. Una raza gloriosa

una raza guerrera
una raza imperial
dónde estaban
debían regresar.

Los jolis se llenaban de puntos rojos. Veía miles de boxelders por el rabillo del ojo. La lluvia caía torrencialmente sobre el valle y surgían jolis por todas partes. Era del clan de los jolis, estaba orgulloso de serlo.

La expulsión parecía no llegar nunca, pero cuando lo hacía todo se justificaba. Sus brodis se agitaban en la superficie, exaltados, y los otros, los pieloscuras, tenían el bodi enterrado en un hoyo en el desierto, su cabeza apenas entrevista, devorados a picotazos por los lánsès. Orlewen, todavía golpeado por el hemeldrak, la mirada en esas nubes inquietas que se escurrían por entre las hendijas de las ramas de los jolis, en esos pedazos de cielo que de cuando en cuando se imponían en su campo de visión, se sentía capaz de enfrentarse sin armas a mil pieloscuras con riflarpones y salir triunfante.

Luego descubría que los jolis habían adquirido una textura membranosa. Nada había terminado.

Una mañana, los agentes de Orlewen en Megara le dijeron que dos hombres querían reunirse con él. Dijo que sólo hablaría con ellos si llegaban al valle. Para su sorpresa, aparecieron una madrugada. Estuvo a punto de ordenar que los mataran, pero fue él-cuando-otros y supo que no le deseaban el mal. Decían ser agentes del gobierno sangaì y ofrecían ayuda para la insurgencia. Fondos para conseguir provisiones y armamento, información sobre los movimientos de tropas de SaintRei, implantes de visión y memoria que permitieran a las fuerzas de liberación estar en igualdad de condiciones con los shanz y los artificiales. Sangaì quería la libertad del pueblo irisino, decían.

Orlewen dudaba. No quería caer de una sumisión a otra. Sangaì era un imperio poderoso y podía terminar devorando Iris. Le había costado reorganizar el movimiento. Ankar estaba muerta, Zama y los demás habían terminado en la cárcel. No podía permitirse un paso más en falso. Los políticos irisinos hacían como que aceptaban su lucha armada por el apoyo que tenía entre la gente, pero en verdad no se resignaban a perder el control de la situación y soñaban con un Orlewen encarcelado o ejecutado.

Concluyó que no podía negarse al ofrecimiento. Lo aceptara o no, Sangaì haría lo que viera conveniente. Quiso creer que a los sangaìs sólo les interesaba que Munro perdiera el control del protectorado. Querían el mineral y les sería más fácil negociar directamente con los irisinos una vez que desapareciera SaintRei. Pero lo cierto era que tampoco necesitaban negociar con los irisinos. Podían adueñarse de todo sin ningún problema.

Había que confiar, y ya.

Proliferaron los mensajes alusivos a Orlewen y sus objetivos en Iris, en Megara, en Kondra, en Nova Isa. Se hizo popular la idea del Advenimiento. La frase se repetía: El Advenimiento adviene.

SaintRei empleó diversos recursos para enfrentarse a Orlewen. Hubo arrestos, torturas y fusilamientos. Las bombas no cesaron. La corporación pidió negociar con Munro. Quería conseguir concesiones del gobierno central que le permitieran usar elementos de su arsenal —drons y chitas, sobre todo— para acortar los tiempos de lucha. Había que renegociar el significado del concepto de «guerra justa».

La presión hizo que Orlewen moviera su base operativa a Malhado. No sólo era un lugar temido por los pieloscuras. También ofrecía protección debido a las fuerzas magnéticas del lugar, que impedían comunicaciones adecuadas. Orlewen debió aprender a vivir sin ellas.

Los irisinos que se ofrecían de voluntarios no cesaban de aparecer. También hubo kreols y pieloscuras que quisieron unirse a la causa. Orlewen sabía que entre esa gente había quienes adoraban a Xlött y simpatizaban con su movimiento. Todavía no estaba dispuesto a aceptarlos, pero reconocía que eran noticias alentadoras. Si ellos dejaban que la vanguardia de la insurgencia estuviera en manos irisinas, quizás, con el tiempo, podía terminar incorporándolos.

El ejército de Orlewen estaba mucho mejor preparado que antes. Más que un grupo de voluntarios parecía tratarse de soldados curtidos en la batalla. Las leyendas dicen que el apoyo de Sangaì se limitó a armas e información estratégica. Lo cierto es que desde el principio también hubo rumores de que había soldados sangaìs entre las fuerzas de Orlewen, y de que los irisinos voluntarios ya no eran los hombres naturales del principio. Tenían lenslets, mejor capacidad de memoria, hormonas implantadas que les permitían desarrollar sus músculos y regenerar más rápidamente sus heridas. Orlewen además les había prohibido el jün debido a su poderosa capacidad de empatía; sólo lo usaban en ceremonias especiales que muy rara vez se llevaban a cabo.

De vez en cuando los medios mostraban a sangaìs capturados entre las fuerzas de Orlewen. También mostraban bodis de irisinos muertos llevando lenslets de industria sangaì. El pueblo no creía en esos holos. Eran manipulaciones de SaintRei.

Esos días Orlewen sentía a Xlött sin necesidad de probar el jün. Estaba a su lado como una presencia protectora que observaba todo y apuntaba el camino a seguir. Le había vuelto la paz de los días en el újiàn. Confiaba en el triunfo, y si bien su deseo de rebelarse a su destino no se aplacaba del todo, al menos ya no vivía asediado por la sensación de injusticia.

Había momentos en que se lanzaba a caminar por el valle y sus seguidores intuían que había que dejarlo solo. Allí percibía cómo Xlött se transformaba en Malacosa, un benévolo gigante de sha, y venía a darle un abrazo. Era como si de pronto su bodi no le perteneciera más, se fundiera con el de Malacosa pero también con el aire del valle, y sentía el pulso de la creación y era capaz de ver lo que habitaba en los jolis, su espíritu, los gusanos que roían la madera, los insectos que se posaban en sus ramas, el corazón de los lánsès en el valle y las cavernas en las montañas, donde había animales venenosos, las aguas pantanosas de ríos furiosos de reptiles, las comunidades de irisinos entregados al Dios, sus brodis con llagas en las espaldas cubiertas de cicatrices marcadas por el látigo. Su bodi seguía desparramándose para dejar el valle y posesionarse de las ciudades, donde había irisinos y kreols en edificios abandonados, pieloscuras cansados de hacer lo que hacían sin fe, sin convicción, dispuestos a que el mundo se diera vuelta, a que se los liberara de su papel de conquistadores en una empresa en la que ya no creían.

Se desmayaba del esfuerzo y estallaba la sangre por su boca. Lo descubrían tirado en un sendero y lo llevaban presurosos al refugio. Amanecía con la niebla en los ojos, y les contaba de sus visiones.

Conocen los pájaros arcoíris que cruzan el cielo, dijo una vez. Cada pájaro dun solo color, al volar juntos forman el arcoíris. Migran rumbo a Malhado pa su reunión anual. Vuelan guiados por un líder, el único pájaro que lleva en su plumaje los siete colores del arcoíris, mas ellos lo ven dun solo color, el suyo. Y cuando llegan a Malhado descubren que la sombra que crean al cruzar los lagos es el rostro de Xlött. Eso es lo que somos. Nada cuando estamos solos, el Dios si estamos juntos. Un todo trascendente.

Orlewen era el pájaro de siete colores, decidieron sus seguidores, y cada uno se asignó un color. Xlött en Iris, más en el aire el pájaro arcoíris.

El acceso a Malhado era difícil. Orlewen contaba con la ventaja del terreno y se movía entre las comunidades del valle, tratando de no quedarse en un lugar fijo durante mucho tiempo. A veces vivía en cavernas en montañas remotas y se desplazaba por pasos estrechos entre los desfiladeros. Hubo enfrentamientos, insurgentes y shanz muertos, chitas destrozados, drons perdidos, un par de heliaviones derribados. Al final las fuerzas enviadas por SaintRei debían retirarse impotentes de la búsqueda.

SaintRei instaló puestos de avanzada en Malhado. El objetivo era no dejar en paz a Orlewen. Que no pudiera planear sus ataques con calma y supiera que un paso en falso bastaba para que lo atraparan. Los puestos salpicaban el valle. Los shanz maldecían el calor sofocante, el terreno empinado, el eco que devolvía el fengli y los confundía. Acostumbrados a estar en constante contacto con el Instructor, se ahogaban ante la falta de comunicaciones. Para colmo, vivían aterrorizados por las leyendas de Malacosa. Algunos creían que estaban hollando tierra sagrada. Otros se convertían secretamente a la religión de Xlött y pedían disculpas por lo que hacían. Cualquier hecho inexplicado se atribuía a Malacosa. Si se perdía un uniforme, se lo había llevado Malacosa. Si no se encontraba una caja de municiones, seguro Malacosa la haría detonar en el puesto apenas llegara la noche.

Hubo episodios saicos de derrumbe mental, suicidios, casos de shanz confiables que decían haber visto a Malacosa. En dos ocasiones los shanz vieron a una figura inmensa aparecer entre los árboles, pulverizar a un shan con un abrazo y desaparecer tan rápidamente como había venido. SaintRei concluyó que los shanz estaban sugestionados por el valle y los reasignó a otros lugares de Iris. Los expertos testificaron que en Malhado abundaban plantas alucinógenas, los vapores que despedían tan intensos que no se necesitaba prepararlas para sentir sus efectos. Suficiente respirar cerca de ellas. Uno de esos expertos argumentó que esa teoría podía expandirse a todo Iris. Para la gran mayoría, vivir allí era estar bajo la influencia de una sustancia lisérgica todo el tiempo. Xlött-Malacosa-Jerere y demás seres sobrenaturales eran alucinaciones consensuales de Iris.

Nadie pudo explicar qué había ocasionado la muerte de esos shanz pulverizados en Malhado. Era evidente que sus cadáveres no habían sido destrozados por bombas ni tampoco por un sueño o pesadilla de las plantas.

SaintRei había comenzado a usar sigilosamente robots chitas en las ciudades. Ayudados por ataques de drons, su despiadada eficiencia hizo retroceder a Orlewen.

Cuando se destapó el escándalo del uso de chitas y drons, Munro envió observadores de derechos humanos a Iris, que redactaron un informe demoledor contra el Supremo. El Supremo fue obligado a renunciar, pese a su argumento de que debió tomar esas medidas impopulares una vez que se constató la injerencia de Sangaì en las luchas internas en la isla. En su apasionado discurso de renuncia, acusó a Munro de querer aplacar en vano los deseos expansionistas de Sangaì. La lucha en Iris no era entre SaintRei y Orlewen, sino entre Sangaì y Munro. «El miedo no gana las guerras», dijo, y «Munro tiene miedo de Sangaì». El Supremo salió de la isla rumbo al exilio; nunca más se sabría de él. Los políticos de Munro sabían que el Supremo había dicho la verdad, pero no tenían una alternativa adecuada para cambiar la situación.

SaintRei debió establecer nuevas reglas de enfrentamiento con los irisinos. Si no las cumplía se le revocaría la concesión para explotar las minas. El nuevo Supremo no creía que esto llegara a ocurrir debido a que las minas de Iris no eran tan apetecidas como en tiempos anteriores, pero también era consciente de que, presionado por Sangaì, Munro prefería guardar las formas.

Así se llegó a un período confuso, aprovechado por las fuerzas de Orlewen con apoyo de Sangaì, en el que SaintRei debió obrar con cautela y no supo reaccionar a los ataques de la insurgencia. Las bombas explotaban en las ciudades y en las carreteras, los ataques a la maquinaria y a los representantes de SaintRei se sucedían. Los shanz se sentían desmoralizados, incapaces de responder con toda la fuerza de la que disponían. El Supremo pidió permiso a Munro para usar drons y chitas. La respuesta fue negativa.

Fue en medio de ese período conflictivo que un día SaintRei anunció que Orlewen había sido capturado.

Orlewen lucía una mirada desafiante en los holos. Un corte en una mejilla, un hematoma en la quijada, las manos atadas. No dijo nada cuando compareció ante los medios. SaintRei anunció que lo había capturado en una redada en el anillo exterior de la capital. Algunos decían que su red de informantes irisinos por fin había funcionado. Otros, que el arresto se debía a la suerte. Que habían ido al anillo exterior siguiendo una pista de un grupo de insurgentes que fabricaba bombas y terminaron encontrándose con el líder.

Orlewen fue llevado a una celda de máximo aislamiento en la cárcel del Perímetro. El juicio duró poco. Lo condenaron a muerte. Sería ejecutado ante la presencia de los medios, como escarmiento y mensaje para los irisinos. Cuando se falló el veredicto hubo protestas en las principales ciudades de Iris. SaintRei actuó con cautela. De nada servía avivar el fuego del enfrentamiento.

Orlewen se negó a comer durante los días en que estuvo en la cárcel. Enflaqueció notoriamente. De las torturas daba muestra su bodi. Tenía el labio roto, le habían cruzado un alambre que surcaba la mejilla derecha de la oreja a la boca. Quedaría una violenta cicatriz. Múltiples hematomas donde había restallado el látigo en la piel. Las letras SR escritas en la espalda con la punta de un electrolápiz, pus mezclado con sangre.

Los ataques de su grupo no cesaron.

El día de la ejecución en un patio de la cárcel, despertó temprano y se le dio la oportunidad de hablar con un sacerdote. Se negó y pidió que lo dejaran solo unos minutos, que aprovechó para rezar a Xlött. Fue apenas un susurro pero los testigos dijeron que podían escucharlo en su cabeza, como si hubiera ocurrido una comunicación telepática con Orlewen.

Le preguntaron si quería cubrirse la cara con una máscara. Dijo que no. Quería enfrentarse a la muerte desnudo. Ése era su último deseo. Se lo concedieron. No sabían si habían hecho bien. Los irisinos verían el holo final de ese ser que admiraban, la piel llena de marcas. Esas marcas quedarían en la memoria, podrían incitar a la revuelta a generaciones futuras.

Fue escoltado al patio y se lo ató a un poste. Las ligaduras se hundieron en la piel, estorbaron la circulación de la sangre. Las manos y los pies fueron azulándose.

Dicen que en ese momento Orlewen fue todos los irisinos.

Fue Chevew y su miedo a construir una estatua.

Fue Demiá y su amor por Xawi.

Fue Absi y su devoción al jefe.

Fue Ankar y su amistad con las dushes.

Fue Zama y sus ceremonias del jün.

Fue Miyum recibiendo himnos.

Fue Jain entregado al verweder a la vera de un arroyo.

Su bodi se sacudió en convulsiones desgarradoras. Quiere forzar su muerte, dijo un oficial. Hay que beyondearlo antes de que se mate.

Los que estaban en el patio dicen que en el momento en que se dio la orden de disparar se levantó un shabào que impidió que se pudiera ver a Orlewen durante algunos segundos.

Cuando la sha-storm se calmó, Orlewen ya no estaba.

La interpretación que circula entre los irisinos es que se produjo un milagro y Orlewen probó una vez más que es el representante de Xlött en Iris. Hay testigos que dicen haberlo visto volar por entre la sha-storm. Shanz que estuvieron ahí se convirtieron inmediatamente a la religión irisina.

Algunos pieloscuras creen en esa versión.

También están quienes han desarrollado una teoría conspiratoria. Según ellos, la ejecución fue un montaje. Orlewen fue asesinado antes o se encuentra en una celda del Perímetro. Con el montaje del shabào y de la fuga, Saint-Rei dio alas para que más irisinos creyeran en Orlewen y en el Advenimiento, para que la insurgencia continuara. Según esta teoría, SaintRei descubrió que necesitaba a Orlewen. Al dejar que su leyenda creciera, se embarcó en un juego peligroso cuyo objetivo principal era que el avance de la insurgencia forzara a Munro a autorizar métodos más duros para luchar contra ella. Orlewen sería una excusa para que SaintRei pudiera retener el control de las minas de Iris. Cuando se les dice a estos escépticos que esas minas no tienen el valor que tenían antes, ellos responden que si SaintRei no se fue de Iris es porque quizás se han descubierto minas más valiosas pero que no se anunciarán los descubrimientos hasta que la concesión para explotar Iris sea renovada.

A Orlewen no se lo ha vuelto a ver. No interesa. Sus seguidores continúan la lucha y su ejemplo cunde entre los irisinos. Varios grupos insurgentes se han alzado en armas bajo la consigna *El Advenimiento adviene*.

Dicen las leyendas que la noche antes del fusilamiento recibió la visita de Xlött para confirmarle que el pacto seguía en pie. El verweder le llegaría en el momento de la liberación de Iris. Viviría para lograr la independencia, pero no vería los frutos de ella. Dicen que Orlewen aceptó sin protestar y no volvió a quejarse de su destino.

Kiàn Xlött qíttzaiko
Dinliafdengin
Bätaf chankuttào xinde
Qulixièxié di
Ducháijhal Xlött chas chas
Taoche di quchán sha-storm
Dipduister fengli ko
Metdechen Xlött chas chas

Katja

1

Shang era un kreol de piel curtida que trabajaba de capataz en las minas. Se llevaba bien con los pieloscuras, conseguía swits dellos. Creía que los swits eran drogas mágicas responsables de todos los gestos benévolos de SaintRei a los irisinos. Cuando se enteraba de actos de violencia, de pieloscuras saicos, concluía q'ésos no tomaban los mismos swits q'él. Había todo tipo de swits y SaintRei repartía los que provocaban impulsos asesinos tu, mas ésos no eran los más populares. Los shanz preferían los que les dejaban hablar como si hubieran tomado un truth-serum, les producían armonía con su entorno, empatía hacia los demás. Ése era el lado que admiraba de SaintRei. El que había sido capaz de aceptar la religión irisina/los cultos/los rituales.

No había sentido nada cuando probó el paideluo y el jün excepto dolores de estómago y náuseas. Quizás su camino no era el espiritual. Respetaba el danshen mas no era fácil de conseguir. El danshen te despersonalizaba, te hacía perder el yo. La vez que probó danshen se convirtió durante algunos minutos nuna planta. Pudo entender a las plantas y descubrió q'ellas eran los verdaderos alienígenas en Iris, los seres extraños que ni irisinos ni pieloscuras captaban. Mudas al lado duno, todo el tiempo haciendo esfuerzos por comunicarse. El paideluo/el jün/el danshen lograban hacerse escuchar.

En las minas no se conseguía danshen. Se lo pidió a un qaradjün mas él lo miró asombrado y dijo que con el danshen no se metía. Los shanz que sabían de sus amistades irisinas le pedían que les consiguiera paideluo y jün y él les decía que no podían hacerlo solos, debían participar nuna *ceremonia. Siempre había un qaradjün dispuesto a ganarse algo de geld oficiando una ceremonia pa curiosos. Él recibía swits a cambio. No necesitaba más pa ser feliz. No le complicaban la vida, no lo sacudían con visiones, sólo le hacían sentirse bien.*

Una noche, una irisina con la que se acostaba le consiguió danshen. Las hojitas estaban molidas, tenían un regusto amargo. Se le ocurrió que podría ser interesante mezclar los swits con el danshen. Tomó tres swits, rellenó den una pipa de agua con danshen y la aspiró. Pronto sintió que se convertía nuna planta. Desalmado, pidió q'ella lo sacara de ahí.

De dó, gritaba la irisina, de dó.

Del bosque de danshen, dijo él.

Su boca se ensalivó. Escupió flema y entró en convulsiones. La irisina pidió ayuda. Lo llevaron al hospital y cuando llegó estaba en coma.

Esto ocurrió hace muchos años y Shang no ha despertado todavía. Siente y percibe mas no puede comunicarse, se ha convertido nuna planta de danshen y vive nun bosque de danshen.

El hombre la miraba sin que sus dedos dejaran de tamborilear en la mesa que los separaba. Un reguero de venas azules debajo de un ojo contrastaba con la piel blanquísima de la mejilla. Al otro lado, una cicatriz que le daba un rictus tenebroso, un ojo artificial, una oreja destrozada. Era fibroso y delgado, a juzgar por los holos había perdido peso y musculatura en la prisión, no hubiera tenido problemas para dormir en los cubículos del Perímetro, con camas que impedían moverse mucho. En una de sus primeras noches Katja se había caído.

A Katja le intrigaba Chendo. En verdad le intrigaba todo lo que había encontrado desde su llegada. No era el mejor momento —las fuerzas de Orlewen acababan de tomar Megara—, pero su trabajo consistía en seguir órdenes y eso era lo que trataba de hacer. Lo que debía hacer. Lo que haría.

En Munro se hablaba de Iris con un aire siniestro, un tono de espanto. De niña jugaba en los descampados del distrito irisinos-contra-huracanes, y todos querían ser los aviones bombarderos que habían descargado las bombas sobre Iris, corriendo agazapados entre el follaje para lanzarse luego con su carga letal contra el damnificado de turno. *Pareces irisino, No seas irisino, Qué irisino que eres, Se te salió el irisino* eran los insultos más populares. Alguna vez quiso enterarse en detalle de «La década de los incidentes» —el eufemismo con que se conocían las pruebas nucleares de mediados del siglo pasado—, y le sorprendió descubrir a sus amigos alegando que nadie negaba lo ocurrido pero que no valía la pena enfocarse en épocas tan turbias, hechos tan poco edificantes. Esa negación podía llevar hoy a la pérdida de Iris.

Xavier le había escrito los primeros días en Iris, deslumbrado: *Todo tan diferente a lo que se dice por allá los irisinos son raros mas quién no y la noche dura poco y el viento sopla todo el tiempo igual soy feliz*. Eso había sido antes de que arreciaran los ataques de la insurgencia y el miedo y la ansiedad lo ganaran. Pero era verdad que el lugar deslumbraba. Había visto desde el avión un río de aguas marrón-púrpura en las que la luz se reflejaba brillante, un lago artificial anaranjado del que se enorgullecía SaintRei, los pozos entintados de esmeralda donde se refinaba el X503 y se separaban sus productos sólidos de los líquidos. Había momentos en que debía cerrar los ojos hasta que pasara el temblor interno, el yo vapuleado por tanta nueva información.

El contorno liso y ovalado del cráneo de Chendo. Las mañanas al despertarse Katja encontraba mechones de pelo en la almohada. Cuánto tiempo debía vivir en Iris para que se le cayera la cabellera y tuviera el cráneo rapado y lustroso como el del hombre que tenía enfrente. A Sanz le había llamado la atención tanto como a Katja; los primeros días pedía permiso para tocar huesos frontales y parietales como frenólogo decimonónico.

Así que usted ha hecho ese holo, la voz de Katja era suave pero firme, como correspondía a una investigadora acostumbrada a interrogatorios severos. La luz en la sala era blanca y brillante y contrastaba con la que se ofrecía en las ventanas. En una de las paredes, un boxelder hacía esfuerzos por pasar desapercibido. Un ventilador flotante se desplazaba por el recinto sin hacer ruido.

No fue fácil, el tono orgulloso en la voz no le sentaba bien. Las manos pequeñas y regordetas, manchas vinosas en la piel.

Son muchas décadas, pero no hay sentido del tiempo. Todo parece ocurrir en el presente.

Todo es nau ki oies. Un nau incompleto inconcluso q'está siempre adviniendo.

Usted también los enviaba desde su Qï. Sabe que esto es traición. Dicen que las leyendas originales las inició esa mujer que.

Se sorprenderá de cuántos somos traidores den.

Dirá que el Dios de SaintRei es Xlött.

Sí lo es de muchos oficiales y shanz.

Shanz. Soldados.

No del todo mas sí. Shanz.

Y fengli es viento.

No exactamente porque no hay vientos como los de ki. Mas sí, por extensión. Aprende.

Unas cuantas palabras.

Como todos.

Supongo que entiende que esto complica las cosas.

Chendo se retorció en el asiento, incómodo. El boxelder se movió. Katja los había encontrado en su cubículo la primera noche. Una picadura en la pierna, un manotón, sangre verdosa entre las sábanas. Inofensivos pero molestos. Había que acostumbrarse a ellos tanto como a la luz intensa, las sha-storms, el cuello desproporcionado de algunas irisinas, su mirada lastimera, el culto a Xlött.

Estamos más cerca de los irisinos que de nosos jefes, Chendo recuperó la iniciativa. Fokin fobbits.

Los irisinos tenían algo de nos hace mucho, señaló Katja. Mutaron. Ser humano no es una abstracción, una esencia inalterable. Vamos cambiando con cada desplazamiento de nuestros genes y células. Un proceso lento. Pero póngase al lado de una planta nuclear en plena explosión y déjese bañar por la radiación. El cambio se acelerará tanto que quizás alcance masa crítica. Vemos algo de nos en ellos. Un relampagueo en los ojos. Sin duda queda algo. Pero son otra cosa. Lo cual no significa que no haya que tratarlos bien.

La verdad oficial de Afuera. Tan equivocados ko.

Katja se aclaró la garganta. Enviada a Iris a investigar abusos cometidos por SaintRei en su lucha contra Orlewen, jamás se le hubiera ocurrido que días después de su llegada estaría perdiéndose en disquisiciones acerca de la naturaleza irisina.

Aunque fueran otra cosa, dijo Chendo, es necesario intentar entenderlos ko. Deso tratan estas leyendas. Es lo que trato de hacer. El Advenimiento llegó y...

No me hable de eso, no tiene sentido. Se la pasó matando irisinos y nau hace holos en la cárcel imitando a una traidora. Luego dice que todo lo que hace no es contradictorio.

Es p'acelerar el Advenimiento, la tos pedregosa de Chendo sobresaltó a Katja. Ya sestá cumpliendo.

Den los mataba por su bien.

Se trata de quemar etapas.

Al menos no se esconde. Pronto habrá una corte marcial y el jurado deberá decidir si ustedes merecen la degradación. Me aseguraré de que la ley de Munro se respete aquí.

La ley de Munro no existe ki. Hace tiempo que se debía declarar la independencia. Es lo que hará Orlewen. Palabra de Xlött.

No me hable ni de Orlewen ni de Xlött. Sólo quiero confirmar que su confesión de que asesinó a Gibson la ha hecho por voluntad propia, sin amenazas ni abuso físico de ninguna clase. Y que está dispuesto a testificar contra Reynolds y Prith.

Digamos que no hubo amenazas ni abuso.

Hubo o no hubo.

Digamos que no.

Mató a Gibson.

Digamos que sí.

No hay pruebas. Sólo su confesión. SaintRei pudo haber decidido que usted fuera el chivo expiatorio. Si es eso, puede confiar en mí. Yo lo puedo sacar de aquí.

Muchas formas de matar, dijo Chendo. No sólo con un riflarpón nel cuello.

Usted no lo hizo den.

No fue lo que dije.

Katja se levantó, insinuando que la reunión había terminado. Chendo hizo lo propio y se le acercó. Bajó la cabeza en un gesto humilde, reverencial.

Si necesitan un perfil de Reynolds, estoy a sus órdenes oies.

Tendrá mucho tiempo libre en la cárcel. He visto sus dibujos. Muy buenos.

Quisiera ser relocalizado. No quiero que me envíen Afuera. Mi lucha es ki.

No será fácil. Se ha metido en un lío.

Me prometieron libertad a cambio de testimonio.

No está en mis manos.

Quiero vivir en la ciudad. Que me toque el verweder.

Quiere morir den.

La realidad duele ki oies.

En todas partes.

Más ki. Hay q'esconderla. Así se vuelve mejor a ella.

Y no tiene miedo a Reynolds.

Me desalmaba. A ratos tiemblo. Mas con quien me desalmo de veras es con Xlött. No debería. Xlött no es el mal. Es el mal-bien. El bien-mal.

De dónde era Chendo, qué había hecho para aceptar venirse a esta prisión en vida. Qué penas purgaba. Qué delitos, del corazón o de los otros. No era difícil reconstruir lo que le había pasado en la cárcel: abrazar la fe de Xlött era una forma de purgar sus culpas. Quizás la había abrazado antes, cuando se puso a enviar los holos con las leyendas irisinas. Quizás no era el responsable directo de la muerte de Gibson, pero igual sentía que necesitaba un castigo merecido. Era parte del grupo de asesinos de Reynolds.

Sí, eso se podía entender. Lo complicado era descubrir qué lo había motivado a venir a Iris. No sólo a él. Qué había motivado a todos esos shanz y oficiales que rondaban por el Perímetro.

Lo engañaron diciendo que esto era el paraíso y ahora sólo quiere salir.

No es lo que pensé, no. Quiero salir del Perímetro mas no me interesa nada de Afuera. Soy necesario ki oies. Quiero contar la historia deste lugar.

Dibujarla.

Contarla y dibujarla.

Katja hizo un gesto con la mano para que no siguiera. Los ojos de él le pedían que lo ayudara. Que intercediera para que lo dejaran en paz. A ratos se perdía en la confianza del pronto triunfo de la insurgencia, otros parecía asustado por su situación.

Se acercó a la pared en la que estaba el boxelder. Lo hizo caer con uno de sus dedos. Se retorcía de espaldas en el suelo. Xavier le había contado muchas cosas de las rarezas de Iris. Quería ver dragones de Megara. Los había visto en un holo. No atacaban a menos que se los provocara, entraban a las casas, aparecían en los mercados. Debía ser difícil convivir con ellos.

Chendo estaba parado detrás de ella, sin saber qué hacer. La puerta se abrió y vinieron dos shanz y se lo llevaron. Katja fue a su habitación. Al salir llamó por el Qï a Sanz.

Estoy segura de que no mató a Gibson.

En el fondo poco importa, dijo su superior. Mató irisinos.

Sabe que sí importa. La opinión pública no se conmueve tanto por la muerte de irisinos, sí por el asesinato de un shan.

Den.

SaintRei está mintiendo. Y si miente aquí, miente en otras partes.

Buen comienzo pa la investigación.

Desde una ventana del cubículo se podía divisar el parque. Katja observó los árboles mecidos por la brisa, los shanz que se desplazaban por la jardinera central, los pájaros que revoloteaban en torno a los postes del alumbrado. El sol se hundía entre las montañas. Por la mañana había visto un convoy militar saliendo del Perímetro, marchas apresuradas de shanz, oficiales desplazándose tensos entre los edificios. Megara había caído en manos enemigas el mismo día de su llegada a Iris. Mala hora para venir.

La historia oficial de SaintRei ya no se sostenía. La insurgencia no sólo eran unos cuantos irisinos malencarados; la mayoría del pueblo la apoyaba, al igual que un buen número de kreols. El cambio de suerte en la lucha había hecho que incluso algunas unidades de shanz en Kondra y Megara se pasaran al bando rival.

Cerró la ventana y se quedó con la luz de una lámpara flotante. Se preguntó si valía la pena seguir con la misión. A nadie le preocupaba la justicia en Iris. Tampoco, al parecer, en Munro, que enviaba periódicas comisiones al protectorado para asegurarse de que se cumpliera la ley pero nunca había seguido las conclusiones.

Tarde para preocuparse. Sangaì apoyaba a Orlewen, allí concluía el pleito. Munro no podía hacer nada con el gran imperio en liza. Ni siquiera el Reino podía ayudar a Munro; el Reino, apenas un espectro de pasadas glorias imperiales.

Lo de su hermano también había sido una mentira de SaintRei, aunque Munro había preferido dejarla pasar, al menos por ahora. Concéntrense en Reynolds y su unidad, era el pedido. Según el informe oficial Xavier se había quitado la vida en prisión; no se podía averiguar mucho más al respecto. A veces, en sus momentos más optimistas, Katja soñaba con encontrarlo; quizás está en una prisión secreta, pensaba. Quizás lo torturaron tanto que no quieren que lo veamos. Quería aferrarse a esa ilusión, pero no tardaba en disiparse. Se había ofrecido de voluntaria a la misión no tanto por enterarse de la verdad —SaintRei no dejaría que lo hiciera— como por estar en Iris, ver y sentir lo que Xavier había visto y sentido. Qué lo habría llevado a terminar viviendo con una terrorista, incluso, si era cierto el informe, a colaborar con ella (también le costaba aceptar esa parte).

Quiso olvidarse de lo que ocurría más allá del cubículo y vio un par de capítulos nostálgicos de *Dai-tai entre portales,* la serie favorita de su infancia. Solía verla con Xavier y Cari; no se cansaba de revisar sus capítulos preferidos. Todo se iniciaba con el planteamiento del misterio, lógico —cómo resolver un asesinato en un cuarto cerrado— o sobrenatural —cómo explicar la aparición de una virgen en un cerro portugués—, y luego Dai-tai, de emblemática bandana verde y botas rojas, se ponía a correr entre los portales que separaban el mundo real de otro mundo en el que no reinaba la razón, y resolvía el misterio de manera lógica o sobrenatural.

Pronunció la frase que Dai-tai repetía en cada capítulo —*Podemos aunque no podamos*—. Reynolds, Chendo y Prith caminaban sobre cadáveres de irisinos en una hondonada. Cuántos como ellos, a lo largo de los años.

Debía deshacerse de esa imagen.

Sacó una pipa de agua del maletín y la llenó; puso hebras de danshen sobre el receptáculo corroído y negruzco de la pipa. Se sentó en la cama. Recordó el holo de Chendo sobre el danshen. Le hizo sentir visceralmente el miedo original cuando comenzó a probarlo. Sus amigas le decían que no se metiera con el danshen, había muchos muertos, esas plantas traídas de Iris no auguraban nada bueno. No sabían que le interesaba el danshen precisamente porque no auguraba nada bueno. Que ellas buscaran epifanías baratas en las drogas. Katja quería el vacío, la nada.

Aspiró. Todavía en la zona nebulosa entre la conciencia y la inconsciencia, vio la casa de sus padres y se vio de niña, de la mano de su madre con un sombrero rojo y lentes de carey.

Cari, su hermana, dibujaba en el suelo con una tiza. Su hermano no estaba por
ningún lado.
Xavier, gritó. Xavier.
La habitación comenzó a girar,

perdió pie

y

cayó al vacío.

Veía el automóvil de su infancia, esa camioneta destartalada en la que papá los llevaba a atrapar iguanas. Xavier la guiaba de la mano por el descampado hacia el río. Cari y ella lo perseguían por la casa. Él practicaba pasos de baile frente a un espejo. Querían ir con él a la fiesta, no dejar que nadie se le acercara, pero él les soltaba la mano y desaparecía.

Xavier se había ido y Cari estaba muerta en un lote baldío.

Una amarga desolación, una tristeza que helaba los huesos.

Un campo de danshen en una planicie infinita. Los tallos largos que aspiraban al cielo. Las flores lilas que se convertían en flores negras. Sus piernas se habían transformado en tallos.

Quién soy yo, preguntó una voz desde dentro de ella.
Quién

soy

yo

Sostenía un objeto esférico entre sus manos, estaba rodeada de plantas de danshen y no terminaba de disolverse y le entregaba el objeto a una mujer de sombrero rojo y le decía que lo cuidara y ella asentía y un mechón blanco de su cabello caía sobre uno de sus ojos. Elegante con una minifalda plisada, una blusa con diseños geométricos, pero sus manos se convertían en flores negras. Un remolino la cogía en su vórtice

intentaba agarrarse

de la

mujer de sombrero

rojo,

para que no se la

llevara.

Ella era un tallo firme, horizontal. Múltiples flores negras. El remolino la desprendía del suelo

la mujer de sombrero rojo desaparecía.

Ven,

decía esa voz que no reconocía como suya,

ven,

y cerró los ojos y no hubo más.

Despertó tres horas después tirada sobre el cobertor de la cama. Le dolían los ojos, le estallaba la cabeza, acidez en la garganta.

El cubículo olía como si allí se hubiera llevado a cabo un exorcismo. No era sólo el olor; era la sensación. Solía ocurrirle con el danshen. Un exorcismo en el que, según las creencias irisinas, la parte viva de su bodi se desencarnaba. Una visita al beyond que tenían todos dentro de sí.

Debía levantarse.

2

Nadie discutía los hechos. Reynolds había matado a civiles irisinos sin provocación alguna, enfrascado en su guerra particular. Para ello reclutó a shanz de su unidad. Pese a las pruebas —dedos y orejas cortadas, testimonios de miembros de la misma unidad—, SaintRei había buscado excusas para no llevarlo a una corte marcial. Sanz y Katja, dos altos oficiales de Munro, habían llegado a investigar lo ocurrido. SaintRei decía que se trataba de un incidente aislado y Munro creía que los abusos sistemáticos continuaban; pese a que el escándalo del uso ilegal de chitas y drons había hecho caer a un Supremo, se pensaba que las reformas emprendidas por el nuevo Supremo eran apenas cosméticas.

SaintRei decía no oponerse a la corte marcial, pero prefería postergarla indefinidamente. Era un momento crucial en la lucha y después de la caída de Megara no se podía dar ningún tipo de victoria a Orlewen, ni siquiera una simbólica. Por lo pronto, el peso del castigo recaía en tres de los acusados: Reynolds, por su obvio liderazgo del grupo; Prith, por las pruebas de su participación en dos asesinatos; Chendo, asesino confeso de Gibson, un shan sospechoso de haberlos delatado. Reynolds se hallaba en confinamiento solitario y SaintRei no permitía que se lo entrevistara. Cuando supo de esto, Sanz, el jefe de Katja, montó en cólera y pidió reunirse con Elkam, una oficial del Perímetro que servía de enlace con la comisión. Su oficina se encontraba en uno de los edificios principales de la administración, cerca del Palacio. El tono brilloso de su piel hizo que Katja pensara en los artificiales. La diferencia con Munro era que allá no ocupaban posiciones importantes en el gobierno. El pueblo desconfiaba de ellos, y los pocos artificiales en política no habían llegado lejos. Se contentaban con que se les reconocieran sus derechos civiles.

En una de las paredes, holos resplandecientes de ella con un hombre y dos niños. La familia artificial feliz es la que se saca holos unida. Se lo creería. Sabría o no que había venido al mundo apenas uno o dos años atrás, en una fábrica. Pero quizás no lo era, y en el fondo qué importaba. Debía hacer como los irisinos en el holo de Chendo, dejar de devanarse la cabeza tratando de decidir si cada uno de los seres con los que se topaba era artificial o no. Eso tampoco la hacía cambiar de actitud. Estar a la defensiva, vivir en la paranoia no la llevaban a replegarse. Le parecía una estupidez el deseo del Partido Humanista de emprender una cruzada contra las máquinas. Incinerar a todos los artificiales y robots, volver a un supuesto período paradisiaco en el que no existían máquinas. En Munro tenía amigos artificiales y no podía vivir sin la ayuda de robots. Además de que todos tenían algo artificial, algo mecánico en el bodi. No había habido época sin máquinas. Los humanistas se referían específicamente a robots con apariencia humana, pero ya había autómatas y androides en el Egipto antiguo, en la Grecia clásica, en la Sangaì de las primeras dinastías.

Sanz insistió en la necesidad de hablar con Reynolds. Era una aberración que SaintRei desafiara las leyes de Munro.

Reynolds hizo lo que hizo porque se sintió con las manos atadas, dijo Elkam, molesta, sin disimular su impaciencia. Era alta y tenía algo de pelo en la cabeza, quizás un injerto. Nos se las atamos siguiendo las directivas dustedes, continuó. Saben lo que pasa en Megara ko. Estamos en guerra y ustedes se preocupan de si nosos uniformes están limpios. Si usamos guantes. Así es fácil que todos nos identifiquemos con Reynolds ki, sintamos que somos él, las manos atadas por ustedes.

De modo que no podremos reunirnos con Reynolds.

Primero vayan a visitar lo que queda del café de los franceses. Vean si están de parte nosa o de los irisinos. Nau no conviene. Mas si ceden en ciertas cosas podría ser diferente.

Qué proponen, dijo Sanz sorprendido por el discurso de Elkam, la intensidad de sus palabras. Se sacó las gafas de alambre, un adorno que llevaba en memoria de su padre.

Que miren a otro lado hasta el fin de la guerra. Que nos dejen hacer todo lo necesario pa eliminar a Orlewen. Permiso pa usar drons armados. Permiso pa usar chitas.

Sabe a dó ha conducido eso antes.

No podemos ser prisioneros del pasado, Elkam se levantó de su asiento, se acercó a Sanz. Katja recordó una de las escenas que más le habían impactado del informe sobre Reynolds; un irisino agonizaba en el suelo después de un enfrentamiento en una calle desierta y uno de los shanz le dijo que había que llevarlo a la posta más cercana y Reynolds, sin inmutarse, dio la orden de partir. Que el fokin irisino muriera retorciéndose de dolor.

Hagan lo que tengan que hacer, dijo Sanz sin intimidarse. Nos haremos lo mismo.

Elkam dio la reunión por concluida. SaintRei tenía miedo a las armas de Munro, pensó Katja. No sospechaba del miedo de Munro a intervenir militarmente en el protectorado. Del miedo de Munro a Iris.

Sanz y Katja se dirigían a la prisión a hablar con Prith. En el camino Sanz contó que Munro le había confirmado que las fuerzas de Orlewen, envalentonadas después de haber tomado Megara, preparaban un movimiento envolvente de pinzas para sitiar Iris.

Se vienen los bárbaros. Y con apoyo del gran imperio. Sangaì ha anunciado que si SaintRei usa drons entrará directamente en la lucha.

Pero si Sangaì ya ha entrado en la lucha. Munro debería defender Iris. Con ayuda del Reino.

El Reino no puede ni quiere defender Munro, mucho menos Iris. Son poca cosa ante el gran imperio. Y Munro, ya sabes de nuestras limitaciones.

No hay nada más que hacer den. Ni vale la pena seguir con la investigación.

Seguiremos hasta que se nos diga. De todos modos no podemos estar mucho tiempo aquí.

Katja entendió su disgusto por el tono levemente elevado de la voz. Un hombre equilibrado, quizás *demasiado* equilibrado, pero ese temperamento era su principal ventaja sobre los demás. Había estado a cargo de investigar fosas comunes en Sydney, crímenes de guerra en islas disputadas con Yakarta, asesinatos seriales en el hinterland. Se enfrentó sin fruncir el ceño a Wolf, el pedófilo atrapado después de matar a veintisiete niños. Extrajo una confesión del caníbal de Aukland cuando aceptó su desafío de pasar con él una noche en su celda de tres por tres. Logró que el mariscal Zhurkov asumiera su responsabilidad en el uso de armas químicas en Montenegro. Le decían el Brujo porque no entendían cómo podía adelantarse a lo que sus rivales pensaban para así envolverlos con sus propios argumentos. Otros sospechaban que era un artificial: su talento no es de este mundo, decían. Katja estaba cansada de que cualquier ser humano superdotado en su campo fuera sospechoso de ser un artificial. Pronto los revisionistas aplicarían esas sospechas a toda la historia y dirían que no habría logro que no fuera de los artificiales.

Una vez en la prisión, dos shanz los condujeron por un pasillo de paredes abovedadas. Las botas de Katja chapoteaban en una sustancia viscosa. Tuvo la visión de Xavier conducido a rastras por ese pasillo. Lo habrían tirado en una celda, le habrían administrado electroshocks; era la forma favorita de tortura en Iris. Había visto holos de irisinos prisioneros, su bodi usado por los torturadores como una pared en blanco donde escribían insultos y poemas con un electrolápiz, rimas destempladas que tenían a Orlewen como tema, dibujos ofensivos de irisinos copulando con animales.

Si Sanz era en verdad un brujo podría decirle dónde estaba Xavier, o confirmarle que se les había ido la mano, lo mataron y se deshicieron del bodi.

Desechó ese pensamiento. No era un adivinador de feria.

A medida que avanzaban el pasillo parecía extenderse. Xavier estaba desnudo sobre una camilla, gritando mientras un shan desollaba su carne con el electrolápiz; Katja se estremeció. Xavier trataba de escaparse corriendo por el pasillo, era un niño al que ella perseguía y no agarraba. Un niño con el bodi escrito, le pedía que la salvara y no podía. Como Cari. Ése era su destino. Ver impotente la muerte de sus hermanos. O quizás no impotente. Podía haber hecho algo con Cari. O no haber hecho algo. Porque Katja la había iniciado en el polvodestrellas. Un juego más de niños acomodados en Munro. Pero ella sabía dosificarse y Cari no. Cari era frágil por naturaleza, y a eso se añadía que hacía mucho que se dedicaba a las drogas duras. Había habido buenas intenciones, eso sí. Por fin algo que la conectaba con su sis. Luego qué luego qué.

El polvodestrellas había sido popular una temporada porque era una droga sintética nueva y los censores tardaban en encontrar la fórmula para descubrir sus huellas en el organismo. Katja lo tomaba por vía oral, diluido en jarabes, dulces, tortas de nuez y de macadamia. Así le había enseñado a Cari que lo hiciera, pero a la segunda semana su hermana la llevó a un picadero y vio cómo se lo metían en los brazos. Con agujas quizás contaminadas. El efecto era más poderoso. Si no lo pruebas así, dijo Cari entregándole una jeringa con una aguja amenazante, no conocerás el verdadero PDS. Katja se había negado alegando que podrían echarla del trabajo si veían marcas de agujas en su bodi. Siempre tan miedosa sis, había dicho Cari y no volvió a insistir. Esa noche perdió a Cari durante una hora entre el gentío y la encontró inconsciente en el baño, la sangre chorreando sin parar de la nariz. Qué hacemos, gritó Katja. Tranquila, dijo alguien a su lado. Por suerte todo estaba preparado en los picaderos. Ambulancias y enfermeros esperaban en las cercanías. A los cinco minutos se la llevaban en camilla al hospital.

Trató de alejar esas imágenes, pero sabían cómo regresar.

Los shanz los hicieron pasar a una sala de paredes de cristal. Les hicieron señas para que se sentaran en un banco. Sanz se puso a revisar los informes en el Qï. Katja intuía que ese pasillo no era así todos los días; había sido preparado para incomodarlos. «Me temo que el misterio consiste en por qué crear este misterio», hubiera dicho Dai-tai. Hubo un tiempo en que sus hermanos y ellas comenzaban todas sus frases con «me temo». *Me temo que te fallé, Cari. Me temo que tú no tuviste la culpa de nada, Xavier, fue tu padre y nadie más.*

El testimonio de Chendo es contundente, dijo Sanz frunciendo la nariz, como si los informes que acababa de ver despidieran un olor más podrido que el de la sustancia glutinosa en el pasillo. Lo escuchaste. Se declara culpable por lo de Gibson, está dispuesto a testificar contra Reynolds.

No estoy segura de que haya matado a Gibson mas igual es un saico. Al matarlos les hacía el bien, dice. Aceleraba el Advenimiento. Y nau los defiende haciendo circular sus leyendas. Traidor a toda regla, no se entiende.

En cambio Prith asume todas las acusaciones mas dice que Reynolds no es responsable de nada. SaintRei le ha ofrecido el mismo acuerdo que a Chendo bajo amenaza de una posible pena de muerte. Dice que no tiene miedo.

Toda esta gente que muere por sus ideas. Tanto fanatismo.

No es el lugar, dijo Sanz. Somos nos. El año pasado investigué fosas comunes en Tasmania. Los mataron por cuestiones de territorio. Ocurre Afuera, ocurre aquí.

Afuera. Así llamaba SaintRei a todo lo que no fuera Iris. Pero Katja no se veía como si estuviera Adentro.

Prith ingresó con su abogado. Moreno, nervioso, de ojos vivaces y tatuajes en los brazos que Katja no recordaba haber visto en los holos de él. Tatuajes como muescas: uno-dos-tres-cuatro-cinco irisinos representados por siluetas humanas con cuellos largos. Otro saico. El abogado llevaba un gewad negro como los oficiales superiores de SaintRei. Su tamaño intimidaba; Katja lo vio doblado como el Hombre Elástico en la parte trasera de un jipu, una figura interminable de piernas que salían por las ventanas, una cabeza que abollaba el techo.

Quizás sólo sea una formalidad, Sanz carraspeó, pero necesitamos asegurarnos de que los procedimientos que se han seguido han sido los adecuados. Tenemos el testimonio de los dos. Usted asegura haberlo hecho de manera voluntaria, que no hubo ni amenazas ni torturas.

Prith iba a hablar, pero su abogado lo cortó en seco.

Talcual, dijo. Su voz aflautada desafinaba con el bodi fornido y el tamaño.

Igual quiero escucharlo personalmente. Usted formaba parte de la unidad de Reynolds. Dice que estaba furioso porque las nuevas reglas de combate impedían luchar contra la insurgencia con todas las armas de las que se disponía. Que sentía que estaban en desventaja porque la insurgencia podía cometer abusos y ustedes no. Que quería que eso se igualara pero que para ello debían hacer ciertas cosas prohibidas. Que todo eso les sonó convincente a los miembros de la unidad porque habían perdido a su capitán en el atentado en el café y querían vengarse. Que Reynolds aprovechaba ese ataque para insistir en que por primera vez se había atentado en el Perímetro y que las cosas empeorarían si no se cortaba de raíz la amenaza que significaba Orlewen.

Está bien, dijo Prith, y su abogado quiso interrumpirlo pero esta vez fue él quien hizo un gesto con sus manos y continuó hablando. Mas yo fui más lejos ko. Fuimos testigos de crímenes, ayudamos a encubrirlos tu. Seguí su ejemplo por mi cuenta den.

Ha habido contradicciones, Sanz habló encabalgando sus palabras a las de Prith, no dejando un espacio para la pausa. Al principio usted acusó a Reynolds. Dijo que hizo lo que hizo presionado por él. Luego dijo que él no tuvo nada que ver.

Él me dio las ideas oies. Quería su aprobación. Un hombre admirable.

Qué tenía de admirable.

Las convicciones. La voluntad sistemática. Mas den descubrí q'el problema no era con él sino con los dung.

Los dung.

Los irisinos. Me hacía feliz dispararles.

No niega que Reynolds fue el mastermind den.

No nos obligó a nada. Cada uno es responsable de sus actos oies.

La nariz respingada de Prith. A Katja le sorprendía que nadie se la hubiera roto. Quizás porque era un comemierda segundón. Había cometido tantos asesinatos como Reynolds y sin embargo no era el objetivo principal de la investigación. El típico subordinado fiel que cumplía órdenes sin cuestionarlas, y a pesar de sus palabras altaneras no quería más que estar del lado de su jefe.

Diferentes gradaciones de la infamia. Tuvo ganas de encontrarse con Reynolds. Ver cuánto había de cierto en su carisma negativo. Una estrella oscura que absorbía la luz en torno a ella, se apoderaba del espacio y lo transformaba en parte de su propio campo de gravedad.

Prith pasaría muchos años en una prisión y no le faltarían oportunidades de salir en libertad. Curiosa justicia. Más curiosa la clase de prerrogativas de SaintRei. En algún momento en el pasado Munro había decidido que necesitaba explotar las minas de Iris, pero no quiso que ni el ejército ni su personal civil se instalaran en la región. Intentaba evitar errores de siglos anteriores, cualquier atisbo de colonización. Los siglos en que Iris había sido usada como colonia penal del Reino, cuando los criminales más curtidos se encargaban de trabajos agrícolas en la región junto a los irisinos mientras los colonizadores a cargo de la administración del protectorado desarrollaban un estilo de vida opulento, habían llevado directamente a los horrores de la «década de los incidentes». No era el deseo de Munro volver a mancharse las manos. De modo que dio permiso a SaintRei para que se las manchara ella. SaintRei funcionó como un Estado y creó sus propias leyes para administrar Iris; en principio sus shanz sólo eran empleados de una empresa privada, pero asumieron el rol de militares en un ejército. El Supremo era gerente administrativo de una corporación, pero bajo la venia de Munro se convirtió en un líder con poder político. De vez en cuando los militares en Munro se quejaban de esas atribuciones, la sociedad se manifestaba al enterarse de abusos y pedía la revocatoria de las concesiones. Munro enviaba una comisión a verificar los abusos, amenazaba con revocar las concesiones. SaintRei se esforzaba por portarse bien durante la visita de la comisión, pero apenas se iba todo volvía a lo de antes. No había forma de gobernar Iris de esa manera.

Katja insinuó a Prith que lo habrían golpeado para que se desdijera de las acusaciones contra Reynolds.

Si su testimonio fue producto de abusos puede ser anulado. Es su oportunidad de quejarse. Nos aseguraremos de que sus derechos sean respetados. Será trasladado inmediatamente a una prisión en Munro. Una prisión especial, por supuesto.

Munro no existe pa mí oies. No me interesa lo que piensa ni si piensa. Lo único que puedo decir es que me quedé corto.

Katja no soportaba la arrogancia en su voz, pero comprendía que le costara ir contra SaintRei. Volvería a su agujero, y el informe de la comisión sería positivo pese a las múltiples observaciones. No era difícil volverse cínica.

Sanz miró a Prith, preguntó si tenía algo que agregar.

Sus días ki no serán suficientes pa entender nada, la voz era cavernosa. No verán lo q'he visto. Y lo que vean será cubierto por las mentiras de sus anfitriones.

Al igual que Chendo, Prith insistía en la diferencia del personal de SaintRei con relación a Munro. Los dos eran muy diferentes pero coincidían en eso. Tenían la oportunidad de irse de Iris y preferían quedarse. Habían sido tomados por la isla. A su manera, eran irisinos. Pieloscuras, los llamaban los irisinos. Quizás Munro se había desentendido demasiado de Iris. O quizás era inevitable que con los años eso ocurriera. Lo extraño era que no hubiera ocurrido antes. Peor aún si quienes vivían en Iris estaban condenados a no salir de la isla. Se insistía mucho en la rareza de los irisinos, pero en los primeros días ella había descubierto que también los pieloscuras podían ser raros para ella (otra pieloscura, a los ojos de los irisinos).

Qué es lo que ha visto, dijo Sanz.

Xlött existe. Creía que no, mas sí. Nau estoy convencido de que pa luchar contra él no son suficientes las armas.

Son muchos los que creen en Xlött, intervino Katja.

La soledad jarta ki.

Nuestro Dios se ha hecho precisamente para combatir esa soledad.

Ese Dios no sabía de la existencia de Iris. Es la soledad acompañada de visiones terroríficas. Un creepshow.

Nuestro Dios sabía de Iris, insistió Katja. Algo ha tenido que ver con su creación.

Prith la miró como dudando si valía la pena sostener una conversación teológica con ella.

Si es así, trató de zanjar la discusión, no tengo na que ver con él den.

A la comisión sólo debían interesarle los hechos concretos. Se trataba de encontrar culpables, y eso no era difícil porque Prith y Chendo aceptaban todo y a través de ellos se podía insistir y llegar a Reynolds. La investigación inicial confirmaba las sospechas, la presión de Munro haría que SaintRei reconsiderara y la corte marcial procediera, y la comisión partiría y no se volvería a enterar de Iris. Eso si las cosas no se complicaban. Si Orlewen no se apoderaba de Iris. Pero qué podía hacer Munro en ese caso, sobre todo con Sangaì de por medio. Resignarse a la pérdida. Quizás fuera mejor así. Munro nunca le había tenido cariño a Iris.

A Katja le intrigaba esa obsesión por Xlött. Si Orlewen desaparecía de la cárcel era un milagro del Dios. Le habían contado de hombres muertos después de un abrazo letal de Xlött, y había leído de las apariciones de Malacosa y la Jerere. Voces insistentes como la de Prith en esa celda oscura, voces que parecían sacadas de episodios psicóticos, no dejaban de mencionar a Xlött. Afuera prácticamente no se hablaba de Dios. Ella creía, de una forma tímida. Quizás porque había sido incapaz de no creer del todo. Porque tenía miedo a que después de la muerte la esperara la nada. Había que cubrirse las espaldas.

Una mano de seda rozó las mejillas de Katja. Las alas de un murciélago, una telaraña. No había nada cerca. Un escalofrío. Se vio en el futuro con una nitidez que la asustó: jamás podría abandonar Iris, se convertiría en una kreuk, una santona que dejaba todo y se instalaba a vivir en un edificio abandonado al borde de una carretera. Le rezaría a Xlött al despertar y antes de irse a dormir. Después de una lucha cruenta, con las ciudades principales cercadas por anillos de fuego, SaintRei aceptaría la rendición y prepararía las naves para huir. Quienes se quedaran lo harían bajo las reglas de Orlewen.

Quiso perderse en el danshen. Iris se le estaba metiendo en los huesos, y ella no se resistía.

La voz de Sanz la sacó de su ensimismamiento.

Estás bien.

Estoy, creo.

Sólo le tocaba a la comisión decir algo más. Concluir si lo hecho por Reynolds y sus hombres era la excepción patológica a la regla o si ellos no eran más que el producto de una forma de ver el mundo que animalizaba a los irisinos. Katja se inclinaba a creer lo segundo.

Los shanz los acompañaron a la puerta de la prisión.

3

El 17 de febrero se celebraba el año nuevo irisino. En las ciudades estallaban fuegos artificiales a lo largo del día —el más típico el lluviadelcielo, nel que un cohete zumbador ascendía al cielo hasta estallar y desparramarse sobre la tierra en forma duna lluvia de luces parpadeantes—, y se quemaban efigies que representaban a los clanes, fantoches satíricos que hacían alusión al Supremo/SaintRei/los pieloscuras.

En los campamentos mineros había la tradición de bailar ocho horas seguidas con un traje y una máscara que representaban a Malacosa. La procesión danzante partía del campamento y, gracias a un permiso especial, terminaba nun templo cristiano en Megara.

Galarza era un pieloscura que trabajaba en las oficinas de administración minera nel campamento y no entendía del todo las celebraciones del año nuevo irisino. Creía nel carácter masoquista de los irisinos, dotro modo no se justificaba la importancia del lluviadelcielo. Cuando el cohete explotaba en las alturas y caían las luces, imposible no pensar en la lluvia amarilla.

Galarza no entendía que pese a su pobreza los irisinos derrocharan geld en la confección de un traje y una máscara que serían usados una sola vez en la vida. Un disfraz tan pesado que había irisinos que no aguantaban las horas de baile bajo el sol y se desmayaban, deshidratados. Uno que otro se desencarnaba dun golpe de calor. Tampoco comprendía del todo que, con tantos templos en honor a Xlött, prefirieran que la procesión danzante desembocara nuno dedicado al Dios cristiano. Muestras de que lidiaban con una forma de ver el mundo radicalmente distinta.

Un 17 de febrero los cohetes no dejaron dormir a Galarza. Algo lo eludía y lo fascinaba desa celebración. Se puso a ver lo que podía sobre los irisinos. Por la madrugada, comprendió que el lluviadelcielo evidenciaba una capacidad admirable de apropiarse del momento más doloroso de su historia y celebrarlo como parte esencial de su identidad. Un gesto de madurez duna cultura confiada en sí misma. El derroche nuna cultura de la escasez podía verse tu como una forma de que las cosas se volvieran a igualar. Quien acumulaba a lo largo del año debía gastar pa ser de nuevo uno más del grupo, pa no distinguirse de los demás. En cuanto a la procesión danzante, que los mineros disfrazados de Malacosa visitaran la iglesia cristiana podía sugerir una admirable forma de entender las relaciones divinas. Una vez al año, la batalla nel cielo se detenía y un Dios visitaba al otro. Al día siguiente volvían a sonar los tambores de combate y Xlött lanzaba sus rayos contra el Dios pieloscura.

Mentira que los irisinos fueran tan radicalmente distintos. Nadie se había esforzado lo suficiente en entenderlos. Galarza resolvió q'el siguiente año nuevo participaría de la procesión danzante. A lo largo de los meses vivió como un minero irisino, ahorrando pa la confección de su traje. Compró una máscara nuna tienda en la calle de las brujas en Megara y la hizo bendecir por un qaradjün. Todo estaba listo salvo lo primordial. No tenía permiso de los dirigentes irisinos pa bailar junto a ellos. Sólo los irisinos podían disfrazarse de Malacosa. Un pieloscura disfrazado de Malacosa era una abominación, un sacrilegio.

No entiendo, dijo Galarza. Pensé q'en la fiesta ustedes eran capaces de hacer que Malacosa visitara a noso Dios. Una forma de mostrar la igualdad entre ustedes y nos.

Eso no es prueba de igualdad, dijo un irisino. Todos los días del año salvo el 17 de febrero el Dios de ustedes le rinde pleitesía a Xlött. Es justo q'ese día Xlött sea humilde y haga que Malacosa visite al Dios de ustedes.

Galarza comprendió que no había entendido del todo a los irisinos. Aun así quería bailar ese día y se disfrazó de Malacosa, logró burlar la vigilancia y formó parte de la procesión danzante.

No había terminado de bailar una hora cuando sintió que el traje lo sofocaba. Cómo hacían pa aguantar bailando durante ocho horas con ese disfraz bajo el sol de agobio. Una cuestión de fe. Una fe que no tenía.

Cayó desplomado. Fueron vanos los intentos de reanimarlo.

Ese año, ocho irisinos se desencarnaron durante la procesión danzante. Hubo celebraciones. Xlött había recibido su ofrenda.

Sanz se perdía desde temprano en reuniones en el Palacio. Katja asistió a una de ellas, con dirigentes irisinos que pedían justicia por las muertes de civiles. Aparte de su insistencia en que el Supremo cumpliera con sus promesas —entre ellas la de acelerar la transición para que el poder en Iris incluyera a representantes irisinos—, le llamaba la atención que ellos hicieran todo por distanciarse de Orlewen. No nos representa, decían. Somos gente de paz, la violencia no es nosa. Pero Katja estaba segura de que algunos de ellos apoyaban secretamente la insurgencia. Era lo normal.

Ayudada por sus lenslets, Katja hablaba con irisinos que trabajaban dentro del Perímetro. Les preguntaba sobre Reynolds y movían la cabeza, temerosos. Inquiría sobre Xlött y señalaban el cielo y susurraban algo que ella entendía como *ya llega ya llega*. Les mencionaba el verweder y se tocaban el pecho, orgullosos: *Es noso destino*. Les pedía que le hablaran del danshen, natural de Iris y prohibido en Munro por una avalancha de casos fatales relacionados con su consumo, y para entrar en confianza les contaba que lo había descubierto después de la muerte de Cari, cuando, avasallada por la depresión, pidió licencia de su trabajo y se quedó en casa.

Un castigo, dijo Uz, una irisina que trabajaba en la cocina de un restaurante. Una planta del lado oscuro de Xlött. Los qaradjün lo usan pa convocar a los malos espíritus del cielo de abajo.

Las voces eran unánimes: debía apartarse del danshen. Había plantas mucho más luminosas. El jün, el paideluo. Katja se interesó. Dos compañeras de trabajo asistían a un culto en el que se administraba jün como forma de entrar en contacto con la divinidad. Munro lo había declarado ilegal después de que un miembro del culto incendiara una sala de holojuegos y ocasionara la muerte de siete personas. Todo lo que llegaba de Iris tendía a ser ilegal en Munro; eso acrecentaba su misterio.

Podían tentarla con otras sustancias, y ella escuchaba y asentía, pero luego volvía al danshen. Una liberación que era un castigo. Borrar su yo, despersonalizarse como vía para purgar su culpa. Estaba agotada de sí misma; sus mezquindades le habían impedido *ver*. Así había sido desde niña. Una de sus parejas le dijo que no podía culparse de nada; lo suyo podía entenderse como una estrategia de supervivencia. Todavía escuchaba, como un zumbido molesto, los pasos inquietantes de su padre por el piso de baldosas cuarteadas, el vozarrón explotando indiscriminadamente, haciendo muaytai contra su sombra en la cocina, quejándose de su trabajo en el asilo, *viejos de mierda orinan y se cagan todo el tiempo,* mientras Xavier se le acercaba y le pedía, la voz temblorosa, jugar skyball con él en el patio, Cari insistía en mostrarle sus dibujos y Katja trataba de pasar desapercibida leyendo en un sofá de resortes hundidos. Había que defenderse con la indiferencia. No hacerlo acarreaba consecuencias nefastas. La única ocasión en que mamá echó a papá de la casa Xavier estuvo deambulando perdido durante dos días por la ciudad. A los once años, Cari iniciaba su travesía con las drogas.

Una vez Xavier había roto una ventana de la sala por jugar con una pelota. Sin decir una palabra, su padre lo agarró del cuello y le hizo una llave que lo estrelló contra la pared. Terminó en el hospital con dos costillas rotas, y su madre les pidió a Cari y a ella que mintieran a los servicios sociales: debían decir que Xavier había perdido el equilibrio y rodado las gradas. Hubo más incidentes como ése.

Aislarse. Dejar a sus hermanos a la intemperie. Sus padres también estaban en esa intemperie. Antes de que se lo llevaran al hospital, su padre le dijo mirándose sus uñas sucias y mal cortadas que veía elefantes rosados y estaba metido en una lata de sardinas y siete iguanas caminaban por su pecho. Luego se desplomó. Estuvo dos días extraviado en el delírium trémens.

El desafío era tener piedad de su padre. Tratar de entender que, en sus frustraciones, él sufría tanto o más que ellos. Le costaba. Ella era su preferida, la llevaba al Hologramón a escondidas, pero cuando uno de sus hermanos cometía una travesura lo metía en la ducha con ropa y todo hasta que se disculpara entre sollozos, humillado. Cuando dejó el muaytai se perdió dilapidando su fortuna en viajes, inversiones quiméricas y putas; terminó trabajando en un asilo de ancianos y, a pesar de que cada vez se mostraba más abusivo con su esposa y sus hijos, era incapaz de levantarle la voz a su jefe aunque se quejara de él todo el tiempo (una vez Katja había ido a buscarlo y lo encontró recibiendo una letanía insultante de su jefe, dedicada a mostrar su ineptitud, y se le encogió el corazón: *ése* no era su padre). Xavier, que tenía afiches de su padre campeón en el cuarto, preguntaba con insistencia por qué había renunciado en lo mejor, y por respuesta recibía un grito que lo obligaba a callarse; nunca sabría que su padre fue tentado por ochenta de los grandes para perder el campeonato, y que aceptó el dinero y luego se arrepintió pero ya era tarde, los investigadores lo sabían, y si bien no llegó a la cárcel su carrera se vino abajo tan rápido como comenzó.

Katja prefería, entonces, la negación como castigo. Ensimismarse, perderse. Así había sido en Munro, así sería en Iris. Cumplir su trabajo y nada más. No saber nada de Reynolds, no dejar que le nacieran simpatías por esos pobres irisinos. Que sonaran los disparos y las bombas y que ella, neutral, prefiriera perderse en el arrullo rítmico de las cigarras cuando caía la noche.

El danshen podía ser mentiroso en los segundos previos a la pérdida de conciencia. Le ofrecía imágenes de un pasado idílico en el que su padre era cariñoso y su madre era capaz de defender a sus hijos de cualquier abuso, en el que ella y Cari vivían fascinadas por Xavier, persiguiéndolo por toda la casa, tratando de que no se escapara al mundo de las chicas que comenzaba a interesarle. Luego el danshen era cruel. Luego no era nada.

A esa nada aspiraba. A romper el velo de la realidad, traspasarse al otro lado. A convertirse en una planta, sentirse una planta. Estaría bien si le llegaba la fatalidad y no volvía.

Un par de veces subió al techo del edificio donde se alojaban y fumó koft esperando el crepúsculo con Sanz. El espectáculo los dejaba indefensos y vulnerables. Las nubes se movían violentas e inquietantes, asumían formas fugaces de objetos y paisajes que creían reconocer. Un anciano que los miraba compasivo,
una figura animada que perseguía a otra,
un barco de metal oxidado,
un huevo que era como el inicio del universo,
el instante del big bang antes de que se supiera que algún día habría gente como ella que,
desde el techo de un edificio,
sería capaz de ver en formaciones gaseosas en el cielo el inicio del universo, el instante del big bang.

Los shanz que subían con ellos al techo decían que era mejor ver el crepúsculo con la ayuda de swits. Se reían, estamos jodidos di. Decían que habían perdido su oportunidad de pasarse al otro bando. Orlewen estaba llegando a las puertas de la ciudad, las tropas de avanzada y reconocimiento lo habían visto. Columnas de irisinos que no terminaban nunca. De ki no salimos vivos, decían, hay sangaìs ahí, y se deslizaban de la angustia a la carcajada sin transiciones. Abrazados, se sacaban holos y bebían un licor intenso que les ardía en la garganta, un quemapecho di, y querían ver visiones entre las nubes e intercambiaban swits y se los ofrecían a Katja.

Katja no necesitaba swits para ver cosas. Esas nubes le hablaban. Pero eso no era nada. Había que esperar a que el sol comenzara a desaparecer. En el horizonte escondido era como si hubiera estallado un incendio. Las llamas se subían a las nubes, las manchaban con una estremecedora tonalidad sangrienta. Katja inevitablemente se empequeñecía: un universo capaz de producir ese efecto sublime la hacía sentir prescindible. O quizás los trabajos y los días no importaban y sólo valía la vida para presenciar esas llamaradas antes de que cayera la noche. Y se relajaba y no quería tener miedo. Estaba segura de que Munro la sacaría de Iris sana y salva.

Xavier había estado solo, indefenso, llevando consigo el duelo. Había venido a expiar una culpa y ni siquiera se había enterado de la muerte de Cari. Él le había hablado de la belleza de esos crepúsculos, *a veces todo se justifica di ves eso antes de que llegue la noche yastá nohaymás este lugar te agarró forever,* pero también había sentido el terror de estar en un territorio regido por *un Dios impredecible y dominante que acostumbra manifestarse y no es todo amor.*

Uno de los shanz le dijo si podía sacarse un holo con él. Posar con el paisaje en llamas detrás de ellos como quemando sus cabezas. Una conflagración de escándalo. Ella asintió y lo abrazó.

Notra vida estuvimos juntos, dijo él moviendo la mandíbula sin cesar.

Notra vida, repitió ella.

Nesta nos jodimos, dijo él y pidió a un shan que se apurara con el holo. Veremos el holo y yo no estaré ahí. Otro está ki y yo ya no estoy, ni siquiera en los holos. Los veo y me dicen, ése eres tú, mas yo no me veo, yo ya me fui. Sólo falta que mi bodi se entere.

Seguro que sí, dijo ella, incómoda, y él antes de irse le dio un beso en la mejilla.

Nos vemos notra vida, dijo el shan.

Ella se sintió estúpida porque sólo atinó a decir nos vemos.

Fue al ver esos crepúsculos que Sanz concluyó que debían saber más de Xlött y su culto. Un camino para entender lo ocurrido con Reynolds y su unidad. A través de charlas con shanz e irisinos Sanz y Katja se habían enterado de algunos detalles de la tradición del verweder, de cómo ésta, que solía llevarse a cabo en los pueblos, había llegado en los últimos meses a las ciudades, de forma paralela al levantamiento de Orlewen, y de cómo había habido una epidemia de casos de pieloscuras, irisinos y kreols muertos gracias a ella. Muertos mientras caminaban por la calle o estaban sentados en el banco de una plaza, recibiendo de improviso el abrazo de Xlött. Pero también había habido irisinos sobrevivientes al verweder, irisinos que quisieron la experiencia del verweder pero fueron rechazados por Xlött.

Reynolds quería desafiar a Xlött, dijo Sanz. Hay un levantamiento en su nombre. Todos los caminos conducen a Xlött. Por lo pronto, voy a pedir los holos de la sala de monitoreo.

Katja se preguntó hasta cuándo seguirían actuando con aparente normalidad. Acaso debían llegar los rebeldes a dinamitar las murallas del Perímetro para abortar su misión. Ella hacía el trabajo porque era responsable. Sanz era diferente: tenía pasión, convicciones.

Elkam accedió de mala gana a llevarlos a la sala. Se encontraba en el subsuelo de uno de los principales edificios de la administración. Katja había pensado en una torre panóptica, un lugar privilegiado desde el que se pudiera ver todo lo que rodeaba al Perímetro, como en las cárceles antiguas. Pero la torre como vigía del derredor había sido reemplazada por una sala aséptica con asientos y un espacio para proyectar los holos. Más de veinte personas trabajaban observando holos, yendo de un lado a otro, llenando datos en los Qïs.

Elkam les presentó a Heller, un técnico a cargo de los archivos. Heller los saludó sin voltear la vista y sin levantarse de su asiento. A Katja le sorprendió la pelusa rojiza que le cubría el cráneo. Debía haber llegado hacía poco.

Quieren los holos del verweder, dijo Elkam. Muéstrales uno.

Heller tecleó números y letras en un tablero. Apareció un holo de una estación de trenes. Una mujer irisina deambulaba por una sala de paredes desconchadas por la humedad, los ojos en el piso.

Se detenía.

Levantaba la mirada, abría los ojos con desmesura, como si algo sorprendente estuviera ocurriendo delante de ella. En el holo no se veía nada. La mujer se estremecía y,

de pronto,

levitaba unos setenta centímetros. Los pies colgaban en línea recta con las piernas, como si estuviera ahorcada. Se quedaba suspendida un buen rato.

Caía al suelo.

En los antebrazos de la mujer marcas como de

quemaduras.

Esa mujer vio algo que le causó la muerte, dijo Sanz. Y las marcas en los antebrazos.

La creencia es q'el Dios dellos abrazó a la mujer y le causó la muerte, dijo Elkam. Mas pueden ver que Xlött no aparece ahí.

Como en los holos de la fuga de Orlewen, dijo Katja. Que no esté en el holo no significa que no haya estado ahí.

Hay otras teorías pa explicar esto, Elkam elevó la voz. Los irisinos beben cosas raras, se drogan con plantas, son muy sugestionables. La mujer pudo haberse autosugestionado tanto que la fuerza de su pensamiento le causó las quemaduras, la muerte.

Esa fuerza de su pensamiento la hizo flotar den, dijo Sanz.

No lo voy a negar, igual es raro ko. Mas es más raro pensar nun ser sobrenatural que vaya por ahí matando a su propia gente.

Cuando salieron de la sala, Sanz le preguntó a Katja qué pensaba de lo que había visto.

Debemos salir del Perímetro, dijo. Ver qué hay en la ciudad. Hablar con irisinos no controlados por nadie. No confío ni en sus dirigentes.

Sanz asintió. Dijo que no era el mejor momento para salir, podía ser peligroso. Quizás no los dejarían. Pero le interesaban los irisinos rechazados por Xlött. Los que habían sobrevivido al verweder. Si se podía, había que hablar con ellos.

Xavier y su pareja también estaban relacionados con Xlött, pensó Katja. Debía aprovechar la oportunidad que le daba Sanz.

4

Consiguió que le asignaran un guía irisino que también oficiaría de traductor —no confiaba del todo en los lenslets— y un par de shanz como escoltas. El irisino se llamaba Manu, era robusto y no dejaba de pasarse la lengua por los dientes salidos, como si le importunaran. La piel de uno de los brazos era de un color más oscuro que el resto del bodi. Katja había visto irisinos así, en los que la decoloración no era homogénea, sistemática, completa. Quiso darle la mano pero él no se la recibió. Tenía curiosidad de ver si la piel era de textura rugosa como decían las leyendas urbanas en Munro. Se avergonzó de ese pensamiento. Al rato, sin embargo, cuando se sentó a su lado en el jipu, su cercanía le provocó ansiedad. Más allá de todas las explicaciones racionales y amables que se escuchaban en Munro, entendió por qué había una zona de exclusión en torno a Iris. Tuvo compasión de los irisinos que habían estado presentes en el momento de «los incidentes». No son muchos, dijeron quienes aprobaron el proyecto. Se les daría una oportunidad para ser relocalizados, y si no la tomaban el problema era de ellos. Serían sacrificados por el bien de Munro, el Reino y sus aliados; Munro siempre tan servil con los imperios. Las pruebas servirían para desarrollar bombas nucleares propias, perfeccionar componentes termonucleares de las bombas, ver cómo resistía el organismo del ser humano a la radiactividad. Los científicos podrían estudiar esos organismos, analizar cómo prepararse para un verdadero ataque. La radiación fue más letal de lo esperado,

lo sentimos mucho.

darte. No es tu culpa, sólo vinimos de un lugar que no nos merecía. Un lugar inmerecido, dijo, y tuvo que detenerse para recuperar el aliento. Su padre tirado en el piso al lado de su vómito, su madre durmiendo la borrachera en un sofá, los ronquidos estremecedores, como si estuviera a punto de quedarse sin aire. Ella, su madre, su abnegada madre, era cómplice de su padre al no hacer nada, al socaparlo en esa cobarde pasividad. Quién merecía qué. Cari no. No se merecía eso. Pero ella no estaba en ese picadero. Su cadáver a dos cuadras, tirado en un lote baldío. Violada repetidas veces después de muerta.

Sí lo hizo, dijo Katja.

No lo suficiente como pa querer dejar todo oies. Y creer en la promesa duna nueva vida al menos por un tiempo.

Un pacto con el diablo.

Lo has dicho. Quién no, si esto provoca curiosidad. Mas no sabes del arpón que te pones en la garganta. El que sientes el momento en que te llega de verdad que no podrás volver a casa. Creíste que lo tenías asumido y no sabías nada. Pensaste q'era cuestión de hacer tu nueva casa ki. No es así. Iris nunca será tu jom. Pa irisinos y kreols oies, no pa nos ko.

Los irisinos se asomaban por las ventanas de los edificios, pululaban a los costados de las calles, les gritaban frases relampagueantes que sonaban a insultos. Manu estaba nervioso; Katja dedujo que algunas de las frases iban dirigidas a él. Le habían contado que los irisinos que trabajaban en el Perímetro eran vistos como traidores.

Leyó grafitis relacionados con Orlewen en las paredes. Dibujos de hombres suspendidos con los pies en el aire y la cabeza en el suelo, trazos siniestros como un mensaje a los pieloscuras de que algún día el mundo se daría vuelta.

Los rebeldes tardarían medio día en llegar a Iris, decían las noticias en el Qï. Jipus raudos patrullaban por las calles. En el aire flotaban drons que enviaban holos al Perímetro. La sensación de que algo inquietante estaba a punto de ocurrir.

Templos y más templos. Algunos modestos, con espacio apenas suficiente para un pequeño santuario, otros del tamaño de un manzano, con imponentes torres de arenisca y piedra con bajorrelieves de irisinos rezando o fundidos en un abrazo. Cada templo consagrado a una divinidad diferente. En algunos se adoraba a la Jerere, en otros a Malacosa, al Dios Boxelder, al Dios Dragón, al Dios Joli; y en todos a Xlött.

El jipu se detuvo a la entrada de una mansión con impactos de cohetes en el ala derecha. Les habían explicado cómo dar con algunos de los irisinos rechazados por el verweder. Comenzarían por el primero de la lista. El fengli los azotó al bajar. Katja sintió el trabajo del secador como mil termitas que caminaran incesantes por su cabeza, royendo todo lo que encontraban a su paso.

Maleza en los jardines, una pared con el hormigón despedazado dejando asomar varillas ennegrecidas de hierro retorcidas como enormes cordeles de zapatos; familias de irisinos se habían distribuido las habitaciones. En una de las salas cuadros de naturalezas muertas, lienzos imperiales llenos de rajaduras, como si alguien hubiera ejercitado su rabia con un cuchillo; colgada del techo, una oscilante araña de cristal. Retazos de alfombras persas, muebles de espaldares barrocos con las iniciales del dueño de la mansión bordadas en la tela. Espejos enmohecidos que devolvían imágenes distorsionadas. Leones furiosos de piedra agrietada, dibujos de pavos reales con los colores opacados por el paso de los años. Katja admiró la soberbia de los colonizadores que habían querido crear una vida refinada en un lugar malhadado. La impresionó la persistencia de los sobrevivientes a las explosiones, abandonados por Munro para que se murieran en silencio, olvidados del planeta.

Los shanz barrían el camino con sus riflarpones, intimidaban a los irisinos, que les abrían paso evitándolos como podían. Katja veía a los irisinos con esa curiosidad malsana que en Munro le impedía desprender la vista de los jóvenes que se llenaban la cara de piercings —tres ganchos de cobre en los lóbulos, anillos dorados en la nariz y la boca—, de esas anomalías con las que se topaba por las calles (la mujer en una de las entradas del metro, con la mitad del bodi paralizada; el enano que atendía en la florería de la estación de trenes; el funcionario de brazos mecánicos en las oficinas de SaintRei), de esos programas sensacionalistas en el Qï que hablaban de los mutantes que vivían entre ellos. Los ojos blancos sin iris eran agujeros hacia otra dimensión que en cualquier momento se la tragaban.

Un niño sentado en el pasillo jugaba con una esfera con punta de metal a la que hacía girar en el suelo. Katja le sonrió. El niño abrió la boca en un intento de sonrisa. Ella quiso levantarlo y abrazarlo; se reconocía en él. Fue un instante apenas; la identificación se transformó en empatía, y luego, a su pesar, en rechazo. El niño se levantó y se echó a correr en el mismo momento en que Katja daba dos pasos atrás.

Son como animales salvajes, dijo el tatuado.

Son animales salvajes, corrigió el mexicano.

Mejor irnos, dijo Katja. Dejarlos solos, felices con sus creencias, su forma de vida.

Yo los exterminaría, dijo el tatuado. No contribuyen a nada, no les interesa ser civilizados.

Katja refrenó su cólera, su impulso de callarlos. Fokin shanz. Reynolds no era la excepción sino el desarrollo explícito de la regla.

Los artificiales cualquier rato serán superiores a nos, dijo Katja. Quizás ellos tengan algún día esta discusión y decidan que más vale exterminarnos.

Ya lo son, dijo el mexicano. Al menos en Iris. Son la mayoría entre los cargos superiores de SaintRei. Por eso no envían a ningún artificial al frente.

Sin pena de lo inevitable, dijo el tatuado. Si llega ese día bienvenido, será por algo.

El fengli arreciaba. Un sendero hasta la piscina vacía, desplegada en forma de óvalo en el centro de un descampado, las paredes de azulejos resquebrajados. Katja imaginó tardes y noches mucho tiempo atrás, en las que hombres y mujeres discutían de política y cultura mientras los irisinos iban y venían con las bandejas pletóricas de refrescos, ensaladas, postres, cualquier cosa que se les antojara a los dueños de la fiesta. Imaginó a un hombre hermoso bronceándose bajo el sol ardiente, zambulléndose en la piscina, acercándose a besar a la hija del dueño de la mansión, que soñaba con viajar Afuera, a la vista de la servidumbre irisina.

Dejó de imaginar porque vio la casucha en un rincón de la piscina. Tablones de madera negruzca servían de techo, carcomidos por boxelders. Alguien echado en un camastro, al lado un cajón de plástico.

Los ojos le ardían y se los restregó. Quiso volver al Perímetro, encerrarse en la habitación, olvidarse de todo con el danshen. Le costaría dejarlo. Quiso que todo terminara pronto. Quiso regresar a Munro.

Se bajaba a la piscina por una precaria escalera de madera. Los shanz la siguieron. Se acercó al camastro. El irisino la miró. No hizo ademán de moverse; quizás no podía. Resollaba. Tenía el brazo derecho roto, marcas gangrenosas en la piel. Katja aclaró la garganta y dijo que quería hablar con él. Manu tradujo. El irisino intentó abrir la boca. Hacía esfuerzos pero le costaba.

Dijo algo; Manu: «Luz». Volvió a decir algo; la traducción: «Ciego». Katja preguntó si una luz lo había dejado ciego; si Xlött era una luz cegadora. No hubo respuesta.

Se sentó en el piso. Se estaba bien a la sombra. Un boxelder se posó en su antebrazo. Caminó hacia su mano moviendo las antenas de un lado a otro, como preguntándose por el animal extraño por el que se desplazaba. Al rato levantó vuelo.

Los minutos fueron pasando; Katja observaba los objetos sobre el cajón de plástico. Oxidados brazaletes de colores. Una figura antropomorfa de cerámica, reconocía el perfil de un hombre aunque a momentos se le aparecía un animal. Un alambre. Virutas de papel. Restos de velas. Una cruz invertida.

El irisino no volvió a abrir la boca.

Katja entendió que era suficiente y se levantó.

La irisina que fueron a ver después vivía en la sala de un viejo teatro en el centro. Estacionaron en una calle concurrida pese a la furia del fengli. En una tienda vendían holoseries y cómics sangaìs, en otra se ofrecía acupuntura; en la siguiente se injertaban adornos de metal colorido en los hombres, se colocaban aros en las mujeres; en la de la esquina se vendían viejos modelos de Qïs. Un irisino se acercó y agitó algo a la cara de Katja. Manu tradujo: quería venderle jün. Rechazó el ofrecimiento. Un grupo vino a cantarles algo, los rostros eufóricos. Manu tradujo: *Ya llega ya llega el pájaro arcoíris*. Los shanz los conminaron a abandonar el área. Uno de ellos escupió a Manu.

Subieron por escalones desvencijados. Como en los otros edificios del centro, en el teatro pululaban multitud de irisinos; algunos dormían en el escenario, otros se habían apoderado de un sector de la platea principal, los balcones, la mezzanine. La ciudad se derrumbaba, pero eso no hacía que la gente huyera; al contrario, la estática milagrosa de sus viviendas parecía atraerlos más.

La irisina estaba recostada sobre unas sábanas. Era esquelética, sus ojos regados por venas. Katja le pidió a Manu que le preguntara por el verweder. La irisina dijo algo ininteligible para Katja y se puso a llorar. Le preguntó a Manu qué había dicho. Manu le hizo señas para que se callara. La irisina quería seguir hablando. Las palabras salían apresuradas.

Dice q'es una elegida, tradujo Manu cuando terminó. Una doncella de Xlött, que al rechazarla le dio la oportunidad de presenciar el Advenimiento, que ocurrirá antes del fin de la semana. Palabra de Xlött.

Pregúntele en qué consiste el Advenimiento para ella.

Manu tradujo. La irisina volvió a hablar.

Se desencarnará la juventud dorada, dice. Nada más.

Katja sabía de los cultos proliferantes en Iris, pensaba que la mujer no estaba bien de la cabeza, pero también creía que nadie lo estaba en Iris.

Quiso hablar con las otras dos, pero la rehuyeron. Había sido una tonta. Qué esperaba, después de todo. Alguna frase reveladora que le indicara qué había ocurrido con Xavier.

Ya estaba, tenía la frase reveladora.

Se desencarnará la juventud dorada. Xavier estaba muerto y debía asumirlo. Quizás lo sabía antes de partir, incluso cuando se ofreció como voluntaria para venir a Iris. Tenía la absurda esperanza de encontrar al menos su cadáver. Pero en Iris los cadáveres eran ceniza. Sha. Fengli. Sha-storm.

Hizo un gesto a los shanz. Hora de volver al Perímetro.

Deténgase, le pidió al mexicano. Se bajó al lado de una iglesia, el pórtico flanqueado por columnas de piedra talladas con grabados diminutos; en cada uno se podía ver la cabeza de un animal parecido a un dragón de Megara, una llamarada de fuego a manera de lengua. Una de las representaciones de Xlött, pensó. Informó a los shanz que ingresaría. Le dijeron que podía hacerlo sola, ellos estaban prohibidos. Les pidió que la acompañaran, nadie se enteraría. El tatuado se animó, y al mexicano pareció no quedarle otra que seguir al tatuado. Manu se quedó en el jipu.

Avanzó por un pasillo y se hizo la oscuridad y comenzaron a descender. El tatuado encendió una linterna.

Quiere seguir.

Katja no dijo nada y continuó la marcha.

Tiene algo que ofrendar, gritó. Dicen que sin ofrenda no se puede ingresar.

El pasillo se fue angostando, las paredes se convirtieron en roca viva. La tocó y estaba húmeda. Terminó de bajar, caminaba en dirección a una luz parpadeante al fondo del recinto. Los shanz emitían risas nerviosas.

La iglesia replicaba la forma en que se ingresaba a una mina. Estaba en una mina, había entrado a los dominios de Xlött. Se fue acercando a la luz lejana. Varillas de mimbre ardían sobre un plato de cerámica, despedían un olor similar al del palosanto.

Descubrió que se trataba de una estatua; la luz parpadeante salía de su interior. Una estatua de piedra de Malacosa, el monstruo con el falo que le daba vueltas en torno a la cintura. Los ojos fosforecían en las tinieblas. A los pies de la estatua, en el suelo, desperdigados, una botella de ielou

un manojo de kütt

una bolsa de koft

las vísceras de un animal, eso quiso creer,

un frasco con una sustancia marrón que era como la sangre de los irisinos.

Su garganta se cerró. Todavía podía darse la vuelta.

Estiró el brazo, tocó la estatua. La sintió líquida y quemante; sus dedos ardieron.

Es sólo una estatua, dijo en voz alta como para que los shanz la escucharan, pero en realidad se hablaba a sí misma, como queriendo despejar sus dudas

como esperando que sus palabras le confirmaran
lo que había visto.

Nestos templos mejor no entrar oies, dijo el mexicano. La desesperación tocará a nosa puerta.

Salgamos, dijo el tatuado, y Katja vio una marca
como de una quemadura en las puntas de sus dedos. Una
ráfaga de fengli helado la sacudió; sí, era mejor salir.

Tuvo la visión de Xavier junto a su pareja, en una
ceremonia en honor a Xlött en las catacumbas del Perímetro. Xavier decía no creer en el Dios de Iris, pero era muy
difícil que no hubiera caído en el culto. Conocía su fragilidad.

Xavier sabía más de lo que le había dicho. Quizás
era cierto lo que decía el informe: había colaborado con
Soji en el atentado y soñaba con la liberación de los irisinos.

Quiso tener fe en algún Dios capaz de combatir a
Xlött. Tembló, sintiendo las termitas en su cabeza. Vio la
quemadura en sus dedos y ya no estuvo segura de esa fe.
Imaginó a Xlött delante de ella, en un recinto iluminado
por las velas, e intuitivamente bajó la cabeza, como rin-
diéndole pleitesía.

Se asustó de esa imagen, se dijo que no caería y se
refugió en las ganas de danshen. Algo, cualquier cosa que
la hiciera huir de Iris, al menos por algunas horas, mientras cumplía con su trabajo.

Se dirigió a su habitación. Las marcas en los dedos
dolían. Pruebas de Xlött en el bodi. Quizás no era tan difícil creer en él. No, no lo son, se dijo, dejando que su lado
racional se impusiera, como solía ocurrir. La estatua estaba
construida con un material que quemaba al contacto. Sí,
eso. Un material de esos raros que abundan aquí.

Atisbó el parque desde la ventana. El follaje exuberante de los árboles le hizo imaginar un bosque en el corazón

del Perímetro. Qué animales vivirían ahí, qué dioses reinarían ahí. El Perímetro había querido en vano aislarse de Iris. Un puñado de Iris respiraba en su organismo. El bosque aparentaba haber sido domesticado, pero tal vez desde ese espacio verde Iris controlaba el Perímetro de la misma manera que desde la sala de monitoreo se intentaba controlar la ciudad.

Aspiró el danshen. Antes de que la golpeara alcanzó a ver una nave que avanzaba en medio de una sustancia viscosa azulina rumbo a un planeta ardiente como compuesto de lava volcánica. La nave tenía la forma de un ojo,
el ojo de un gigante que avanzaba en medio de una selva
el ojo de un monstruo
ese ojo era ella
no era ella
Estrujaba con sus manos las sábanas de la cama y
de pronto
ya no vio más.

Al día siguiente, Elkam la llamó a su oficina.

Me sorprendió descubrir nel reporte de ayer que visitó un templo irisino. Los shanz que la acompañaron han sido castigados.

Fue mi culpa. Injusto que los castiguen. No entiendo la prohibición.

Quisimos congraciarnos con ellos, dejamos su religión en paz. Un error. Los aplastaremos. Mas no deja de ser un problema. El levantamiento de Orlewen ha llegado lejos no sólo por él o por Sangaì. Es esa fe en sus dioses tu.

No les hubiera sido fácil suprimirla. Habría continuado como un culto secreto, como los primeros cristianos.

Esa religión ha avanzado en nosa gente tu. No queremos que los shanz se acostumbren a visitar iglesias.

Algunos dicen que ustedes no habrían podido gobernar si no hubieran sido tolerantes. En el fondo necesitan la religión irisina.

He escuchado esos argumentos oies. Hay traidores en todas partes mas es culpa de ustedes. Si nos dejaran poner orden como queremos otra sería la historia.

Cuál sería la historia.

Estamos haciendo un buen trabajo. Nosa guerra con Orlewen es justa, acorde a los dictados de Afuera. Nos esforzamos por cumplir con las leyes. Los que no las cumplen son castigados. Mas sin esas leyes nos iría mejor.

Elkam había dicho *Afuera* como si se tratara de un insulto. Había en SaintRei un orgullo cerril con respecto a Iris. Sus oficiales odiaban que a pesar de tanto tiempo transcurrido todavía tuvieran que depender de Munro. Les costaba admitirlo, pero ellos también eran irisinos. Hubieran querido ser libres para emprenderla contra Orlewen sin miramientos. Para borrar a Orlewen y a su gente de la faz de Iris. Para destruir sus iglesias. Porque era cierto que SaintRei no había hecho nada contra la religión de Iris por órdenes que habían venido de Afuera. Era diferente lidiar con oficiales de SaintRei en Munro a hacerlo con sus representantes en Iris.

Está haciendo una sugerencia o dictando lo que hará.

Sólo no diga que no se lo advertí.

Elkam dio la reunión por concluida.

5

A la mañana siguiente, Sanz despertó a Katja extático: a través de un pedido directo al Supremo había conseguido permiso para reunirse con Reynolds. Debía prepararse, saldrían en menos de una hora a verlo. Katja se restregó los ojos, encendió la lámpara flotante. Por la ventana ingresaba un rayo de luz.

Quería conocer a Reynolds y a la vez la asustaba hacerlo. Por la experiencia con su padre, sabía de esas personas capaces de llenar de ansiedad todos los espacios que ocupan, abrumar la atmósfera con su aura negativa, contagiar su mirada perversa a los demás. Terminaría contaminada por Reynolds. De hecho, ya lo estaba aun sin haberlo visto. Era imposible escapar de su presencia entre las murallas del Perímetro.

Se preguntó qué diría Elkam, si aprobaría la visita. Seguro lo hacía a disgusto, obligada por el Supremo.

Un jipu los esperaba en la puerta. Fueron con Sangottayan, un suboficial que trabajaba bajo las órdenes directas de Elkam. Llegaron a un edificio en los confines del Perímetro, con shanz apostados a la entrada. El primer piso era de oficinas luminosas, pero todo cambiaba apenas ingresaban a un viejo ascensor. El descenso se le hizo interminable a Katja. Una vez que se abrió la puerta, un pasillo oscuro y húmedo, al fondo el ruido como de una sierra eléctrica. Estremecida, Katja trataba de memorizar todo lo que veía.

Se detuvieron frente a una puerta de hierro al final del pasillo. Sangottayan abrió una ventanita de madera por la que se dejaba la comida. Adentro de la celda sólo había oscuridad y Katja intuyó por qué el confinamiento solitario era una invención siniestra. Veintitrés horas al día sin luz, el prisionero enfrentado a pensamientos, a espectros, a visiones sacadas del propio cerebro que helaban los huesos.

Un hombre admirable, dijo el oficial. Sólo equivocó el estilo. Hay otras formas de hacerlo.

Formas de hacerlo que no ofendan a Munro, se refiere a eso, dijo Sanz.

Formas de hacerlo que no llamen la atención de Munro, sí, dijo el oficial.

Sanz no dijo nada. Hubo un ruido detrás de la puerta y por la ventana asomó un rostro. Katja vio los ojos inquietos en la oscuridad, escuchó una voz profunda.

No me ganarás. Te beyondearé aunque sea lo último que haga.

Con quién habla, dijo Katja.

Con Xlött, supongo. No con nos.

Usted cree en Xlött.

Todo lo necesario por salvarnos. Incluso tener algo de fe en nosos enemigos.

Katja se tocó como un acto reflejo las marcas de las quemaduras en los dedos.

Te perseguí y te encontré, dijo Reynolds. Intentaste escaparte mas no pudiste. Te escondías nesos pobres dung, fokin qomkuat. Uno por uno los destrocé. Nau asomas. No podrás no.

Tanta noche lo tiene saico, dijo el oficial. Da pena.

Katja sintió que una mano helada acariciaba nuevamente su corazón, que la piel gelatinosa de una medusa se posaba en su rostro. No era necesaria la noche para el confinamiento solitario. Todo Iris una celda, sus habitantes en confinamiento solitario, volviéndose irremediablemente saicos. En esa oscuridad, no les quedaba otra que inclinar la cabeza ante el Dios de esos lugares.

De nada sirve intentar hablar con él, le dijo Sanz a Katja. Con razón Elkam no quería que nos reuniéramos con él. Que lo viéramos. Está saico pero desde esta celda se expande su mística. Es útil para SaintRei tenerlo encerrado aquí. Un símbolo de la lucha contra Orlewen.

Katja quiso saber qué había ocurrido para que Reynolds se hubiera vuelto una máquina despiadada de matar inocentes. Como si escuchara sus pensamientos, Sangottayan dijo:

Los shanz decían q'era un artificial. Una máquina construida por SaintRei pa matar irisinos. Mas no. Eso es quitarle el mérito a Reynolds. Como si fuera difícil de creer que aparezca alguien así de manera natural. Dicen que todo es culpa de su hermano. El padre de Reynolds vino de Munro a dirigir la prisión de Nova Isa. Llegó con su esposa. Al poco tiempo nacieron sus dos hijos, Jon y Luk. Luk tenía siete años cuando comenzó a manifestar signos duna enfermedad rara. Fue mutando, sus músculos se fueron atrofiando, su cara se contrajo sobre sí misma. Luk, dicen, perdió la razón. O quizás nunca la tuvo. Un retardado, que fue mostrando señales de ese retraso a medida que pasaban los meses.

En el holo que nos enviaron con los datos de Reynolds no dice eso, dijo Sanz. De hecho, lo que se dice es que no se sabe mucho de su pasado. Que hay informes contradictorios. Leyendas muy diversas. De ahí salió eso de que era un artificial.

Usted vio lo que quisimos que viera, dijo Sangottayan. Es cierto que hay diez años en la vida de Reynolds de los que no sabemos nada. Un día, desapareció de Nova Isa. Una década después reapareció ki pidiendo enrolarse al ejército. Mas de su infancia sabemos todo ko. Su padre trabajaba pa nos, tenemos los datos desde que lo contratamos.

Apártate, gritó Reynolds. Dung dung dung mil veces dung. Te retorceré el cuello una vez más. Nadie me detendrá. Poca cosa. Fokin creepshow. Así intimidas a todos. Mas a mí no. No a mí mas. No no no. No podrás. Silencio, dung.

Katja se estremeció. Era como si el fengli soplara en su cara. Pero el aire estaba quieto en ese pasillo oscuro. No podía alejar la mirada mucho tiempo de ese rostro detrás de la ventanita. Luk, pensó. Algo de humanidad, entonces.

Dostá Luk, dijo Sanz.

Un monasterio pa defectuosos. En las afueras de Kondra. El hecho es que cuando Luk comenzó a transformarse Jon le echó la culpa a Iris. A Xlött. No era difícil. Muchos como Luk en la isla. Sobre todo irisinos. Víctimas de la radiación. Nova Isa está lejos del epicentro mas quién sabe. Quizás los padres ya tenían el mal en Munro mas quién sabe. El hecho es que Reynolds prometió vengarse de Xlött. Pasaron los años hasta que decidió q'era hora de iniciar su cruzada. Ha hecho todo lo que ha hecho con la esperanza de que Xlött se le aparezca. Quería verlo, enfrentarse a él, derrotarlo. Por la forma en que habla nau, se le aparece todo el tiempo y vive con él en su celda.

Sanz le hizo un gesto a Katja: era hora de partir. Katja veía a Reynolds luchando con la oscuridad, desasosegado, anhelante de una victoria final, y sintió que quería prolongar ese momento, darle unos minutos más antes de retornar al confinamiento solitario. Se detuvo. Debía recordar quiénes eran las víctimas. Reynolds no lo era. Reynolds era el que había apretado el gatillo.

Una pena, dijo Sangottayan, cerrando la ventanita de la puerta. No debieron haberlo visto. Necesitamos hombres como él pa enviarlos a Megara. Si no, tendremos a Orlewen nel Perímetro ya.

Apártate Malacosa, alcanzó a escuchar Katja mientras se marchaban. Mas a mí no. No a mí mas. Apártate.

Katja volvió a tocarse las quemaduras y sintió que Xlött había ingresado un poco más en ella.

Encerrada en una sala junto a Sanz, Katja vio de nuevo las declaraciones tomadas a los hombres de Reynolds apenas fueron arrestados. Estaba distraída, todavía quedaba en ella la impresión que le había causado el encuentro con Reynolds. Esos ojos idos, esa alma torturada. Necesitaba danshen. Perderse de todo lo que la rodeaba.

Obra de arte lo que hicieron, dijo Sanz. Para el museo de la infamia.

Qué lograban, dijo ella. Un pueblo humillado, para qué humillarlos más.

Se los humilla más porque son un pueblo humillado. Lo difícil sería hacerlo con gente orgullosa.

Son gente orgullosa. De verdad cree que Munro hará algo.

Esto va más allá de un simple caso aislado. Fácil entender que se levanten. Por más que haya toda esa charlatanería del Advenimiento. En todo caso, no sé si importará. Quizás ya sea tarde.

Un oficial de SaintRei tocó a la puerta. Pidió hablar con Sanz. Sanz salió de la sala y volvió al rato, el semblante grave.

Ha ocurrido algo muy serio y extraño, dijo. Tenemos que suspender esto.

Una unidad entera de un puesto de observación en el valle de Malhado había sido encontrada muerta. La mayoría descabezados. Cuarenta shanz. El Supremo había decretado duelo. Los bodis, trasladados a una cámara frigorífica en el Perímetro. Lo normal era que se los cremara de inmediato, pero antes se investigaría lo ocurrido. La primera reacción había sido pensar en una venganza de Orlewen, pero se dudaba de su capacidad logística para infligir semejante daño.

El oficial insinuó una explicación sobrenatural. No es la primera vez en Malhado, dijo.

Sanz iría a ver los bodis. Pidió que Katja lo acompañara.

En el camino se enteraron de que una mujer del puesto de observación había sido encontrada viva en Malhado. Los muertos eran treinta y nueve.

Un olor a amoníaco envenenaba el recinto. Los bodis yacían sobre mesas de cemento, uno al lado de otro, casi tocándose. Una brillante luz blanca los iluminaba. Parecían haberse desinflado, como si les hubieran extraído todo lo que llevaban dentro. Katja pensó en la dimetiltriptamina, un alucinógeno prohibido en Munro porque un buen porcentaje de sus consumidores terminaba en la sala de urgencias, víctima de una experiencia psicótica. Los consumidores reportaban que durante el trip muchas veces se veían en un cuarto oscuro operados por alienígenas con extraños instrumentos quirúrgicos, sierras con dientes punzantes, fórceps retorcidos. El efecto no terminaba de pasar del todo: muchos de ellos se quedaban para siempre con la sensación de que les faltaban los pulmones o el intestino, de que vivían sin riñones, de que en el silencio de la noche no podían escuchar los latidos de su corazón.

Bodis altos, delgados, robustos. Algunos estaban destrozados, como si una bomba los hubiera alcanzado. Otros tenían impactos de bala en el pecho, en el rostro. En la mayoría, sin embargo, no había heridas recientes en la piel; sólo tatuajes, cicatrices. El corte en el cuello sugería que la cabeza había sido seccionada de un solo tajo.

Katja tuvo una intuición y revisó en sus lenslets la lista de los muertos. Leyó: Rakitic, Chalmers, Gajani, Colás, Marteen... Xavier no estaba. No, no lo enviarían allá. Otro había sido su destino final.

No sabemos dostán algunas cabezas, dijo el shan que los acompañaba. Estoy acostumbrado a la maldad, espero cosas terribles desta gente y sus rituales primitivos, mas nunca tanto. Pensándolo bien, qué es nunca tanto. Si creen nun Dios que pa mí es el diablo todo es posible den.

Katja observó a un hombrón junto a una de las paredes. Sangre seca en su pecho, una perforación a la altura del abdomen, como si algo hubiera estallado dentro del bodi y perforado los huesos y los órganos y la piel que se le ponían por delante.

Algunos han recibido disparos, dijo Katja. Luchaban den.

Tenían órdenes de tomar Fonhal, dijo el shan. Un villorrio en el que se creía q'estaba Orlewen. Hubo un enfrentamiento.

Orlewen en Malhado, dijo Sanz. Tampoco es múltiple. Todos sabemos que está en Megara o viene hacia Iris.

Y dostán los irisinos muertos si es que hubo combate, dijo Katja.

Ya fueron cremados, dijo el shan. Es la regla.

No sabremos qué pasó con ellos, dijo Sanz. No se podrá reconstruir toda la historia.

Lo q'escuché fue que las cabezas estaban intactas, pegadas al bodi. Y que las chozas fueron quemadas y los sobrevivientes se quedaron sin un lugar do vivir.

Katja dijo a Sanz que quería salir. Estaba indispuesta.

Quizás Iris no necesita de expertos como nos, dijo. Poca fe en nuestra capacidad para entender lo que pasa ki.

Te rindes.

No. Sólo necesito abandonar a la que era. Dar un salto entre portales.

Camino a su cubículo, la imagen de los bodis alineados sobre mesas de cemento mantuvo intranquila a Katja y se mezcló con el rostro de Reynolds a través de la ventanita, su voz profunda pidiéndole a alguien que se apartara. Quiso ahuyentar con danshen esas imágenes, esa voz. No fue una buena idea. Segundos antes de que menguara su yo, se vio echada en una mesa, sin cabeza, rodeada de humanoides con riflarpones.

Un día después, Sanz y Katja fueron al hospital a hablar con la única mujer sobreviviente. A ella se la encontró perdida en el bosque, delirando a la vera de las Aguas del Fin, como si estuviera a punto de tirarse a ellas. Tuvieron que ponerle una camisa de fuerza para subirla al heliavión. Repetía una palabra en medio de su delirio: Malacosa. Mostraba sus brazos y pecho llenos de quemaduras, gesticulaba como abrazándose a sí misma. Los que la habían descubierto entendieron: Malacosa la había abrazado. Una vez en el hospital se tranquilizó. A Sanz y a Katja les dijeron en el Perímetro que no sacarían gran cosa de sus intentos de hablar con ella; estaba catatónica, las horas discurrían en su habitación mientras miraba por la ventana hacia los árboles nimbados por la niebla. Cuestión de encontrar cómo hablarle, dijo Katja. Habla, dijo una doctora de aire beatífico que hacía pensar en la conexión entre las iglesias y los hospitales, mas no dice nada coherente. Poca actividad en su cerebro. Como la de tantos otros casos similares ko. Cuáles, preguntó Sanz. Tardamos en entender que ocurría algo raro, dijo la doctora. Acostumbrados a que la realidad funcione de determinada manera, cuando no es así ahuyentamos los ejemplos que no encajan. La doctora se detuvo como si le costara ordenar sus ideas. En Munro Katja se topaba diariamente con ejemplos que no encajaban con el acostumbrado funcionamiento de la realidad; era cuestión de explorar un poco para darse cuenta de que todos vivían en lugares así, lo que cambiaba era el estilo de la extrañeza, la intensidad, la magnitud. Creía en Dios y nunca había dado muestras

de su existencia, al menos muestras concretas no, milagros, todo era cuestión de ese salto al vacío llamado fe, y
ella lo había dado, había dado ese salto, ese salto al vacío,
quería creer que sí, y también otros, lo daban todos los
días, la ley de la gravedad era un misterio, la forma en que
evolucionaban las máquinas un misterio, eran extraños
para ellos mismos, ocurrían cosas extrañas dentro de ellos,
cómo funcionaba el corazón, por ejemplo, cómo, y ni que
decir del corazón de los artificiales.

Qué casos.

Esos, dijo la doctora, de los que hablan los medios,
de los que se rumorea en los bares, nel cuartel. Esos de la
aparición de Xlött. Xlött les da un abrazo y los mata. Es
parte duna tradición, una leyenda irisina. O mejor, un ritual.

El verweder, dijo Sanz.

Lo conoce, dijo ella.

Nos han hablado de él.

Está conectado al uso del jün. Una droga natural.
Te permite limpiarte de impurezas, te hace sentir q'estás libre dc pecados, que has sido perdonada por Xlött. La pur-
ga del bodi. Mas pa eso tienes q'estar dispuesta a entregar-
te a Xlött.

Me han dicho que no es una droga, que es una
planta.

Una droga disfrazada de planta.

El danshen era popular en Munro porque no pedía sacrificios ni renuncias. Katja sólo debía estar dispuesta a abandonar la conciencia por unos minutos, disolverse, lista para viajar al pasado en esos instantes
angustiosos de paso de un estado a otro, convertirse en
una planta-un animal-una nada, aparecer en algún territorio desconocido. Había riesgos, gente que no había regresado del viaje, que había muerto o entrado en un
coma profundo. A ella la atraían esos riesgos. Si se quedaba allá se lo merecía.

A veces, continuó la doctora, los que se entregan al jün sienten el llamado del verweder. No está claro si su Dios los llama o ellos sienten que les llegó la hora mas ocurre, dicen, y les viene la muerte den. Muchos casos en los últimos meses. Antes en pueblos lejanos, nau en Iris. Les ha ocurrido a kreols y a pieloscuras tu, mas suponemos que son los que se han entregado a Xlött. Que no son pocos. Dicen que todo esto tiene que ver con el Advenimiento. La llegada del fin del mundo. Dun fin q'es un principio.

Escucho una vez más eso de que el Advenimiento adviene, dijo Sanz, y tiraré un krazikat por la ventana.

No es fin del mundo, dijo Katja. Es fin dun mundo. Ruptura deste orden, llegada duno nuevo, en el que ellos, los irisinos, pasarán a gobernar.

Iba perdiendo el hilo. La mujer catatónica había aparecido en Malhado, decían que abrazada por Xlött, pero eso qué tenía que ver con el verweder.

Malhado es dominio de Malacosa, dijo la doctora, y ella tenía jün en su sistema. Ella puede ser la única sobreviviente dun ritual masivo de verweder. Todos los miembros de su compañía habrían formado parte dese ritual, habrían muerto entregándose a Xlött. Ella sería una rara sobreviviente. Hay casos así. Lo que arruina el argumento es que en los cadáveres de los shanz descabezados no había rastros de jün. Jiang, el líder de la unidad, tenía muchas drogas en su sistema y nau entendemos por qué era tan valiente, por qué no tenía miedo a nada, mas no, nada de jün. Todos con swits en su sistema, mas eso es diferente, es un compuesto químico y el jün es natural.

Los swits son populares en Munro, dijo Katja, no tanto como ki.

Quédense a vivir, dijo la doctora, despertarán una mañana y lo único que querrán es un buen swit pa sobrevivir el día.

Katja tuvo la sensación de que la doctora sabía demasiado. Quizás era del culto a Xlött. No era una idea paranoica, conspiratoria, descabellada.

Al darle la espalda a la doctora pensó que no debía intentar engañarse a sí misma. No había dado ningún salto al vacío. Su fe en Dios había sido más bien tímida, marcada por la costumbre y no por una entrega verdadera. Era muy difícil para ella creer en lo que no veía.

Se tocó las puntas de los dedos. Las quemaduras palpitaban y le seguían doliendo.

La mujer alguna vez había sido guapa. Estaba pálida, ojerosa, los ojos hundidos en sus cuencas. Tenía la mirada extraviada, pero, a diferencia de lo que les habían dicho, no miraba siempre a través de la ventana de su habitación. Podía pasarse un buen rato contemplando sus pies descalzos, los dedos de sus manos, sus antebrazos marcados. Eso llamaba la atención: la piel era blanca pero tenía marcas moradas en los antebrazos. Como quemaduras. Como las de los dedos de Katja. Luego descubrieron que ella tenía las mismas marcas en la espalda. No era difícil imaginar que podía haber recibido el supuesto abrazo de Malacosa o Xlött. También había milagros en Munro. Mujeres con estigmas en las manos y espaldas que sangraban, siluetas de Cristo en las paredes de una fábrica y en la masa del pan. En eso Munro y otros lugares del mundo no eran diferentes a Iris. La diferencia era, quizás, la naturaleza ambivalente de Xlött, su capacidad de encarnar a Dios y al diablo a la vez, y también, al menos para Katja, el hecho concreto de que estaba viendo esas marcas en persona, de que no las observaba en holos que podían descartarse como ficción, simulacro. Marcas como las que había recibido ella en su visita al templo. Eso, sin embargo, no probaba la existencia de Xlött, a menos, claro, que una tuviera fe en él. Ella no descreía de su propia experiencia, sólo que había estado muy segura al principio de que era cuestión de tiempo encontrar una explicación científica. Así funcionaba el universo. Ahora no lo estaba tanto. Los doctores les habían dicho que en esas marcas moradas había una sustancia extraña. Al comienzo creyeron que se trataba de sangre irisina, luego descubrieron que era diferente. Qué, den. No lo sabían. Los miraban con algo de susto. Como si estuvieran enfrente del misterio. Katja lo sentía así. Qué sustancia tendría ella en las marcas en su propio bodi. Veía a la mujer mirándose las uñas de las manos, la escuchaba canturrear una canción en la que repetía una y otra vez el nombre de Malacosa, y sentía que estaba enfrente del misterio. Sentía que podía tener pesadillas. Mejor no probar el danshen con su inconsciente alborotado. Creía en la realidad y ahora estaba resquebrajada. Por ahí ingresaban Xlött, Malacosa, la Jerere y muchos otros. Deidades proliferantes, suficiente levantar una piedra. O excavar en la tierra. Adentrarse en los socavones. Un doctor joven con un electroscopio en la mano les dijo que nunca debían haber explorado en los socavones. Habían despertado a Xlött y lo estaban pagando. La oscuridad de las minas había contaminado la superficie, también oscura ahora a pesar de esa luz tan blanca. Se rio cuando le dijeron cuál era su misión. Así que investigar, así que tratar de entender qué le pasó a esta pobre mujer, así que preparar un informe. No necesitamos una investigadora, dijo, necesitamos un exorcista, y Katja se rio pero también tuvo un escalofrío. Éste es el momento, pensó, en que en el Hologramón se apagarían las luces, soplaría el fengli en las ventanas, aparecería en el umbral la cara desencajada del asesino. No sé si tienen fe, dijo el doctor delante de la mujer. Le dijeron que sí, claro que sí, y él qué bien, la van a necesitar, y Katja volvió a pensar en frases del Hologramón y se dijo que sólo faltaba que ese hospital fuera un psiquiátrico, pero quizás todos los hospitales de Iris eran a su manera psiquiátricos. La mujer la miró como si la escuchara, y susurró: Xlött. Pero el doctor no sabía todos los detalles, porque el Instructor no lo decía, y el Instructor era la historia oficial, que Munro había decidido que a los sobrevivientes contaminados durante la «década de los incidentes» se los dejaría morir ahí o vivir a su manera o sobrevivir en la isla, separada del resto por una zona de exclusión de modo que ni siquiera aparecía en algunos mapas, el doctor no sabía que la versión que se conocía hoy de Xlött había sido creada a partir de ese momento. Y aquí estaban, en un cuarto de hospital, esa mujer llamada Yaz, que seguro tenía una familia que la esperaba Afuera, que estaba creando una nueva identidad en Iris, se estaba convirtiendo en irisina a pesar de que no lo parecía, no era albina, no tenía el cuello largo, esa mujer llamada Yaz y el doctor con el electroscopio que trataba de entender lo que le ocurría y no podía, y ellos que trataban de entender lo que ocurría en Iris y no podían. Porque esa mujer no hablaría, no diría más que *Malacosa,* y ellos tendrían que imaginar qué había pasado ese momento en que los shanz que la acompañaban habían muerto descabezados. Habría sido al mismo instante o quizás uno tras otro, como para que algunos shanz vieran el descabezamiento de sus brodis. Katja estaba en eso, tratando de que su imaginación fuera capaz de trascender todo lo que conocía y que le alcanzara para abarcar a tantos shanz descabezados al mismo tiempo. Y no podría del todo, porque no tenía para investigar los bodis de los irisinos muertos en el enfrentamiento en Malhado. Una comunidad llamada Fonhal que supuestamente tenía buenas relaciones con los puestos de observación en el valle. Que pese a esas buenas relaciones había sido arrasada por la compañía. La compañía había procedido así porque tenía razones para creer que Fonhal era uno de los escondites de Orlewen. Luego se enteraría de que las órdenes para arrasar Fonhal llegaron como represalia de oficiales desesperados ante la caída de Megara. Que esos oficiales sabían de la presencia de Orlewen en

Megara y se inventaron que se refugiaba en Fonhal. Katja veía el bodi tembloroso de la mujer que se llamaba Yaz pero que ya no respondía cuando se la llamaba por ese nombre, veía las manchas moradas en los antebrazos y en la espalda, veía su mirada perdida en los dedos de las manos y de los pies, veía las quemaduras en sus propios dedos, y reconocía que su fe en una explicación racional se tambaleaba y tenía miedo.

6

Esa noche comenzaron los combates en los alrededores de Iris. Los rebeldes habían iniciado el sitio de la ciudad; no había paso en las carreteras que unían Iris con Malhado y el Gran Lago. La imagen temblorosa del Supremo en el Qï, la voz corroída por la estática: se anunciaba la suspensión de las garantías constitucionales. Un discurso militarista en el que prometía no descansar hasta que sus tropas aplastaran la insurgencia. En la terraza del edificio en el que se encontraban, Sanz completó la información: desde Munro se decía que los rebeldes habían tomado la base aérea.

Explosiones en la distancia. Columnas de humo que se levantaban en el horizonte. La guerra marchaba con pasos firmes junto a Katja, sus dedos fríos le acariciaban la espalda. Era como si un fengli huracanado la envolviera y se la llevara por delante. Su bodi terminaría a las puertas de un templo dedicado a Xlött, o en el segundo piso de una casa irisina a medio construir.

No necesito decirte que, dijo Sanz.

Qué, dijo Katja.

No. No necesito decírtelo. He pedido que nos envacúen, mas.

Sabía en qué pensaba. Serían arrestados y desaparecerían en una celda, como Xavier. The fog-of-war, the fokin-war. Les tocaría a ellos. Munro había impedido que SaintRei se enfrentara a Orlewen con todas sus armas. Pero cuáles. Munro llevaba un control riguroso del armamento de SaintRei. Y eso qué. Debía dejarse de burlas, nada era riguroso en Iris. Había formas de violar embargos.

Sanz se había enfrentado a otros peligros sin vacilación, pero ahora el temor ensombrecía su rostro. Las aletas de la nariz no cesaban de moverse. Como un conejo arrinconado. Ella hacía rato que tenía la piel erizada por el miedo, pero sintió que debía ponerse a la altura de la situación, por lo menos para consolar a Sanz, y se armó de valor para decir un par de frases tranquilizadoras sobre la imposibilidad de que los líderes de SaintRei tuvieran tiempo para lidiar con ellos, con Orlewen a las puertas de la ciudad. Las frases no ayudaron mucho, lo podía ver.

SaintRei tiene un stockpile de armas químicas, dijo Sanz. Hace unos días el Supremo pidió permiso para usarlas contra Orlewen. No lo podíamos creer, que después de todo lo ocurrido estuvieran dispuestos a volver a lo mismo. Munro dijo no, por supuesto.

Sería un suicidio, dijo Katja. Los sangaìs.

Sería también la mejor manera de vengarse contra Munro. Porque para Sangaì, el culpable no sólo será Saint-Rei.

No serán capaces. Los irisinos.

Hay una lucha interna entre dos facciones de SaintRei. En el poder está la línea dura. Pero muchos oficiales y shanz creen en Xlött. Y eso significa estar a favor de Orlewen.

Igual duele, dijo Katja. *Moriremos si somos zonzos,* decía la letra de una canción popular en Munro. Pues sí, somos zonzos.

Dejó a un Sanz pensativo en la terraza y regresó a su habitación. No quiso ver las noticias, encender la luz. Se recostó en la cama. Los músculos estaban tensos y trató de sacarlos de su rigidez. Estiró las piernas, las cruzó y las descruzó. Puso los brazos detrás del cuello y los extendió, dejando que su pecho se abriera, llenando de aire los pulmones. La oscuridad era total. Algo de paz. Como si detrás de esas paredes invisibles no hubiera un mundo despeñándose al abismo.

Hubiera sido ideal perderse en el danshen.

No debía escaparse, cerrar los ojos.

Los dedos le ardían. La quemadura palpitaba.

Un ligero temblor en el piso. Las explosiones arreciaban. Los combates parecían estar ocurriendo en las calles aledañas al edificio.

Pero el temblor no se debía a las explosiones. Eran pasos. Alguien caminaba en la habitación. Se incorporó y quiso encender la lámpara flotante pero no pudo.

Distinguió una silueta frente a ella.

Malacosa.

Sólido y frágil a la vez, un ser de sha y también de roca, con un falo enorme que le daba vueltas en torno a la cintura. Sus ojos fosforecían, corales luminosos en la profundidad del océano.

Dio un paso hacia ella. Debía quedarse quieta.

La atrajo hacia su bodi y la abrazó.

Se sintió entera y a la vez sintió que sus huesos eran triturados y se convertían en sha.

Se vio de niña con sus hermanos en la casa en la que vivían en las afueras de Munro. Una casa sucia, llena de botellas de alcohol entre los muebles. Xavier le preguntaba dónde estaban sus padres. No sabía. Xavier se acercaba a la ventana y señalaba hacia afuera. Están allá, decía, y no quieren volver. El mundo nos distrajo, niños, decía su padre. No lo veía pero escuchaba su voz.

Se vio en el primer día de trabajo en la administración en Munro, ilusionada. Se vio llegando a Iris. Vio su primer recuerdo: estaba echada sobre el regazo cálido y feliz de su madre.

Malacosa seguía frente a ella.

El piso se abrió a sus pies y se convirtió en un acuario.

Sha en vez de agua, imágenes en vez de peces.

Rostros de guerreros irisinos. Una lluvia amarilla caía sobre ellos, disolvía sus contornos.

Estaba en una región abonada por cadáveres de irisinos.

Sus huesos se habían convertido en sha; caminaba sobre esos irisinos muertos y cuando el fengli le lastimaba la cara,

cuando sentía el sabor mineral en su boca, ingresaba en comunión con ellos.

Xavier había muerto y se había transformado en sha. Nunca podría estar tranquila cuando volviera a Munro: transformada en una mujer de sha, se desharía todas las mañanas para tratar de volverse a armar a lo largo del día.

Xlött era su guardián. Si debía entender ese abrazo como el verweder, lo aceptaba.

Apenas cristalizó ese pensamiento en su cerebro, Malacosa se desvaneció.

El abrazo había terminado y ella seguía viva.

Trataba de recuperarse de lo ocurrido cuando los cristales de la habitación estallaron. Un pedazo de vidrio le hizo un corte en uno de los muslos. Escuchó gritos en las habitaciones contiguas, pasos ansiosos cerca de su puerta. Se acercó a las ventanas y vio el incendio en el edificio de al lado. Las furiosas llamaradas tomaban los pisos, el humo escondía las paredes.

Salió de la habitación junto a oficiales que lanzaban órdenes y hablaban en sus Qïs con voces destempladas, y bajó con ellos por las escaleras rumbo al lobby central del edificio en penumbras. Un tracer iluminaba el cielo, se escuchaban explosiones y ráfagas de riflarpones. Salió a la calle. Las sombras de las construcciones a los costados se abalanzaban sobre ella.

Uno de los oficiales le ordenó que volviera a su habitación. Ella levantó las manos.

Sé quién eres dung, dijo el oficial.

El tableteo de los riflarpones la hizo tirarse al piso. Estallido de morteros. Dos chitas pasaron corriendo rumbo al edificio incendiado. El oficial dudó, pero luego se dio la vuelta y corrió detrás de ellos. La calle se llenó de shanz.

Los disparos y las bombas no provenían de fuera. Era como si el Perímetro se hubiera dividido en dos territorios. Pronto se combatiría bodi a bodi, palmo a palmo.

Volvió al edificio en busca de Sanz. Lo encontró en la puerta de su cubículo con un arpón clavado en el pecho. Estaba muerto. Muerto no: desencarnado.

Escuchó voces. Era como un arrullo que llevaba el fengli, palabras extrañas que adquirían materialidad y aparecían flotando delante de sus ojos.

Se dio la vuelta y vio a Orlewen atado a un poste, escuchó los disparos y sintió que esa figura

se desataba las manos
y se escabullía

sin que sus captores pudieran hacer nada.

Levantaba vuelo, y de pronto

explotaba en el aire.

Una lluvia de sha caía sobre ella. Orlewen, gritó. No hubo respuesta.

Sha en una de sus manos. Se la llevó a la boca.

Había aceptado a Xlött. No debía temer nada.

Bajó por las escaleras, salió a la calle. Otro edificio incendiado, el humo que se enroscaba entre los muros. Las bombas seguían explotando a su alrededor. Shanz y oficiales tirados en el piso. Gritos lastimeros.

Se puso a correr rumbo a un sector del Perímetro que, en la confusión de la noche, le parecía el lugar donde se habían hecho fuertes los shanz y oficiales rebeldes.

Nadie la detuvo.

Agradecimientos

A Liliana Colanzi, que leyó el manuscrito dos veces, me tuvo paciencia en mis días más obsesivos, y con sus sugerencias me puso en la pista de la versión final; a Rodrigo Fuentes, Rafael Acosta, Gustavo Llarull y Rodrigo Hasbún, los primeros lectores en Ithaca, que con sus reacciones dieron cuerpo a los capítulos iniciales; a Andrew Brown, con el que alguna vez hablamos de que no sería una mala idea ambientar una novela en Marte (no fue Marte, pero quedó el germen); a Pau Centellas y Silvia Bastos, que confiaron en el proyecto desde el primer momento, incluso cuando la forma que iba tomando daba motivos para la preocupación; a Gustavo Guerrero, que con su lectura agudísima me levantó cuando más dudaba; a Jorge Volpi, que hizo las preguntas correctas y me devolvió (algo) a tierra; a Mike Wilson, Álvaro Bisama y Francisco Díaz Klaassen, que me confirmaron que el salto al abismo estaba justificado; a Pilar Reyes, que le dio el mejor hogar posible a esta novela; a Gerardo Marín, por el buen ojo para la portada y la elegante edición final; a Carolina Reoyo, por la exhaustiva edición y su paciencia con los desórdenes del texto, tanto los elegidos como los que no.

Comencé *Iris* en Ithaca en agosto de 2010 y la terminé en la misma ciudad en diciembre de 2013. Pensé que explorar este mundo daría para una novela corta y me descubrí felizmente equivocado. Me quedo en Iris, y los espero aquí.

Índice

Esta obra se terminó de imprimir en febrero de 2014
en los talleres de Litográfica Ingramex, S.A. de C.V.
Centeno 162-1, Col. Granjas Esmeralda,
C.P. 09810, México, D.F.